Quand le passé nous rattrape

*

Troublante révélation

DEBRA WEBB

Quand le passé nous rattrape

Traduction française de
CHARLOTTE DEMANIE

BLACK ROSE

HARLEQUIN

Collection : BLACK ROSE

Ce roman a déjà été publié en 2019

Titre original :
IN SELF DEFENSE

HARPERCOLLINS FRANCE
83-85, boulevard Vincent-Auriol, 75646 PARIS CEDEX 13
Service Clients — www.harlequin.fr
ISBN 978-2-2805-1239-8 — ISSN 1950-2753

Édité par HarperCollins France.
Composition et mise en pages Nord Compo.
Imprimé en septembre 2024 par CPI Black Print (Barcelone)
en utilisant 100% d'électricité renouvelable.
Dépôt légal : octobre 2024.

FSC www.fsc.org MIXTE
Papier issu de sources responsables
FSC® C159065

Pour limiter l'empreinte environnementale de ses livres, HarperCollins France s'engage à n'utiliser que du papier fabriqué à partir de bois provenant de forêts gérées durablement et de manière responsable.

1

Comté de Franklin, Tennessee
Lundi 25 février, 21 heures

D'éblouissantes lumières bleues et rouges scintillaient dans la nuit.

Après avoir ouvert sa portière, Audrey Anderson descendit de sa voiture et grimaça en découvrant le sol rocailleux. Elle regretta de ne pas avoir pris le temps de changer de chaussures, même si elle savait que lorsque la police appelait le shérif pour lui communiquer le code d'une fusillade, elle ne pouvait se permettre de perdre une seconde. Son rédacteur en chef, Brian Peterson – qui écoutait la radio de la police pratiquement vingt-quatre heures sur vingt-quatre – l'avait prévenue.

Le pick-up du shérif était déjà sur place, garé à côté de deux voitures de la police et du van du médecin légiste. Pour le moment, il ne semblait pas y avoir encore de journalistes dans les parages... Ce qui était surprenant car cette arrogante journaliste du *Tullahoma Telegraphe* arrivait toujours sur les lieux avant Audrey. Peut-être connaissait-elle quelqu'un au sein du département de police qui la prévenait avant tout le monde.

Mais Audrey avait, elle aussi, des sources fiables sur qui elle pouvait compter en toutes circonstances. Tout en retournant vers sa voiture pour prendre son sac qu'elle avait oublié à l'intérieur, elle se remémora la seule et unique raison pour laquelle le shérif la mettait au parfum… Il se sentait encore coupable aujourd'hui de l'avoir trompée alors qu'ils sortaient ensemble au lycée.

Et Audrey n'avait aucun remords à exploiter sa culpabilité chaque fois qu'elle en avait besoin.

Ce soir semblait être une nouvelle occasion de rappeler à l'homme qu'elle avait pensé un jour épouser qu'il lui devait encore un service, deux… Ou peut-être même encore une centaine.

Elle grelotta en sentant l'air frais de la nuit caresser sa peau. La fin du mois de février avait été agréable et il semblait flotter dans l'air comme un air de printemps. Pourtant ce n'était qu'une illusion, l'hiver était toujours là et Mère Nature semblait s'amuser à rappeler à tous les êtres vivants que c'était elle qui était aux commandes sur cette terre. La belle journée ensoleillée aux douces températures avait laissé place à une soirée glaciale. Grelottante, Audrey ouvrit sa voiture en regrettant de ne pas avoir pris de manteau.

La route de Buncombe traversait une zone agricole qui se situait à mi-chemin entre Huntland et Winchester et les terres étaient toutes sous la juridiction du shérif du comté de Franklin. Les maisons, principalement des fermes, étaient éparpillées au milieu des champs et des pâturages. Mais ce qui était le plus surprenant, ce n'était pas l'emplacement de la fusillade mais plutôt que l'habitation où celle-ci avait eu lieu appartenait à une famille mennonite. Il était rare que cette communauté, discrète et renfermée, se trouve mêlée à des problèmes de violence. La plupart du temps, les désaccords étaient réglés en privé et surtout… en silence. Les mennonites restaient entre eux la plupart du temps et ne dérangeaient personne. Ils géraient quelques entreprises publiques dans la vie locale et la plupart de leurs interactions avec les autres habitants dépassaient rarement le cadre des affaires. Les membres de la communauté religieuse ne se mélangeaient pas et ne socialisaient pas avec le reste du monde, même à Winchester qui était pourtant le siège du comté et qui bourdonnait d'activités.

Mais quoi qu'il ait pu se passer ce soir à l'intérieur de ce vieux corps de ferme du XIXe siècle, les mennonites n'étaient pas parvenus à le garder pour eux.

Même si Audrey avait vécu ces dix dernières années à Washington, elle avait grandi ici, dans le sud du Tennessee. Et il lui semblait bien qu'il n'y avait jamais eu aucune affaire de meurtre dans cette communauté ni aucun fait de violence impliquant un de ses membres.

Son sac à main sous le bras, Audrey glissa son téléphone contre son oreille et referma la portière de sa voiture d'un coup de hanche. Les talons aiguilles qu'elle avait choisi de porter à la soirée de remise des prix de la chambre du commerce un peu plus tôt dans la soirée s'enfonçaient dans le gravier à chacun de ses pas. Elle soupira. Un bon scoop ne valait-il pas tous les sacrifices ? La perte d'une belle paire de chaussures ne représentait pas grand-chose face à une hausse du nombre de lecteurs. Pour un journal, la diffusion, que ce soit sur papier ou en ligne, était le plus important.

Même si elle en était la propriétaire, elle était aussi celle qui avait le plus d'expérience en matière d'enquête et était donc celle qui devait être sur le terrain. De toute façon, comment pourrait-elle réussir à transformer *la Gazette de Winchester* sans mettre la main à la pâte ? Non seulement il fallait qu'elle obtienne la primeur de ce scoop mais elle devait également s'assurer que personne d'autre n'en avait parlé avant. Le fait que sa famille soit implantée dans la région depuis des générations aidait considérablement. Sans compter que le shérif Colton Tanner se sentait toujours terriblement redevable.

Elle passa sous le ruban noir et jaune qui délimitait la scène de crime et avança vers lui sous la lumière des phares éblouissants. Colton s'était retourné pour la regarder, comme s'il avait senti la présence d'un intrus sur les lieux. Elle n'avait pas besoin de voir ses yeux pour savoir qu'il devait être en train de l'examiner de la tête aux pieds, parcourant ses cheveux blonds, son chemisier en soie couleur pêche, sa jupe noire classique et ses hauts talons assortis qui ne survivraient probablement pas à cette petite excursion nocturne. Comme pour confirmer son intuition, il secoua la tête d'un air navré et fit un signe à son adjoint qui se dirigeait vers elle, probablement pour lui demander de bien vouloir rester en dehors du périmètre de sécurité.

Il descendit les marches du perron quatre à quatre et vint lui-même à sa rencontre.

— Rey, tu sais très bien que tu n'as pas le droit d'être ici.

Rey. Depuis le jour de sa naissance, tout le monde ici l'appelait Rey. Ça marchait comme ça dans le Sud. On raccourcissait votre prénom, on vous donnait un surnom, on créait un mélange avec votre nom de famille, quoi qu'il en soit, personne n'utilisait jamais le vrai prénom d'une personne.

— Tu as un cadavre sur les bras, lui répondit Audrey en regardant l'homme qui lui avait brisé le cœur quand elle avait dix-sept ans. Et moi, j'ai un journal à sauver. Seuls, on ne vaut rien toi et moi. Mais le récit de ce qui s'est passé peut faire la différence entre un meurtre et un accident et en ce qui me concerne, ça peut même signifier la faillite ou le maintien à flot de mon entreprise. Alors, comme toi, je suis ici pour savoir ce qu'il s'est passé et je préfère te prévenir que je ne bougerai pas d'ici avant de l'avoir découvert.

En voyant le regard de Colton virer de la confusion à la tendresse, Audrey eut soudain envie de le secouer violemment et de lui crier qu'elle ne voulait pas de sa pitié. Elle avait juste besoin d'un scoop. Le vieux proverbe qui disait « s'il y a du sang, ça vend » était tellement juste. S'il fallait donc accepter la compassion du shérif pour obtenir des informations croustillantes, elle ferait avec. Après tout, elle pouvait tout à fait être aussi impitoyable que n'importe quel journaliste.

— Eh bien, lui dit-il en soupirant avant de poser les mains sur ses hanches, que tu le veuilles ou non, c'est une scène de crime, Rey, et pour le moment, ça ne concerne que la police.

Il haussa ses épaules musclées et écarta les mains comme pour appuyer son propos. Pourquoi, se demanda Audrey, pourquoi remarquait-elle ses épaules musclées ? Mon Dieu, elle était irrécupérable... Ou peut-être simplement désespérée.

Cela faisait maintenant six mois qu'elle était de retour à Winchester et elle n'avait pas eu un seul rendez-vous galant. Et, même avant le grand déménagement, cela faisait déjà des mois qu'elle n'était pas sortie avec quelqu'un. Alors, peut-être que ce qui clochait chez elle n'était rien d'autre qu'un besoin fondamental et tout à fait humain.

Enfin, une chose était certaine, ce n'était pas avec ce magnifique cow-boy qu'elle allait combler ce manque. Ni maintenant ni jamais. Ils avaient passé ce stade depuis bien longtemps. Et aujourd'hui, la seule chose dont elle avait besoin c'était d'obtenir des éclaircissements sur ce meurtre et peut-être même de pouvoir jeter un petit coup d'œil à la scène de crime.

— Je suis journaliste, se défendit-elle. C'est mon travail de tenir la communauté informée de ce qu'il se passe.

— Je comprends tout à fait, lui répondit le shérif en levant une main pour éviter qu'elle ne l'interrompe. Mais, Rey, tu ne peux pas te pointer ici comme ça et enfreindre le périmètre de sécurité...

— Je t'en prie, lui dit-elle en fouillant dans son sac à la recherche de ses gants jetables. Je sais mieux comment évoluer sur une scène de crime que n'importe lequel de tes collègues. Je serai même tentée de dire, ajouta-t-elle en croisant son regard agacé, que je sais même mieux le faire que toi.

Audrey avança d'un pas en direction du porche. Une fois qu'elle y serait, elle savait qu'elle n'aurait plus qu'à enfiler des protège-chaussures et qu'il lui suffirait de faire quelques pas pour entrer. La porte de la maison était ouverte. Le corps de la victime semblait se trouver à l'intérieur, et peut-être même la personne qui avait appuyé sur la détente s'y trouvait-elle également.

— Toutes les enquêtes sur lesquelles tu as travaillé en tant que journaliste criminelle en ville ne m'impressionnent pas, tu sais, protesta-t-il en la rattrapant après avoir hésité quelques secondes – probablement pour la regarder s'éloigner, certaines choses ne changeraient jamais. Ce sont les affaires de la police, Rey, alors, même si je voulais te rendre service, tu ne pourrais pas entrer.

Elle s'immobilisa devant les marches en bois.

— Est-ce que tu veux dire que tu ne me fais pas confiance, Colt ?

L'expression de contrariété qui s'afficha sur le beau visage du shérif lui procura un immense plaisir. C'était tout à fait puéril de ressentir encore ce genre de sentiment de vengeance après toutes ces années mais personne n'était parfait. En ce qui concernait Colt, Audrey savait parfaitement où appuyer pour lui faire mal. Mais, même si elle n'était de retour chez elle que depuis six mois, elle avait vite compris qu'il valait mieux être en bons termes avec certaines personnes de Winchester pour tenter de sauver le journal familial. Et le shérif de la ville était dans le top 5 de cette courte liste.

— Rey, tu sais très bien que ça n'a rien à voir. Nous avons des procédures à respecter sur ce genre d'affaires. Si je te laisse entrer, des preuves pourraient être contaminées et mon enquête compromise.

Audrey leva les yeux au ciel. Comme si elle n'y avait pas pensé… Comme si elle ne connaissait pas – parfaitement – les règles à respecter sur une scène de crime.

— Alors, raconte-moi un peu ce qu'il s'est passé ici ce soir et je me ferais un plaisir de te laisser tranquille.

Colt laissa échapper un nouveau soupir de frustration puis jeta un coup d'œil à son adjoint qui était censé surveiller le périmètre de sécurité. Celui-ci allait se faire passer un sacré savon, pensa Audrey. Mais en même temps, aucun des hommes de Colt ne pouvait lui refuser d'entrer où que ce soit. D'autant plus qu'il s'agissait de la première fusillade de la région depuis qu'elle avait repris les rênes de *la Gazette*.

Et il ne s'agissait probablement pas que d'un simple échange de coups de feu, non, il y avait un corps. Quelqu'un avait été tué.

— Sarah Sauder, la fille de Melvin Yoder, commença Colt sur un ton réticent pour lui rappeler qu'il lui confiait ces informations à contrecœur, a tiré et tué un homme qui s'était introduit chez elle.

— Un cambrioleur ?

Cette hypothèse semblait peu probable car la communauté mennonite n'était pas réputée pour posséder des objets de valeur.

— Nous ne savons rien pour le moment, lui répondit Colt en haussant les épaules. Burt est en train d'examiner le corps et tu sais que cet examen peut prendre du temps. Nous devrons ensuite le déplacer pour pouvoir rassembler les preuves.

Il s'interrompit un instant et lui montra la maison comme pour illustrer son propos.

— Nous aurons peut-être une idée de ce qui a pu se passer demain, vers midi.

Burt Johnson était le médecin légiste du comté et, même s'il approchait les quatre-vingts ans, il était toujours en poste. Audrey doutait qu'il fasse des heures supplémentaires, surtout à cette heure tardive. Quant aux preuves, elle n'avait aucune intention d'attendre les rapports médico-légaux. Certainement pas. Elle voulait que cette affaire fasse la une du journal, demain matin.

— Pourquoi attendre aussi longtemps avant de bouger le corps ?

D'ordinaire la police aimait dégager les cadavres de la scène de crime dès que celle-ci avait été inspectée et photographiée sous tous ses angles. Il n'y avait aucune raison de garder les corps sur place – ils constituaient en général la preuve la plus précieuse, et la température ambiante ainsi que les éléments extérieurs pouvaient les détériorer rapidement.

— Nous attendons Branch. Nous aimerions qu'il vienne jeter un œil à la victime avant de faire quoi que ce soit.

Voilà donc le cœur du problème, pensa Audrey. Branch Holloway était un agent fédéral... La victime n'était donc pas un mort lambda, non c'était un mort qui devait avoir un lien avec le FBI. Peut-être était-ce un prisonnier évadé d'une des prisons fédérales du Tennessee ? Ou un fugitif recherché dans tout le pays... Audrey sentit son esprit s'emballer à l'idée de toutes les raisons qui pouvaient justifier la présence de Branch Holloway sur les lieux.

— Quel est le lien avec les Sauder ? demanda-t-elle à Colt, de but en blanc.

Celui-ci retira son chapeau et passa une main dans ses cheveux. La manière dont il se tenait – les épaules tendues – indiquait qu'il commençait à perdre patience.

— Sarah dit qu'elle n'avait encore jamais vu cet homme. Elle s'est réveillée d'un profond sommeil, a entendu qu'il y avait quelqu'un au rez-de-chaussée et a fait ce qu'elle devait faire pour protéger sa famille.

— Où est son mari ? demanda Audrey, l'air sceptique.

— Sur la route du retour. Il n'était pas en ville. Un de mes hommes est à l'intérieur avec Sarah et ses enfants.

— Vous avez identifié la victime ?

Un véhicule vint se garer dans la cour, non loin du shérif. Un grand pick-up noir avec quatre roues motrices. *Branch Holloway...*

— Je vais devoir te demander de retourner derrière le ruban jaune et noir, Rey, lui glissa Colt en lui prenant le bras.

Maintenant que Branch était là, Colt allait se montrer plus sérieux et recommencer à marcher dans les clous. Lui et Branch étaient rivaux depuis l'époque du lycée. Impressionner son plus grand ennemi serait manifestement toujours plus important pour lui que de rencarder son ancienne petite amie à qui il avait brisé le cœur.

— Y a-t-il quelque chose d'autre à propos de cette affaire que je puisse écrire dans l'édition de demain ? lui demanda-t-elle tout en se disant qu'elle ne dégagerait certainement pas d'ici sans révélations plus sensationnelles.

En tout cas, pas de son propre chef.

— Colt, que se passe-t-il ? demanda Branch en marchant vers eux, son Stetson noir à la main. Bonjour, Rey.

— Bonjour marshal, lui répondit-elle en lui souriant comme si elle l'avait attendu toute la nuit.

Quand elle avait quitté la maison familiale pour partir faire ses études, une des choses qu'elle avait gardées avec elle était l'image de Branch Holloway. Il était à l'époque la star des quaterbacks de l'équipe des Tennessee Volunteers. Il avait été diplômé quelques années avant Colt et elle et, tout comme ce dernier, il était la quintessence de ce qu'on pouvait appeler le « genre cow-boy ». Audrey et sa meilleure amie Sasha avaient toutes les deux eu le béguin pour lui. Sa carrière de footballeur à l'université lui avait conféré une certaine célébrité ici, à Winchester.

Pourquoi n'était-elle pas tombée amoureuse de ce cow-boy-là plutôt que de l'autre ?

Enfin, on ne pouvait pas revenir en arrière... Elle reporta son regard sur Colt et se souvint qu'en classe de quatrième elle et Colton Tanner s'étaient fait la promesse de se marier dès qu'ils auraient tous les deux obtenu leurs diplômes. Ils étaient amoureux depuis la cinquième, jusqu'au jour où il l'avait trompée avec son ennemie jurée, à la fin de leur année de terminale. Aujourd'hui encore, ce souvenir la rendait furieuse. Elle avait gâché toutes ces précieuses années, elle avait perdu son temps avec ce bon à rien qui lui avait brisé le cœur. Comme si elle avait envoyé ses pensées à celui qui était responsable de toute cette douleur, Colt croisa son regard et elle vit briller au fond de ses yeux gris quelque chose qui ressemblait à du regret.

Colt Tanner et Branch Holloway avaient tous les deux été les hommes les plus sexy et populaires du collège et du lycée. Colt avait les cheveux noir charbon et de beaux yeux gris clair. Branch était blond, et ses yeux à lui étaient dorés. Tous les deux étaient grands et toujours athlétiques, après près de deux décennies. Ils avaient été les héros de cette ville. Sauf que Colt s'était avéré être un sale menteur… Qu'il aille au diable !

— Eh bien, messieurs, je vais vous laisser à vos affaires.

Les deux hommes la saluèrent avec leurs chapeaux et lui souhaitèrent une bonne nuit comme de parfaits gentlemen du Sud.

Audrey fit volte-face et marcha jusqu'au bout du trottoir avant de descendre sur le chemin en grimaçant dès qu'un de ses talons se coinçait entre les cailloux.

Elle allait prendre quelques photos puis se dépêcherait de mettre à jour la prochaine édition du journal. Le concours annuel de capture de porcs des Future Farmers of America allait devoir être relégué à la deuxième page. Quand elle trouva le parfait angle de vue pour prendre une photo de la maison entourée du ruban noir et jaune, elle vit que Branch et Colt étaient allés à l'intérieur. Elle prit quelques clichés avec son smartphone puis se dirigea vers sa voiture.

— Bonjour, mademoiselle Anderson.

Elle hésita un instant, la main sur la poignée de sa portière.

L'adjoint Calvin Stevens lui sourit.

— On dirait que la pleine lune a énervé les fous furieux ce soir, poursuivit-il.

— On dirait, en effet, lui répondit Audrey en s'appuyant sur sa portière tandis qu'il avançait vers elle.

Cal était un véritable Casanova. Mais peut-être avait-il pu entrer dans la maison, peut-être avait-il des informations intéressantes… Elle regarda une nouvelle fois autour d'elle en se demandant comment il était possible qu'aucun autre journaliste ne soit arrivé sur les lieux à cette heure.

— Mais on dirait que je suis la seule à assister à ce spectacle, ajouta-t-elle. Je n'ai vu aucun autre journaliste…

— Le père de Sarah Sauder a appelé directement le shérif et c'est ce dernier qui a prévenu le médecin légiste. Ils ne voulaient pas que l'affaire s'ébruite, lui répondit Cal en souriant. J'imagine que c'est le shérif qui vous a contactée…

Eh bien, se demanda Audrey, comment Brian était-il au courant ?

— Ne vous inquiétez pas, je sais tenir ma langue, lui dit-elle en lui faisant un clin d'œil complice.

— Oh, vous devez probablement voir ce genre de choses très souvent dans les grandes villes, lui répondit Cal en lui lançant un regard qui sous-entendait qu'il en savait long sur elle. J'ai entendu parler des nombreuses récompenses que vous avez remportées dans votre métier.

L'adjoint du shérif se rapprocha d'elle, suffisamment près pour qu'elle puisse sentir l'odeur de son after-shave fraîchement appliqué. Audrey se demanda s'il en gardait un flacon dans la boîte à gants de sa voiture.

— C'est vrai que j'ai passé beaucoup de temps sur le terrain, lui répondit-elle même si cette information n'était pas vraiment une réponse à sa question.

— Le shérif dit que vous avez été formée avec des policiers de tout le pays.

Audrey sourit en constatant la légère exagération de cette information, directement tirée de sa biographie disponible sur son site Internet.

— Disons que partout où les sujets m'ont menée, j'ai pris soin de m'intégrer dans les communautés, y compris dans celle des forces de l'ordre.

— Est-ce vrai que vous avez aidé à arrêter un violeur en série ?

— C'est vrai, oui, approuva-t-elle en se souvenant que cette affaire lui avait valu le prix très renommé du « Courage en Journalisme ». Je suivais une des victimes qui avait survécu à une de ses attaques quand il est revenu pour finir ce qu'il avait commencé.

Audrey avait créé des liens avec la victime. Et celle-ci s'était sentie suffisamment à l'aise avec elle pour lui raconter son histoire alors qu'elle n'avait pas eu la force de se confier à la police.

La jeune femme l'avait appelée, en lui disant qu'elle avait la sensation d'être épiée depuis quelques jours. Audrey lui avait intimé de prévenir les forces de l'ordre mais elle avait refusé. Que pouvait-elle donc faire d'autre que de se rendre le plus vite possible chez elle pour tenter de lui venir en aide ? Même si elle n'avait pas l'intention de devenir elle-même une victime. Sur le trajet, elle avait appelé l'inspecteur chargé de l'enquête et l'avait prévenu de ce qui était en train de se passer.

Quand elle était arrivée sur place, le violeur était déjà dans la maison avec la victime. Audrey avait pris son courage à deux mains, était entrée à l'intérieur et l'avait distrait le temps que la police arrive sur les lieux. En y repensant, entrer dans cette maison en sachant que ce type était à l'intérieur était totalement inconscient mais elle n'avait pas eu d'autre choix.

— Quel sang-froid, mademoiselle Anderson.

— Je vous remercie, Cal. Mais vous pouvez m'appeler Rey vous savez, tout le monde le fait ici.

— OK, Rey, lui répondit-il en haussant les épaules.

— C'est incroyable que ce type soit entré chez Sarah aussi facilement, dit-elle comme si elle était amie avec Sarah Sauder et qu'elle savait tout de l'homme mort qui avait été retrouvé chez elle.

— C'est sûr, approuva Cal en jetant un regard vers la maison puis autour d'eux comme pour s'assurer que personne n'était dans les parages. Surtout quand on sait qu'il est venu de Chicago pour ça ! Sarah jure de ne jamais l'avoir vu avant. Mais c'est dur à croire vu qu'il vient de si loin.

Chicago… Intéressant, pensa Audrey.

— C'est vraiment insensé, n'est-ce pas ? continua-t-elle.

— Oh ! oui. Le shérif Tanner n'a même pas eu le temps de se renseigner sur l'identité de la victime qu'un inspecteur haut gradé a appelé pour savoir ce qu'il se passait.

— Alors cet homme avait un casier ?

Il était possible que quelqu'un de Chicago essaie de percer dans le trafic de drogue local – même si ce genre de problème n'existait pas vraiment à Winchester. Cependant, comme dans toutes les villes, il y avait de petites histoires de stupéfiants. Mais pourquoi s'introduire par effraction dans la maison d'une femme de la communauté mennonite ? À moins que, en venant de Chicago, ce type ait perdu ses repères et qu'il se soit simplement trompé de maison ? Pour un étranger, toutes les routes pouvaient être semblables. La nuit, même Audrey trouvait que tout se ressemblait ici. En même temps, il n'y avait rien de surprenant à cela vu qu'elle avait vécu partout sauf ici depuis qu'elle avait quitté l'université.

— Oh oui et pas un petit. Cet inspecteur de la grande ville a dit que le gars avait des liens avec la mafia.

Voilà donc pourquoi Colt avait appelé Branch ! La première affectation de Branch avait été au service fédéral de Chicago. Il devait bien connaître les organisations criminelles de la ville et ses familles mafieuses. Ce prétendu cambriolage venait de se transformer en tout autre chose.

— Vous connaissez son nom ?

Cal secoua la tête.

— Mais je sais qu'il était grand. Et qu'il avait les cheveux roux. Elle lui a tiré une balle dans la poitrine avec le fusil de chasse de son mari. Un seul tir. Il était probablement mort avant même de tomber au sol.

— Heureusement que les enfants et elle sont sains et saufs.

Avant que Cal ne puisse en dire plus, la porte principale de la maison s'ouvrit et un brancard apparut sous le porche.

Audrey se demanda si elle allait suivre Burt Johnson

jusqu'à l'hôpital de Winchester. Burt possédait aussi les deux cliniques vétérinaires du comté et c'était lui qui s'était occupé de son chien, Maisey, vingt ans auparavant. Elle ne perdrait rien à essayer de lui demander quelques nouveaux détails...

De toute façon, Audrey savait qu'il s'empresserait de tout raconter à ses copains dès le lendemain autour d'un bon café. Alors pourquoi refuserait-il de donner quelques informations à Audrey ? Après tout, le journal lui avait fait une ristourne sur le prix de la parution de ses publicités, Burt pouvait bien lui rendre un petit service.

Un meurtre – même un cas de légitime défense – était un événement tout à fait exceptionnel dans le comté de Franklin. D'autant plus qu'il impliquait un étranger apparemment en lien avec la mafia et une femme discrète de la communauté des mennonites. Tous les ingrédients étaient réunis pour faire un bon scénario... Alors qui sait ? Cette nuit allait peut-être s'avérer chanceuse pour Audrey.

2

Audrey posa ses clés sur la desserte de l'entrée puis retira ses chaussures abîmées. Elle savoura un instant la sensation intense de soulagement et laissa ses orteils se détendre sur le parquet frais. La maison tout entière baignait dans l'obscurité, seule la petite lampe de l'entrée était allumée. C'était si étrange de rentrer dans une maison vide. Même aujourd'hui, alors que cela faisait six mois qu'elle était revenue vivre dans sa ville natale, elle se sentait encore troublée par le silence.

Sa mère avait toujours été si joyeuse et si dynamique. Peu importait la saison, il flottait toujours chez eux l'odeur des bouquets de fleurs qu'elle cueillait dans le jardin. Même en plein hiver, elle faisait fleurir ses fleurs dans la serre de style victorien qu'elle avait construite quand Audrey n'était encore qu'une enfant. Chaque année, Mary Jo Anderson gagnait des prix pour ses adorables plantations. Le jardinage avait toujours été un moyen pour elle de s'évader, une potion magique réconfortante qui lui permettait d'affronter les aléas de la vie.

Pour Audrey, c'était la lecture. C'était même probablement tous les romans qu'elle avait dévorés qui lui avait donné envie de devenir journaliste. Elle avait l'habitude de dire à ses amis qu'elle avait vécu mille vies grâce à tous les livres qu'elle avait lus. Grandir dans une petite ville n'avait pas été une limite, les plus belles œuvres l'avaient fait voyager dans le monde entier.

Elle ramassa ses talons hauts et se dirigea vers l'escalier. Toute la maison datait de l'époque victorienne hormis quelques endroits qui avaient été modernisés : un coin canapé plus confortable avait été installé dans le salon, et quelques aménagements avaient été réalisés dans la cuisine. Les peintures et papiers peints, encore en bon état, arboraient toujours les nuances roses et lie-de-vin datant de plus cent vingt ans, quand la maison avait été construite. C'était son arrière-arrière-grand-mère qui avait tout supervisé et elle avait choisi chaque chose avec le plus grand soin. Son arrière-grand-mère, sa grand-mère et sa propre mère, Mary Jo, qui n'était pourtant pas vraiment une dame « rose et lie-de-vin », avaient entretenu et respecté la décoration de leur aïeule Annette Anderson.

En haut de l'escalier, Audrey jeta un regard vers l'extrémité du couloir du deuxième étage. La suite qui s'y trouvait avait été la chambre de ses parents. Combien de fois s'était-elle faufilée la nuit dans l'obscurité jusqu'à cette imposante double porte ? Son père l'accueillait toujours bien et l'installait entre lui et sa mère. Probablement était-ce un des privilèges des enfants uniques…

Même après toutes ces années, son cœur se serrait chaque fois qu'elle pensait à lui. Il lui manquerait probablement toute sa vie, même si cela faisait maintenant près de vingt-quatre ans qu'il était mort.

Elle se sentit soudain épuisée et se dirigea vers sa propre chambre – celle où elle avait dormi toute son enfance – et alla déposer ses chaussures endommagées dans son placard. Un instant, elle se demanda si elle ne ferait pas mieux de les jeter, mais le cordonnier de la ville avait besoin de ce genre de menus travaux pour faire tourner sa boutique. Personne mieux qu'Audrey ne comprenait combien il était important de soutenir les petites entreprises locales. Même si elle était loin d'être dans le besoin, les dépenses liées aux soins de sa mère et les frais du journal avaient eu raison de toutes ses économies.

Elle soupira en accrochant sa veste. Même si sa mère n'avait jamais rien bougé dans la maison, Audrey, elle, avait opéré quelques changements. Elle avait commencé par faire agrandir son placard, mais elle devait malgré tout continuer à se restreindre. Être une journaliste d'investigation réputée et vivre sous les feux des projecteurs pendant toutes ces années l'avait amenée à se constituer une vaste garde-robe. De plus, elle devait reconnaître qu'elle avait développé une certaine obsession pour les vêtements, surtout pour les chaussures. Cela avait toujours été compatible avec son travail...

Mais aujourd'hui cette vie était terminée.

Elle referma la porte de son dressing comme s'il s'agissait de celle du passé. Rien ne servait de regarder en arrière. Sa vie était ici et maintenant et elle n'était pas si terrible.

Elle accrocha son sac à main à une chaise et commença à déboutonner son chemisier. Après avoir quitté la ferme des Sauder, elle avait suivi Burt jusqu'à l'hôpital mais elle n'avait rien appris de plus. Tandis qu'elle rentrait chez elle, elle avait appelé Brian, son ami de longue date et rédacteur en chef de *la Gazette de Winchester*, pour lui dicter l'article qu'elle souhaitait mettre à la une le lendemain. Puis elle lui avait envoyé les photos et demandé de tout préparer pour l'aube. Le délai était court mais comme ils étaient l'un des derniers journaux de la région à imprimer eux-mêmes, elle savait que tout pourrait être prêt à temps.

Sarah Sauder devait avoir deux ou trois ans de moins qu'Audrey. Celle-ci se souvenait l'avoir souvent vue, enfant, dans la boulangerie de ses parents et n'avait pas été étonnée de la retrouver à la caisse quand elle était revenue vivre à Winchester. La boulangerie Yoder, quoique se situant un peu hors du centre-ville, était considérée comme un des endroits incontournables du coin. Leurs petits gâteaux au beurre de cacahuètes étaient à se damner, et Audrey venait souvent en acheter ainsi que des scones aux myrtilles qu'elle avait l'habitude d'apporter à sa mère lorsqu'elle lui rendait visite. Elle les adorait autant qu'elle et c'était justement pour cette raison qu'elle évitait de se rendre à la boulangerie trop souvent.

Mais l'homme qui avait rendu son dernier souffle sur le sol de la cuisine de Sarah Sauder n'était de toute évidence pas venu jusqu'à Buncombe Road pour des petits gâteaux au beurre de cacahuètes ou des scones aux myrtilles. Et il n'était probablement pas entré par effraction dans la vieille ferme centenaire pour voler des objets précieux. La présence de Branch Holloway écartait tout motif banal et conférait à cette affaire une tout autre dimension.

Il ne pouvait manifestement pas s'agir de trafic de drogue ou d'êtres humains. Encore moins de trafic d'armes. Ou alors les Sauder ne seraient pas impliqués. L'homme s'était peut-être trompé de maison. Mais cela signifiait alors qu'il se passait bien quelque chose dans le comté de Franklin et que l'affaire s'était étendue jusqu'à Winchester.

Audrey laissa glisser sa jupe sur ses hanches et marcha jusqu'à la salle de bains. Pour être honnête, elle n'arrivait pas à imaginer quelles affaires criminelles pouvaient bien se dérouler ici, surtout impliquant les Yoder – ou les Sauder puisque c'était à présent le nom de Sarah. Audrey savait bien que les apparences pouvaient être trompeuses mais il s'agissait cette fois de la communauté mennonite.

Elle fronça les sourcils alors qu'un bouton de son chemisier lui résistait. Elle avait oublié de demander à Brian qui l'avait mis au courant de la fusillade...

Elle entendit tout à coup son téléphone portable qui vibrait dans son sac à main. Elle ne pouvait ignorer l'appel. Il pouvait s'agir d'une information cruciale sur l'affaire... Ou d'un problème au journal.

Depuis qu'elle avait repris la direction de *la Gazette de Winchester*, elle avait vite compris combien le fait de diriger une entreprise familiale pouvait empiéter sur la vie privée.

En tant que journaliste criminelle, elle s'était toujours consacrée corps et âme à son travail mais il y avait toujours des pauses entre deux affaires pendant lesquelles elle pouvait se reposer et relâcher la pression. Gérer *la Gazette* était une autre paire de manches. Il n'y avait jamais de pause, le cycle était sans fin, il fallait toujours trouver du contenu. Une nouvelle histoire, quelque chose pour remplir les pages, des publicités. Le journal appartenait à la famille Anderson depuis près de deux siècles. Elle ne pouvait être celle qui signerait sa perte. Et puis son père aurait été fier d'apprendre que c'était elle qui avait pris la relève quand son frère, l'oncle d'Audrey, Philip, était parti à la retraite.

Elle frissonna. En même temps, elle n'avait pas vraiment eu le choix. Cette décision avait été prise des années auparavant. Alors qu'elle cherchait son téléphone, elle se souvint du moment où, en apprenant que la personne qui comptait racheter *la Gazette* avait prévu de tout démolir, elle avait décidé d'en reprendre la direction. Ses frissons se transformèrent en un tremblement plus intense. Quelque chose qui résonnait au plus profond d'elle-même.

Jamais ce bâtiment historique ne serait détruit. Jamais. En tout cas, pas tant qu'Audrey serait en vie.

En regardant l'écran de son smartphone, elle vit que le numéro qui s'affichait était celui de Pine Haven. Un nouveau frisson la parcourut, un frisson de peur cette fois. Pine Haven était le nom de la résidence médicalisée où vivait sa mère.

— Allô ! dit-elle en retenant son souffle.

Cela faisait deux jours qu'elle n'était pas allée voir sa mère. Quel genre de fille pouvait-elle bien être pour ne pas lui avoir donné de nouvelles depuis près de quarante-huit heures ?

— Mademoiselle Anderson, c'est Roberta Thompson de Pine Haven.

L'inquiétude qui transparaissait dans le ton de la voix de la femme renforça les craintes d'Audrey.

— Votre mère est très agitée ce soir, nous allons devoir lui administrer un sédatif mais elle insiste pour vous voir avant. Je sais qu'il est tard mais...

— J'arrive immédiatement.

La résidence de Pine Haven se trouvait à l'autre bout de la ville et, même s'il ne lui fallut qu'un quart d'heure pour s'y rendre, Audrey eut l'impression que le trajet durait une éternité. Son cœur battait à une vitesse folle tandis qu'elle se garait sur le parking et courait vers l'entrée principale. Le gardien de nuit la salua de la main.

L'infirmière Roberta Thompson l'attendait à l'entrée du bâtiment réservé aux patients souffrant de troubles de la mémoire.

— Je suis désolée de vous avoir dérangée à une heure aussi tardive mais elle refuse de rester au lit et demande à vous voir. Quand un patient est aussi agité, nous avons la plupart du temps recours à des sédatifs mais le dossier de votre mère indique qu'il faut vous prévenir avant de le faire.

— Vous avez bien fait, lui répondit Audrey en lui tendant la main. Je vous en prie, ne vous excusez pas, vous savez que je préfère que vous m'appeliez, peu importe l'heure.

— Allez vite la voir, continua Roberta en hochant la tête. C'est la seule chose dont elle a besoin à cet instant. Nous viendrons ensuite l'installer pour la nuit.

Quand Audrey entra, Mary Jo Anderson était en train de faire les cent pas dans sa chambre. Ses courts cheveux gris étaient ébouriffés et sa longue chemise de nuit toute froissée comme si elle avait déjà passé une partie de la nuit à se retourner dans son lit.

— Maman.

Le regard de Mary Jo se posa sur Audrey. Pendant un moment, elle la fixa ainsi, la distance et la confusion brouillant son regard bleu perçant. Elle semblait être très loin d'ici, peut-être pas d'un point de vue géographique mais plutôt temporel.

Audrey ne connaissait que trop bien ce regard. Quand elle était rentrée chez elle pour racheter le journal et en reprendre la direction, elle avait été surprise par les épisodes de perte de mémoire de sa mère. Surprise et effondrée. Comment avait-elle pu autant se dégrader sans qu'Audrey le sache ?

— Audrey, lui répondit sa mère, souriante, le brouillard dans son regard s'étant dissipé.

Audrey alla fermer la porte puis avança vers elle pour la prendre dans ses bras.

— Que se passe-t-il ? L'infirmière Thompson m'a dit que tu étais contrariée ?

Quand Audrey recula, le sourire de sa mère s'était évanoui.

— Ils vont le trouver et alors tu sauras ce qu'il s'est passé.

Une peur familière se réveilla dans le ventre d'Audrey.

— Asseyons-nous un instant, tu veux bien, maman ? Je suis vraiment épuisée et je suis sûre que tu dois l'être aussi.

Elle guida sa mère jusqu'à son lit et elles s'y assirent l'une à côté de l'autre.

Mary Jo regarda le jean et le pull que portait sa fille avant de regarder une nouvelle fois son visage.

— Tu es la plus jolie fille que j'aie jamais vue dans un vieux jean, Audrey Rose.

— Tu dis toujours ça, maman, lui répondit Audrey en ne pouvant se retenir de sourire.

— Peut-être parce que c'est vrai.

Mary Jo laissa échapper un soupir puis se tourna vers le mur de l'autre côté de la pièce, comme si quelqu'un d'autre venait de lui parler.

— Je suis désolée de t'avoir causé des soucis, chérie. Tu devrais rentrer à Washington. Je fais n'importe quoi.

— Tu ne fais pas n'importe quoi, lui répondit Audrey en passant son bras autour d'elle. Tu te souviens ? J'ai emménagé à Winchester il y a six mois maintenant pour reprendre la direction du journal.

En voyant la surprise briller dans les yeux de sa mère, elle comprit que celle-ci avait oublié cette information.

— J'ai pris la suite de l'oncle Phil qui voulait prendre sa retraite.

Mary Jo regarda ailleurs, signe qu'elle ne se souvenait réellement de rien. Les rides sur son visage semblaient plus profondes que jamais. Des sillons creusés par le temps mais surtout par l'inquiétude. Car même si ses souvenirs s'évanouissaient, elle continuait de s'inquiéter. Était-ce le fardeau que devaient porter toutes les femmes ? Une malédiction qui toucherait toutes les mères ?

À moins que ce ne soit à cause de ce secret qu'elles gardaient toutes les deux pour elles depuis si longtemps ?

Audrey repoussa cette idée. Ce sujet n'était pas à l'ordre du jour. Il n'y avait aucune raison de s'en faire pour le moment.

— Nous ne pourrons pas toujours garder ça pour nous, murmura sa mère comme si elle lisait dans ses pensées.

Audrey reporta son attention sur elle. Elle regardait la porte comme si quelqu'un pouvait les entendre. Cependant il ne faisait aucun doute que si on les surprenait au beau milieu de leur conversation, tout cela serait interprété comme une nouvelle divagation de Mary Jo.

— Maman, tu n'as pas besoin de t'inquiéter. Personne ne saura jamais rien de toute cette affaire. Je te le promets.

Mais Audrey vit briller dans le regard de sa mère un tel sentiment d'urgence qu'elle sentit une peine immense la submerger.

— Oh ! ma chérie, tu ne peux rien y faire. Appelle ça comme tu voudras, le destin ou je ne sais pas quoi, dit-elle avant de prendre une profonde inspiration. Ils vont découvrir ce que nous avons fait et tout est de ma faute. Entièrement de ma faute.

Elle se mit à répéter ces derniers mots en boucle.

Audrey pensa qu'elle devrait demander à Roberta si Mary Jo avait eu des visiteurs aujourd'hui. En général, quelque chose de particulier déclenchait ce genre de crises. Peut-être avait-elle entendu parler de la fusillade sur Buncombe Road. Cela dit, Audrey se demandait bien comment une telle chose aurait été possible. À moins qu'elle n'ait entendu parler de quelque chose de violent ou de la mort de quelqu'un. Ce type d'événements bouleversait toujours sa mère. Dans ce cas, Audrey faisait tout ce qu'elle pouvait pour essayer de la calmer et l'orientait vers des souvenirs plus réconfortants.

— Maman, tu te souviens de ma pièce de théâtre au collège ? Tu avais dû me fabriquer mon costume. Je jouais le rôle d'une infirmière et tu étais très contrariée que je n'aie pas été retenue pour jouer le rôle de Juliette.

— Ce costume était hideux, approuva sa mère en hochant la tête. Tu aurais dû jouer Juliette.

Audrey éclata de rire.

— Tu sais, c'est Mme Bishop qui s'occupait de la mise en scène et j'imagine qu'elle avait de bonnes raisons de vouloir que ce soit sa fille qui ait le premier rôle.

— Je n'ai vu qu'une seule chose plus laide que ce costume, c'est la robe que tu portais le soir de ton bal de promo, lui répondit sa mère, en riant elle aussi.

— Oh ! répondit Audrey en se remémorant ce souvenir douloureux qu'elle avait essayé avec tant d'ardeur de refouler. C'est vrai qu'elle était absolument horrible.

Sa mère continua à marmonner des choses à propos de cette robe, des accessoires et de la manière dont rien n'était en place sur cette tenue. Audrey se souvenait avoir beaucoup pleuré avant de finalement décider de sauter dans son jean et son T-shirt préférés pour se rendre à ce maudit bal de promo. Certes la moitié des élèves et des professeurs avaient été choqués, mais le reste s'en moquait royalement. Audrey était certaine qu'elle devait être la seule fille à avoir jamais osé porter un pantalon un soir de promo dans tout le comté de Franklin, peut-être même dans tout l'État du Tennessee.

Quand il l'avait vue, Colt avait souri et lui avait dit qu'elle était la plus belle fille de tout le gymnase – peut-être même du monde entier. Audrey sentit la douleur qui accompagnait ces vieux souvenirs se réveiller au fond d'elle. Elle était folle amoureuse de Colt Tanner. Ils avaient fait des projets sur le futur depuis ce jour où il l'avait embrassée à l'arrêt de bus, alors qu'ils étaient en quatrième. Ce baiser les avait surpris tous les deux. L'équilibre parfait entre la douceur et l'innocence.

Elle connaissait le garçon et l'homme qu'il était devenu sous toutes ses coutures. Enfin, c'est ce qu'elle avait cru. Mais on ne connaît jamais une personne. Pas vraiment. Quand il avait épousé une autre femme – une autre femme qui portait son enfant – Audrey avait compris que plus jamais elle ne ferait confiance à un homme. Colt lui avait brisé le cœur et jamais plus elle ne se laisserait prendre au jeu de l'amour.

Fidèle à sa décision, elle n'était plus jamais tombée amoureuse. En décembre, elle allait avoir trente-sept ans... La quarantaine se rapprochait à grands pas. De toute évidence, elle ne connaîtrait jamais la joie de porter un enfant, son enfant... Et jamais elle ne partagerait sa vie avec un homme qu'elle aimerait comme sa mère avait aimé son père. Mais elle pouvait toujours se consoler avec sa carrière professionnelle qui avait été très gratifiante... Enfin jusqu'à ce que les choses se gâtent.

Le journal était un peu comme son bébé, finalement. Ses collègues, sa famille. Et puis elle avait toujours sa mère. Enfin, la plupart du temps.

Plutôt que de s'apitoyer sur son sort, Audrey recommença à écouter cette dernière qui parlait du passé, le bon vieux temps comme elle l'appelait. Cette époque heureuse avant l'année noire qui avait suivi la mort de son père... et le secret qu'elle et sa mère emporteraient dans leurs tombes.

Certaines choses devaient rester enterrées pour toujours. Ce n'était pas possible autrement, et ce ne le serait jamais.

— Et puis tu es devenue cette célèbre journaliste d'investigation, dit Mary Jo, les yeux étincelants de fierté. Ton père aurait été si fier. Il n'aurait pas aimé te savoir coincée ici à diriger cette maudite gazette. Il voulait que tu explores le monde, que tu repousses les limites.

Peut-être, pensa Audrey, mais elle n'avait pas vraiment eu le choix. Six mois plus tôt, sa mère l'avait appelée pour la prévenir que Philippe comptait prendre sa retraite et qu'un investisseur était intéressé par le rachat du journal. Enfin, il avait pour projet de démolir le bâtiment pour « repartir de zéro ». Une telle chose ne pouvait arriver. Pas dans cette vie.

— Pour tout te dire, maman, je commençais à me lasser des feux de la rampe et de tous ces voyages..., dit Audrey en se rappelant que peu de temps encore auparavant sa carrière semblait être sa seule priorité. Il était temps de laisser la place à quelqu'un d'autre.

Elle fit un clin d'œil à sa mère et Mary Jo lui sourit.

— Tu as toujours été une fille si attentionnée. Je n'oublierai jamais cette fois où tu avais donné tous tes vêtements à cette petite fille dont la maison venait de partir en fumée. J'avais fini par te convaincre de l'emmener plutôt faire un peu de shopping mais ton père et moi étions si fiers de toi. Je sais qu'il ne te quitte pas des yeux et qu'il suit ta carrière de là-haut.

Audrey soupira. Il y avait un autre secret qu'elle comptait bien garder. Sa mère ne saurait jamais, comme personne d'ailleurs, que sa carrière avait en réalité volé en éclat. Elle avait fait une erreur. Pendant dix ans, elle avait occupé la première place dans ce métier et puis elle avait fait cette stupide bêtise. Elle avait tellement voulu ce scoop qu'elle avait fait confiance à une source, s'était laissé prendre au jeu de l'amitié et avait brûlé les étapes pour être la première sur le coup. Elle avait tout raté. Et pas qu'un peu.

Enfin, elle n'avait personne à blâmer, elle était seule responsable de son échec. C'est à cette période que sa mère l'avait appelée pour la prévenir du départ de son oncle, alors qu'elle essayait de se remettre. Audrey avait fait tout ce qu'elle pouvait faire. Elle était rentrée chez elle et avait racheté les parts de Philippe. Toutes ses économies y étaient passées et elle avait décidé de reprendre la direction du journal. Personne ne savait mieux qu'elle comment raconter des histoires passionnantes. Elle espérait mettre moins d'un an pour faire repartir le journal. C'était jouable, on fabriquait bien des êtres humains en moins de temps que ça. Et puis, c'était la distraction idéale. Occupée à gérer son héritage familial, elle n'aurait plus le temps de penser aux ruines de sa superbe carrière.

Ou à cet autre secret que personne ne devait jamais découvrir.

Sa mère posa la tête sur son épaule. Maintenant que sa crise était passée, elle semblait détendue et épuisée.

Le retour dans sa ville natale avait mis Audrey face à une dure réalité : sa mère n'allait pas bien. Les pertes de mémoire et les crises d'angoisse n'étaient pas dues à son âge ou au rythme de vie surchargé qu'elle avait suivi pendant trente-cinq ans.

Non, Mary Jo Anderson souffrait de la maladie d'Alzheimer. Si Audrey était rentrée chez elle plus souvent, elle aurait probablement remarqué que les pertes de clés et les rendez-vous manqués que sa mère évoquait en riant au téléphone n'avaient en fait rien à voir avec de la simple étourderie. C'était plus préoccupant. Mais à cette époque, Audrey était bien trop occupée à gérer son illustre carrière. Elle avait appelé sa mère toutes les semaines, parfois même tous les trois jours, mais elle n'était pas venue la voir aussi souvent qu'elle l'aurait dû.

Mais elle était là maintenant. Et comme son père avait l'habitude de dire, « quand la vie te donne des citrons, fais de la citronnade ».

La fusillade de ce soir en était une parfaite illustration. Rien ne pouvait mieux relancer les ventes du journal qu'un homicide dans la région.

3

Appuyé contre le capot de sa voiture, Colt laissa échapper un profond soupir. Burt venait d'emmener le corps. Plutôt que de le faire enlever par les pompes funèbres locales, il avait demandé au médecin légiste de l'emmener à la morgue pour pratiquer une autopsie. La brigade anticriminelle du département, composée de deux hommes seulement, venait de passer la maison des Sauder au peigne fin.

Et la seule chose qui semblait manquer pour le moment était le mari de Sarah Sauder. Il était parti assister à un enterrement à Hendersonville mais n'était toujours pas rentré. Colt se demandait comment il pouvait ne pas avoir déjà rejoint les siens après avoir été mis au courant des événements. Mais sa femme et ses enfants avaient manifestement perdu tout espoir de le voir arriver et ils étaient partis chez le père de Sarah. La maison baignait maintenant dans l'obscurité et toutes les portes avaient été fermées à double tour. Colt avait prévu de revenir inspecter les lieux une nouvelle fois, le lendemain, même s'il ne s'attendait pas à trouver de nouveaux indices.

La soirée avait été rude pour Sarah. Voir des inconnus aller et venir chez elle n'était pas quelque chose d'habituel pour la communauté mennonite. Ces gens-là étaient discrets et vivaient dans une certaine intimité. Ils gardaient les choses pour eux et évitaient soigneusement les ennuis.

Un peu plus loin sur la route, le marshal Branch Holloway

faisait les cent pas, son téléphone portable collé à l'oreille. Colt savait qu'il s'était éloigné pour ne pas ébruiter le contenu de sa conversation téléphonique. D'après ce qu'il avait entendu dire, Branch avait une excellente réputation dans le service fédéral. Mais, pour il ne savait quelle raison, il avait atterri ici, dans la région de Franklin l'année dernière. Quoi qu'il ait pu se passer, cela n'avait pas dû être bon. Winchester n'était pas vraiment le centre des activités criminelles...

Enfin, ce soir semblait être une exception.

Selon Branch, la victime jouait les hommes de main pour la mafia de Chicago. Mais à part cette information, le marshal était resté plutôt silencieux. Ce qui avait le don d'énerver Colt. Il était sur ses terres de juridiction et le shérif avait besoin de connaître tous les détails de ce qui s'était passé chez les Sauder cette nuit. Il ne comptait pas renoncer au contrôle de l'enquête, enfin sauf si on ne lui laissait pas le choix. La sécurité des habitants de ce comté était sous sa responsabilité, pas sous celle de Branch Holloway.

Après avoir rangé son téléphone, Branch se dirigea vers Colt qui se redressa et posa les deux mains sur ses hanches.

— Alors, que dit ton ancien supérieur ?

— J'avais raison, la victime est bien Tony Marcello, lui répondit Branch en jetant un regard vers la maison. Ce n'était pas un cambriolage lambda, Colt. Marcello est le genre d'homme qui s'occupe de faire le sale boulot. Qui s'occupe de faire les collectes sur les prêts. Il joue les exécutants, les gardes du corps et agit la plupart du temps sur commande... Je ne pense pas qu'un type pareil puisse se tromper.

— Tu veux dire que les Sauder sont impliqués dans une affaire avec la mafia ? lui demanda Colt, incrédule.

— On dirait bien, en effet, approuva Branch en adoptant la même posture que Colt, comme pour voir lequel des deux dégainerait le plus vite. Mais je ne suis de retour ici que depuis un an et je connais peu les habitants de la région. Que peux-tu me dire à propos de Wesley Sauder ?

— Tu connais la communauté mennonite ? lui demanda Colt qui savait que Branch avait grandi à Winchester. Ces gens-là sont du genre discret, ce sont d'agréables voisins et de bons citoyens... Ils ne créent jamais de problème et s'ils en ont, ils les règlent entre eux.

— Mais, le coupa Branch en haussant les épaules, Wesley faisait partie de cette communauté depuis quoi, dix ans ?

— Il a emménagé ici il y a une dizaine d'années, en effet, approuva Colt en se remémorant les réponses de Sarah lors de son interrogatoire. Sa femme nous a dit qu'il venait de Markham, dans l'Illinois.

— Markham n'est pas loin de Chicago.

Colt laissa échapper un nouveau soupir.

— Nous en saurons plus quand nous aurons relevé les empreintes de Sauder.

Colt avait demandé aux techniciens de relever les empreintes sur les bras du fauteuil qui se trouvait près de la cheminée. Quand elle avait évoqué son mari, Sarah avait jeté un regard vers le fauteuil vide. Colt en avait déduit que l'homme devait aimer s'asseoir à cet endroit.

— Il n'y a aucun Wesley Sauder en Illinois ou Tennessee dans la base de données, ajouta Branch. Donc si le mari de cette femme est bien qui il prétend être, on ne trouvera rien sur lui là-bas.

— Oui, mais si nous trouvons une correspondance avec ses empreintes, alors nous saurons qu'il nous ment sur sa véritable identité.

Bon sang, pensa Colt. Grâce à ses contacts, Branch avait accès à toutes les informations en un clin d'œil, Colt, lui n'avait pas ce genre de ressources. Même s'il était reconnaissant de ce petit coup de pouce, il ne pouvait s'empêcher d'être agacé.

— Et s'il n'est pas référencé, alors cela signifiera que son casier judiciaire est vierge.

— Ce que je crois, dit Branch qui semblait déjà vouloir s'occuper de l'affaire.

— Enfin, nous pourrions débattre toute la nuit à propos de cette fusillade, nous n'apprendrions rien de nouveau pour le moment. Nous devons faire ça correctement, Branch. Suivons les règles. Il ne faut pas aller trop vite.

Colt ne savait pas exactement pourquoi Branch avait quitté Chicago pour être assigné à une mission de baby-sitting dans sa ville natale mais il sentait qu'il y avait anguille sous roche.

— Nous allons faire les choses à ta manière pour le moment, lui répondit Branch en regardant une nouvelle fois la maison des Sauder. Je reviendrai vers toi demain.

Colt lui fit un signe du menton puis le regarda s'éloigner vers son véhicule. Tandis que Branch quittait les lieux, il pensa avec regret à Melvin Yoder qui était sur son lit de mort. Il irait rendre visite à la famille dès le lendemain pour voir s'il pouvait malgré tout avoir une petite discussion avec le patriarche de la communauté mennonite. Yoder connaissait son beau-fils mieux que quiconque. Jamais Sauder n'aurait pu épouser la fille de Yoder s'il n'avait pas fait ses preuves auprès du vieil homme.

Le père de Colt était ami avec Yoder. Enfin, il avait été aussi proche que pouvait l'être un étranger avec un membre de cette communauté renfermée. Avec un peu de chance, cette relation servirait à Colt dans son enquête. Si la santé du vieil homme lui permettait encore de recevoir des visites, Colt n'hésiterait pas à lui demander des informations sur Wesley Sauder. Quel genre d'homme pouvait-il donc bien être pour se cacher alors que sa famille avait tant besoin de lui ?

Il n'y avait qu'une explication : il avait quelque chose à cacher.

Colt monta au volant de son pick-up et jeta un dernier regard à la ferme. Il ne savait pas ce que Sarah Sauder et son mari pouvaient bien cacher mais il ne tarderait pas à le découvrir…

À peine Colt eut-il le temps de se garer devant sa maison qu'un autre problème se présenta. Son fils, Key, apparut dans sa voiture juste derrière lui. Même à dix-huit ans, se dit Colt, il était bien plus tard que l'horaire autorisé la veille d'un jour de classe.

Colt resta immobile au volant. Il avait déjà coupé son moteur et éteint ses phares. Key ne pouvait pas se douter de sa présence. Il devait même probablement penser qu'à cette heure tardive son père autoritaire et hyper protecteur devait dormir à poings fermés. Colt le regarda descendre de son véhicule et refermer doucement la portière derrière lui. Après avoir jeté un regard aux environs, il se dirigea vers la maison. En chancelant.

Colt réprima un juron.

Il observa ensuite son fils unique escalader le mur jusqu'à la fenêtre de sa chambre, l'ouvrir maladroitement et essayer de s'y faufiler tant bien que mal, avant de finir par s'écrouler à l'intérieur. Si Colt avait un peu de chance, il était tombé sur la tête. Peut-être que cela lui mettrait un peu de plomb dans la cervelle. Ce garçon semblait attiré par les ennuis. Il avait pourtant toujours eu tout ce qu'il voulait, y compris ce pick-up flambant neuf que son grand-père Wilhem venait de lui offrir. Enfin, peut-être était-ce le cœur du problème... Sa mère et son grand-père le gâtaient beaucoup trop. Colt était le seul à essayer de lui imposer des règles mais la garde partagée signifiait que la moitié du temps son fils menait la vie qu'il voulait.

Et il s'engageait maintenant sur une mauvaise voie.

Ce n'était pas la première fois que Colt le surprenait alors qu'il rentrait à la maison aussi tard. Il jeta un œil au pick-up rouge garé derrière lui et soupira. Cette fois, son fils avait conduit en état d'ébriété. Colt l'avait vu de ses propres yeux. Toutes les bêtises qu'il avait faites jusqu'à présent n'avaient rien à voir avec celle-ci. Conduire sous l'emprise de l'alcool n'était pas quelque chose que Colt pouvait tolérer.

— Au diable, toutes ces conneries, jura-t-il une nouvelle fois.

Il sortit de sa voiture, claqua sa portière et marcha jusqu'à la maison qu'il avait héritée de son propre père. La seule chose qu'il n'avait pas perdue lors de son divorce.

Quand il entra dans la chambre de Key, il le trouva allongé sur le sol, à l'endroit où il était tombé. Il ronflait bruyamment. Tout en secouant la tête, Colt alla fermer la fenêtre et ramassa les clés de voiture qu'il fourra dans sa poche. Interdiction de prendre le volant pendant au moins un mois. Réveiller son fils pour lui faire la leçon à cet instant lui sembla une perte totale de temps et d'énergie, débattre avec un ivrogne n'avait jamais mené nulle part... Le matin viendrait bien assez tôt pour s'atteler à cette tâche déplaisante.

Il envisagea un instant de porter son fils jusque dans son lit mais il se ravisa et décida de le laisser dormir là où il s'était assoupi. Son téléphone portable avait glissé de sa poche et reposait non loin de lui. Colt prit une autre décision. Ce gosse n'avait pas besoin d'un smartphone. Une voiture et un téléphone portable étaient des luxes que la plupart des enfants de son âge n'avaient pas la joie de posséder. Pourquoi Key aurait-il accès à ce genre de choses alors qu'il était incapable de respecter la moindre règle ?

Déçu et épuisé, Colt marcha jusqu'à sa chambre. Il posa son chapeau sur son bureau en pensant qu'il avait besoin d'une douche et d'une bonne bière. Puis il repensa à son fils, allongé par terre dans l'autre chambre. Peut-être allait-il faire l'impasse sur la bière. Il s'assit sur le bord de son lit et retira ses bottes l'une après l'autre avant de les jeter au sol. Toute sa vie, il avait porté des bottes de cow-boy. Son père lui avait acheté sa première paire le jour où il avait appris à marcher. Si celui-ci avait été encore là aujourd'hui, il aurait su probablement comment aider Key à reprendre le droit chemin.

Parfois Colt se demandait si son ex-femme ne laissait pas son fils faire ce qu'il voulait uniquement pour se venger de lui. Dieu seul savait que Colt n'avait jamais eu l'autorisation de se comporter de la sorte en étant gamin, et jamais il n'aurait pensé que son propre fils puisse avoir une attitude aussi stupide. Mais Karen le laissait mener sa vie comme il l'entendait. Elle lui avait donné le prénom de son propre père, Keyton. Colt n'avait pas protesté puisque son fils porterait le nom de sa propre famille, les Tanner. Il avait voulu être juste. Mais Karen Wilhem n'était pas du genre à jouer de manière loyale. Key n'avait pas un an quand Colt l'avait surprise pour la première fois en train de le tromper. Il avait supporté dix ans de mensonges pour tenter de garder un semblant de famille unie. Et puis, un jour, il en avait eu assez.

Il déboutonna sa chemise et ouvrit sa ceinture. La sonnerie – inspirée d'un morceau de rap – du téléphone de Key l'interrompit. Sur l'écran apparut le nom de la personne qui l'appelait : Maman. Colt décrocha et répondit à la manière de son fils :

— Ouais ?

— Chaton, je voulais juste m'assurer que tu étais bien rentré, tu étais quand même un peu ivre.

Colt sentit la colère le submerger.

— Tu laisses ton fils prendre le volant alors qu'il a consommé de l'alcool ?

— Pourquoi est-ce que tu réponds au téléphone de Key ? lui répondit Karen après être restée silencieuse quelques instants.

Mais la froide colère dans le ton de sa voix n'était rien comparée à la rage brûlante qui habitait Colt.

— Parce qu'il l'a laissé tomber en entrant dans sa chambre par la fenêtre après avoir escaladé le mur. Actuellement, il cuve par terre, sur la moquette.

— Je... Je suis sûre qu'il n'avait pas bu autant quand il est parti d'ici. Il a dû s'arrêter chez un copain sur le chemin du retour.

Menteuse.

— Il ne va plus conduire avant un bon bout de temps. Et il ne sera plus tellement joignable non plus.

— C'est mon père qui lui a offert ce pick-up, Colt, tu n'as pas le droit de le lui enlever.

— Tu préfères que je l'arrête pour conduite en état d'ivresse ? Je peux tout à fait le faire et pour ça je n'ai pas besoin de la permission de ton papa.

— Tu n'oserais pas.

— Je t'ai bien arrêtée, toi, lui répondit Colt en éclatant de rire.

Mais bien sûr, son riche paternel avait embauché le meilleur avocat de la région pour régler rapidement la situation. Il n'était donc pas surprenant que leur fils se moque royalement des conséquences de ses actes. Toute sa vie, il avait vu sa mère se tirer de n'importe quelle situation en un seul claquement de doigts. Y compris de ses dix ans de mariage avec Colt qui prenait soin de regarder ailleurs pendant qu'elle le trompait avec tous les hommes du comté.

— Mon père t'appellera à la première heure, demain matin, lui dit-elle avant de lui raccrocher au nez.

Colt éteignit le téléphone de Key puis le glissa dans la taie de l'oreiller dont il ne se servait pas. Jamais son fils ne penserait à regarder à cet endroit. Et heureusement, sa mère ne viendrait plus jamais traîner autour du lit de Colt.

Il ôta son jean, son boxer et se dirigea vers la douche. Tout en attendant que l'eau chauffe, il repensa à la plus grosse bêtise qu'il avait faite de toute sa vie.

Blesser Rey.

Chaque fois qu'il la croisait, cette erreur lui revenait en mémoire. Comment diable avait-il pu la laisser partir ? Il esquissa un sourire. Il ne l'avait pas *laissée* faire quoi que ce soit… Depuis toujours, Audrey Rose Anderson ne faisait que ce qu'elle voulait.

Depuis qu'il était enfant, Rey était tout pour lui. Pour être tout à fait honnête, il avait même été fasciné par elle depuis ce jour, à l'école maternelle, où elle avait donné un coup de pied au garçon qui se moquait de lui car il pleurait. Personne ne savait à cette époque que la mère de Colt était en train de mourir d'un cancer et peu lui importait de souffrir, elle avait tenu à emmener son petit garçon à l'école le jour de la rentrée. Quand elle avait laissé Colt dans sa salle de classe, il avait éclaté en sanglots. Il avait été terrifié à l'idée qu'elle pourrait mourir avant la fin de la journée et qu'il ne la reverrait peut-être jamais.

Après avoir frappé l'enfant moqueur au tibia, Audrey était venue voir Colt et lui avait dit :

— J'aime bien tes bottes, tu veux t'asseoir à côté de moi ?

À partir de ce jour, ils étaient devenus amis et ne s'étaient plus quittés. Puis il était tombé amoureux d'elle. Éperdument amoureux. Maintenant encore, rien que de penser à elle suffisait à lui couper le souffle.

— Tu as tout fait foirer, espèce d'abruti.

Il entra dans la cabine de douche et laissa ses souvenirs s'évaporer sous l'eau chaude.

Il y avait des erreurs qui ne pouvaient être pardonnées. Et Rey se chargeait de le lui rappeler chaque fois qu'elle le voyait.

4

Mardi 26 février, 8 heures.

— Ajouter notre numéro au bas de l'article est une idée de génie, lança Audrey en déposant l'édition de *la Gazette* du jour sur son bureau. Les lecteurs pourront nous appeler s'ils ont des informations, bien joué, Brian !

— Oh ! je n'ai aucun mérite, j'ai été formé par les meilleurs, lui répondit Brian Peterson en riant.

Son enthousiasme était contagieux et, malgré la fatigue, Audrey esquissa un sourire. Comme disait sa mère, elle se sentait aujourd'hui « aussi épuisée en se levant qu'elle l'était la veille en se couchant ».

— C'est vrai que mon oncle était le meilleur des mentors.

— Je voulais surtout parler de toi, la corrigea Brian.

Audrey éclata de rire.

— Tu travaillais à ce journal avec mon oncle bien avant que je prenne sa suite.

— Peut-être mais je suivais ta carrière de loin, insista Brian. Et j'ai appris beaucoup en observant ta manière de traiter les sujets.

— La flatterie ne te mènera nulle part, tu sais, lui répondit-elle en lui lançant un clin d'œil.

— Je sais, continua-t-il. Rappelle-toi que je t'ai supportée comme meilleure amie de la maternelle à la terminale, on peut dire que je te connais plutôt bien.

— Quand j'y pense, je me dis que c'est un miracle que nous ayons survécu à tout ça.

Brian et elle étaient très bons amis, et ce depuis leur plus tendre enfance. Jamais Audrey ne pourrait oublier ce jour où, en première année, alors qu'ils étaient à la cafétéria de l'école, un élève avait révélé à toute l'assemblée l'homosexualité de Brian. Cette journée était un des meilleurs souvenirs de sa vie. Colt, qui était alors le footballeur vedette du lycée, était venu s'asseoir à côté de Brian pour lui apporter son soutien. En repensant à cet instant, Audrey pouvait encore éprouver le sentiment de fierté qu'elle avait alors ressenti. Mais qu'était-il arrivé à ce jeune homme qui aidait ses amis à traverser n'importe quelle épreuve ? Comment ce même Colt avait-il pu briser le cœur de celle qui était folle de lui ?

— Hum, toi tu es en train de penser à Colt.

Les mots de Brian ramenèrent Audrey à la réalité. Elle secoua la tête et le regarda en fronçant les sourcils.

— Qu'est-ce que tu dis ?

Mais sa fausse expression de surprise ne duperait pas son vieil ami, elle le savait.

— Mouais, c'est bien ce que je pensais.

Audrey décida d'employer une autre technique.

— Du coup, est-ce que des gens ont appelé ce matin pour donner des informations ?

— Quelques-uns, oui, mais n'essaie pas de changer de sujet. Pendant combien de temps vas-tu encore ruminer cette vieille rancœur contre lui ? Ça va faire dix-huit ans, maintenant !

Le soir de la finale du championnat de football, la victoire s'était soldée par une immense fête dans la maison d'un des joueurs. Tout le monde s'y était rendu. Sauf Audrey qui avait la grippe. Au printemps suivant, tout le monde connaissait la suite de l'histoire : Karen Wilhem était enceinte. Et elle avait été plus que ravie d'annoncer à tout le monde que Colt était le père. Audrey avait réussi tant bien que mal à finir l'année scolaire. Mais si Sasha et Brian, ses deux meilleurs amis, n'avaient pas été là, elle n'aurait pas eu la force d'assister à la cérémonie de remise des diplômes.

— Je ne lui pardonnerai jamais, répondit-elle à Brian. Maintenant, veux-tu bien me dire si un de ces coups de fil pourrait déboucher sur une piste intéressante ?

— Non, rien de concluant pour le moment, lui dit-il en soupirant.

— Nous devons essayer d'en savoir plus sur ce Wesley Sauder.

Audrey se leva de son bureau et alla se poster devant le grand tableau noir que son père avait toujours utilisé. Celui-ci occupait presque la moitié du mur. Son père écrivait toujours toutes sortes de notes dessus mais prenait soin de laisser un petit coin vide pour qu'elle puisse y faire un dessin quand, enfant, elle venait lui rendre visite. Elle avait vite pris l'habitude de venir directement ici après l'école et faisait souvent ses devoirs à la rédaction.

— Tu as déjà sous les yeux tout ce que nous savons, lui répondit Brian en la rejoignant devant le tableau. Sauder a quitté l'Illinois pour venir s'installer ici il y a une dizaine d'années. D'après ce que j'ai compris, il a rencontré Melvin Yoder alors que celui-ci était poursuivi par un taureau et il lui aurait sauvé la vie. Yoder l'a pris sous son aile, l'a introduit dans la communauté et Sauder a fini par épouser la fille du vieil homme. Dix ans et quatre enfants plus tard, celui-ci a grimpé les échelons dans la hiérarchie mennonite. Et comme M. Yoder est très malade, apparemment tout le monde se tourne vers Sauder qui semble être prêt à prendre sa suite.

— Sauder a quarante-huit ans, presque dix ans de plus que sa femme, fit remarquer Audrey en regardant avec attention ce qu'ils avaient écrit sur le tableau.

Brian lui montra une photo de Sarah qu'il avait retrouvée

dans un article sur la boulangerie Yoder, publié par *la Gazette* quelques années auparavant.

— Sarah est la fille cadette de Yoder. Elle avait vingt-quatre ans et semblait partie pour rester vieille fille, alors en la mariant avec l'homme qui lui avait sauvé la vie, Yoder a fait d'une pierre deux coups.

— J'espère que tu plaisantes..., lui répondit Audrey en levant les yeux au ciel.

Audrey n'arrivait pas à croire qu'on puisse encore penser qu'une jeune fille encore célibataire à cet âge puisse devenir vieille fille.

— Les mennonites ont une vision de la vie plutôt conservatrice et légèrement rétrograde, nous savons tous qu'on n'est pas forcés d'être en couple à vingt ans pour pouvoir fonder une famille, lui répondit Brian en levant les mains en l'air avec un regard innocent.

— Tu dis que Sarah est sa fille cadette ? lui demanda Audrey en décidant de changer de sujet. Je ne me souvenais pas qu'il en avait une autre...

— Si, Bethany, elle a sept ans de moins que nous, donc elle doit avoir trente et un ans, si mes calculs sont bons. Après avoir arrêté l'école à seize ans, elle a disparu de la circulation. Il me semble qu'elle est partie vivre à Nashville pour être chanteuse.

— Et qu'est-ce qu'elle est devenue ?

— Eh bien, la gloire et la richesse ne semblaient pas être au rendez-vous... Elle est revenue ici mais sa famille l'a rejetée. Ou peut-être est-ce plutôt elle qui a préféré garder ses distances, je ne sais pas. Elle travaille maintenant comme serveuse dans un bar de l'autre côté de la ville. Je crois qu'elle ne s'est jamais mariée.

Comme toi, pensa Audrey en se souvenant des actes de naissance parus dans le journal du jour. Une ancienne camarade de classe avait encore eu un enfant. Sasha Lenoir et elle étaient maintenant les deux seules de sa promo à ne pas être mariées. Même Brian avait un mari. L'année passée, lui et son conjoint avaient aussi adopté une petite fille.

Audrey, elle, avait des chaussures. Beaucoup de chaussures. Et une maison immense mais tellement vide. Au moins, Sasha avait encore sa carrière. Elle était la meilleure gestionnaire de crise de tout le nord-est du pays. Cela faisait maintenant bien longtemps qu'elle et Audrey ne s'étaient pas vues. Audrey se dit qu'il était temps d'organiser un week-end entre filles. Pour lâcher prise et se détendre un peu. Pour prendre le temps de ne rien faire.

— Je me souviens d'une fille, dans une classe supérieure à l'école primaire, qui passait beaucoup de temps avec Sarah, dit Brian.

— Ah oui ? lui demanda Audrey en le regardant avec surprise. Quelqu'un de notre école ?

La communauté mennonite avait son propre système d'éducation et les adeptes n'avaient pas l'habitude de fréquenter les étrangers, sauf pour faire du commerce et des affaires.

— Tu te souviens de la maison des Yarborough ?

— Celle qui était louée et qui est maintenant abandonnée ?

Les Yarborough étaient morts quand Audrey était encore enfant. La personne qui avait hérité de leur maison vivait ailleurs et une agence immobilière s'était chargée de la louer pendant quelques années. La propriété était voisine de celle des Yoder.

— Eh bien, Nikki vivait là-bas quand nous étions en primaire. Et elle est maintenant propriétaire du restaurant de la ville. Je ne serais pas surpris qu'elle soit restée amie avec Sarah.

— Nikki Wells ?

— Elle s'appelle Nikki Slater maintenant. Elle est mariée et elle a deux enfants, la corrigea Brian en lui jetant un regard désolé. Je ne dis pas ça pour te rappeler que tout le monde ici fait des bébés mais seulement pour que tu sois au courant quand elle va te montrer les photos de sa progéniture.

— Merci, tu es trop gentil, lui répondit Audrey sur un ton

ironique tout en récupérant son sac à main sur son bureau. Je crois que je vais aller me chercher un café.

Malgré tout l'amour qu'elle portait à son plus vieil ami, elle ne pouvait s'habituer à son horrible mixture.

— J'en ai préparé, tu sais, et il est parfait, lui répondit Brian en croisant les bras. Alors, à moins que tu ne fasses partie de ces gens qui aiment le goût de l'asphalte, tu n'as pas besoin d'aller en chercher ailleurs.

— À tout à l'heure, conclut-elle en lui lançant un sourire affectueux.

— Attends, ajouta-t-il alors qu'elle se trouvait sur le pas de la porte.

Audrey se retourna. Brian était son meilleur ami. Elle l'adorait, même s'il ne comprenait pas qu'elle aimait le café fort pour renforcer sa concentration.

— Oui ?

— Braden House voudrait savoir si tu aimerais cette année encore organiser leur collecte de fonds. Ils te sont tellement reconnaissants d'avoir dépassé leur objectif l'année dernière. Personne n'avait jamais réuni autant d'argent.

Braden House était un refuge pour les femmes victimes de maltraitance.

— J'aimerais beaucoup m'en occuper, oui, mais la soirée n'est pas supposée se dérouler en octobre ?

— Je savais que tu le ferais, lui dit-il en acquiesçant, un sourire aux lèvres. C'est pour ça que je leur ai dit oui.

— Merci, lui répondit Audrey en levant son pouce.

— Tu es une bonne samaritaine, Anderson, lui répondit-il en levant les yeux au ciel. Mais tu devrais mettre un peu de toute cette belle énergie dans ta vie personnelle.

— Ma vie personnelle est très bien comme elle est, je te remercie. D'ailleurs, elle est... *personnelle* !

Audrey posa la main sur la poignée de la porte mais Brian ajouta :

— Une dernière chose ! Nous devons aussi nous occuper

de cette fuite au sous-sol. J'ai encore jeté un œil hier soir et la situation semble s'être aggravée. Ça n'est probablement pas urgent mais ce qui m'inquiète ce n'est pas tant l'humidité que le fait que l'eau ne s'évacue pas.

Audrey sentit les battements de son cœur s'emballer mais elle leva une main et lui répondit d'un ton confiant :

— Je vais m'en occuper. Cesse de t'en faire, ce bâtiment a plus de deux cents ans. Il doit y avoir une source souterraine, nous devons juste trouver le moyen de rendre le béton moins poreux.

— OK, de toute façon, c'est toi le patron !

Audrey éclata de rire en sortant du bureau. Sur de nombreux points, Brian était bien plus à même de diriger le journal qu'elle. Mais cela ne la dérangeait pas de partager cette responsabilité avec lui.

Elle descendit l'escalier et se dirigea directement vers la sortie de secours, soulagée que le hall d'entrée soit vide et que le réceptionniste soit au téléphone. Lorsqu'elle arriva au petit parking réservé aux employés, son rythme cardiaque était redevenu normal. Elle allait appeler quelqu'un pour s'occuper de ce fichu sous-sol. Elle ne pouvait plus nier le problème. Mais peut-être pouvait-elle encore gagner une journée...

Prenant une profonde inspiration, elle se félicita d'avoir pensé à prendre ce pull si bien assorti à son pantalon couleur prune. La température monterait vite pendant la journée mais ce matin, il faisait vraiment frais.

Une fois assise dans sa voiture, elle agita les doigts pour faire cesser ses tremblements. Puis, elle prit un moment pour regarder ce bâtiment qui appartenait à sa famille depuis plus de deux siècles. Elle entrait rarement par l'entrée principale. Les bureaux avaient été aménagés à l'ancienne, autour du deuxième étage et ils surplombaient le vaste hall d'entrée. Il y avait deux salles de conférences, une grande et une plus petite. Au rez-de-chaussée, sur les murs était affichée l'histoire de *la Gazette*. Chaque année, les élèves des écoles de la région venaient visiter l'exposition. La salle des fournitures, la salle de pause et l'immense pièce réservée à l'impression du journal occupaient le reste de la superficie. Le sous-sol n'avait jamais servi à autre chose qu'à stocker du matériel inutile et de vieux dossiers. Les systèmes de maintenance, de chauffage et de climatisation s'y trouvaient également. Il n'y avait aucune raison de paniquer pour une petite flaque d'eau. De telles choses s'étaient déjà produites auparavant, cela n'avait aucun caractère urgent. En tout cas, c'était loin d'être d'une priorité.

Le Corner Diner se trouvait au sud-est de la ville. Le lieu était très fréquenté par la foule qui naviguait entre le centre-ville et le palais de justice. La famille de Nikki Wells Slater avait ouvert l'endroit dans les années 1940.

Il était presque 9 heures et l'afflux de clients matinaux diminuait visiblement. Audrey s'assit au bout du bar et commanda un café. Quelques clients la saluèrent en sortant puis Audrey prit le temps de déguster sa boisson en observant Nikki qui prenait une commande. Après l'avoir transmise en cuisine, elle revint vers le bar et Audrey lui fit un grand sourire.

— Tu veux une deuxième tasse ? lui demanda Nikki en lui montrant son café.

— Non, merci, lui répondit Audrey en secouant la tête. Mais dis-moi, comment vas-tu, Nikki ?

Audrey avait déjà déjeuné quelques fois au restaurant mais elle et Nikki n'avaient jamais vraiment pris le temps de discuter.

— Super, lui répondit Nikki en lui montrant un collage aux couleurs vives avec les photos de ses deux enfants, une fille et un garçon, accroché au mur. Mes enfants sont heureux, en bonne santé et jusqu'à présent mon mari essaye toujours de m'impressionner.

— En effet, que pourrait-on demander de plus ? lui répondit Audrey en riant.

— Exactement, approuva Audrey avant de l'observer un instant. Et toi, comment vas-tu, Rey ?

— Ça va, je prends mes marques. Les ventes et les abonnements sont en hausse, je suis ravie.

— Et comment va ta mère ? lui demanda Nikki en prenant un air plus sérieux.

— Ça, ça dépend des jours, répondit Audrey en haussant les épaules. Mais dans l'ensemble, elle va plutôt bien. C'est gentil de prendre de ses nouvelles.

— C'est normal, protesta Nikki en attrapant une éponge pour nettoyer le bar. Elle avait l'habitude de venir souvent ici pour manger la tarte au citron de ma mère. Elle disait que c'était la meilleure du monde.

— Oui, je lui en ai apporté plusieurs fois depuis que je suis revenue en ville. Et tes parents, comment vont-ils ?

Les parents de Nikki avaient pris leur retraite et avaient déménagé en Floride l'année passée. Même si Winchester était une petite ville, beaucoup de choses avaient changé depuis le jour où Audrey était partie à l'université. Heureusement pour Brian... Quand Audrey était revenue vivre à Winchester, il avait passé des jours entiers à lui raconter tout ce qu'il s'était passé, qui était mort, qui avait quitté qui, qui s'était marié ainsi que tout ce qu'il pensait être de l'ordre de l'incontournable. Les gens du coin demandaient toujours des nouvelles des proches, les mariages et les enterrements étaient des événements. Si vous en manquiez un, votre nom était presque terni.

— Leurs petits-enfants leur manquent mais ils adorent vivre au bord de la mer. Nous allons y passer une semaine quatre ou cinq fois par an. Et eux viennent aussi de temps en temps quand la météo est clémente. Ils sont heureux, c'est tout ce qui compte.

— Et dis-moi, tu es toujours amie avec Sarah Yoder ?

Nikki regarda Audrey pendant un moment avant de lui répondre.

— Elle s'appelle Sarah Sauder maintenant mais je suis sûre que tu le sais.

— Oui, acquiesça Audrey. J'étais chez elle hier soir mais je n'ai pas encore eu l'occasion de lui parler. J'espérais que tu pourrais me donner ton point de vue. Je déteste divulguer de fausses informations.

L'inquiétude s'afficha sur le visage de Nikki.

— Que veux-tu dire ?

— Tu sais, quand de telles choses se produisent, il y a toujours des gens qui essaient de faire passer la victime pour le méchant. Sarah et moi n'avons jamais été amies mais nos pères, eux, l'étaient. Mon père avait le plus grand respect pour Melvin Yoder et je suis certaine qu'il n'a pas élevé une meurtrière. Sarah a fait ce qu'elle pouvait pour protéger ses enfants et je voudrais que les gens connaissent la vérité avant que les commérages et les rumeurs ne viennent brouiller les cartes.

Audrey prononça ces derniers mots sur un ton indigné. Elle était sincère. Pour elle, transmettre la vérité était la chose la plus importante dans son métier.

— Bien sûr qu'elle est innocente, murmura Nikki. Celui qui prétend le contraire est un menteur et un abruti. Sarah est la personne la plus douce et la plus gentille que je connaisse. Elle ne ferait pas de mal à une mouche, alors si elle a tiré sur un homme, je peux te garantir que c'est parce qu'elle n'avait pas d'autre choix.

— C'est exactement ce que je pense, approuva Audrey avant de se pencher vers elle. Mais tu sais comme moi qu'il va y avoir des appels anonymes et que les gens vont dire des choses cruelles et ridicules.

Sur ce sujet aussi, Audrey ne mentait pas. Si les appels n'avaient pas commencé, elle savait que ce n'était qu'une question de minutes. Ça se passait toujours ainsi, il n'y avait aucune raison pour que ça change.

— Nous devons rétablir la vérité le plus vite possible, ajouta-t-elle en regardant Nikki dans les yeux.

— Je suis sûre que Sarah a déjà dû dire à la police que quelqu'un traînait devant chez elle. Un inconnu qui restait dans sa voiture noire et qui la surveillait nuit et jour, déclara Nikki en fronçant les sourcils. Wesley n'était pas là et elle se sentait nerveuse. Je comprends qu'elle lui ait tiré dessus quand cet homme s'est introduit chez elle.

— Elle n'avait pas prévenu ses frères que cet homme l'épiait ?

L'absence des frères de Sarah était un point qui intriguait Audrey. Où étaient donc passés les hommes de la famille quand Sarah avait eu besoin d'aide ? Pas un seul d'entre eux ne s'était montré. Quelque chose ne collait pas.

— Elle n'a pas pu le faire. La femme de Jacob vient d'avoir un bébé et Aaron était chez lui avec leur père. M. Yoder ne peut pas rester seul, il est très malade et sa femme est morte l'année dernière.

— Et Benjamin ?

— Oh ! lui et Sarah ne sont pas en très bons termes, répondit Nikki en secouant la tête. J'imagine qu'il est toujours contrarié que Wesley, le mari de Sarah, ait en quelque sorte hérité de ce qu'il pensait lui revenir puisqu'il est l'aîné de la famille.

— Ah oui, je n'avais pas pensé à ça, approuva Audrey. Benjamin a dû être déçu de ne pas prendre la place de son père.

— Cette décision a créé une vraie discorde entre eux. Je ne peux pas dire que j'en veux à Benjamin mais d'un autre côté, Sarah aime son mari. Elle ne peut que le soutenir même s'il se positionne contre son frère. Enfin, c'est la décision de son père, pas la sienne.

— En parlant de frères, comment va le tien ? J'ai entendu dire que les enfants d'ici l'appréciaient beaucoup.

Charlie Wells était un homme adorable. Audrey et lui avaient travaillé ensemble sur le journal de l'école. Pourquoi n'avait-elle pas choisi de tomber amoureuse de lui plutôt que de Colt ?

Et pourquoi se posait-elle cette même question chaque fois qu'elle pensait à un homme sympa qu'elle avait connu dans sa jeunesse ?

— Charlie adore son métier, lui répondit Nikki en affichant un grand sourire plein d'admiration. Il est le premier de la famille à avoir fait des études, je n'en reviens toujours pas qu'il soit devenu médecin. Qui aurait pu croire qu'un jour mon petit frère déluré allait devenir le pédiatre de la ville ?

— Et toi ? lui répondit Audrey. Tu diriges cet endroit toute seule, et les rénovations que tu as effectuées l'année dernière sont incroyables. Tu t'en sors très bien aussi, Nikki.

— Merci, lui répondit Nikki en rougissant. Venant d'une fille de la grande ville comme toi, c'est un sacré compliment.

— Oh ! tu sais, si j'arrive à gérer *la Gazette* aussi bien que tu gères ce restaurant, je serai la plus heureuse des femmes.

Nikki sourit à Audrey puis regarda autour d'elle comme pour s'assurer que personne n'écoutait leur conversation.

— Tu devrais parler avec Aaron. Je ne t'ai rien dit mais je crois savoir qu'il y a quelques mois il y avait de l'eau dans le gaz entre M. Yoder et Wesley. À cette période, M. Yoder était déjà cloué au lit et il avait réussi à convaincre toute la communauté mennonite de se tourner vers Sauder pour obtenir des conseils. Je ne sais pas ce qui s'est passé après mais aujourd'hui les deux hommes ne s'adressent plus la parole. Sarah refuse d'en parler mais j'ai le sentiment que c'est lié à quelque chose que le vieil homme aurait appris sur son gendre. Quelque chose qu'il aurait découvert sur son passé lorsque la famille de Wesley était venue leur rendre visite l'année dernière.

— Sur son passé ?

— Je n'en suis pas certaine, poursuivit Nikki en haussant les épaules. Sarah ne veut rien dire mais quelque chose a changé dans la relation entre les deux hommes. Et les frères de Sarah ont l'air tout aussi contrariés. De ce fait, je doute qu'elle partage quoi que ce soit avec eux… Et maintenant il y a cet homme qui est entré chez elle et sur lequel elle a tiré... Je ne sais pas ce qui se passe mais quelque chose ne tourne pas rond. Pour tout te dire, j'ai peur que Sarah ait des ennuis.

Audrey était ravie d'apprendre tous ces détails mais elle se demanda pourquoi Nikki se confiait à elle de la sorte. Elles n'avaient jamais vraiment été amies... Et puis, si Nikki était si inquiète pour son amie, pourquoi n'en parlait-elle pas au shérif directement ?

— Je te remercie de m'avoir donné ton point de vue, lui dit-elle, mais pour te dire la vérité, je ne m'attendais pas à ce que tu m'en dises autant.

— On se connaît depuis longtemps toutes les deux, lui répondit Nikki en jetant un nouveau regard autour d'elles. Peut-être as-tu oublié que dans les petites villes les gens prennent parti. Ils se font leur propre opinion d'après ce qu'ils pensent savoir et pas forcément d'après les faits réels. Je ne veux pas blâmer le shérif Tanner et ses hommes, mais je sais qu'ils n'iront pas chercher plus loin que ce qu'ils auront sous les yeux. À savoir qu'un étranger est venu en ville, qu'il est entré par effraction dans une maison et qu'il en a payé le prix fort. Fin de l'histoire. Ils ne vont pas creuser. D'ailleurs pourquoi le feraient-ils ? Mais moi, je sens qu'il y a quelque chose d'anormal dans cette affaire et je crois que Sarah est terrifiée. Elle ne veut même plus me parler. Brian m'a dit que tu étais la meilleure pour découvrir la vérité. Alors, s'il te plaît, aide mon amie, Audrey, c'est tout ce que je te demande.

C'était donc un coup monté. Tout à fait le genre de choses qu'Audrey appréciait.

— Je vais faire ce que je peux, tu as ma parole.

— Garde mon nom en dehors de tout ça, insista Nikki. Sarah est mon amie et je ne veux pas lui faire de mal. Je suis seulement inquiète, voilà pourquoi je te confie tout ça.

— Tu peux me faire confiance, la rassura Audrey, je n'ai encore jamais divulgué la moindre de mes sources.

Même lorsque l'une d'entre elles l'avait lâchée ou déçue,

jamais elle n'avait brisé ce pacte. Les bons journalistes savaient que la confiance était la clé dans cette relation. Une bonne source était inestimable. Si on ne la respectait pas, on pouvait la perdre ainsi que sa réputation. De toute sa carrière, Audrey n'en avait jamais trahi une seule. Elle n'allait certainement pas commencer aujourd'hui.

La sonnette de la porte d'entrée retentit et Nikki s'éloigna pour accueillir un nouveau client avec un grand sourire.

— Bonjour, shérif, vous voulez une tasse de café ?

Audrey posa quelques pièces sur le bar pour régler sa boisson et se laissa glisser au bas de son tabouret. Il n'y avait plus personne dans le restaurant hormis le cow-boy qui venait d'entrer. Tandis qu'elle l'observait, Colt alla s'installer au bar sans lui jeter le moindre regard. Il posa son chapeau sur le tabouret vide à ses côtés et passa une main dans ses cheveux bruns. Voilà donc comment il comptait éviter les questions qu'elle pourrait vouloir lui poser.

Jamais encore elle ne s'était sentie blessée parce que quelqu'un l'ignorait. En prenant soin de bien garder cette idée en tête, elle marcha jusqu'à lui et s'appuya au bar.

— Eh bien, bonjour à toi aussi, shérif.

— Bonjour Rey, lui répondit-il en hochant le menton.

— Vous avez du nouveau concernant l'enquête ?

— Rien dont je puisse parler, lui répondit-il du bout des lèvres sans décoller son regard du menu accroché au mur, qu'il connaissait probablement par cœur.

— Je suppose que Branch a confirmé l'identité du grand homme roux qui a rendu son dernier souffle hier soir sur le sol de la cuisine de Sarah Sauder ?

— Tu es en contact avec Branch ? lui demanda-t-il en se retournant enfin vers elle.

Elle sourit en pensant qu'elle avait touché un point sensible. Colt avait toujours été jaloux de Branch. En même temps, quel homme ne le serait pas ? Branch était un superbe homme célibataire. Il avait été une star du football quand il était à l'université et était toujours un héros dans sa ville natale. Cependant, Colt avait à peu près le même parcours...

— Branch a compris depuis longtemps quel était son intérêt à avoir une alliée du côté des médias.

Ce n'était pas un mensonge à proprement parler, juste une manière d'éviter de lui répondre.

— Anthony Marcello est un problème, Rey.

Nikki vint déposer une tasse de café noir devant Colt et celui-ci la remercia d'un signe du menton. Le Corner Diner était un endroit populaire pour les déjeuners d'affaires et les petites réunions de collègues. Nikki y travaillait depuis qu'elle était enfant. Elle avait vite appris à se faire discrète et à laisser aux clients l'espace nécessaire pour qu'ils puissent avoir leurs conversations privées. Malgré cela, Audrey ne pouvait s'empêcher de penser que Nikki devait probablement connaître plus de secrets que quiconque en ville.

— Peut-être mais il ne risque plus d'en créer maintenant qu'il est mort.

Audrey sourit en voyant les rides de frustration se dessiner autour des yeux de Colt tandis qu'il pinçait les lèvres. Lèvres qu'elle avait embrassées des milliers de fois.

Ne t'engage pas sur cette voie, Audrey.

Colt s'agita sur son tabouret et effleura la cuisse d'Audrey, déclenchant en elle une décharge électrique.

— Le problème, dit-il, c'est que Marcello a des amis. Des amis dangereux. Alors, je te le demande : s'il te plaît, reste en dehors de tout ça, Rey, ou tu risques de t'attirer de sérieux ennuis... Enfin, de *nous* attirer de sérieux ennuis.

Chicago. Danger. Oh oui, comprit Audrey, l'homme était en relation avec la mafia. Tout prenait sens.

— Hum, tu m'as l'air très inquiet pour ma sécurité, shérif, lui répondit-elle en penchant la tête sur le côté sans le quitter des yeux. Mais tu sais quoi, je dois faire mon travail moi aussi et celui-ci consiste à tenir les gens informés. Ça te rappelle quelque chose ? Nous avons déjà eu cette discussion hier soir.

Je suis certaine que les habitants de Winchester voudraient bien savoir pourquoi la mafia s'intéresse à leur petite ville...

Et avant que Colt n'ait le temps de lui répondre, elle ajouta ;

— Tu sais que les gens parlent entre eux, Colt. Les rumeurs seront bien plus nocives que la vérité.

5

Colt n'avait qu'une envie, s'en prendre à Audrey physiquement. Le problème était que s'il posait ses mains sur elle, il ne serait plus seulement question de garder son calme.

Avant même qu'il n'ait le temps de lui répondre, elle lui lança avec un regard chargé de sous-entendus :

— Bonne journée, shérif !

Il se tourna sur son tabouret et la regarda s'éloigner par la fenêtre du restaurant. Le doux balancement de ses hanches le fit soupirer. Pourquoi diable n'arrivaient-ils pas à cesser leur petit jeu stupide ?

— Et voilà pour vous.

Il se retourna vers Nikki qui lui tendait sa tasse de café à emporter.

— Merci, lui répondit-il en la lui prenant des mains.

— Vous feriez mieux de vous dépêcher ou Rey sera bientôt loin d'ici.

Colt ne prit pas la peine de lui répondre qu'elle était déjà partie depuis longtemps. À la place, il remit son chapeau, marcha tranquillement jusqu'à la porte du restaurant et sortit sur le trottoir.

Il marcha jusqu'à la voiture d'Audrey, que celle-ci était en train d'ouvrir.

— Écoute, je ne voulais pas être désagréable.

— Je ne suis pas sûre de comprendre ce que vous essayez

de me dire, shérif, lui répondit-elle en mettant ses lunettes de soleil.

Bon sang, pensa-t-il. Elle ne lui rendait jamais les choses faciles.

— J'ai eu une nuit difficile.

— Tu es encore allé traîner dans ce saloon à Kelso ? lui demanda-t-elle en haussant les sourcils. Ou peut-être as-tu seulement bu des bières chez toi ?

Elle fit une courte pause, retira ses lunettes noires et se hissa sur la pointe des pieds pour se rapprocher de son visage.

— Maintenant que tu me le fais remarquer, c'est vrai que tu as l'air fatigué, tes yeux sont injectés de sang.

Sans pouvoir s'en empêcher, il se baissa jusqu'à se retrouver nez à nez avec elle.

— J'étais sur la scène de crime jusqu'à minuit, après je suis rentré chez moi. Mon fils est arrivé à la maison à peu près au même moment, ivre. Il aurait pu se mettre en danger ou même blesser quelqu'un. Alors, oui, il y a eu de l'alcool hier soir mais je ne suis pas celui qui en a abusé.

— Je suis désolée, dit Rey, et Colt vit l'inquiétude briller dans ses yeux avant qu'elle remette ses lunettes de soleil. J'imagine combien cela doit être contrariant. Je suis soulagée de savoir qu'il est rentré sain et sauf.

— Merci, lui répondit-il, ravi de voir qu'elle et lui pouvaient aussi se parler raisonnablement.

Pourtant, chaque fois qu'ils s'adressaient la parole ou échangeaient plus d'une dizaine de mots, la conversation tournait au vinaigre.

— Je pensais ce que je t'ai dit tout à l'heure, Rey. Si Branch a raison à propos de cette histoire avec la mafia de Chicago, nous allons peut-être au-devant de sérieuses complications. Je ne veux pas que tu te retrouves en ligne de mire, OK ?

— Je suis une grande fille, shérif, lui répondit Audrey en lui adressant un sourire presque provocateur. Je sais m'occuper de moi-même, pas besoin de vous faire du souci pour moi.

Mais avant qu'elle n'ait le temps de rentrer dans sa voiture, Colt lui prit la main. Le contact de sa peau contre la sienne lui serra la gorge. Combien de nuits avait-il passées à rêver d'elle ?

— Je me fais du souci, Rey, je me fais du souci pour toutes les personnes auxquelles je tiens.

— Eh bien, je tâcherai de ne pas l'oublier.

D'un geste vif, elle retira sa main et monta dans sa voiture. Colt la regarda attacher sa ceinture, mettre le contact puis sortir du parking et disparaître.

Bien, pensa-t-il, au moins elle ne lui avait pas répondu de se mêler de ses propres affaires. Il y avait du progrès. La cloche du palais de justice se mit à sonner et Colt pensa qu'il ferait mieux de se dépêcher de se rendre au commissariat s'il voulait être à l'heure pour sa réunion avec Branch. Plus vite ils comprendraient ce que ce Tony Marcello était venu faire à Winchester, plus vite ils pourraient protéger les habitants de la région.

Quand Colt entra dans le bureau, Branch était en train de regarder ses trophées sur le mur.

— Désolé de t'avoir fait attendre.

Branch se retourna et les deux hommes se serrèrent la main.

— Pas de problème, lui répondit le marshal en tournant la tête vers les photos et les plaques. J'étais en train d'observer les temps forts de ta carrière. Tu as fait du bon boulot, Colt. Ton père serait fier de toi.

— Merci, tu veux un café ou quelque chose à boire ?

— Non, c'est gentil, lui répondit Branch avant de s'asseoir sur l'une des deux chaises qui se trouvaient devant le bureau de Colt.

Sur l'autre, le marshal posa son Stetson.

Colt avait toujours préféré la marque Resistol. Il accrocha son chapeau au portemanteau puis alla s'asseoir dans son fauteuil.

— Tu as de nouvelles informations concernant ce Tony Marcello ?

— C'était l'homme de main de la famille mafieuse Cicero. Les Cicero gèrent des activités illégales à Chicago depuis des décennies. Marcello est lié à leurs affaires depuis une quinzaine d'années. D'après ce que l'on sait, il s'occupait surtout de nettoyage. Je pense que la famille l'a envoyé ici pour clore une affaire qui traînait.

— Et tu crois que Wesley Sauder serait cette *affaire* ? demanda Colt en posant les coudes sur son bureau.

— Tout à fait, acquiesça Branch. Maintenant, nous allons devoir trouver Sauder avant que la famille Cicero n'envoie quelqu'un d'autre. Car tu peux être certain qu'ils continueront d'envoyer des gens tant que cette histoire ne sera pas réglée.

— Nous pouvons nous en occuper ensemble, proposa Colt, mais cette enquête reste la mienne.

— Je suis ici pour te donner toute l'aide dont tu pourrais avoir besoin, lui répondit Branch en levant les mains avec un air innocent. Je suis ravi de laisser cette affaire à quelqu'un de compétent, tu peux me croire.

— Dans ce cas, conclut Colt en se levant, je suis certain que nous allons faire du bon boulot.

— Je vais continuer à interroger mes sources, déclara Branch en se levant également.

— J'ai des relations dans toute la région, nous allons vite retrouver Sauder.

Une fois que Branch fut sorti de son bureau, Colt se dirigea vers la salle de réunion où il avait briefé ses équipes le matin même. Il observa la carte sur laquelle ils avaient localisé les citoyens qui appartenaient à la communauté mennonite. Il y avait quatre entreprises. La boulangerie Yoder, un magasin de meubles, la fonderie et une petite entreprise de construction. Sauder devait être connu de tous. Colt avait divisé la zone de recherche en quatre mais avait laissé les entreprises de côté. Il comptait s'en occuper lui-même. Ses hommes avaient reçu l'ordre de n'être ni insistants ni intrusifs. Les mennonites étaient des gens discrets. S'ils disaient ne pas avoir vu Sauder ou s'ils refusaient de répondre à certaines questions, la consigne était de passer à autre chose et de prévenir Colt. Il s'occuperait en personne des situations et des personnes les plus sensibles.

Tout en criant à son assistant qu'il se rendait sur le terrain, Colt attrapa son chapeau et se dirigea vers la sortie. Autant commencer par la boulangerie... Sarah Sauder y serait probablement. Avec un peu de chance, son mari aussi.

La boulangerie, comme la plupart des commerces de l'alliance mennonite, se trouvait à la sortie de la ville. Les membres de la communauté avaient mis leurs ressources en commun et avaient acheté des terres chaque fois que l'occasion s'était présentée. Puis, en un temps record, ils avaient fait construire tout un tas de maisons et des commerces. La boulangerie des Yoder avait été la première entreprise mennonite à ouvrir à Winchester. Colt se souvenait que sa mère aimait y faire ses courses. L'endroit sentait encore la même odeur délicieuse qui flottait dans la cuisine familiale quand un cake cuisait au four.

Sa mère était morte depuis trente ans mais elle lui manquait toujours autant. La perte de son père deux ans auparavant avait été une épreuve encore plus difficile. Ses deux frères étaient toujours en vie mais ils vivaient tous les deux en Alabama et Colt ne les voyait pas assez souvent à son goût.

Sa famille se résumait donc à son fils et lui. Ce matin, Key avait été furieux. Devoir prendre le bus pour se rendre en cours était déjà pour lui une aberration, aussi, quand il avait découvert qu'en prime il avait perdu le droit de se servir de son téléphone portable, il avait réagi comme si on l'avait amputé d'un bras. Malgré sa colère, Colt était resté sur ses positions. Pas de conduite ni de téléphone portable pendant un mois. Son fils survivrait, même s'il ne doutait pas que ça allait être difficile pour lui. Après avoir dit à son père qu'il ferait mieux de se trouver des occupations dans sa propre vie pour éviter d'interférer dans la sienne, Key avait appelé sa mère. Colt avait été surpris de constater qu'elle était d'accord avec sa décision. Il avait pensé inscrire ce jour sur le calendrier qui était accroché dans la cuisine. Mais il savait qu'il ne pouvait pas faire confiance à son ex-femme. Si elle le soutenait ce coup-ci, c'était probablement qu'elle avait une idée derrière la tête. Il découvrirait ce dont il s'agissait bien assez tôt.

Ce n'était pas la première fois que son fils l'accusait de lui pourrir la vie. Quant à la sienne... Colt ne se souvenait même pas de son dernier rendez-vous galant. Son poste de shérif lui prenait tout son temps et puis il n'avait jamais ressenti le besoin de fréquenter quelqu'un... Tout du moins jusqu'à ce que Rey revienne en ville.

Colt soupira. Penser à tout cela ne semblait pas constructif. Il se concentra sur sa conduite et alla se garer devant la boulangerie Yoder. Puisque son pick-up était le seul véhicule sur le parking, il pensa qu'il allait pouvoir avoir un moment au calme avant l'arrivée du prochain client. Il descendit de sa voiture et jeta un coup d'œil aux alentours. Une autre voiture était garée au bout de la rue mais ce n'était pas la fourgonnette de Sarah.

Le boulanger commençait à travailler à 5 heures du matin. Colt sentit son estomac gargouiller rien qu'à l'idée du merveilleux parfum qui allait flotter dans la boutique. Peut-être allait-il se laisser tenter par un muffin ? Il n'avait rien pu avaler ce matin au petit déjeuner, la dispute avec son fils lui avait coupé l'appétit. Il n'y avait pas pire départ pour une journée.

Quand il poussa la porte de la boulangerie, la sonnette annonça son entrée. Immédiatement, une délicieuse odeur de pain et de viennoiseries l'enveloppa. La jeune femme qui se trouvait derrière le comptoir leva les yeux.

— Bonjour, shérif, lui dit-elle en souriant.

Colt reconnut immédiatement Ruby Weber.

— Bonjour, Ruby. Dites donc, ça sent rudement bon, ici. Avez-vous déjà des muffins à la myrtille ?

— Bien sûr, lui répondit-elle en enfilant des gants pour le servir.

Les femmes mennonites portaient des bonnets et de longues robes aux couleurs et aux formes sobres. Même si les adeptes avaient l'habitude de rester beaucoup entre eux, Colt n'en avait jamais rencontré aucun qui ne soit pas respectueux et poli. Mais cette fois-ci serait peut-être différente.

— M. et Mme Sauder sont-ils là ce matin ?

— Malheureusement non, shérif, lui répondit Ruby en plaçant le gâteau sur le comptoir en verre. Je suppose qu'ils sont encore trop bouleversés par ce qu'il s'est passé chez eux, hier soir.

— Sarah vous avait prévenue qu'elle ne viendrait pas ?

Colt pensa soudain que les Sauder avaient tout aussi bien pu faire leurs bagages et quitter la ville. Cependant, il avait demandé à un de ses hommes de monter la garde près de la ferme des Yoder. Si celui-ci avait vu Sarah et les enfants partir, il l'aurait prévenu. Mais il n'y avait pas qu'une seule porte dans ce genre de bâtiment...

— Oui, acquiesça Ruby. Elle ne se remet pas de ce qu'elle a dû faire, shérif. Moi-même je crois que je ne pourrais pas vivre avec le sang d'un homme sur les mains.

— Je dois lui parler, Ruby. Nous avons découvert de nouvelles informations concernant l'homme qu'elle a tué. Je suis très inquiet pour la sécurité de la famille Sauder. Si vous l'avez au téléphone, s'il vous plaît, dites-lui de m'appeler le plus vite possible.

Colt préférait ne pas se rendre chez le père Yoder. Vu son état de santé, ce n'était pas une bonne idée de lui infliger autant de stress. Mais si Sarah ne le contactait pas rapidement, il n'aurait pas d'autre choix que d'aller la voir là-bas.

— Oui, je le lui dirai si je la vois. Il n'y a pas le téléphone chez son père et le réseau ne passe pas bien pour les portables.

Une sonnerie retentit en cuisine et Ruby se retourna.

— Mon pain est cuit, je vous laisse, bonne journée, shérif.

— Attendez, je ne vous ai pas payé le muffin.

— C'est un cadeau, lui répondit Ruby en faisant un geste de la main. Si vous voulez, il y a aussi du café chaud derrière vous.

Colt la remercia en la regardant disparaître dans l'arrière-boutique. Puis il prit une bouchée de son muffin. Celui-ci était si délicieux qu'il réprima un soupir de plaisir. Il alla se servir une tasse de café et en sentant ses arômes puissants, il se fit la réflexion que tout, ici, sentait divinement bon.

Tout en savourant ce petit déjeuner tardif, il décida de patienter un instant. Qui sait, peut-être Sarah allait-elle pointer le bout de son nez ? Ruby n'allait de toute évidence pas tenir la boutique seule toute la journée.

Son téléphone se mit à vibrer. Engloutissant les restes de son gâteau, il le sortit de sa poche et décrocha. Un de ses hommes le prévenait que la fourgonnette des Sauder était toujours garée devant la maison du père de Sarah.

Colt allait devoir s'y rendre pour vérifier par lui-même qu'elle était toujours là-bas. Mais peut-être se faisait-il des idées... Il était possible que ce Tony Marcello se soit trompé de maison. Mais, comme Branch, il n'y croyait pas une seconde.

Il y avait quelque chose de louche dans cette histoire.

Il finit sa tasse de café et jeta le gobelet dans la poubelle. Mais alors qu'il se dirigeait vers la sortie, la sonnette retentit et Audrey fit son entrée dans la boulangerie.

— Comme on se retrouve, lui lança-t-elle en marchant vers lui. On dirait que nous avons tous les deux envie des mêmes choses ce matin.

Elle tendit la main vers lui et épousseta les quelques miettes de muffin qui se trouvaient sur sa chemise.

Colt sentit soudain une puissante vague de désir l'envahir. Audrey n'avait aucune idée de ce dont il avait réellement envie.

— Elle n'est pas là, lui répondit-il en hochant la tête comme pour se remettre les idées en place. Tu perds ton temps ici.

Audrey lui répondit par un grand sourire et le contourna.

— Mon Dieu, que tout ça a l'air appétissant !

La main posée sur la poignée de la porte, Colt s'enjoignit de partir le plus vite possible. De continuer sa journée en ignorant ce qu'Audrey était en train de faire.

Mais...

Mais au lieu de ça, il se retourna vers elle. Il s'apprêtait à lui demander si elle le suivait quand un cri retentit dans la boulangerie. Il provenait de l'arrière-boutique et était si empreint de terreur que Colt sentit ses poils se hérisser.

Audrey fit le tour du comptoir et poussa les portes battantes. Il la suivit et entra dans une immense cuisine. À droite, se trouvait une chambre froide et des congélateurs, à gauche une pièce qui servait de bureau et plus loin derrière une porte ouverte, la réserve. C'était là d'où provenaient les cris.

Audrey se précipita vers la porte mais Colt l'attrapa par les épaules et la poussa sur le côté pour entrer le premier.

Au milieu de la large pièce se tenait Ruby, le visage aussi pâle que la farine qui était entreposée dans les étagères à droite. Par terre, appuyé contre les rayonnages du fond, était assis un homme entièrement vêtu de noir – chemise, pantalon et veste. Sa tête tombait en avant, la balle qui lui avait traversé la poitrine avait laissé dans son ventre un trou par lequel une bonne partie de son sang semblait s'être écoulée, formant une flaque entre ses jambes écartées.

6

Tandis que Colt appelait du renfort et probablement le médecin légiste, Audrey fit sortir Ruby de la pièce. Une fois de retour dans la boutique, elle aida Ruby à s'asseoir sur la chaise qui se trouvait derrière la caisse.

— Restez ici un instant. Je vais aller verrouiller la porte d'entrée et mettre la pancarte qui indique que la boulangerie est fermée, OK ?

Ruby acquiesça en silence, le visage inondé de larmes.

— Où rangez-vous les clés ?

Ruby lui montra la caisse et Audrey alla chercher le trousseau, verrouilla la porte et laissa les clés sur la serrure pour pouvoir ouvrir aux secours quand ils arriveraient.

Puis elle prit une serviette en papier sur le comptoir et la tendit à Ruby qui sanglotait toujours.

— Je... Je devrais appeler Sarah.

— Je crois que le shérif préférerait attendre, Ruby. Mais dès qu'il nous donnera le feu vert, vous pourrez appeler votre mère si vous le souhaitez.

Audrey était impatiente de retourner auprès de Colt, mais elle n'avait pas confiance en Ruby. Elle était bien trop bouleversée pour rester seule dans la boutique.

— Et si vous veniez avec moi dans le bureau en attendant que le shérif Tanner vienne vous voir ?

Ruby se leva et suivit Audrey jusqu'à la petite salle qui

servait de bureau dans l'arrière-boutique. Après l'avoir aidée à s'asseoir, Audrey lui prit son téléphone portable pour s'assurer qu'elle n'allait pas s'en servir et lui tapota l'épaule en signe de réconfort.

— Restez ici, je vais dire au shérif que vous l'attendez.

Elle se dirigea vers la porte, mais alors qu'elle allait quitter la pièce, une question s'imposa à elle.

— Dites-moi une chose, Ruby, ce matin quand vous êtes arrivée à la boulangerie, la porte d'entrée était fermée ?

La jeune femme leva le regard vers elle. Dans ses yeux brillaient la peur et l'inquiétude.

— Oui, lui répondit-elle d'une voix tremblante. Oui, j'ai dû me servir de mes clés pour entrer.

— Et la porte de derrière ?

— Ça, je ne sais pas, lui répondit la jeune femme en se frottant les tempes. Je ne suis pas allée vérifier, j'ai juste fait ce que je fais tous les matins à l'ouverture.

— Bien sûr, ne vous en faites pas, je suis certaine que le shérif Tanner va s'occuper de vérifier tout ça.

Audrey se dépêcha de traverser l'immense cuisine pour se rendre dans la réserve. Mais sur le pas de la porte, elle hésita un instant et jeta un œil aux alentours pour voir si Colt était dans les parages. Puis elle entra et s'approcha du corps tout en gardant la distance nécessaire. Elle sortit rapidement son téléphone de sa poche, prit une photo puis le rangea sans perdre de temps.

Si elle avait eu son sac à main avec elle, elle aurait pu enfiler une paire de gants et regarder depuis combien de temps l'homme était mort. Le sang avait coagulé et semblait même sec à certains endroits.

— Bon sang, Rey !

Audrey grimaça en entendant le ton sévère de Colt. Mais elle resta sur place et se retourna lentement vers lui.

— Il est là depuis un bon moment, peut-être même a-t-il passé la nuit ici.

— On dirait bien, en effet, approuva Colt en la fusillant du regard. Mais maintenant, sortons d'ici.

— Ce ne sont pas quelques minutes qui vont changer grand-chose, nous sommes entrés sur la scène de crime, nous ne pouvons pas revenir en arrière.

Colt ouvrit la bouche pour protester mais Audrey ajouta, en lui montrant ses mains, recouvertes de latex :

— Et puis tu as déjà enfilé tes gants... Allez, jette un œil à ses mains puis à ses bras.

Le regard noir, Colt s'agenouilla près du corps et souleva les doigts du cadavre.

— Ils sont souples, remarqua-t-il avant d'essayer de faire bouger le bras de l'homme en pliant le coude. Le bras est rigide par contre.

— Il est mort hier soir. Depuis douze heures ou même plus.

Audrey avait vu assez de cadavres et interviewé suffisamment de médecins légistes pour savoir comment évaluer un corps dans les vingt-quatre heures qui suivaient le décès.

— Sortons d'ici, Rey, lança Colt en lui jetant un nouveau regard chargé de reproches.

Mais cette fois, Audrey ne protesta pas. Elle avait obtenu l'information qu'elle cherchait. Ce type était probablement mort la veille, à peu près au même moment ou un peu avant celui qui avait été abattu dans la cuisine de Sarah Sauder. Et vu que cette boulangerie appartenait à la famille de Sarah, la découverte de ce nouveau cadavre changeait totalement le cours de l'enquête.

Une fois qu'ils furent sortis tous les deux de la réserve, Audrey reprit la parole :

— Ruby dit que la porte d'entrée de la boulangerie était fermée ce matin quand elle est arrivée. Mais elle n'a pas vérifié celle de derrière.

Audrey se retourna et jeta un coup d'œil à l'issue de secours.

— Tu l'as interrogée ? Bon sang, Rey..., grogna Colt en posant les mains sur sa taille avec un air furieux. Tu devais patienter avec elle. T'asseoir à ses côtés et attendre bien gentiment que je te dise quoi faire.

— Oh ! je t'en prie, protesta Audrey en levant les yeux au ciel. Passe-moi les menottes ou fais-moi sortir d'ici, mais ne me dis pas ce que je dois faire, Colt Tanner.

— Eh bien, Audrey Anderson, vous êtes en état d'arrestation pour avoir interféré dans une enquête policière.

Colt attrapa la paire de menottes qui était accrochée à la poche arrière de son jean, l'air tout à fait sérieux.

— Tu ne peux pas m'arrêter, Colt, lui dit Rey, abasourdie par sa réaction. Je suis entrée ici comme une simple cliente, je ne peux pas être tenue responsable du reste des événements.

— Continue comme ça et j'ajouterai que tu as refusé d'obtempérer, lui répondit-il, hors de lui.

Audrey lui tendit ses poignets et il lui passa les menottes tout en lui récitant ses droits comme si elle était une véritable criminelle. Ce n'était pas la première fois qu'on la dégageait d'une scène de crime les menottes aux poignets. Mais c'était la première fois que Colt Tanner osait la défier de la sorte.

Comment en étaient-ils arrivés là ?

La tenant fermement par le bras, il la guida jusque dans la boutique.

— Maintenant, reste assise ici, lui ordonna-t-il en la forçant à s'asseoir sur le tabouret derrière la caisse. Et en silence.

Quand il disparut derrière les portes battantes, Audrey chercha son téléphone dans sa poche. Colt allait le regretter. Elle chercha le numéro de Brian dans ses contacts, le composa puis glissa l'appareil entre son épaule et son oreille.

— Où es-tu ? lui lança Brian en décrochant. J'ai dû reporter la réunion éditoriale.

— Je suis à la boulangerie Yoder, murmura-t-elle pour que Colt ne l'entende pas. Il y a un nouveau cadavre.

— Oh, mon Dieu. De qui s'agit-il ?

— Aucune idée ! Mais j'ai pris une photo, je te l'envoie immédiatement.

— Colt va…

— Ce n'est pas pour la publier, seulement pour essayer de découvrir son identité. Tout ça doit rester entre toi et moi.

— Pourquoi tu chuchotes ? lui demanda Brian qui parlait lui aussi à voix basse.

— Colt m'a arrêtée pour avoir interféré dans l'enquête. On dirait que le type a été tué hier à peu près au moment où Sarah Sauder a tiré sur l'homme qui était entré chez elle, Tony Marcello.

— Attends, attends, Colt t'a arrêtée ? Tu es sérieuse ?

— Absolument, approuva Audrey en laissant échapper un profond soupir d'exaspération.

— J'arrive immédiatement, lui dit Brian en criant presque.

— Surtout pas ! lui ordonna Audrey en tentant de rester le plus discrète possible. Essaie de trouver l'identité de cet homme, tout va bien, ne t'en fais pas pour moi.

Brian commençait à protester mais elle lui raccrocha au nez. Puis, tout en gardant un œil sur les portes battantes, elle lui envoya la photo qu'elle avait prise du cadavre. En l'observant, elle se rendit soudain compte qu'il était vêtu de la même manière que Marcello ; pantalon noir, chemise noire mais à la place de la veste, il portait cette fois un sweat à capuche noir. Il semblait bien plus jeune que l'autre homme. Avait-il été tué avant ou après Marcello ? Peut-être que ce nouvel élément expliquait pourquoi Wesley Sauder n'était jamais rentré chez lui…

Audrey rangea son téléphone. Les renforts étaient sur le point d'arriver, elle pouvait entendre dehors le bruit des moteurs des véhicules qu'on garait. Elle regarda par la fenêtre et vit les voitures de plusieurs policiers. Où pouvait bien se trouver Burt ? La rapidité n'avait jamais été son fort. Elle jeta un œil aux clés toujours sur la serrure… Devait-elle les laissait entrer ?

Elle se leva de son tabouret et alla ouvrir la porte. À peine eut-elle le temps de reculer que celle-ci s'ouvrit avec vigueur faisant tinter la sonnette bruyamment. Audrey fit quelques pas en arrière pour laisser entrer quatre hommes en uniforme beige et marron.

— Bonjour, mademoiselle Anderson, lui dit le dernier d'entre eux.

Il s'agissait du fils de James Carter. La famille Carter dirigeait la quincaillerie de la ville depuis cinq générations.

— Bonjour, lui répondit-elle.

— Mais, que diable… ?

Burt venait de faire son entrée dans la boulangerie et regardait Audrey avec stupeur.

— Colt est furieux après moi, lui avoua-t-elle.

— Tu as tiré sur quelqu'un, Rey ? lui demanda-t-il en écarquillant les yeux.

— Non, lui répondit-elle avant de regarder vers l'arrière-boutique. Mais je vais peut-être finir par le faire.

— Burt !

Ils se retournèrent tous les deux en entendant Colt.

— Quel est le problème ? lui demanda Burt avant d'ajouter d'un air désolé : Je dois y aller.

Il se dépêcha d'aller rejoindre Colt qui l'attendait à côté des portes battantes puis ils disparurent tous les deux.

Un bruit de pneus qui crissent attira son attention et elle regarda à l'extérieur par la grande baie vitrée où étaient affichées les promotions du moment :

POUR L'ACHAT DE QUATRE GÂTEAUX AU BEURRE DE CACAHUÈTES, DEUX SONT OFFERTS.

Malgré la situation, elle en avait l'eau à la bouche. La fourgonnette qui venait de s'arrêter bruyamment sur le parking appartenait au *Tullahoma Telegraph*.

Audrey se dépêcha d'aller refermer la porte à clé et alla se cacher derrière les étagères de pâtisseries. Une fois certaine que personne ne pouvait la voir depuis l'extérieur, elle se détendit. Annalise Guthrie était une journaliste intrépide qui adorait voler les sujets d'Audrey.

— Pas aujourd'hui, ma chérie, murmura Audrey en haussant les épaules.

Son téléphone portable se mit soudain à vibrer. En le sortant de sa poche, elle vit qu'il s'agissait de Brian.

— Alors, qu'as-tu trouvé ?

— Le type s'appelait Casey Pranno et devine d'où il vient...

— Il bossait avec Marcello ?

— Bingo. J'ai parlé avec Wanda Mulberry qui était à la poste quand j'ai déposé le courrier. Si de nouveaux marshals avaient été envoyés, elle le saurait puisque le bureau de Branch se trouve dans le même bâtiment. Mais il n'y a aucune nouvelle tête pour le moment, même si elle m'a dit que Branch semblait agité. Elle l'a vu sortir en trombe pour se précipiter dans sa voiture. Il devrait arriver d'une seconde à l'autre.

À peine Brian avait-il prononcé ces mots que deux policiers passèrent les portes battantes et se précipitèrent vers la porte d'entrée. Après avoir déverrouillé la porte, ils l'ouvrirent et Audrey les observa établir le périmètre de sécurité et repousser la journaliste derrière le ruban.

— Prépare un article sur Marcello et Pranno. Si nous ne trouvons rien de nouveau, nous le publierons demain à la une, mais attends le dernier moment pour lancer l'impression.

La sonnette de la porte d'entrée tinta.

— Je dois te laisser, conclut Audrey avant de raccrocher.

Elle rangea son téléphone puis tendit le cou pour voir qui venait d'entrer. Branch se trouvait sur le pas de la porte. Il jeta un regard à gauche puis à droite avant d'apercevoir Audrey.

— Rey, pourquoi tu te caches ? lui demanda-t-il en retirant son chapeau pour la saluer.

Elle avança de quelques pas dans sa direction tout en prenant bien soin de ne pas pouvoir être vue de l'extérieur. Si Annalise était là, d'autres journalistes devaient être arrivés également.

— Colt m'a arrêtée pour avoir interféré dans son enquête, lui répondit-elle en lui montrant ses mains attachées.

— Il a perdu la boule ? lui demanda Branch en marchant jusqu'à elle.

Il secoua la tête puis fouilla dans ses poches pour sortir une clé dont il se servit pour la libérer.

— Tu as dû vraiment l'énerver.

— Je crois, oui, lui répondit-elle en frottant ses poignets endoloris.

Mais il le méritait. Elle pourrait même l'énerver tous les jours du reste de sa vie, jamais cela ne pourrait égaler ce qu'il lui avait fait subir. Mais elle préférait garder les détails pour elle. Enfin… Si Branch était déjà à l'université quand Colt et elle avaient rompu, il avait dû entendre les rumeurs…

— Tu as toujours été une bagarreuse, lui dit-il avec un sourire.

Et encore, pensa-t-elle. Il n'imaginait pas à quel point. L'image du sous-sol froid et humide sous la rédaction lui vint soudain à l'esprit.

— Je vais le prendre comme un compliment.

— Viens, lui dit-il en lui faisant signe de le suivre. Allons voir ce que le shérif Tanner va me dire quand je vais lui dire que je prends en charge sa prisonnière.

— Un de ces jours, il faudra bien que vous cessiez d'entretenir cette vieille rivalité de footballeurs, lui répondit Audrey en ne pouvant s'empêcher de sourire.

— Je ne pense pas que ça risque d'arriver, sauf peut-être quand l'un d'entre nous viendra saluer l'autre à la maison funéraire des DuPont.

Tout comme le journal familial, les pompes funèbres de la ville était un des plus vieux bâtiments de Winchester. Malgré le ton ironique de Branch, l'endroit ne faisait pas sourire Audrey. C'était l'entreprise DuPont qui s'était chargée de son père quand il était mort… Et elle n'avait pas la moindre envie de voir quelqu'un d'autre exposé dans le salon funéraire de cette vieille maison victorienne.

Elle frissonna en repensant à l'endroit.

— Tu as froid ? lui demanda Branch en lui tenant les portes battantes.

— Non, ça va.

Elle entendit une nouvelle fois le tintement de la clochette d'entrée et deux nouveaux hommes en uniforme vinrent les rejoindre dans la grande cuisine de la boulangerie. Elle reconnut les hommes de la police scientifique qui étaient là pour analyser la scène de crime dans ses moindres détails.

— Je ferais mieux de rester par ici, dit-elle à Branch alors qu'il avançait vers la réserve.

Il lui répondit d'un signe de tête avant d'aller voir le corps. Audrey était satisfaite de sa position de spectatrice. En se penchant un peu, elle pouvait voir Colt qui discutait avec Ruby dans le bureau. Mon Dieu, la pauvre femme devait être terrifiée.

Les tartes prêtes à être glissées dans les fours étaient posées sur les tables en acier. Audrey regarda autour d'elle pour s'assurer qu'elle n'était pas visible depuis le bureau puis prit quelques photos. La poussière de farine sur l'acier brillant faisait ressortir à merveille les pâtisseries. Cela n'avait pas grand-chose à voir avec les photos macabres qu'elle avait l'habitude de prendre mais il s'agissait d'une petite ville du Sud... Les lecteurs allaient adorer cette image.

Comme il lui était déjà arrivé de se faire prendre dans pareille situation, elle envoya la photo qu'elle venait de prendre sur sa boîte mail puis l'effaça ainsi que celle qu'elle avait prise du cadavre. Après cela, elle supprima également toutes les traces des conversations qu'elle avait eues avec Brian. Elle savait que Colt demanderait à vérifier son téléphone. Puis, satisfaite d'elle-même, elle s'appuya contre l'évier de la cuisine, à quelques mètres des portes. Sur le mur était accroché un panneau ordonnant aux employés de se laver les mains chaque fois qu'ils allaient servir des clients ou qu'ils revenaient en cuisine.

Elle se demanda si Wesley Sauder était venu à la boulangerie et s'il s'était retrouvé face à cet homme qui se trouvait dans la réserve pendant que sa femme tirait sur un autre type dans leur cuisine.

Si Sauder était mort, sa femme devait le savoir.

Mais Audrey était prête à parier qu'il se cachait quelque part. Il était en lien avec la mafia et ils en avaient maintenant après lui. Pas besoin d'être flic pour savoir que ces gars ne cesseraient pas leurs recherches avant d'être parvenus à leurs fins. Si quelqu'un se demandait si cette affaire avait un lien avec une organisation criminelle, il n'y avait plus de doute possible.

Colt sortit du bureau et posa les yeux sur elle, l'air sévère. Audrey vit qu'il était toujours aussi furieux.

— Que fais-tu ici ? lui demanda-t-il en se plantant devant elle.

— Branch m'a retiré les menottes et m'a demandé de l'attendre ici, répondit-elle en levant les mains devant lui.

Avant que Colt ne puisse lui répondre et déchaîner la tempête de fureur qui tourbillonnait dans ses yeux, elle ajouta :

— Il y a des journalistes sur le parking devant la boulangerie, je ne veux pas qu'ils me voient.

Elle savait que Colt ne pourrait rien opposer à son excuse.

— Viens avec moi, lui dit-il en la prenant par le bras.

Il poussa une porte sur laquelle était écrit « Réservé aux employés » et, une fois qu'ils furent tous deux entrés dans la petite salle de bains, il referma la porte derrière eux.

— Est-ce que tu essaies de me faire sortir de mes gonds ?

Peut-être que la terrible nuit qu'il avait passée expliquait son manque de patience et le fait qu'il soit autant à fleur de peau. Le Colt qu'Audrey connaissait avait bien plus de sang-froid.

— Pas du tout. J'étais ici pour m'acheter un scone. À ma connaissance, je ne crois pas que ce soit illégal…, lui dit-elle en décidant de lui cacher qu'elle était en réalité venue pour voir Sarah. Quand Ruby a crié, nous avons tous les deux couru à sa rescousse… Et puis, tu m'as arrêtée. Alors que j'étais juste victime des circonstances.

Colt passa une main dans ses cheveux. Elle se rappela soudain qu'elle aimait aussi glisser les doigts dans sa chevelure...

Stop, pensa-t-elle, *ne commence pas à penser à ça*.

— Écoute, je suis désolée d'avoir passé mes nerfs sur toi, lui dit-il en soupirant. Mais tu n'aurais pas dû entrer dans cette réserve. Tu as dépassé les bornes, Rey.

— Il s'appelle Casey Pranno, c'est un des associés de M. Marcello, l'autre type mort dans la cuisine de Sarah Sauder.

Colt ferma les yeux et secoua la tête en restant silencieux pendant quelques secondes.

— Je t'en prie, dis-moi que tu n'as pas pris de photos de cet homme mort et que tu ne les as pas envoyées à quelqu'un...

— À Brian seulement. Mais nous ne la publierons pas, je l'ai déjà effacée de mon téléphone.

— Tu me le promets, Rey ? Jure-moi là tout de suite que tu ne publieras pas cette photo...

S'il n'avait pas semblé si contrarié et désespéré, elle l'aurait volontiers laissé la supplier encore un peu.

— Je te le jure, Colt. Tu me connais quand même. Tu sais bien que je ne te mettrais pas dans une telle position, lui dit-elle en haussant les épaules. Enfin, sauf si tu m'empêches de faire *mon* travail...

— OK, acquiesça Colt en poussant un nouveau profond soupir. Tu peux y aller si tu veux.

— Tu veux dire que je ne suis plus en état d'arrestation ?

Il leva les yeux au plafond.

— Je n'ai pas dit à Branch ce que je viens de te dire.

Colt reporta son regard sur elle et la dévisagea pendant une seconde qui lui sembla en durer deux. Et pendant cette seconde supplémentaire, Audrey sentit monter en elle un désir qu'elle n'avait pas ressenti pour lui depuis leur premier baiser.

— Merci, lui dit-il, la voix grave. Tu peux sortir par la porte de derrière si tu veux éviter les autres journalistes.

— Bonne idée mais..., se rappela-t-elle, ma voiture est garée devant.

Et tout le monde ici savait à qui appartenait cette voiture.

— Bon, tu peux rester ici mais reste collée à cet évier comme s'il s'agissait de ton meilleur ami. Ne bouge pas d'un millimètre.

— Promis.

En se penchant pour ouvrir la porte, il rapprocha son visage d'elle.

— Tant que tu me donnes l'exclusivité des infos, ajouta-t-elle.

Il plongea alors son regard dans le sien et lui répondit, alors qu'ils se trouvaient nez à nez :

— Je te donnerai tout ce que tu veux, Rey. Je l'ai toujours fait.

Et il disparut.

Audrey s'appuya contre le mur de la salle de bains un court instant, le temps de calmer son cœur qui battait à tout rompre.

Elle n'allait pas recommencer à fricoter avec Colt Tanner. Cela ne se reproduirait pas.

Jamais, jamais, jamais.

7

Colt détacha le panneau qui indiquait que la maison des Sauder était un périmètre sécurisé, il le plia en deux et le fourra dans sa poche. Puis il se servit de la clé de Sarah pour ouvrir la porte d'entrée. Il y avait maintenant deux lieux de crime et tous les deux impliquaient les Sauder : leur résidence familiale et la boulangerie. Il entra dans la maison et appuya sur l'interrupteur. La lumière de cette fin d'après-midi était encore belle mais les hommes du shérif avaient tiré les rideaux de toutes les fenêtres avant de fermer la maison.

Même si ce n'était pas la première fois qu'il devait enquêter sur deux meurtres en même temps, c'était la première fois qu'une seule et même famille était concernée. Tout en observant chaque détail, il fit le tour du salon. Il y avait un canapé dans un coin de la pièce et deux fauteuils encadraient la cheminée. L'espace était peu encombré, un vieux téléphone à cadran était posé sur une des petites tables basses. Les seuls mennonites qui avaient le téléphone étaient ceux qui possédaient des entreprises. La plupart d'entre eux ne s'intéressaient pas à ces objets qu'ils qualifiaient de « gênants ». Un rapide tour dans les quatre chambres de la maison lui révéla la même chose : les lits étaient faits avec des draps sobres et ordinaires, la plupart des tiroirs dans les commodes étaient vides et seuls quelques vêtements étaient suspendus dans les petits placards.

Chaque pièce de la maison avait déjà été fouillée et inspectée avec soin. Mais aucun indice ou preuve sur l'homme qu'avait tué Sarah n'avait été trouvé. L'unique salle de bains de la maison était elle aussi presque vide : des flacons de savon et de shampooing faits maison étaient posés sur le lavabo et quelques serviettes de toilette étaient suspendues sur le bord de la baignoire. Il y avait également un rasoir, un peigne et une brosse. Hormis l'endroit où la tache de sang avait séché sur le parquet en bois, la cuisine ne présentait elle aussi que peu d'intérêt pour l'enquête. Les plats, les casseroles, la vaisselle et les verres étaient rangés dans les placards. Le garde-manger était bien garni. Dans un tiroir, se trouvaient les nappes, dans un autre les serviettes de table et les torchons. Aucune des empreintes qui avaient été relevées dans la maison n'avait abouti à quelque chose dans la base de données. Ce qui était logique puisque l'homme portait des gants.

Colt vérifia la porte de derrière. C'était par ici que l'homme était entré dans la maison. D'un regard, il vit que forcer cette serrure avait dû être un jeu d'enfant. Surtout pour un homme comme Marcello. Colt avait suggéré à Sarah de faire changer la serrure rapidement. Si son mari n'était pas à l'aise avec une perceuse et un tournevis, le shérif savait qu'un des frères Sauder pourrait s'en occuper.

Après avoir refermé les portes et fait un tour dans le jardin, il monta dans sa voiture et se mit en route pour la résidence des Yoder. Il souhaitait avoir une nouvelle conversation avec Sarah, voir si quelque chose de nouveau lui était revenu en mémoire maintenant qu'elle était peut-être moins bouleversée. Colt ne voyait aucune raison de garder sa maison sous scellés. Ses techniciens avaient passé les lieux au peigne fin, ils avaient même inspecté entre les lattes du parquet, dans les trous des murs, dans les faux plafonds et dans tout le grenier. Rien n'avait été trouvé qui pourrait servir à l'enquête. Si les Sauder avaient des secrets, ils étaient bien cachés.

La ferme de Melvin Yoder était à peu près à deux kilomètres.

La maison se trouvait au sommet d'une colline qui surplombait les pâturages. Les vaches paissaient tranquillement, et elles remarquèrent à peine la voiture de Colt qui roulait sur le long chemin. Derrière le corps de ferme, des champs, prêts pour les cultures, s'étendaient à perte de vue. Au-delà, se trouvaient les bois. Yoder possédait des centaines d'hectares de terre. Son nom était connu dans toute la région et il avait la réputation d'être un homme gentil et honnête. Aurait-il accueilli dans sa propre famille un homme qui avait des liens avec la mafia ?

Pas sciemment, ça Colt en était certain. Il avait entendu parler d'une dispute entre Yoder et Sauder mais jusqu'à présent personne ne l'avait confirmée. Il en apprendrait peut-être davantage cet après-midi. Après être allé voir Sarah, il pensait retourner à la boulangerie pour voir avec les techniciens s'ils avaient découvert quelque chose. Il irait ensuite voir Branch pour faire un point sur ce qu'ils savaient tous les deux. Il ne devait pas laisser le marshal prendre de l'avance, sinon celui-ci n'hésiterait pas, il le savait, à le laisser en dehors de l'enquête.

Il repensa au fait qu'il avait retiré les menottes d'Audrey ce matin. Colt avait toujours pensé que Branch avait un faible pour elle. Même s'il ne pouvait pas se permettre d'être jaloux, cette idée le perturba.

Il se gara derrière la fourgonnette qui appartenait à Sarah, sortit de son véhicule et referma la portière. Les poules qui picoraient dans la cour levèrent la tête pour le regarder. Le chien qui était couché sous le porche ne se leva pas mais se mit à agiter la queue. Colt se souvint qu'il était encore un chiot quand il avait pris le poste de shérif. Lui et son père étaient venus présenter leurs condoléances quand Mme Yoder était décédée. Pepper devait maintenant avoir quinze ou seize ans. Pas étonnant qu'il ne puisse plus se lever, pensa Colt.

Alors qu'il se dirigeait vers la porte d'entrée de la maison, son téléphone se mit à vibrer dans sa poche. Il le sortit en priant pour qu'on ne lui annonce pas la découverte d'un nouveau corps. Mais sur son écran était affiché le nom de son fils. Il prit une profonde inspiration avant de décrocher.

— Que se passe-t-il ?

— Comment je fais pour rentrer de l'école ?

Il n'était pas encore 15 heures mais la sonnerie de fin de classe n'allait pas tarder à retentir.

— Prends le bus.

— Jamais de la vie.

La détermination dans son ton résonna sur les ondes. Key n'avait pas pris le bus scolaire depuis l'école primaire, époque où il faisait le trajet avec tous ses amis. Mais après cela, Colt ou sa mère l'avait emmené chaque fois jusqu'au jour où il avait eu seize ans et avait commencé à conduire. Aujourd'hui qu'il en avait presque dix-huit, prendre le bus ne le tentait plus du tout.

Tant pis pour lui, pensa Colt.

— Comme je te l'ai dit ce matin, tu as le choix : prends le bus ou rentre à pied.

Colt lui avait donné des ordres stricts concernant sa punition. Il lui avait interdit de monter dans les véhicules de ses amis, de sa mère ou même de n'importe qui. Il pouvait prendre le bus ou marcher. Point.

Key raccrocha.

Colt secoua la tête en soupirant. D'un côté, il regrettait d'avoir été si sévère mais de l'autre le flic en lui savait qu'il ne fallait pas ignorer les signes avant-coureurs de sérieux problèmes. Si son fils se permettait de prendre le volant ivre, quelle serait la prochaine étape ? L'idée qu'il aurait pu se tuer ou tuer quelqu'un terrifiait Colt.

Comment son ex-femme avait-elle pu permettre à son fils de se retrouver dans une telle situation ? Et lui, quelle était sa part de responsabilité ? Regarder son fils marcher en titubant devant leur maison avait été une sacrée piqûre de rappel.

La fraîcheur de l'air matinal avait maintenant disparu.

Le soleil de l'après-midi chauffait comme si l'été était déjà là alors que l'hiver finissait à peine. Telle était la vie dans le Sud.

Colt grimpa les marches et passa sous le porche. Un pot de tulipes sur le point de fleurir était posé à côté de la porte. La femme de Melvin était morte depuis des années mais ce devait être Sarah qui continuait à s'occuper des fleurs de sa mère. Melvin Yoder ne semblait pas être le type d'homme à aimer jardiner. Enfin, quand un homme aimait profondément une femme, il était capable de tout faire pour perpétuer ce qui avait eu du sens et de l'importance pour elle.

Colt n'en parlerait jamais à personne mais il avait gardé, rangé dans le placard de sa chambre, tout ce que Rey et lui s'étaient offert, y compris le médaillon qu'il lui avait donné quand ils avaient treize ans. Quand ils avaient rompu, elle avait emballé chaque petit cadeau qu'il lui avait fait et les lui avait renvoyés. Par la poste, comme pour officialiser leur rupture. Et le fait qu'un inconnu vienne lui livrer tous ces objets chargés de sens était en effet venu mettre un point final à leur histoire.

Il avait l'habitude d'ouvrir régulièrement cette boîte de souvenirs.

— C'est un peu pathétique, se murmura-t-il à lui-même en levant le poing pour frapper à la porte de la maison des Yoder.

À l'intérieur, tout semblait calme. Il était déjà entré dans la maison de Melvin quand il n'était encore qu'un adolescent. Il se rappelait avoir été stupéfait de constater qu'il n'y avait pas de télévision. Une radio se trouvait dans un coin mais elle avait été réduite au silence. Ce jour-là, Colt était venu avec son père pour prévenir la famille que leur plus jeune fille, Bethany, était à l'hôpital car elle avait fait une overdose.

Bethany s'en était sortie mais sa relation avec ses parents n'avait, elle, pas survécu à cette épreuve. Elle avait fini par quitter la ville pour aller à Nashville essayer de devenir une chanteuse. Elle était douée, mais la capitale de la country ne lui avait pas fait de cadeaux. Elle était finalement revenue vivre à Winchester et travaillait comme serveuse dans différents bars.

Personne de sa famille ne lui avait parlé depuis qu'elle avait quitté la ville, quinze ans auparavant. Âgée aujourd'hui de trente et un ans, elle n'avait que quelques années de moins que Sarah. Vivre dans sa ville natale en étant rejetée par sa propre famille devait être quelque chose de terrible, pensa Colt.

La porte moustiquaire s'ouvrit enfin sur Aaron Yoder.

— Bonjour shérif, lui dit-il, vous voulez voir Sarah ?

— Je pensais qu'elle serait là, en effet, lui répondit Colt en hochant la tête. Et Wesley ?

Aaron serra les dents. Discrètement mais rien n'échappait à Colt.

— Non, il n'est pas là. Vous voulez entrer pour voir Sarah ? Elle vient juste de mettre les enfants à la sieste.

— Je ne veux pas déranger, si elle est d'accord, dites-lui de me rejoindre sous le porche, je n'en ai pas pour longtemps.

— Ne vous en faites pas, la chambre des enfants est loin du salon, vous pouvez entrer, shérif, lui répondit Aaron en lui faisant signe de le suivre à l'intérieur.

— Merci, lui dit Colt en retirant son chapeau. Comment va votre père ?

— Pas très bien, avoua Aaron en refermant la porte derrière eux. Il passe beaucoup de temps à dormir ces derniers temps, il paraît que c'est normal à ce stade.

Le cancer était une maladie terrible, pensa Colt.

— J'espère que les événements qui ont eu lieu chez Sarah et à la boulangerie ne l'ont pas trop contrarié.

— Il ne veut pas en parler, alors on ne l'embête pas avec ça.

— Bonjour, shérif.

L'attitude d'Aaron changea quand il entendit la voix de sa sœur. Son corps entier sembla se tendre.

— Je suis désolé de venir vous ennuyer à nouveau, Sarah, mais j'ai quelques questions à vous poser suite à la découverte de ce nouveau corps ce matin, dans la réserve de votre boulangerie.

— Venez vous asseoir au salon, shérif, vous voulez un verre d'eau ? J'ai de la limonade également.

— Non, merci.

— Il faut que j'aille voir comment se porte papa, lança Aaron avant de disparaître dans le couloir.

Une fois que Sarah fut assise sur le canapé, Colt alla s'asseoir sur l'une des chaises qui entouraient la table.

— Sarah, j'ai vraiment besoin de parler avec votre mari. Pouvez-vous me dire où je peux le trouver ?

— Avec tout ce qu'il s'est passé, commença-t-elle en levant les mains en l'air, il est parti faire du porte-à-porte pour rassurer tout le monde et dire qu'il n'y avait rien à craindre.

— Est-ce que votre mari connaissait ces deux hommes qui ont été tués chez vous ?

— Absolument pas, lui répondit-elle en secouant la tête vivement. Nous pensons que celui qui s'est introduit chez nous a tué celui que l'on a retrouvé dans la boulangerie avant de venir s'attaquer à nous. Ils ont dû se tromper quelque part. Nous ne les connaissons pas et nous n'avons aucune idée du motif de leur visite.

— Vous savez que votre mari a vécu à côté de Chicago et que ces deux hommes sont de là-bas ? Ils travaillaient ensemble, il me semble donc peu probable qu'ils soient venus jusque dans le Tennessee uniquement pour régler leurs comptes.

— Écoutez, je ne sais pas quoi vous dire, shérif, lui répondit Sarah en haussant les épaules. Nous sommes aussi abasourdis que vous.

— Sarah, commença Colt en se penchant vers elle, les avant-bras posés sur les genoux, son chapeau entre les mains. Je ne sais pas ce que ces hommes sont venus chercher, mais les gens qui les ont envoyés ne vont pas s'arrêter uniquement parce que deux de leurs soldats ont passé l'arme à gauche. Ils en enverront d'autres. Si vous ou votre mari savez pourquoi ils veulent vous faire du mal, vous devez partager cette information avec nous. Cela pourrait bien vous éviter d'y rester.

— Mon Dieu, shérif, lui répondit Sarah en hochant à nouveau la tête. Mais pourquoi voudrait-on nous faire du mal ? Nous sommes des gens ordinaires. Nous servons Dieu, du mieux que nous le pouvons. Et nous n'avons rien de précieux, hormis nos enfants et nos âmes.

— Est-il vrai que votre père et Wesley ont eu un désaccord il y a quelques mois ?

Colt vit la contrariété s'afficher sur le visage de Sarah.

— Où avez-vous entendu une telle chose ? Mon père a beaucoup de respect pour Wesley. Vous devriez le savoir, shérif, vous qui avez grandi ici. Vous savez comme Wesley a pu aider mon père avec la communauté. Mes frères étaient trop jeunes et ne pouvaient gérer cette trop lourde responsabilité. Sans Wesley, je ne sais pas si nous aurions pu nous en sortir aussi bien.

— Pensez-vous que votre père ou l'un de vos frères pourraient connaître ces hommes ?

— Seigneur, non ! Mes frères et moi-même ne nous sommes pas toujours bien entendus mais nous n'avons jamais été impliqués dans ce genre d'affaires. Nous respectons scrupuleusement la loi, shérif.

— Sarah, je dois vraiment parler à Wesley, c'est très important..., insista Colt en cherchant un moyen de lui faire comprendre l'urgence de la situation. Pour tout vous dire, nous craignons que ces hommes se soient trompés et qu'il prenne votre mari pour quelqu'un d'autre. Et je ne peux rien faire pour lui si je ne peux pas lui en parler. La situation est vraiment grave, vous savez. Cette affaire ne va pas se résoudre toute seule.

— Shérif, je crois que vous vous méprenez. Wesley et moi sommes les victimes dans cette affaire, des hommes sont entrés par effraction dans notre maison et dans notre boulangerie. Et ils sont morts, tous les deux. C'est terrible mais nous n'y sommes pour rien.

Colt pensa à regret qu'il aurait aimé la croire sur parole.

— Vous et votre famille êtes en danger, je dois parler à Wesley, répéta-il en espérant lui faire entendre raison.

— Je vais essayer de le trouver, lui répondit-elle enfin. Je vais lui dire combien il est important que vous lui parliez, peut-être qu'il pourra trouver un moment pour vous voir.

— J'apprécie votre aide, lui répondit Colt en se levant. Saluez votre père de ma part.

Elle acquiesça puis détourna le regard comme si le fait de penser à son père était trop douloureux.

Puis elle se leva et raccompagna Colt sur le pas de la porte.

— Ah, shérif, j'ai oublié de vous demander si vous aviez trouvé quelque chose à la boulangerie qui pourrait nous éclairer sur ce qui a pu se passer ?

La manière dont Sarah lui posa cette dernière question – comme si elle connaissait déjà la réponse et voulait savoir si lui la connaissait également – lui donna l'envie de retourner s'asseoir au salon pour reprendre son interrogatoire.

— Pas encore, non, mais nous y travaillons, lui répondit-il en remettant son chapeau. Nous espérons que les téléphones portables des deux victimes vont nous apporter de nouveaux éléments... Je compte sur vous pour dire à Wesley que je veux le voir le plus vite possible.

— Je le lui dirai, oui.

Colt eut soudain l'impression qu'il n'aurait jamais l'occasion de parler avec Wesley Sauder, à moins de le traquer et de le mettre en garde à vue.

Les menottes attachées à sa taille lui rappelèrent qu'un peu plus tôt dans la journée, c'était aux poignets de Rey qu'ils les avaient passées. Il devait lui faire comprendre d'une manière ou d'une autre que cette affaire était extrêmement dangereuse. Il devait la protéger. Qu'elle soit d'accord ou non, il allait devoir la surveiller de près ou elle allait se retrouver impliquée jusqu'au cou dans cette affaire qui venait troubler leur ville...

8

La crèche Happy Kids avait été créée par Happy Jennings. D'après la mère d'Audrey, Happy était allée suivre une formation à l'école d'infirmières de l'université de Motlow, à Tullahoma, à la fin de sa scolarité. Elle avait d'abord travaillé à l'hôpital puis dans un cabinet de médecins. Mais passer ses journées avec les malades, les blessés et les mourants, ne l'avait jamais rendue heureuse. Elle avait donc décidé d'ouvrir une garderie à Winchester et avait remporté un franc succès. Toutes les mères du coin qui s'étaient toujours moquées de Happy, en partie à cause de son prénom, étaient aujourd'hui ravies que quelqu'un d'aussi qualifié s'occupe toute la journée de leur progéniture.

Et à présent, neuf ans plus tard, Happy était à la tête d'une équipe d'une douzaine d'employés, et son entreprise Happy Kids avait été de nombreuse fois récompensée par la chambre de commerce de la région et par la ville de Winchester.

Happy Kids se trouvait dans un bâtiment peint d'un jaune éclatant qui avait d'abord été une église, dans le centre-ville. La cour, clôturée, était parsemée de balançoires colorées, de toboggans et de bacs à sable. Audrey ouvrit la porte et marcha jusqu'à l'entrée. Des tulipes et des jonquilles fleurissaient dans les jardinières et les pots qui encadraient la grande porte. À cette heure, 17 h 30, la plupart des parents étaient déjà venus récupérer leurs enfants. D'après la pancarte accrochée sur la porte, l'établissement fermait à 18 heures.

À l'intérieur, le comptoir de la réception était vide. Tout comme à l'extérieur, les murs étaient peints en jaune vif tandis que des nuages décoraient le plafond et qu'un linoléum multicolore recouvrait le sol. Une porte s'ouvrit de l'autre côté du hall et une jeune femme, souriante mais visiblement un peu fatiguée, marcha vers Audrey.

— Bonjour, que puis-je faire pour vous ?

— Bonjour, j'aimerais voir Happy si elle est disponible.

— Son bureau se trouve juste au bout de ce couloir, lui répondit la jeune femme en lui montrant la direction à suivre.

Audrey la remercia et, une fois dans le couloir, elle comprit pourquoi le bureau de la directrice se trouvait à cet endroit. De grandes baies vitrées donnaient d'un côté sur l'espace de jeux intérieur, de l'autre sur l'extérieur. *Ingénieux*, pensa Audrey. À l'intérieur, une poignée d'enfants couraient en riant après un ballon rouge. Autour de la salle de jeux, des grandes fenêtres et des portes donnaient sur d'autres pièces plus petites qui ressemblaient à des salles de classe. Le bureau de Happy, dont le mur entier était fait de verre, offrait une vue parfaite sur l'ensemble de l'espace de la crèche.

La configuration était idéale.

Happy vit Audrey avant même que celle-ci n'ait le temps de frapper à la porte transparente et lui fit signe d'entrer.

— Tu viens pour une pré-inscription ? lui demanda-t-elle en lui faisant signe de prendre place sur la chaise bleue qui se trouvait en face d'elle. Nos listes d'attente sont longues, la plupart des mères inscrivent leurs enfants avant leur naissance, tu fais bien de t'y prendre à l'avance.

— Oh non, lui répondit Audrey en comprenant que la directrice pensait qu'elle était enceinte. Pas de bébé pour le moment, non.

Étaient-ce ses mots qui résonnèrent dans la pièce de manière sinistre ou la déception qui apparut dans le regard de Happy, Audrey n'aurait pu dire d'où cela venait mais elle se sentit soudain profondément vide. Elle prit une profonde inspiration et s'efforça de faire disparaître cette réaction ridicule. Comment pourrait-elle avoir un bébé alors qu'elle était célibataire ? Même si cela n'était pas totalement impossible, Audrey restait persuadée qu'il était plus raisonnable d'élever un enfant à deux.

— Oh ! lui répondit Happy en riant, excuse-moi. C'est le premier motif de visite ici, alors j'ai pensé que... Quoi qu'il en soit, comment vas-tu ? Tu es superbe, on dirait que le fait de revenir vivre ici te réussit plutôt bien, Rey.

Audrey se détendit, même si elle n'arrivait pas à chasser le sentiment de malaise qui était né en elle.

— Je suis contente d'être de retour, je suis ravie d'avoir repris *la Gazette* et je suis plus proche de ma mère.

— Comment va-t-elle ? lui demanda Happy, l'air soudain préoccupé.

— Ça dépend des jours...

Tous ceux qui avaient grandi à Winchester connaissaient la famille Anderson. Leur nom était associé au journal local. Audrey ne doutait pas que sa mère avait dû passer ces dix dernières années à raconter à tout le monde les aventures de sa fille ou à parler des grands articles qu'elle avait pu écrire pour des journaux prestigieux. Pour Mary Jo Anderson, sa fille était une célébrité qui vivait, dans des endroits exotiques, une vie pleine de sensations fortes. Certes, elle avait reçu de nombreuses récompenses pour son travail. Et il est vrai qu'elle avait eu la chance de découvrir des endroits incroyables et de vivre des expériences renversantes. Mais elle avait aussi vécu de grands moments de solitude. Sans compter ce sentiment de regret qui grandissait en elle un peu plus chaque jour...

Si elle était restée vivre à Winchester, aurait-elle pu aider sa mère davantage ? Serait-elle aujourd'hui mariée ? Aurait-elle des enfants à emmener à la crèche Happy Kids ?

Colt et elle se seraient-ils réconciliés ?

Audrey sentit un frisson la parcourir et elle cligna des yeux pour revenir au présent. Étrangement, cette dernière pensée la bouleversait plus que la découverte d'un corps dans la réserve de sa boulangerie préférée.

— Comme nous tous, lui répondit Happy, l'air songeur. Les mauvais jours nous rappellent combien les bons sont précieux. Mais alors, que me vaut ta visite, Rey ? Tu sais que je t'ai toujours appréciée, tu étais la fille la plus chouette de toute l'école.

— D'après mes souvenirs, lui répondit Audrey en souriant, Aaron Yoder et toi avez été en couple, non ?

— Ah, tu cherches des informations sur les meurtres, dit Happy en changeant d'expression. J'ai entendu parler de ce nouveau type qui a été découvert dans la boulangerie.

— Oui, lui confirma Audrey. Je n'arrive déjà pas à croire que Sarah ait pu tirer sur quelqu'un, alors avec cette nouvelle découverte...

— Je pense que n'importe qui ferait pareil dans la même situation, surtout si des enfants sont en danger.

— Certains pensent que Sarah couvrait peut-être un de ses frères, peut-être Aaron...

Ce n'était qu'une hypothèse mais Audrey avait entendu l'un des policiers faire un commentaire à ce sujet.

Happy changea une nouvelle fois d'expression. Cette fois, elle parut surprise, et Audrey vit un soupçon de colère s'allumer au fond de ses yeux.

— C'est la chose la plus ridicule que j'aie jamais entendue, lui répondit-elle, l'air outré. Aaron n'est pas du genre à tirer sur quiconque, sauf si on l'agresse bien entendu. Ces hommes étaient-ils armés ? Où diable as-tu pu entendre dire une chose pareille ?

— Il n'y a pas de traces d'autres tirs...

À moins que les balles ne se soient logées dans le corps de quelqu'un d'autre – Wesley Sauder ou un des frères de Sarah –, aucune n'avait été retrouvée sur les lieux des deux crimes.

Audrey en était certaine. Et rien n'avait encore été révélé qui aurait pu confirmer si les victimes s'étaient servies de leurs armes ou non. Enfin, si le laboratoire avait déjà rendu ses résultats, alors Colt avait gardé cette information pour lui.

— Je te le répète, Rey, insista Happy en secouant la tête catégoriquement, Aaron est incapable de faire une chose pareille. C'est l'homme le plus doux et le plus tendre que je connaisse, il ne ferait pas de mal à une mouche à moins qu'il n'y soit vraiment contraint.

— Lui et toi êtes toujours amis ? lui demanda Audrey.

Mais elle vit que Happy se renfermait en l'entendant aborder ce sujet, aussi s'empressa-t-elle d'ajouter :

— Je ne suis pas ici pour causer des problèmes à Aaron. Je veux juste l'aider. C'est une des nombreuses facettes de mon métier, Happy. Comme le dit ma mère, j'ai relaté toutes sortes d'histoires, j'ai parcouru le monde mais ce pourquoi je suis vraiment réputée, c'est pour faire éclater la vérité au grand jour. Et ce n'est pas ma première enquête criminelle, tu peux me croire.

— C'est vrai que ta mère a toujours dit que tu étais une héroïne pour beaucoup de gens.

Évidemment c'était un peu exagéré mais les mères aimaient se vanter des succès de leurs enfants, pensa Audrey.

— Je fais ce que je peux, répondit-elle à Happy. Alors, si tu veux faire quelque chose pour m'aider à aider Aaron, je suis certaine qu'il t'en sera reconnaissant.

— Aaron n'a jamais évoqué quoi que ce soit qui puisse être en lien avec cette histoire, commença Happy, révélant ainsi à Audrey ce qu'elle voulait vraiment savoir.

— Est-il fâché avec sa sœur ou avec son père ?

Happy regarda un instant son bureau, se demandant probablement ce qu'elle pouvait dire à Audrey. Même s'ils n'étaient plus en couple aujourd'hui, elle semblait toujours très attachée à Aaron. Audrey savait que Happy était ainsi, loyale et fidèle à ceux qu'elle aimait.

— Tout ce que tu pourras me dire restera entre toi et moi, la rassura Audrey. Je me sers des informations pour découvrir la vérité mais je ne répéterai pas ce que tu me diras. Tu as ma parole.

— Il y a environ deux mois, Sarah et son père ont eu une violente dispute. Melvin a appris des choses contrariantes sur Wesley, le mari de Sarah. Il était très mécontent.

— Tu as une idée de ce qu'il a pu découvrir ?

Audrey était pendue à ses lèvres. Il devait y avoir un lien entre Wesley Sauder et ces deux hommes morts. Un homme pouvait se tromper et s'en prendre à la mauvaise personne au mauvais endroit, mais il était impossible que deux hommes fassent la même erreur...

— Aaron ne me l'a pas dit, poursuivit Happy en haussant les épaules. Peut-être que son père ne lui a pas tout raconté en détail. En même temps, il ne m'en aurait probablement pas parlé. Il m'a seulement révélé que Wesley Sauder n'était pas l'homme qu'on croyait. À la fois, ça peut tout vouloir dire. J'ai vu un jour des ecchymoses sur le bras de Sarah. Elle m'avait dit qu'elle était tombée mais je ne l'ai jamais crue. Cela dit, Wesley Sauder ne me semblait pas être un mauvais bougre. Bon sang, il est du genre à toujours aider les autres. Il dirige tous les projets dans leur communauté et aide les entreprises à prospérer. Son travail l'a même amené à collaborer avec nous. Je ne comprends pas ce qui a pu se passer, rien de tout cela n'a de sens...

— Que sais-tu de Wesley à part ce que tu as entendu dire sur lui ?

— Pas grand-chose, admit Happy en secouant la tête. Je veux dire, je le connais mais il n'est pas du genre à venir discuter avec ceux qui ne peuvent pas faire profiter sa cause. Aaron m'avait dit une fois qu'il n'aimait pas perdre son temps avec les gens sans importance. Mais tout le monde te dira que c'était un homme bon, toujours prêt à aider les autres.

Audrey se fit la réflexion qu'Aaron, lui, n'avait pas l'air

de le porter dans son cœur. Quant à Happy, elle semblait tiraillée entre sa loyauté envers lui et la réputation que s'était construite Wesley Sauder.

— Pourquoi Aaron a-t-il des doutes sur Wesley ?

— Oh ! il ne m'a jamais dit grand-chose sur lui mais il m'avait une fois rappelé que Wesley était arrivé juste au moment où Melvin avait eu son accident. Aaron s'est toujours demandé ce qui avait pu se passer avec ce vieux taureau et pourquoi il avait chargé son père. Il n'avait jamais fait une telle chose auparavant. À l'époque, tout le monde était si reconnaissant que Wesley soit allé chercher Melvin dans le champ, qu'il l'ait sorti de là puis emmené à l'hôpital que personne n'a posé de questions. En y repensant, je dois admettre qu'Aaron avait raison, c'était une sacrée coïncidence que Wesley se soit trouvé sur cette route déserte au bon moment.

— Et sais-tu pourquoi M. Yoder a choisi de donner autant de responsabilités à Wesley plutôt qu'à l'un de ses fils ? lui demanda Audrey qui trouvait ce choix étrange.

— Peut-être parce qu'il était plus âgé qu'eux, proposa Happy. Aaron et ses frères étaient si jeunes à cette époque... Et quand ils ont eu l'âge de pouvoir reprendre le flambeau, tout le monde avait pris l'habitude de se tourner vers Wesley... Il était trop tard pour changer les choses.

— Est-ce que tu penses qu'Aaron ou un de ses frères protège Wesley ? Qu'il l'aide à se cacher de la police ou d'une autre menace ?

— Impossible, lui répondit Happy en hochant la tête. Ils se détestent. Wesley ne leur demanderait jamais la moindre chose.

Eh bien, pensa Audrey, cette entrevue était pleine de surprises.

— Mais Aaron pourrait-il avoir une idée de l'endroit où son beau-frère se cache ?

— Si lui ou ses frères le savent, je suis sûre qu'ils trouveront un moyen de le dire à Colt, dit Happy en regardant soudain derrière Audrey, par les baies vitrées. Le problème, c'est qu'il peut être chez n'importe quel membre de la communauté. Tous l'adorent. Ils le considèrent comme le messie, c'est une vraie star chez les mennonites.

— Crois-tu qu'Aaron ou ses frères pourraient en profiter ? Si Wesley leur posait problème, la situation serait parfaite pour se débarrasser de lui et laisser croire à tout le monde que ces types de Chicago se sont chargés de lui régler son compte...

— Jamais ils ne feraient une telle chose, répondit Happy en secouant à nouveau la tête. Jamais. Tu peux me croire sur parole, Rey, ils ne sont pas comme ça. Les garçons Yoder, pardon, les hommes Yoder sont de bonnes personnes, des gens gentils et bienveillants. Jamais ils ne tueraient quiconque. Je ne suis même pas sûre qu'ils pourraient le faire pour se défendre. Au pire, ils blesseraient juste leur assaillant.

— Même si leur père leur a demandé de le faire ? Même s'il leur a donné l'ordre de se débarrasser de Wesley ?

Happy éclata d'un rire ironique.

— Rey, Melvin Yoder n'irait jamais à l'encontre des lois de Dieu. Il préférerait se sacrifier plutôt que de faire du mal à quelqu'un. Si jamais il existe une personne au monde qui n'aurait pas la moindre trace de méchanceté en lui, c'est Melvin Yoder.

Audrey pensa soudain que cette conversation ne menait nulle part. Elle devait trouver quelque chose pour avancer.

— Et connais-tu quelqu'un chez les mennonites qui serait susceptible de cacher Wesley ? Peut-être qu'Aaron t'a déjà parlé des amis de son beau-frère ?

Happy prit un moment pour réfléchir puis répondit à Audrey.

— Ezra Zimmerman. Wesley et lui sont proches, d'après ce que m'a dit Aaron.

Voilà ! Audrey avait enfin une information utile.

— Je te remercie, Happy, lui dit-elle en se levant de sa chaise. Merci pour ton honnêteté.

— Tu sais, lui répondit Happy, Colt m'a posé à peu près les mêmes questions que toi.

— C'est vrai ?

— Oui, il y a quelques heures à peine.

— Tu lui as dit tout ce que tu viens de me dire ?

— Non... En fait, je comptais venir te voir au journal après avoir fermé la garderie. Je n'ai rien contre Colt mais il est shérif et il suit la loi. Pour aider Aaron et sa famille, je préférais aller voir quelqu'un qui suit son cœur. Et je sais que c'est ce que toi, tu fais, Rey.

— Je t'en dois une, Happy, lui répondit Audrey en lui souriant.

— Une bonne page de publicité dans la prochaine *Gazette* serait super !

— Eh bien, tu peux compter dessus, je vais dire à Brian de te passer un coup de fil.

Après avoir quitté la garderie, Audrey prit la direction de la ferme d'Ezra Zimmerman. Mais si sa femme et ses enfants étaient à la maison, lui n'y était pas. Son épouse n'avait aucune idée de l'heure à laquelle il allait rentrer et n'avait pas vu Wesley Sauder ces derniers temps.

La nuit étant sur le point de tomber, Audrey décida de rentrer à la rédaction. Elle pensa faire le point sur la situation avec Brian et lui faire part de son plan. Elle allait revenir épier la ferme des Zimmerman pendant la nuit et pour cela elle avait besoin de jumelles, de quelque chose à manger et d'une bouteille d'eau.

Et enfin, le plus important, elle avait besoin d'emprunter la voiture noire de Brian. Son véhicule argenté n'était pas très adapté pour les planques nocturnes.

— Je crois vraiment que je devrais venir avec toi, insista Brian tandis qu'Audrey se glissait derrière le volant de son cabriolet noir.

— L'un de nous deux doit clore la rédaction et c'est toi qui vas t'en charger, lui répondit-elle en faisant démarrer la voiture. Écoute, tout va bien se passer, j'ai mon téléphone portable, mon chargeur et de quoi manger.

Tout tenait sur la minuscule banquette à l'arrière. Elle se demanda d'ailleurs comment une personne pouvait bien s'y asseoir…

— Bien, soupira Brian, mais s'il t'arrive quoi que ce soit, sache que je me sentirai coupable toute ma vie. Comment peux-tu faire une chose pareille à un ami ?

— Tu n'auras qu'à dire que tu m'avais prévenue ! lui répondit Audrey en éclatant de rire.

— Sois prudente, je t'en prie, je ne veux pas que tu finisses comme ces deux types.

— Je vais faire très attention, c'est promis. Toi, n'oublie pas de trouver un espace pour la publicité de la garderie de Happy, je lui ai garanti que tu allais t'en occuper personnellement.

— Je m'en charge, fais attention à toi.

Audrey lui répondit d'un signe de la main. Mais alors qu'elle allait enclencher la marche arrière, le pick-up de Colt apparut à côté d'elle.

— Dis-moi que ce n'est pas toi qui l'as appelé, dit-elle à Brian qui se tenait toujours à côté de sa portière.

— Je te le jure, lui répondit-il en levant les mains, l'air innocent.

Après avoir garé sa voiture, Colt vint ouvrir la portière du côté passager et monta à côté d'Audrey.

Sans la regarder, il retira son chapeau et le posa à côté des affaires sur la banquette arrière.

— On y va ? demanda-t-il enfin à Audrey en haussant les sourcils.

Audrey le fusilla du regard puis regarda Brian et lui fit signe qu'ils régleraient ça plus tard avant de redémarrer.

Tandis qu'elle sortait du parking, Colt attacha sa ceinture de sécurité et se mit à l'aise en ajustant son siège. Audrey fut surprise de voir que malgré ses longues jambes et son corps musclé, il pouvait s'asseoir dans sa petite voiture.

Bon sang, pensa-t-elle, *arrête de regarder son corps !*

— Qu'est-ce que tu fais là, Colt ?

— Je viens t'empêcher d'avoir des ennuis, Rey.

— Je n'ai pas besoin d'un baby-sitter, lui répondit-elle en lui jetant un regard noir. C'est Brian qui t'a appelé ?

— Pas du tout.

— C'est Happy, alors ?

— Je t'ai dit que Brian ne m'avait pas appelé, pas qu'il ne m'avait pas parlé.

— Il t'a envoyé un message, lui demanda Audrey en sentant la colère l'envahir.

— Trois, pour être exact. Le premier disait : « Tu devrais venir vite, Colt. »

Audrey soupira bruyamment. Elle allait devoir avoir une petite conversation avec Brian.

— Le second, poursuivit Colt : « Elle a prévu de partir en planque ce soir. »

— Et le dernier ?

— « J'ai peur qu'elle ait besoin de renfort. »

Audrey ne put s'empêcher d'afficher un large sourire.

— Alors, il ne t'a pas dit où je me rendais ?

Cinq heures plus tard, c'était toujours le calme plat chez les Zimmerman. Le camion d'Ezra était déjà garé dans l'allée quand Colt et Audrey étaient arrivés sur place et n'avait pas bougé depuis lors. Vers 22 heures, les lumières s'étaient éteintes. Colt semblait heureux qu'Audrey ait pensé au dîner. Elle avait des chips et ses barres chocolatées préférées qui, par un heureux hasard, étaient également les siennes. Ils se moquaient de ce repas de malbouffe qui ressemblait à ce qu'ils mangeaient quand ils étaient adolescents mais ils burent quand même de l'eau à la place des sodas.

Malgré cela, Audrey savait qu'elle le regretterait le lendemain.

— C'est sa seconde femme ? demanda Audrey à Colt.

Sa mère lui avait dit que la première Mme Zimmerman était morte quelques années plus tôt. Si elle se souvenait bien, les Zimmerman n'avaient jamais eu d'enfants. Pourtant, c'était une très jeune femme, qui devait avoir dans les vingt-cinq ans, accompagnée de deux enfants qui lui avait ouvert la porte. Elle s'était présentée à Audrey comme étant la femme d'Ezra.

— Oui, sa première femme est morte il y a cinq ou six ans. Ils s'étaient mariés alors qu'ils n'étaient que des adolescents. Ezra s'est remarié il y a trois ans environ et a eu deux enfants.

— La solitude est trop difficile à supporter pour certains, surtout quand on a passé la plupart de sa vie d'adulte en couple.

Alors que les mots résonnaient dans l'espace confiné, Audrey tressaillit dans l'obscurité. Elle n'avait pas du tout eu l'intention de dire tout ça à voix haute et aurait préféré garder cet aveu pour elle.

— Ma mère se plaignait souvent de ça, continua-t-elle pour essayer de rattraper le coup. Avant que je revienne vivre ici.

Colt resta silencieux un moment. Étrangement, rester assise avec lui dans le noir n'était pas désagréable. Audrey ne se sentait pas mal à l'aise alors qu'elle n'était qu'à quelques centimètres à peine de lui. Peut-être était-ce parce qu'elle ne voyait pas son visage et ses grands yeux gris. Non, pensa-t-elle. C'était surtout parce que lui ne pouvait pas la voir. Il ne pouvait remarquer que son pouls battait plus vite quand il s'approchait d'elle ou que ses lèvres étaient si sèches qu'elle devait passer sa langue dessus sans cesse.

Elle soupira. Cesserait-elle un jour de ressentir ce désir ridicule pour lui ? Comment se faisait-il que celui-ci ne se soit pas fané avec le temps...

— Je comprends ce qu'elle veut dire, dit-il d'une voix grave et apaisante. Je suis célibataire depuis huit ans maintenant et il m'arrive de me sentir vraiment seul.

— Que veux-tu dire ? lui demanda-t-elle en le regardant. Tu as un fils, comment peux-tu connaître la solitude ?

En prime, pensa Audrey, elle était prête à parier que Colt avait dû séduire toutes les femmes célibataires de la région. Peut-être même certaines qui ne l'étaient pas. Une puissante vague de colère la submergea.

— Nous partageons la garde, tu te souviens ? lui répondit-il en se laissant aller en arrière. Mon fils est chez moi une semaine sur deux. Ce n'est vraiment pas l'idéal pour élever un enfant. Tu ne peux pas savoir combien je déteste cette situation.

Audrey n'avait pas du tout envie d'entendre Colt se plaindre des problèmes qu'il avait avec *elle*. Elle se rendit soudain compte qu'elle avait croisé les bras sur la poitrine et qu'elle fixait un point à l'horizon, les sourcils froncés. Elle ne pouvait s'en empêcher. La seule évocation de cette femme, même dix-huit ans après, continuait à la mettre hors d'elle. Et à la faire souffrir. Peut-être s'agissait-il d'un genre de blessure qui ne guérit jamais.

— Je sais que je te l'ai déjà dit mille fois, reprit-il d'une voix encore plus douce, mais je suis désolé pour ce que je t'ai fait subir. J'aime mon fils et je ne peux pas regretter de l'avoir eu mais je donnerais tout pour revenir en arrière et éviter de te faire souffrir.

Audrey passa une nouvelle fois la langue sur ses lèvres sèches et tenta de calmer la fureur et la rancœur qu'elle sentait monter en elle.

— C'était il y a longtemps, Colt.

— Le temps ne change rien, je regrette chaque jour d'avoir été aussi stupide.

Audrey se mordit la langue pour se retenir de lui dire combien ses mots lui faisaient du bien.

— Nous faisons tous des erreurs, lui dit-elle finalement.

— Certains d'entre nous en font de plus grosses que d'autres, lui répondit Colt en laissant échapper un profond soupir.

— Tu crois que Sauder est à l'intérieur ? lui demanda-t-elle en décidant de changer de sujet avant de dire des choses qu'elle risquait de regretter.

— Aucune idée, mais si c'est le cas, je veux être là quand il va sortir.

Audrey resta ensuite silencieuse et Colt fit de même. Elle pensa un instant ouvrir sa fenêtre pour laisser entrer un peu d'air frais. Le parfum de son after-shave était discret mais cette douce fragrance, mélange de citron et de cuir, lui faisait tourner la tête. Peut-être qu'en fermant les yeux et en imaginant qu'elle se trouvait ailleurs…

Quelque part loin de Colt Tanner et d'un passé qui semblait déterminé à s'attarder dans le présent.

9

Mercredi 27 février, 6 h 15.

Audrey se réveilla au doux son de la pluie qui tombait sur le pare-brise. Elle avait un goût de chocolat dans la bouche, et l'odeur de Colt Tanner réchauffait ses sens. Arrêterait-elle un jour de rêver de lui ?

— Bonjour.

Elle fronça les sourcils.

Voiture. Planque. Ferme des Zimmerman.

Sa tête posée sur l'épaule de Colt.

Elle se redressa d'un bond et se cogna contre l'habitacle.

— Bonjour, lui répondit-elle en attrapant la bouteille d'eau.

Puis elle se pencha en avant et observa par la vitre la vieille ferme qui se trouvait de l'autre côté de la route.

— Quelque chose a bougé ce matin ?

Il pleuvait. Ce n'était pas une averse violente mais malgré tout on ne pouvait ouvrir les fenêtres.

— Quelques vaches se sont déplacées et deux poules ont traversé la route.

Audrey lui jeta un regard noir.

— Tu vois ce que je veux dire, ajouta-t-il en souriant. Personne n'est entré ou sorti par la porte principale, il n'y a eu aucun mouvement autour de la maison, hormis ce dont je viens de te parler.

Audrey détourna le regard pour ne pas voir à nouveau le sourire qui s'affichait sur le visage de Colt.

— Tu crois qu'on devrait aller frapper à la porte pour demander à Ezra s'il a vu son copain Wesley ?

— Et si nous avancions dans l'allée pour aller nous garer devant la maison ?

Audrey démarra la voiture en essayant de penser à autre chose qu'à cet homme assis beaucoup trop près d'elle. Elle voulait découvrir la vérité à propos de Sauder. C'était une histoire incroyable et cela se passait sous ses yeux. Elle se gara derrière le camion de Zimmerman et coupa le moteur.

— Allons voir qui est à la maison, dit-elle en ouvrant sa portière.

— *Je* vais voir qui est à la maison, la corrigea Colt en sortant de la voiture. Toi, tu restes là. Et, Rey, je ne plaisante pas.

— À vos ordres, shérif, lui répondit-elle en posant ses avant-bras sur le volant et en regardant devant elle.

— Ne sors pas de cette voiture, OK ? répéta-t-il avant de claquer sa portière.

Furieuse, elle le regarda monter les marches vers le porche des Zimmerman. Le fait qu'il soit encore si beau alors qu'il avait dormi dans la voiture la rendit encore plus furieuse. Sa chemise n'était même pas froissée. Et grâce à la pluie, elle pouvait maintenant voir ses muscles saillants sous le tissu mouillé.

— Vilaine fille, murmura-t-elle pour elle-même en regardant son reflet dans le rétroviseur.

Elle gémit. Son mascara avait coulé sous ses yeux et ses cheveux étaient tout ébouriffés.

Du coin de l'œil, elle vit soudain quelque chose bouger. Quelqu'un, un homme, partait en courant à travers le champ qui se trouvait au-delà de la ferme. Elle regarda la porte d'entrée : Zimmerman était en train de parler avec Colt.

Audrey sortit de la voiture en trombe et s'élança à travers champs, la pluie lui fouettant le visage.

— Il s'enfuit ! cria-t-elle.

Avant d'avoir atteint la clôture, Colt la rejoignit et sauta la barrière en prenant appui d'une main. L'homme disparaissait au loin. Audrey ne pouvait être certaine qu'il s'agissait de Sauder mais qui d'autre aurait des raisons de s'enfuir ainsi ? La question valait le coup d'être posée au propriétaire des lieux, pensa-t-elle en retournant vers la vieille ferme.

Une fois devant le bâtiment, elle monta les marches pour rejoindre M. Zimmerman qui regardait la scène, à l'abri sous son porche.

— C'est Wesley Sauder ?

— Possible, lui répondit Zimmerman en haussant les épaules.

— Monsieur Zimmerman, vous vous rendez compte que...

Mais avant qu'Audrey ne puisse finir sa phrase, l'homme fit demi-tour et rentra chez lui, en prenant soin de refermer la porte derrière lui.

L'ambiance n'était pas au bon voisinage, pensa Audrey.

Elle descendit les marches, traversa la cour et remonta en voiture. Après avoir démarré, elle prit la direction qu'avait suivie Colt... Qu'il ait réussi ou non à attraper le fugitif, celui-ci voudrait probablement récupérer son téléphone portable qui était posé sur le tableau de bord et serait partant pour qu'Audrey le ramène en ville.

Elle le retrouva, qui attendait sur le bord de la route, environ un kilomètre plus loin. Il était trempé jusqu'aux os et elle réprima un nouveau soupir de plaisir en voyant son torse robuste sous sa chemise qui lui collait à la peau. Elle allait devoir s'occuper de ses besoins vitaux, sinon elle risquait de ne plus pouvoir se contrôler...

— Je l'ai perdu dans les bois, déclara Colt en montant sur le siège passager.

— J'ai demandé à Zimmerman s'il s'agissait de Sauder et il m'a répondu que c'était possible avant de rentrer chez lui et de me fermer la porte au nez. Je ne pense pas qu'il sera partant pour un interrogatoire.

— Au moins, nous savons maintenant que Sauder est dans les parages.

Ils retournèrent à la ferme des Zimmerman et Colt alla frapper de nouveau à la porte. Mais personne ne vint lui ouvrir. Quand il revint s'asseoir dans la voiture, Audrey lui demanda :

— Tu penses vraiment que c'était lui ?

Elle démarra et prit la direction du centre-ville en s'efforçant de ne pas regarder Colt et son corps d'athlète.

— Je suis quasiment certain qu'il s'agissait de Sauder, oui. Je l'ai bien observé. Je n'arrive pas à croire que je n'ai pas réussi à le rattraper.

— Les bottes de cow-boy ne sont pas l'équipement idéal pour courir, lui fit-elle remarquer en regardant ses pieds.

— Je peux tout faire dans ces bottes.

La vision de Colt l'embrassant avec fougue avant de l'attirer dans son pick-up lui revint soudain à l'esprit. Il était vrai que Colt retirait rarement ses bottes. Mais cela ne l'avait jamais empêché de faire quoi que ce soit. Elle secoua la tête en se rappelant que faire remonter tous ces souvenirs n'était pas une bonne idée, surtout alors qu'il était si près d'elle... si mouillé et si...

Stop, stop, stop.

— Si tu peux, dépose-moi au journal pour que je récupère ma voiture, je crois que je vais aller prendre une douche chaude chez moi.

— Je vais faire la même chose, lui répondit-elle en s'éclaircissant la voix.

Le silence qui s'installa entre eux pendant le reste du trajet laissa à Audrey le temps de se souvenir du jour où ils s'étaient retrouvés tous les deux, pris au piège sous une averse. Mais cette fois, transis, ils avaient fini par faire l'amour pour se réchauffer. Elle avait beau essayer, elle n'arrivait pas à chasser ces images de son esprit.

Bon sang, mais que lui arrivait-il ?

Quand l'après-midi débuta, Brian et elle avaient réussi à écrire un bon article, bien étoffé, sur le crime organisé. Il devait paraître dans l'édition du jeudi. À présent, Audrey allait devoir trouver un moyen pour réussir à faire parler Sarah. Peut-être allait-elle rendre une nouvelle visite à Nikki Slater. Si son mari avait des ennuis, Sarah s'était probablement confiée à sa meilleure amie. Cela semblait logique. À moins qu'elle ne craigne de mettre son amie dans la ligne de mire, elle aussi. Colt et Branch avaient tous les deux prévenu que d'autres hommes viendraient traquer Sauder. Si celui-ci détenait quelque chose qu'ils voulaient ou savait quelque chose qu'il ne devait pas savoir, ils ne s'arrêteraient pas avant d'avoir réglé le problème.

Mais qu'est-ce qui pouvait bien lier cet homme, apparemment mennonite préoccupé par le bien de sa famille et de sa communauté, avec la mafia ? Il vivait à Winchester depuis une dizaine d'années...

Peut-être s'agissait-il de quelque chose qu'il avait découvert dans son passé, lorsqu'il vivait à Chicago ?

Audrey avait encore quelques contacts là-bas. Elle pouvait essayer de voir ce qu'elle pouvait trouver. Judd Seymour était le meilleur journaliste criminel de la ville. Audrey composa son numéro et laissa un message sur sa boîte vocale.

— Tu as une minute ? lui demanda soudain Brian en passant la tête dans son bureau.

— Pour toi, toujours, répondit-elle en lui souriant.

Elle sursauta quand elle le vit s'asseoir sur la chaise en face de son bureau.

— Oh ! j'ai oublié de remettre de l'essence dans ta voiture, et je ne te l'ai pas dit, mais Colt a trempé le siège passager, je paierai pour le nettoyage, promis.

En y réfléchissant, elle était tout aussi trempée et boueuse que Colt. Si elle ne s'était pas autant laissé distraire par son corps et la fuite de Sauder, elle aurait pu faire un peu plus attention à la voiture de Brian.

— Pas de problème, lui répondit Brian en riant. J'ai rempli le réservoir à l'heure du déjeuner et j'ai déjà fait laver la voiture. J'ai mis la note sur le compte du journal.

— Très bien, lui dit-elle avant de plonger son regard dans le sien, les bras croisés sur la poitrine. Et maintenant, réglons une petite chose : tu m'as tendu un piège hier soir.

— Peut-être, lui répondit Brian en rougissant. Mais j'étais vraiment inquiet. Je préfère avoir un œil sur toi, je ne veux pas qu'il t'arrive quelque chose.

— Hum...

— Je te le jure, insista-t-il. Ezra Zimmerman vit dans une zone isolée et puis, si Colt et toi arrivez à trouver où peut se cacher Sauder, alors tu ne crois pas que des hommes de la mafia peuvent faire de même ?

— OK, OK, admit Audrey en riant. Tout est pardonné.

— Mais alors, comment ça s'est passé ? lui demanda-t-il, en plissant les yeux. Je veux dire, tu as quand même passé toute la nuit dans un espace très exigu avec... *lui*.

— Ça s'est bien passé, lui répondit-elle en hochant la tête. Pour la première fois depuis dix-huit ans, nous ne nous sommes pas entretués.

— Il y a du progrès.

Avant qu'Audrey ne puisse protester, son téléphone se mit à vibrer sur son bureau.

— Excuse-moi, dit-elle à Brian en le saisissant.

— Les affaires reprennent, lui répondit-il en se levant de sa chaise.

Elle lui fit un signe de tête puis décrocha.

— Allô !

— Audrey, comment vas-tu ?

Judd Seymour.

— Judd, merci de me rappeler.

Après avoir été licenciée du Post, elle était surprise qu'il prenne la peine de la recontacter. À moins, bien sûr, qu'il n'ait entendu parler des deux crimes. Mais elle était ravie de jouer avec lui au jeu du chat et de la souris.

— Mais c'est normal, Audrey. Tu seras toujours ma petite Sudiste préférée, tu sais.

Oh ! pensa Audrey en souriant, il veut vraiment des informations.

— Merci Judd, dis-moi, je voulais savoir si tu pouvais me parler un peu du crime organisé dans ta belle ville ?

— Ça tombe bien, je viens de finir de faire des recherches sur la famille Cicero.

— Parfait, c'est justement cette famille qui m'intéresse le plus.

— Eh bien, ils sont à Chicago depuis très longtemps. Depuis cinq générations.

— Oui, j'avais vu ça sur Internet. J'ai aussi lu que le chef actuel de la famille avait un procès en cours. Les fédéraux ont rassemblé des preuves contre lui pendant des années, pour essayer de le coincer. Tu penses que ce procès pourrait avoir un lien avec ce qu'il se passe dans ma petite ville ?

Cela semblait peu probable mais après des années de carrière, Audrey savait que tout était possible.

— Aussi farfelu que cela puisse paraître, je le pense, oui.

— Dis-m'en plus, Judd. Qu'est-ce qui te fait croire ça ?

— J'ai creusé un peu, commença-t-il, et j'ai trouvé la trace de ta ville natale dans une enquête qui date d'une vingtaine d'années, sur le vieux patriarche de la famille, Louis Cicero. Rien de très concluant, mais j'ai trouvé ça étrange que cette ville, Winchester, Tennessee, qui n'est qu'un petit point sur la carte, soit mentionnée dans la pile de documents relatifs aux crimes que la police et les fédéraux essaient d'attribuer à la famille Cicero. Pour te dire la vérité, je ne crois pas qu'ils arriveront à traduire cet homme en justice. Ils ont des preuves mais elles ne sont pas assez solides et il leur manque des témoins.

— Y avait-il des noms mentionnés dans ce document ? demanda-t-elle d'une voix tendue.

Pendant un instant, elle entendit Judd chercher dans ses papiers.

— Pas de nom, il y avait seulement un enregistrement d'une conversation téléphonique. Winchester y était mentionnée à plusieurs reprises. Apparemment le vieil homme pensait qu'il se passait quelque chose là-bas. Aucun nom n'est prononcé. Mais les criminels ont tendance à se servir de noms de code, tu sais. Parfois les fédéraux réussissent à les décoder, parfois non. Ils ont souvent quelqu'un qui fait la taupe à l'intérieur même de l'organisation mais personne n'a réussi à survivre assez longtemps au sein de la famille Cicero pour pouvoir témoigner contre eux devant un juge.

— Tu dis que l'enregistrement date d'une vingtaine d'années, tu sais de quand exactement ?

Audrey avait maintenant l'impression d'étouffer et elle avait du mal à respirer.

— Voyons voir... Les notes disent que la ville de Winchester est mentionnée pour la première fois juste avant Noël, il y a vingt-quatre ans précisément. Et la dernière fois, le 15 mars de l'année suivante.

— Que disent-ils sur le 15 mars ? demanda-t-elle en essayant de garder une voix calme.

C'était le 15 mars, vingt-quatre ans plus tôt, que son père était mort d'une crise cardiaque... et que l'incident au sous-sol s'était produit.

— Ah, voilà ! dit Judd après avoir remué encore des piles de papiers. La retranscription indique :

Nous avons perdu tout intérêt pour Winchester.

— J'imagine que tous leurs soupçons ont dû s'évanouir ce jour-là, suggéra-t-elle.

Son cœur battait maintenant si vite qu'elle avait l'impression qu'il allait éclater.

— D'après ce que je lis, on dirait plutôt qu'ils cherchaient quelque chose ou quelqu'un à Winchester mais que ça n'a pas abouti.

— Je te remercie, Judd, lui dit-elle en se forçant à rire. Je ne suis pas sûre de tout comprendre mais grâce à toi je sais maintenant qu'il y a un lien entre la ville et les Cicero.

— Deux membres de la famille Cicero ont réussi à se faire tuer dans ta petite ville, Audrey. Que se passe-t-il chez vous ?

— Ah ça, j'aimerais le savoir, Judd, tu peux me croire.

Elle partagea avec lui ce qu'elle pouvait. Elle lui dit à peu près tout ce qui avait été publié par le journal. Mais elle ne pouvait pas lui parler de ce qu'il s'était passé chez les Zimmerman ce matin.

— Tiens-moi au courant, d'accord ?

— Compte sur moi, et toi aussi, OK ?

— Pas de problème, c'était bon de t'entendre, Audrey.

Après avoir raccroché, Audrey regarda dans ses contacts et composa un nouveau numéro. Maintenant que sa mère avait perdu la mémoire, il n'y avait plus qu'une seule personne à qui elle pouvait poser des questions sur ce qui se passait en ville, vingt-quatre ans auparavant.

Phillip Anderson semblait très heureux de passer au journal en revenant de son match de squash. Il y jouait tous les vendredis après-midi et quand il apparut dans le bureau d'Audrey, il était en sueur mais avait l'air ravi. Audrey lui prit des mains son parapluie trempé et alla le déposer dans le coin de la pièce. Il avait plu toute la journée. Et la météo prévoyait que cela continue dans la soirée et jusque tard dans la nuit. Ce qui était tout à fait normal en cette saison. Après avoir pris une bouteille d'eau pour Phil dans l'étagère, elle alla fermer la porte de son bureau et revint s'asseoir.

— Il s'est passé quelque chose avec Mary Jo ? lui demanda son oncle en fronçant les sourcils.

— Oh ! non, non, désolée si je t'ai fait peur, maman va bien, enfin, comme d'habitude.

Il acquiesça puis prit une longue gorgée d'eau. Phillip avait cinq ans de moins que son frère aîné, le père d'Audrey. Son oncle avait aujourd'hui soixante-deux ans, son père, lui, en aurait donc eu soixante-sept s'il avait été encore en vie.

— Quand papa était encore vivant, est-ce que lui ou le journal ont eu des problèmes avec la mafia ? lui demanda-t-elle, de but en blanc.

Phillip manqua de s'étouffer et se mit à tousser bruyamment.

— Quoi ?

— Est-ce tu as déjà entendu parler d'un problème que mon père aurait pu avoir avec un membre d'une famille importante du crime organisé de Chicago ?

Phillip posa sa bouteille à côté de lui et s'avança sur son siège pour se rapprocher d'Audrey.

— De quoi parles-tu, Rey ?

— Pendant les quatre ou cinq mois qui ont précédé la mort de papa, il s'est passé quelque chose en lien avec la mafia, ici, à Winchester. Ma source pense que cela était en rapport avec les membres de cette famille.

— Si une telle chose s'était produite, lui répondit Phillip, il est certain que nous n'en avons jamais entendu parler, car crois-moi, cela aurait été en première page de *la Gazette*. Tu sais que ton père n'avait peur de rien, il n'aurait jamais laissé passer une telle aubaine.

Audrey savait cela. Mais elle savait aussi que son père était mort brusquement et qu'un inconnu était dans son bureau au même moment.

— Te souviens-tu si quelqu'un, qui n'était pas d'ici, était venu au bureau à cette époque ?

Phillip plissa les yeux. Lui et le père d'Audrey se ressemblaient beaucoup lorsqu'ils étaient jeunes. En le regardant, Audrey pouvait imaginer à quoi aurait ressemblé son père s'il n'était pas mort. Il aurait probablement plus de rides aux coins des yeux à cause de ses si nombreux sourires et toujours cette voix grave, réconfortante mais assez puissante pour motiver les troupes. Tout le monde aimait son père.

Son cœur se serra à la pensée qu'il était mort si jeune. Quand il avait succombé à son infarctus, il n'avait que quelques années de plus qu'elle aujourd'hui.

— Je ne peux pas te dire mais tu sais que Porter cherchait toujours un moyen de s'agrandir, il avait plus de visiteurs qu'un chef d'État. Moi j'étais plus comme Brian, plus concentré sur la partie éditoriale et sur la production. C'est ton père qui était le businessman ici. Il était le vrai visage de *la Gazette*.

Pour Audrey, entendre parler son oncle de son père fit remonter tout un tas de souvenirs et d'émotions. Le son de sa voix, ses épaules fortes, et ce sourire qui lui garantissait que tout allait bien. Il lui manquait tellement qu'elle n'osait imaginer ce que sa mère devait ressentir. Il était tout pour elle. À sa mort, elle s'était concentrée sur l'éducation d'Audrey et sur tout un tas de choses dans leur grande et vieille maison. Et puis, il y avait ses devoirs civiques. Mary Jo Anderson s'était investie dans les associations bénévoles et avait soutenu les collectes de fonds communautaires. Malgré tout cela, quelque chose s'était brisé en elle et la tristesse ne l'avait plus jamais quittée.

— Tu ne crois tout de même pas que ton père était en relation avec la mafia ?

Le ton indigné de son oncle indiquait à Audrey combien cette idée le révoltait.

— Bien sûr que non, le rassura-t-elle. Je suis seulement inquiète qu'il ait pu être au courant de quelque chose de dangereux, c'est pour cette raison que je te demande si tu te souviens d'avoir reçu une visite qui sortait de l'ordinaire à cette époque.

— Je vais y réfléchir, et si quelque chose me revient à ce sujet, je ne manquerai pas de t'appeler.

— Merci, Phillip.

— On dîne toujours ensemble dimanche ?

Sa mère, elle et lui avaient toujours dîné ensemble le dimanche soir. Quand son père était encore en vie également. Et la femme de Phillip, qui elle aussi était maintenant partie.

Combien de temps restait-il avant qu'Audrey ne se retrouve seule ?

Enfin, pensa-t-elle, pour le moment son oncle et sa mère étaient toujours là.

— Bien sûr, j'ai hâte d'y être.

Audrey le raccompagna jusqu'à l'extérieur tandis qu'il se vantait d'avoir une nouvelle fois battu le maire au squash. Deux semaines d'affilée. Quand elle le quitta, elle rentra dans le bâtiment, mais une fois à l'intérieur, elle ressentit le besoin urgent d'aller voir sa mère. Parler de son père lui donnait toujours envie d'aller se blottir dans ses bras.

Des voix effrayantes et hurlantes venaient hanter son esprit. Elles partageaient toutes les deux quelque chose d'unique. Personne ne pourrait jamais le comprendre. Pas même Phillip. Il y avait certaines choses qui devaient rester dans l'ombre.

Audrey s'arrêta un instant. Au lieu de retourner dans son bureau, elle alla derrière l'escalier et ouvrit la porte du sous-sol. Elle n'était jamais retournée en bas. Jamais.

Mais il y avait un moment dans la vie où chacun devait affronter ses peurs. Affronter son passé même s'il était cause de tourments. Compte tenu de ce que lui avait dit Judd Seymour et de ce qui s'était passé avec Wesley Sauder, c'était le moment pour Audrey. Elle ne pouvait pas continuer à prétendre que ce qu'il y avait en bas n'avait rien à voir avec ce qui se passait en ville. Car il y avait un lien. Et peu importait que cela se soit passé vingt-quatre ans auparavant.

Elle ouvrit la porte et alluma la lumière. Des néons clignotèrent avant d'éclairer la pièce obscure. Audrey descendit les trois marches jusqu'au palier puis commença à descendre l'escalier en fer qui lui rappelait l'évacuation à prendre en cas d'incendie qui se trouvait à l'extérieur du bâtiment. Les deux escaliers intérieurs, celui-ci tout autant que celui qui menait au second étage, étaient en fer forgé et donnaient au bâtiment un air urbain et industriel. L'intérieur des premier et deuxième étages avait été intégralement refait dans les années 1950 et 1990. Dans peu de temps, Audrey allait devoir s'en occuper à nouveau. Mais pour le moment, elle ne pouvait s'imaginer changeant la moindre chose.

Si seulement, elle pouvait faire disparaître ce sous-sol...

Il n'y avait rien de particulier en bas. Les murs étaient en brique, comme le reste du bâtiment. Des étagères étaient installées contre les murs, et des boîtes et des contenants en plastique remplis de vieux souvenirs et d'une histoire vieille de deux cents ans étaient rangés sur les rayonnages. Dans l'air, flottait une vague odeur de moisi. Cela devait être à cause de cette fuite dont lui avait parlé Brian, pensa Audrey. Apparemment, il y avait une fuite d'eau sous la dalle de béton. Il était vrai que certaines zones du sol semblaient humides. Brian avait raison, il allait falloir régler ce problème rapidement. Audrey devait seulement trouver un moyen de le faire sans que personne découvre le secret qu'elle et sa mère partageaient.

Autrefois, le sol était en brique, lui aussi, mais quand Audrey avait douze ans, des travaux de rénovation de la plomberie avaient été nécessaires. Une fois les travaux terminés, sa mère avait donné l'ordre de recouvrir le sol d'une dalle de béton. Pour le niveler et le rendre plus stable, avait-elle déclaré.

Elles avaient pensé que cela signerait la fin de cette histoire.

Audrey marcha jusqu'au centre de la pièce et regarda vers le sol.

— Qui étais-tu et surtout, que voulais-tu ? demanda-t-elle.

10

Alors que la plupart de ses hommes cherchaient Wesley Sauder dans toute la région et que cela allait bientôt faire quarante-huit heures que l'enquête avait été ouverte, Colt sentait que Sarah n'allait pas tarder à lui faire perdre patience. Il s'était à nouveau rendu chez le père de celle-ci mais Aaron lui avait dit que sa sœur était rentrée chez elle puisque les lieux avaient été libérés. Pendant qu'ils parlaient, les enfants de Sarah s'étaient réunis autour de leur oncle et n'avaient pas quitté Colt des yeux, le regardant avec espoir, comme s'il pouvait leur expliquer les brusques changements qui étaient en train de se produire dans leur vie.

Légèrement agacé, il s'était donc rendu chez les Sauder mais quand il avait frappé à la porte, personne n'était venu lui ouvrir. En se garant sur le parking de la boulangerie, il avait compris : la fourgonnette de Sarah était là. Sur la porte, la pancarte indiquait que la boutique était ouverte. Ses techniciens en charge de la récolte des preuves étaient en train de ranger le matériel dans leur camion. La pluie avait un peu diminué.

Tandis qu'il approchait, son adjoint Roland England baissa la vitre de sa voiture pour l'interpeller :

— J'allais vous appeler, shérif.

— Vous avez terminé votre deuxième tour ?

Colt pensait que toute scène de crime méritait au minimum

deux inspections. Et chaque fois qu'il faisait appliquer cette règle, ses hommes découvraient un nouvel indice.

— Nous avons trouvé un assez grand nombre de preuves mais nous ne pouvons savoir si elles seront concluantes. D'ailleurs, Branch est passé sur les lieux alors que nous étions en train de remballer. Il a demandé à voir tout ce que nous avions pu trouver car apparemment les fédéraux ont repris l'enquête. Il nous a dit qu'il allait vous appeler pour vous prévenir.

Branch avait en effet cherché à joindre Colt mais celui-ci ne lui avait pas répondu.

— Est-ce que Sarah est ici ? demanda-t-il en soupirant.

— Elle vient d'arriver, répondit England en jetant un regard à son nouveau coéquipier, Jonathan Gates. Nous avons entendu Branch passer un coup de téléphone. D'après les fédéraux, il semblerait que Wesley soit une sorte de fugitif fédéral.

Bon sang... Ils ne partageaient donc pas toutes leurs informations. Colt sentit la colère monter en lui. Il parcourut le parking des yeux mais ne vit aucune trace de la voiture de Branch.

— Il est parti ?

— Après avoir répondu à cet appel, il nous a dit qu'il devait y aller mais qu'il serait vite de retour.

Colt avait donc un peu de temps devant lui. Il fit un signe du menton à ses hommes.

— OK, prévenez-moi dès que le labo vous communiquera les résultats.

— Oui, shérif.

Alors que la camionnette quittait le parking, Colt se dirigea vers la boulangerie. Le rideau de la porte d'entrée bougea derrière la vitre. C'était probablement Sarah. Colt espéra qu'elle serait plus coopérative que la fois précédente. Peut-être n'aurait-elle pas de nouvelle occasion de lui parler.

Quand il ouvrit la porte, la sonnette se mit à tinter pour annoncer son arrivée. Derrière le comptoir, Sarah leva les yeux vers lui et lui adressa un sourire comme si elle était surprise et heureuse de le voir arriver. Mais il n'y avait aucune trace de joie dans son regard. En même temps, elle n'avait aucune véritable raison de se réjouir : son mari et son père étaient en désaccord et maintenant son mari avait de sérieux ennuis. Sans parler du fait qu'à cause de la vie passée de celui-ci elle avait dû tuer un homme. Et un autre type avait été tué et retrouvé dans la réserve de sa boulangerie. Cela faisait beaucoup de soucis pour une seule personne.

— Bonjour Sarah, lui dit-il en regardant aux alentours si quelqu'un d'autre était présent mais la boutique était déserte.

— Bonjour shérif, lui répondit-elle en hochant la tête. Vous tombez à pic, je viens tout juste de sortir une nouvelle fournée de muffins du four.

— Sarah, commença-t-il en décidant d'aller droit au but pour gagner du temps, je sais que vous êtes inquiète et effrayée, vous avez toutes les raisons de l'être...

Il se rapprocha du comptoir, se planta en face d'elle et retira son chapeau.

— Shérif, le coupa-t-elle, je vous ai déjà dit à vous et au marshal Holloway tout ce que je sais. Wesley est parti de la maison pour aller assister à un enterrement et je ne l'ai pas revu depuis.

— Il était chez Ezra Zimmerman hier soir. J'imagine qu'il doit se cacher chez un autre membre de votre communauté aujourd'hui.

Elle détourna le regard et commença à disposer les muffins chauds dans la vitrine.

— Je ne sais pas quel genre de vie menait votre mari avant de venir ici et s'il est un homme bon ou...

— C'est un homme bon, lui dit-elle sèchement. Tout le monde sait ça. Wesley n'a jamais eu ni causé le moindre problème ici. Il a une excellente réputation et aide toujours son prochain du mieux qu'il peut. Vous le savez tout comme moi, shérif. Et comme tous les habitants de la ville.

— Je le sais, Sarah, et je n'accuse Wesley d'aucune faute grave mais les fédéraux ne vont pas voir les choses de la même façon que moi. Moi je sais que Wesley est un père, un mari, un fermier et surtout un véritable pilier dans votre communauté, et je sais que je ne me trompe pas. Mais je suis bien le seul représentant des forces de l'ordre à voir les choses sous cet angle, je peux vous le garantir. Les fédéraux vont reprendre l'enquête et Branch, lui, ne connaît pas Wesley. Il ne s'intéresse qu'aux faits et ne s'en tiendra qu'aux preuves. Alors, à moins que vous ne me disiez où je peux trouver Wesley, je ne pourrai bientôt plus l'aider.

— Vous me promettez que vous allez le protéger ? lui demanda Sarah les yeux soudain pleins de larmes.

— Je vous donne ma parole que je vais tout faire pour.

— C'est un homme bon, shérif. Il n'a plus rien à voir avec la personne qu'il était… celui que ces hommes horribles traquent. Il ignorait qu'ils venaient pour lui. Celui que vous avez découvert dans notre réserve l'a surpris. Il avait une arme, Wesley n'a donc pas eu d'autre choix que de lui tirer dessus pour se défendre. Au même moment, l'autre homme entrait chez nous par effraction. Il voulait se servir des enfants et de moi pour faire faire à Wesley ce qu'il désirait. Nous n'avons fait que nous défendre, shérif.

— Vous savez ce qu'ils lui reprochent ?

— Wesley dit que pour ma sécurité il vaut mieux que j'en sache le moins possible, lui répondit-elle en secouant la tête. Mais je ne l'ai pas revu depuis cette nuit-là, shérif, je vous le jure. Il se cache et je ne lui en veux pas. Ils veulent le tuer, vous savez. Il sait des choses compromettantes sur eux. C'est tout ce que je sais. Ils feront tout pour le trouver. Wesley m'a suppliée de prendre les enfants avec moi et d'aller me cacher loin d'ici mais je ne peux pas faire une chose pareille. Nous ne pouvons pas nous permettre de fermer la boulangerie si nous voulons nous en sortir. Et puis, je sais que nos enfants sont en sécurité avec mon frère.

— Je vais demander à un de mes hommes de veiller sur vous, Sarah. Mais dites-moi une chose, où pourrait se trouver votre mari à présent ?

Alors qu'il attendait que Sarah lui réponde, Colt entendit soudain le moteur d'un véhicule qui arrivait sur le parking. Il jeta un regard au-dessus de son épaule et vit que Branch était en train de se garer à côté de son pick-up.

— Dites-moi où le chercher. Quand je l'aurai trouvé, je pourrai essayer de le protéger.

— Essayez chez Ed Wenger. C'est un des amis de mon mari.

La sonnette de la porte d'entrée tinta, annonçant l'entrée de Branch dans la boutique.

— Je vais vous prendre quelques-uns de ces muffins, dit Colt. Et si vous avez encore du café, j'en prendrais bien une tasse également.

— Salut, Colt, lui dit Branch en le rejoignant devant la vitrine. Je t'ai laissé un message, je dois te parler.

— J'allais te rappeler, lui répondit Colt en hochant la tête. Mes hommes étaient encore ici quand je suis arrivé, j'ai cru comprendre que tu avais du nouveau à me communiquer.

— Allons plutôt dehors, tu veux bien ? proposa Branch en montrant la porte d'un mouvement de tête.

— Je reviens dans un instant, Sarah, lança Colt en tapant de la main sur le comptoir.

La sonnette retentit une nouvelle fois, et les deux hommes laissèrent entrer une jeune femme portant deux enfants sur ses hanches avant de sortir de la boulangerie.

Branch se dirigea vers son véhicule et ouvrit la portière du côté conducteur. Colt attendit, appuyé sur le capot. Il comprenait la juridiction et toutes les lois qui en résultaient mais ici, c'était son territoire. Il avait été nommé shérif pour servir et protéger les habitants et, bien qu'il apprécie l'aide du FBI et des fédéraux de temps à autre, il n'aimait pas qu'on lui retire la direction de ses enquêtes.

Branch vint déposer un dossier sur le capot et l'ouvrit.

— Voici Jason Bateman, dit-il en tapotant du doigt sur la photo d'un homme qui ressemblait à Wesley Sauder en plus jeune.

— D'accord, acquiesça Colt en se rapprochant pour observer les autres documents.

— Lui, continua Branch en lui montrant cette fois le portrait d'un vieil homme, c'est Louis Cicero. C'est le boss actuel de la famille Cicero. Son père l'était avant lui et son père avant lui, etc. Les Cicero sont une des plus grandes familles mafieuses de tout le pays. Plusieurs membres de ce clan ont été poursuivis pour diverses activités illégales tout au long des années mais jamais pour des fautes graves et surtout nous n'avons bien sûr jamais réussi à faire incriminer les gros bonnets.

Il retourna la photo de Bateman, alias Wesley Sauder, avant d'ajouter :

— Mais ce type peut faire tomber le boss. Louis Cicero a un fils, Louis Jr., que tout le monde appelle LJ, et lui et Bateman étaient les meilleurs amis du monde. Bateman travaillait avec le comptable des Cicero. Il devait prendre la relève mais il a disparu du jour au lendemain. La rumeur dit qu'il a emporté une sacrée preuve avec lui.

— Comment diable a-t-il pu finir mennonite ?

Colt pensa soudain qu'avec de tels hommes aux trousses, Wesley avait eu besoin d'une bonne couverture.

— Nous ne sommes pas sûrs de la façon dont tout cela s'est déroulé, lui répondit Branch en haussant les épaules, mais nous pensons qu'il est tombé sur Wesley Sauder et que, quand celui-ci est mort à peu près à la même époque, Bateman a pris son identité. Ce genre de choses arrive souvent. Et un comptable doit savoir comment gérer ce type de situation. Bateman a donc disparu comme ça.

Branch ponctua sa phrase en faisant claquer ses doigts.

— Il devait préparer son évasion depuis un moment,

reprit-il, il se tenait près et quand il a eu assez d'argent, hop, il a sauté du bateau.

— Il faisait donc partie de cette famille mafieuse ?

Bon sang... Colt se sentit soudain triste pour Sarah. Elle allait être bouleversée.

— Enfin, du côté administratif uniquement, précisa Branch. Nous n'avons aucune raison de croire qu'il ait jamais tué qui que ce soit. Mais qu'il ait été impliqué dans des activités illégales, ça oui.

— Mais pourquoi ce changement de vie ? Il devait se douter qu'ils finiraient par le retrouver un jour.

— Il était amoureux de la fille de Louis Cicero, Sophia. Mais son père voulait la marier à un membre d'une autre grande famille mafieuse, pour unir les deux clans. Comme son père était inflexible, Sophia s'est rendu compte que le seul moyen pour elle d'échapper à cette union était de témoigner contre son père auprès du FBI pour les aider à le faire tomber. Bateman était d'accord pour le faire avec elle. Mais quand elle a été retrouvée morte, il a disparu de la circulation.

— Tu crois qu'il pourrait avoir un lien avec sa mort ? demanda Colt qui sentit une nouvelle inquiétude naître en lui.

— La police de Chicago a mené son enquête et leur conclusion a été qu'elle avait été tuée par un toxicomane schizophrène. Elle s'est simplement trouvée au mauvais moment au mauvais endroit. Son assassin a été retrouvé mort lui aussi dans sa cellule, il s'était pendu avec son pantalon.

— Après la mort de Sophia, Bateman aurait donc décidé de s'enfuir..., dit Colt en réfléchissant.

Tout cela ne semblait quand même pas très cohérent pour un homme bien intégré au sein de la mafia. Pour arriver là où il était, Bateman était pourtant loin d'être un homme stupide. Certes, il avait perdu la femme qu'il aimait, mais pourquoi abandonner tout ce qu'il avait construit ? Même Colt savait qu'un homme ne quitte pas la mafia une fois qu'il l'a intégrée, surtout quand il a atteint une telle place dans la hiérarchie.

— Sophia était jeune et idéaliste, lui expliqua Branch. Ce que son père avait prévu pour elle lui avait donné des raisons de s'en prendre à lui. Elle voulait quitter les affaires de sa famille et était prête à vendre son père pour être libre. Mais malgré les circonstances de sa mort, le FBI pense que c'est peut-être son père qui a ordonné et organisé son assassinat.

— Tu veux dire que Louis Cicero aurait fait tuer sa propre fille ?

— C'est ce que je crois, en effet, acquiesça Branch. Comme tous les gens du FBI qui ont bossé sur cette affaire. Apparemment, Bateman et elle n'avaient pas encore donné d'informations sur Cicero, il est donc probable qu'en apprenant sa mort Bateman a décidé d'emporter la preuve qu'ils avaient avec lui, comme une sorte d'assurance pour se protéger.

— Est-ce que Sarah est au courant pour Sophia Cicero ?

Colt n'osait imaginer comment celle-ci allait réagir en découvrant que son mari avait vécu tant de choses avant de venir vivre ici. Et savoir qu'il avait tout quitté par amour pour une autre n'allait pas être quelque chose de facile à digérer. Le pire étant d'imaginer que Sarah et ses enfants n'étaient peut-être rien d'autre qu'une couverture pour permettre à Bateman de se cacher loin de sa vie antérieure. Pourtant, elle semblait vouloir le protéger. Elle continuait de l'aimer, malgré tout.

— Je ne sais pas mais si elle connaît son histoire, elle refuse d'en parler, lui répondit Branch en secouant la tête. Nous avons pourtant vraiment besoin de sa coopération.

— Bateman est donc un témoin potentiel dans une affaire fédérale de haute importance, fit soudain remarquer Colt en se frottant la mâchoire. Je comprends mieux pourquoi tu dois reprendre les rênes de l'enquête.

— Cela n'a rien de personnel, Colt, le rassura Branch. Nous avons une opportunité qui se présente et nous devons être très prudents. Cicero a tué une douzaine de gens, sans compter ses implications dans des trafics d'armes et de drogues qu'il prévoit d'ailleurs de développer à un rythme encore plus soutenu. Nous devons absolument les faire arrêter, lui et son organisation. Bateman peut être la clé de toute cette affaire.

— Je ferais tout ce qui est en mon pouvoir pour vous aider, approuva Colt.

— Merci, lui dit Branch en lui donnant une grande tape dans le dos. Tes troupes vont devoir être sur leurs gardes, Cicero va continuer à envoyer des hommes jusqu'à ce qu'ils mettent la main sur Bateman. Nous en sommes certains, et ils n'hésiteront pas à tuer tous ceux qui se mettront en travers de leur chemin.

Colt avait compris. Personne ne serait en sécurité tant que Bateman serait en fuite.

Il se retourna vers la boulangerie et vit que Sarah l'attendait sur le seuil avec un sac à la main. Son regard lui indiquait tout ce qu'il avait besoin de savoir. Elle comptait sur lui pour protéger son mari... pour garantir son avenir.

Sa tasse de café fumante dans le porte-gobelet et ses muffins posés sur le siège passager de sa voiture, Colt prit la direction du commissariat. La première chose qu'il allait devoir faire allait être de demander à tous ses hommes de se concentrer à cent pour cent sur la recherche de Sauder/Bateman. Puis, il irait parler à Audrey pour trouver un moyen de mettre en garde tous les habitants de la ville. Une conférence de presse serait probablement la meilleure des idées.

Après avoir briefé ses hommes et organisé une conférence de presse à 17 heures, Colt se rendit au siège de la rédaction du journal. Il voulait tenir Audrey au courant de ce qu'il avait appris. Il lui avait promis l'exclusivité et il comptait bien tenir sa promesse. Elle allait vouloir assister à la conférence, il s'en doutait, mais il voulait aussi lui faire part des choses en personne.

Il la repéra dès qu'il entra dans le hall. Il retira son chapeau et resta un moment à la regarder travailler à son bureau, derrière la grande baie vitrée. Elle semblait arranger quelque chose devant elle, peut-être la mise en page de l'édition du lendemain.

Il aimait la regarder. La façon dont elle bougeait, si pressée et pourtant si gracieuse, la manière dont ses cheveux blonds tombaient sur ses épaules. Mais ce qu'il aimait plus que tout, c'était l'écouter parler. Il adorait son rire. En fait, il aimait tout chez elle. Elle était la plus belle femme qu'il ait jamais connue. Peu importait qu'une grande blessure les sépare et que tant de temps soit passé, il la considérait toujours comme la femme de sa vie.

Arrête, Colt.

— Bonjour, shérif, que puis-je faire pour vous ?

— Bonjour Tanya, lui répondit Colt en se tournant vers la réceptionniste. Je viens juste voir Rey.

— Bien sûr, je vais la prévenir de votre arrivée.

Colt traversa l'entrée et grimpa les marches de l'escalier. Le père d'Audrey avait tenu à ce que tous les bureaux soient vitrés pour refléter la transparence et l'honnêteté du journal. Les murs de la salle de conférences et de l'imprimerie étaient eux aussi vitrés et les élèves de la ville aimaient venir visiter le bâtiment et regarder de quelle manière on fabriquait *la Gazette*. Les visiteurs et les clients pouvaient eux aussi voir les rouages de l'intérieur, rien qu'en entrant dans le hall. Peu importait que Rey ait eu une carrière aussi importante et qu'elle ait parcouru le monde entier, Colt avait toujours su que cet endroit était sa véritable maison.

— J'espère que tu es venu m'apporter du nouveau sur l'enquête, lui dit-elle, en l'accueillant à la porte de son bureau. J'ai un gros trou à remplir pour mon édition de demain.

— Oh ! j'ai beaucoup de choses à te raconter, mais tu ne pourras rien publier pour le moment.

— Entre, lui dit-elle en hochant la tête. Dis-moi tout.

Colt passa la demi-heure suivante à lui expliquer tout ce

que lui avait confié Branch. Rey l'écoutait avec la plus grande attention sans poser la moindre question. Il commençait à croire que Branch lui avait déjà tout révélé quand elle eut enfin une réaction.

— Et tu comptes dire à tout le monde de se méfier des inconnus qui pourraient débarquer en ville.

Ce n'était pas une question. Elle avait compris qu'en tant que shérif la protection des citoyens de Winchester était une de ses responsabilités.

— Le plus possible, oui. Je ne peux pas parler de la famille Cicero, je ne peux que leur demander de nous signaler toute activité suspecte ou tout étranger qui viendrait leur poser des questions sur des habitants.

— Waouh, dit-elle en se laissant aller en arrière dans son fauteuil. On croit qu'en vivant dans une petite ville on évite ce genre de choses mais ce n'est pas vrai.

— Quelqu'un finit toujours par apporter de gros problèmes dans sa valise.

Audrey acquiesça mais Colt remarqua qu'elle avait l'air préoccupé. Il s'était fait la réflexion pendant qu'il lui expliquait toute l'histoire de Bateman et des Cicero. Quelque chose ne tournait pas rond.

— Tout va bien, Rey ? Tu sembles particulièrement perturbée par cette histoire.

— Est-ce que tu te rappelles si ton père avait déjà parlé d'une histoire de ce genre quand nous étions petits ? S'il avait déjà mentionné la mafia dans une quelconque affaire de la région ?

Colt prit un moment pour réfléchir puis secoua la tête.

— Il y a eu quelques petites entreprises criminelles locales, un labo qui produisait de la drogue, des ateliers de contrefaçons, mais rien d'autre, non.

— Je viens de me souvenir de certaines choses que mon père disait, quand je devais avoir douze ans. J'ai fouillé dans les dossiers mais je n'ai rien trouvé de concluant sur la mafia à l'époque. Pourtant, il y a eu quelque chose. Je dois seulement trouver ce dont il s'agit. Un de mes contacts à Chicago dit qu'il est question de Winchester sur des enregistrements d'écoutes téléphoniques réalisés par les fédéraux à partir de communications entre les différentes familles mafieuses de Chicago.

Voilà qui était nouveau pour Colt.

— Branch ne m'a pas parlé de ça mais je lui en toucherai un mot.

— Je te remercie, lui répondit-elle. Donc, je vais rassembler tout ce que je trouve pour l'édition de demain matin et demander à tout le monde de rester aux aguets.

— Je vais te laisser, lui dit Colt en se levant. Juste une chose, ajouta-t-il en mettant son chapeau. J'ai bien aimé être avec toi hier soir.

Audrey rougit.

— D'après mes souvenirs, tu t'es incrusté dans ma soirée.

— C'est possible, en effet, acquiesça-t-il, le sourire aux lèvres.

Il marcha jusqu'à la porte puis trouva le courage de lui poser la question qu'il avait en tête.

— Peut-être que nous pourrions parler un peu plus de toute cette affaire autour d'un bon dîner, un de ces soirs ?

Audrey afficha, elle aussi, un grand sourire.

— Peut-être.

Il lui fit un signe de menton puis quitta son bureau. Ce n'était pas un vrai oui mais sa réponse n'avait rien à voir avec ses habituels refus.

Il y avait du progrès.

11

Clinique vétérinaire du comté de Franklin.

Audrey fit un signe de la main à la secrétaire de Burt Johnson puis traversa le hall de la clinique. Burt lui avait dit de revenir vers 15 h 45. Les jappements des chiens retentissaient partout dans les locaux. C'était la plus grande clinique de la région. Burt s'occupait de tous les animaux, des oiseaux jusqu'aux chevaux. Il gérait aujourd'hui une équipe de quatre vétérinaires et de plusieurs assistants. La plupart du temps, il supervisait les opérations et se concentrait surtout sur son métier de médecin légiste.

Elle salua une des assistantes avec laquelle elle avait été au lycée et qui travaillait dans la salle en face du bureau de Burt, puis elle frappa à la porte de celui-ci. En attendant la réponse, elle regarda la jeune femme qui examinait un labrador noir. Audrey n'avait jamais eu de chien ou de chat, même enfant. Maintenant qu'elle était de retour à Winchester, elle se demanda soudain si ce ne serait pas une bonne idée de prendre un animal de compagnie.

Sa maison était bien plus grande et vide que dans son souvenir. En même temps, elle n'y avait jamais vécu seule avant aujourd'hui. Prendre un chien ne serait peut-être pas une mauvaise idée...

— Audrey, si c'est toi, entre. Sinon, qui que vous soyez, passez votre chemin.

— C'est moi, répondit-elle en ouvrant la porte, le sourire aux lèvres.

Burt retira ses pieds de son bureau et se releva d'un bond.

— Ferme bien la porte derrière toi, lui dit-il en refermant le roman qu'il était en train de lire avant de le ranger dans un des tiroirs de son bureau.

Audrey lui obéit puis déplaça un chat qui dormait sur une chaise et prit sa place. L'animal s'enroula autour de ses chevilles en ronronnant. Elle caressa sa fourrure et il s'étira de tout son long. De cette manière, Burt pouvait croire qu'elle n'avait pas vu le livre qu'il venait de ranger. La mère d'Audrey lui avait une fois confié que Burt aimait lire les mêmes romans d'amour qu'elle et qu'il lui avait fait promettre de ne pas le répéter.

— Veux-tu un chocolat ? lui proposa-t-il en reposant sa canette de Coca sur son bureau pour s'emparer d'un sachet de friandises.

— Non, merci.

Burt en fourra un dans sa bouche puis cacha le sachet dans un gros classeur qu'il rangea derrière son bureau.

— Depuis ma crise cardiaque, je suis obligé de faire tout ce que j'aime en douce.

— Mme Johnston veut prendre soin de vous.

Le chat continuait de passer entre les jambes d'Audrey, cherchant plus d'attention. D'une main, elle lui caressa affectueusement le dos.

— Il y a certaines choses dont un homme a besoin, et pour moi, ces petits plaisirs sont le chocolat, mes livres et de temps à autre un petit fond de bourbon, lui répondit-il en haussant les épaules. Alors je me dis que ce qu'elle ne voit pas ne peut pas l'inquiéter...

— Je suis sûre que les membres de votre équipe ne diraient rien pour le chocolat, s'ils étaient au courant, vous savez, le rassura Audrey.

— Tu parles, tous des espions, ronchonna-t-il, tous autant qu'ils sont.

— Ils pensent bien faire, dit-elle en se mordant les lèvres pour ne pas sourire.

Il leva les yeux au ciel et poussa un profond soupir avant de poser les coudes sur son bureau et de plonger son regard dans celui d'Audrey.

— Alors, que puis-je faire pour toi, Audrey ? Que veux-tu savoir sur ces deux corps ?

— En fait, je suis venue pour vous parler de mon père.

Burt fronça ses sourcils broussailleux et observa Audrey avec un air interrogateur.

— C'était il y a longtemps, Rey. Il a fait une crise cardiaque. Il n'y avait pas vraiment de raison de pratiquer une autopsie, son médecin personnel a confirmé qu'il souffrait d'une maladie coronarienne. C'est vrai qu'il est rare que ce type de maladie soit si avancé chez les gens de cet âge mais c'est la vie... Il prenait des médicaments mais parfois cela ne suffit pas. Ta maman a assisté à la crise donc il n'y a pas eu de mystère, la cause du décès a vite été établie. Quelles questions as-tu en tête ?

— As-tu examiné son corps ? De la même manière que lorsqu'on suspecte un acte criminel ? demanda Audrey qui se doutait de la réponse mais voulait en être certaine.

— Oui, à cette époque j'étais encore en train d'apprendre le métier. Même si prendre soin des animaux n'est pas si différent que de s'occuper des humains, il y a quand même des différences de taille. Chaque nouveau corps était pour moi une occasion de me familiariser avec la procédure. Pour te dire la vérité, chaque corps raconte sa propre histoire. Edward DuPont m'a appris beaucoup sur le sujet. Il disait qu'on peut lire dans un corps comme dans un livre ouvert. Sa fille pense la même chose, elle en parle dans le livre qu'elle a écrit et qui s'intitule « Le Langage de la mort ».

Rowan DuPont était plus âgée qu'elle mais Audrey s'en

souvenait bien. Elle avait une sœur jumelle qui était morte en se noyant. Peu de temps après, leur mère s'était pendue. Les DuPont avaient toujours semblé être des gens étranges. Peut-être était-ce parce qu'ils travaillaient et vivaient dans une maison funéraire...

— Est-ce qu'il y avait des traces de lutte ? Des bleus, des égratignures ? demanda-t-elle à Burt.

Celui-ci ouvrit la bouche comme pour répondre puis se tut un instant.

— Tu as une minute pour que je cherche le dossier ?

— Absolument, lui répondit Audrey en acquiesçant.

Il lui tourna le dos et se mit à fouiller dans les tiroirs derrière son bureau.

— Les dossiers de la clinique sont rangés dans la salle des archives mais je garde ici ceux qui sont en lien avec mon activité de médecin légiste.

— Depuis combien de temps fais-tu ce métier ?

Audrey se souvenait qu'il était déjà médecin légiste quand son père était décédé et si elle avait peu de souvenirs de cette nuit-là, l'image rassurante de Burt en faisait partie.

— Voilà, dit-il enfin en posant un dossier devant lui sur son bureau.

Audrey essaya de garder son calme. Le dossier n'avait rien de particulier, il était comme les milliers d'autres classés ici, et ressemblait même à ceux qui étaient rangés dans les archives du journal. Pourtant à l'intérieur se trouvaient des informations liées aux dernières heures de son père.

— Tu peux jeter un coup d'œil si tu veux, lui proposa Burt en levant les yeux vers elle.

Elle secoua la tête, effrayée à l'idée de découvrir les photos qui pouvaient y être.

— Pourrais-tu m'en faire le résumé ?

— Bien sûr... Il avait une petite égratignure dans le cou, mais rien d'anormal, il aurait pu se la faire en se rasant le matin ou même en se griffant, commença Burt en parcourant des yeux les feuilles couvertes d'inscriptions.

Puis il continua sa lecture à voix basse en émettant un petit son qui semblait indiquer que quelque chose l'intriguait. Quand il releva enfin les yeux vers Audrey, celle-ci sentit le stress l'envahir.

— Il avait une ecchymose sur l'épaule droite. Une autre dans le bas du dos. Et une troisième au niveau du tibia gauche. D'après mes notes, ta mère nous aurait dit qu'il avait fait une chute dans l'escalier la nuit précédente.

— Oh ! acquiesça Audrey. Oui, ça me revient.

Ce n'était pas vrai mais elle soupçonnait que si sa mère avait dit cela à l'époque ce devait être pour une bonne raison.

Burt la regarda en restant silencieux pendant un long moment.

— Audrey, y a-t-il quelque chose qui t'inquiète concernant le décès de ton père ?

Les mots lui brûlaient les lèvres. Mais elle ne pouvait partager ses craintes avec personne.

— Non, non, c'est seulement qu'une de mes sources a dit quelque chose concernant les Sauder qui m'a mis la puce à l'oreille.

— Raconte-moi un peu, lui répondit Burt en penchant la tête sur le côté.

— Il semblerait qu'à l'époque où mon père est mort il se passait déjà quelque chose entre la mafia et les Sauder. Il n'a pas pu me dire quel était le lien mais ça s'est passé ici, à Winchester. Colt ne se souvient de rien de significatif mais il m'a dit qu'il allait fouiller dans ses archives.

— Je crois qu'il se passait quelque chose au journal, ajouta Burt en se caressant le menton, l'air pensif. Demande à ta mère, elle doit s'en rappeler. D'après mes souvenirs, Porter m'avait dit que des gens du Nord voulaient racheter tout un tas de journaux dans la région, en Alabama et en Géorgie. Et ils mettaient une sacrée pression sur les petites rédactions du Sud. Je ne me souviens plus du motif mais Phil avait dit que Porter était très excité à ce sujet. Ce devait être un mois avant qu'il meure.

En entendant les mots de Burt, Audrey sentit les battements de son cœur s'accélérer.

— Mon père avait-il parlé d'une éventuelle rencontre avec ces personnes pour cette tentative de rachat ?

— Non, enfin pas à moi en tout cas. Mais tu devrais demander à Phil. Il doit être au courant, lui et ton père étaient associés quand même.

Cependant Phillip avait dit à Audrey qu'il ne savait rien – que son père ne savait rien – sur d'éventuelles connexions avec le crime organisé. Avait-il été laissé en dehors de tout ça ou lui avait-il menti ? Audrey savait que son oncle n'était pas un menteur… Mais elle avait besoin d'une preuve.

— Merci d'avoir accepté de fouiller dans le passé pour moi, lui dit-elle en se levant et en tendant la main à Burt.

Celui-ci se leva également et lui serra la main.

— Préviens-moi si je peux t'aider pour quoi que ce soit. Je suis toujours partant pour essayer de résoudre les mystères…

Tous ces éléments donnaient en effet un air mystérieux à la situation, pensa Audrey en quittant la clinique. Suite à son échange avec Burt, quelque chose l'obsédait : son oncle lui avait-il menti ? Quant à sa mère, son histoire concernant la chute de son père dans l'escalier était la seule explication qu'elle avait pu donner pour justifier les marques que celui-ci avait sur le corps. Sinon qu'aurait-elle pu dire sans confesser son meurtre ?

Si on devait vivre séquestré quelque part, alors Pine Haven était un endroit on ne peut plus charmant. Car, sans se voiler la face, cet endroit avait tout d'une prison. Ou peut-être étaient-ce les esprits des résidents qui étaient des prisons… La mère d'Audrey était en pleine forme physiquement mais son esprit semblait avoir lâché prise. Elle n'avait donc plus d'autre choix que de vivre *ainsi*.

Audrey regretta instantanément cette pensée. Un endroit comme Pine Haven était une véritable aubaine dans ce genre de situation. Mais malgré cela, elle ne pouvait s'empêcher de se sentir mal à l'aise à l'idée de laisser sa mère résider ici. Elle qui avait tant aimé vivre en famille dans leur vieille maison farfelue. Elle y serait certainement restée jusqu'à sa mort sans son incapacité à se souvenir de ce qu'elle faisait deux minutes plus tôt. Comme sortir de chez elle en laissant le feu allumé sous une bouilloire vide, ou en laissant l'eau couler dans la baignoire. Ou en laissant la porte d'entrée grande ouverte, le moteur de la voiture en marche dans le garage... Tout cela s'était bel et bien produit et Audrey n'avait donc pas eu vraiment le choix.

Elle trouva sa mère en train de contempler, depuis sa terrasse, les jardins superbement aménagés.

— C'est une belle journée, dit Audrey à sa mère en s'asseyant sur une chaise à côté d'elle.

— Absolument, lui répondit Mary Jo sans quitter des yeux les arbres qui semblaient l'enchanter.

Les bourgeons étaient sur le point d'éclore, et bientôt les branches seraient couvertes de feuilles. La pelouse avait besoin d'être tondue. Tulipes, jonquilles, crocus et jacinthes décoraient le tour des arbres, stratégiquement disposés autour de la terrasse. Sa mère avait toujours adoré les fleurs. Et la beauté du parc de Pine Haven avait joué dans le choix qu'Audrey avait fait entre plusieurs établissements. Les jardins et la proximité de leur maison.

— Je suis allée voir Burt Johnston aujourd'hui.

— Comment va-t-il ? lui répondit Mary Jo en se retournant.

— Il va bien, il est toujours aussi jovial et profite de la vie en lisant des romans d'amour et en grignotant du chocolat en cachette.

— Il a toujours raffolé de ces histoires à l'eau de rose,

confirma Mary Jo en riant. Et Iris ? Surveille-t-elle son taux de glucose ? Burt lui donne du fil à retordre avec le régime si strict qu'on lui a imposé. Cette pauvre femme doit avoir autant de patience que Job.

Audrey ne prit pas la peine d'expliquer à sa mère qu'Iris ne pouvait pas le surveiller en permanence puisque de toute manière elle oublierait leur conversation quelques minutes plus tard.

— Burt m'a dit que, lorsqu'il avait examiné le corps de papa après sa mort, il avait remarqué qu'il avait des ecchymoses à plusieurs endroits sur le corps.

— Je lui avais dit que Burt était tombé dans l'escalier, approuva Mary Jo en reportant son regard vers les arbres, mais ce n'était pas vrai. Je ne me souviens même pas du nombre de mensonges que j'ai pu raconter lorsque ton père est décédé. Je me souviens seulement que j'étais prête à tout pour garantir ta sécurité. Et pour m'assurer que jamais personne ne découvrirait ce qu'il s'était réellement passé.

— Il s'était battu avec cet homme ? demanda Audrey en sentant son cœur se serrer.

Mary Jo se tourna vers sa fille, l'air soudain totalement confus.

— Quel homme ?

— Celui qui a essayé de blesser papa. Il s'est battu avec lui ?

— Oh là là, je ne sais pas du tout, dit-elle en hochant la tête. Tu sais qu'il vaut mieux ne pas parler de cet homme.

— Maman, est-ce que mon oncle Phillip est au courant de cette histoire ?

— Quoi ? lui répondit-elle, le regard horrifié. Oh non, certainement pas... Enfin, je l'espère. Il n'était pas avec nous ce soir-là. Tu sais, il n'était jamais dans les parages quand ton père avait besoin de lui. Il devait probablement être sorti avec une fille. C'était un sacré coureur de jupons, à cette époque, ton oncle Phillip.

— Tu es sûre que papa ne lui avait pas parlé des problèmes qu'il avait avec cet homme ?

— Non, non, ton père est mort, Audrey. Il n'a pu en parler avec personne.

Audrey soupira.

— Je veux dire, avant sa mort. Tu ne crois pas qu'il aurait pu parler avec son frère des soucis qu'il avait à cause de cet homme ?

May Jo regarda un long moment sa fille avant de lui répondre :

— Quel homme ?

Audrey resta assise à côté de sa mère pendant un long moment, en silence. Puis elle se leva, et l'embrassa pour lui dire au revoir. Elle se doutait que les secrets que sa mère gardait de cette époque ne pourraient jamais être exhumés. Peut-être avait-elle raison, peut-être Phillip ne savait-il rien de ce type et des raisons de sa visite...

Mais Audrey, elle, savait quelque chose. Elle savait que l'homme qui avait envoyé ces deux hommes pour tuer Wesley Sauder avait aussi envoyé celui qui avait tenté de tuer son père.

Elle roula à travers la ville, se gara sur le parking du journal et resta assise un moment dans sa voiture pour regarder le bâtiment. Il lui restait quelques minutes avant que commence la conférence de presse organisée par Colt.

De cette nuit si particulière, elle n'avait pas gardé beaucoup de souvenirs. Son esprit semblait avoir gommé la plupart des détails ; probablement les plus douloureux. Elle se souvenait de sa mère qui hurlait. Elle-même se trouvait dans le bureau de Phillip. Qui était absent. Elle se souvenait qu'elle était assise dans le fauteuil de son oncle et qu'elle le faisait tourner, encore et encore. Il y avait eu ce bruit étrange, puis sa mère avait crié.

Audrey se rappelait avoir vu cet homme, étendu sur le sol... dans une mare de sang.

Des voix avaient résonné dans sa tête. Celle de sa mère.

Celle de son père. L'homme ne parlait pas. Il était étendu… sur le sol.

Jack… Son père l'avait appelé Jack.

Audrey fouilla dans son sac pour trouver son téléphone. Avec hâte, elle composa le numéro de Judd Seymour.

— Salut Judd, dis-moi, tu aurais une minute ?

— Oui mais une seule, je suis en chemin pour une réunion.

Audrey pouvait entendre les bruits de la ville dans le fond. Les klaxons, les cris des conducteurs de taxi, le brouhaha de la foule qui se pressait sur les trottoirs. Ces sons étaient ceux qui l'avaient bercée le soir et réveillée chaque matin de sa vie passée. Cependant, la grande ville ne lui manquait pas.

Ce constat la surprit. C'était la première fois qu'elle ressentait ce sentiment… La vie ici semblait lui convenir. Mais ce retour dans sa ville natale n'était-il pas censé être temporaire ?

— Pendant cette période que nous avons évoquée la dernière fois, demanda-t-elle à Judd, il y a vingt-quatre ans, est-ce que tu te rappelles avoir entendu parler d'un type lié à la mafia qui se serait appelé Jack ?

— Jack Torrino ? Tu veux parler de Jack Torrino ?

Ce nom ne disait rien à Audrey.

— Je ne sais pas, lui répondit-elle en fronçant les sourcils. Je n'ai que ce prénom, Jack.

— Torrino est le seul Jack qui me dise quelque chose. Et le seul qui ait eu un lien avec la famille mafieuse qui apparaît sur les écoutes. Pourquoi me poses-tu cette question ?

— Je pense qu'il est peut-être venu à Winchester en mars de cette année-là.

— Eh bien, si c'est le cas, tu viens peut-être de résoudre un mystère vieux d'un quart de siècle car Jack Torrino a justement disparu de la surface de la terre, il y a vingt-quatre ans. Et personne n'a jamais su ce qui avait pu lui arriver ni où il se trouvait.

— Je te remercie, Judd.

Après avoir raccroché, Audrey resta immobile un instant. Elle savait parfaitement où se trouvait Jack Torrino.

12

Colt remonta dans son pick-up et y resta assis un long moment. La conférence de presse s'était déroulée sans accroc. Branch et le chef de la police Billy Brannigan l'avaient soutenu et étaient restés tous les deux à ses côtés. Colt avait demandé aux habitants de la région de se tenir sur leurs gardes et de signaler toute activité ou personne suspecte en appelant la permanence téléphonique que son département avait mise en place. Suite à la conférence, il avait interrogé plusieurs des amis proches de Sauder mais aucun d'entre eux ne l'avait vu. Sarah l'avait prévenu qu'aucun mennonite ne dirait quelque chose contre son mari. Ils savaient tous ce que Colt voulait : trouver Sauder au plus vite. Et tous se débrouillaient pour ne lui divulguer aucune information sans lui mentir. Même Wenger avait fait de même. À ce rythme, Colt ne risquait pas d'avancer dans l'enquête.

Colt mit le moteur en marche puis se rendit au seul endroit où il pensait pouvoir apprendre quelque chose. Cela risquait fort d'être un coup dans l'eau mais il n'avait pas d'autre piste. Et s'il ne se dépêchait pas, Wesley Sauder ou Jason Bateman ne tarderait pas à se faire tuer.

Le Cow Palace n'ouvrait ses portes qu'à 21 heures mais Colt savait que la plupart du personnel serait déjà sur place pour préparer la nuit. Comme la plupart de ses amis pendant sa dernière année au lycée, Colt avait fréquenté cet endroit grâce à de faux papiers d'identité. Le comportement qu'il avait eu cette année-là était la source de ses inquiétudes concernant son fils. Colt savait dans quel genre de problème on pouvait se fourrer et redoutait que Key ne vive les mêmes choses. Colt avait toujours été un bon garçon mais il avait eu des passages difficiles. Et si la situation avait dégénéré ne serait-ce qu'une fois, il aurait pu y laisser la vie.

C'est à cause de ça qu'il avait perdu Audrey...

Son fils ne lui parlait plus à présent, ce qui n'avait finalement rien de très étonnant. Le silence était sa réaction chaque fois qu'il était en colère, et ce depuis que ses parents avaient divorcé. Mais Colt ne pouvait pas lui en vouloir. Il reproduisait les attitudes de sa mère. Colt était loin d'être parfait et il avait fait bon nombre d'erreurs avec son fils, mais à la différence de Karen, il ne se servait pas de lui. Il faisait tout pour empêcher son fils de suivre la même voie. Un homme devait être aussi sincère et fiable que sa parole. La trahir, ne serait-ce qu'une seule fois, pouvait amener à commettre la plus grosse erreur de toute une vie.

Colt pensa à Rey. S'il n'avait pas brisé sa confiance... Mais il était trop tard pour ressasser tout cela. Il avait brisé sa confiance et rompu le lien qui les unissait. Heureusement quelque chose de positif avait résulté de ce gâchis : son fils. Et à présent, il devait s'assurer de ne pas tout rater dans le rôle le plus important de toute sa vie : celui de père. D'une manière ou d'une autre, il trouverait un moyen de regagner la confiance d'Audrey. Il ne voulait pas passer les prochaines dix-huit années de sa vie sans elle.

Le Cow Palace se trouvait entre Winchester et Decherd. Le bâtiment servait autrefois de marché au bétail et on y vendait chevaux et bovins.

Le père de Colt l'avait emmené quelques fois quand il était enfant à ces ventes aux enchères. Quand il avait eu quinze ans, le marché avait déménagé dans un plus grand entrepôt, quelque part entre Winchester et Fayetteville. À présent, le vieux bâtiment, qui ressemblait toujours à une immense grange, était resté désaffecté pendant quelques années. Puis quelques entrepreneurs avaient eu l'idée d'en faire un saloon. Et le Cow Palace était né.

Des gens venaient de toute la région pour assister aux événements de l'endroit, maintenant célèbre. Le lieu avait été agrandi déjà trois fois. Après son divorce, Colt avait un peu fréquenté le saloon avant de comprendre qu'il ne trouverait jamais ce qu'il cherchait dans ce genre d'endroit. D'ailleurs, cela faisait maintenant près de huit ans qu'il s'était séparé de Karen mais il n'avait toujours pas trouvé la femme de sa vie.

Peut-être était-ce parce qu'il l'avait déjà rencontrée ? Mais que, trop jeune et stupide pour se rendre compte de l'ampleur de son erreur, il l'avait laissée partir ?

Il se gara et traversa le parking. On ne pouvait pas changer le passé. Mais peut-être pouvait-il encore faire quelque chose pour le mari de Sarah Sauder. Parce que, s'il ne le trouvait pas très vite, leurs enfants allaient bientôt devoir grandir sans père. Branch Holloway avait vécu trop longtemps loin d'ici. Les gens ne le connaissaient pas aussi bien que Colt. Si Colt ne trouvait pas de réponse, Branch ne risquait pas d'en trouver lui non plus.

La porte d'entrée était verrouillée, Colt fit donc le tour du bâtiment. Devant la porte de derrière, trois hommes, manutentionnaires, barmen ou aide-cuisiniers, fumaient des cigarettes. En le voyant arriver, ils levèrent les yeux et le saluèrent.

— Salut, leur répondit Colt. Vous savez si Beth est déjà là ?

Il leur posa la question mais il connaissait déjà la réponse. En effet, il était passé à la caravane qu'elle occupait mais elle ne s'y trouvait pas. Son voisin lui avait alors dit qu'elle était partie au travail.

— Elle dresse les tables, lui répondit un des hommes en lui

montrant l'intérieur du saloon d'un mouvement de tête. Vous pouvez entrer, shérif, Ray Stokes, le manager est là, lui aussi.

Colt hocha la tête en signe de remerciement. On ne pouvait pas dire que Stokes et lui étaient bons amis. C'était d'ailleurs probablement pour cette raison que l'homme tenait à le prévenir de sa présence.

Au début de sa carrière de shérif, Colt avait dû arrêter plusieurs fois Stokes pour ébriété et troubles de l'ordre public. Stokes avait fini par se ranger et avait entrepris de prendre la gestion du Cow Palace après le changement de propriétaire. Le propriétaire actuel vivait à Nashville et ne savait probablement pas que Stokes était un crétin et un emmerdeur de première.

Colt traversa la réserve, puis la cuisine, et trouva Stokes qui l'attendait de l'autre côté du bar. Apparemment, l'un des hommes devait l'avoir prévenu que Colt était en chemin.

— Bonsoir, shérif, lui dit-il en se levant, les jambes écartées et les bras le long du corps, comme s'il était prêt pour un duel.

— Vous avez quelque chose à vous reprocher, Ace ? lui répondit Colt en posant les mains sur ses hanches.

Depuis toujours, tout le monde donnait ce surnom à Stokes car, peu importaient les situations dans lesquelles il avait bien pu se fourrer, il semblait toujours avoir tiré de sa poche un atout qui lui permettait de s'en tirer.

— Quand j'apprends que les forces de l'ordre viennent traîner par ici avant l'ouverture de l'établissement, je ne suis pas tranquille, en effet. Que se passe-t-il, shérif ? Il y a un problème ?

— Pas à ma connaissance. Je suis simplement venu parler à Beth, lui répondit Colt en lui montrant du doigt la jeune femme qui disposait les tabourets autour des tables.

Stokes regarda Beth puis reporta son attention vers Colt.

— Tant que vous ne l'empêchez pas de faire son travail, cela ne me pose aucun problème. Mais j'ai vraiment besoin d'elle ce soir, donc si vous avez l'intention de l'embarquer, je vous demanderai de bien vouloir revenir après minuit.

— Je ne reproche rien à Beth, j'ai seulement quelques questions à lui poser.

— Laisse-le tranquille, Ray, intervint Beth. Colt, venez par ici, nous pourrons discuter pendant que je travaille.

Stokes lança un dernier regard noir à Colt avant de retourner derrière le bar qui serpentait de part et d'autre de l'immense espace. Le plafond de la pièce était très haut et ce qui était autrefois l'arène où on exposait le bétail était maintenant une grande piste de danse avec une scène au centre. Tout autour étaient disposées des tables qui occupaient l'espace jusqu'aux murs. Il y avait deux sorties de secours : la porte d'entrée principale et celle par laquelle était entré Colt. Au-dessus d'eux, d'immenses barres de spots et de haut-parleurs étaient suspendues.

— Laissez-moi deviner, shérif, commença Beth en voyant approcher Colt. Vous êtes ici pour me parler du mari de Sarah.

Colt attrapa un tabouret qui était encore sur une table et vint le poser devant celle-ci.

— Vous vous tenez informée à ce que je vois.

— Ma grande sœur ne tue pas des gens tous les quatre matins, lui répondit Beth en avançant vers une nouvelle table.

— J'imagine qu'elle a fait ce qu'elle devait faire, lui répondit Colt en la suivant. Que pouvez-vous me dire sur son mari ?

— On dirait que vous avez oublié que j'ai été bannie de cette famille il y a bien longtemps ! Avant même que Sarah épouse Wesley, lui répondit Beth en éclatant de rire.

— Non, je n'ai pas oublié, mais je sais que les sœurs ont souvent un lien particulier, vous voyez ce que je veux dire ? Peut-être que vous vous donnez quand même des nouvelles toutes les deux, avec ou sans l'approbation de votre père...

La plupart des enfants finissaient toujours par enfreindre les règles, surtout une fois devenus grands. Les conseils et souhaits des parents ne pouvaient pas toujours être suivis à la lettre... Dieu seul savait que lui-même n'avait pas toujours fait ce que son père lui disait ou il serait toujours resté dans le droit chemin. Comme il aurait aimé pouvoir faire comprendre à son fils que, même s'il refusait les conseils de son père, l'âge et l'expérience l'avaient rendu plus sage.

Mais la sagesse ne se transmettait pas. Il y avait des choses qu'on devait apprendre soi-même.

— En effet, nous nous parlons, reconnut Beth.

Elle continuait à arranger les tabourets autour des tables et Colt l'aidait dans sa tâche. Sans dire un mot, il attendit qu'elle lui en dise plus. Les secondes passaient, lentement, résonnant dans sa tête comme le tic-tac d'une bombe sur le point d'exploser.

— Quand elle a rencontré Wesley, je vivais encore à Nashville. Elle était terriblement excitée. Il était bien plus âgé qu'elle et apparemment très charmant, continua Beth sur un ton hésitant, comme si elle exhumait de vieux souvenirs de sa mémoire. Elle m'a dit qu'il avait habité la plupart de sa vie dans une grande ville et qu'il était l'homme le plus attentionné qu'elle ait jamais rencontré.

— A-t-elle changé d'avis à son sujet par la suite ?

Colt ne pouvait s'empêcher de se demander comment cet homme avait réussi à oublier son passé criminel. En même temps, il n'était que comptable.

— Non. Elle ne lui a jamais rien reproché, pas même une fois. Visiblement, il était un mari et un père parfait. Gentil, généreux, affectueux et fidèle.

Colt baissa les yeux. Même dix-huit ans après, il se sentait toujours terriblement honteux de ne pas avoir eu cette qualité.

— Papa aussi était sous son charme, continua Beth. Il voyait Wesley comme l'homme fort et solide dont la communauté aurait besoin quelques années plus tard.

— Mais rien ne s'est passé comme prévu, poursuivit Colt en la suivant jusqu'à la table voisine. M. Yoder a découvert le secret de Wesley, n'est-ce pas ?

— Une famille de Markham – la ville natale de Wesley – est venue assister à l'enterrement d'un parent éloigné à

Winchester. Wesley n'aurait jamais pu se douter que quelqu'un de Markham pourrait un jour venir à Winchester. En découvrant que le Wesley Sauder qu'ils avaient enterré une décennie plus tôt était toujours en vie, la famille a été plutôt choquée.

Branch lui avait déjà raconté la plupart des faits mais Colt ignorait les détails.

— Le mari de Sarah avait donc pris l'identité d'un homme mort.

Ce genre de choses arrivait fréquemment. La plupart du temps pour des histoires de crédits impayés ou d'impôts. Mais comme le disait Branch, cet homme-là avait besoin d'une nouvelle vie. Et en tant que comptable, il savait ce que représenterait pour lui un changement d'identité.

— Pour quelles raisons M. Yoder a-t-il choisi de garder sa découverte pour lui ? Cela faisait quelques mois qu'il le savait et apparemment la rumeur dit que Wesley et lui se sont disputés juste après Noël...

— Mon père est un homme sérieux. Il voulait vérifier que ce que cette famille prétendait était bien vrai, il a donc envoyé mon frère aîné, Ben, à Markham pour élucider le mystère. C'était le mois dernier. Quand Ben est revenu avec la confirmation de toute cette histoire, mon père a commencé à organiser une grande réunion pour révéler la vérité à tout le monde mais quelque chose l'en a empêché.

Beth avança jusqu'à une nouvelle table et Colt attendit un instant pour être certain qu'elle avait terminé avant de lui demander des précisions.

— Qu'est-ce qui l'en a empêché selon vous ?

Beth releva les yeux vers Colt.

— Ça, je ne peux pas vous le dire, shérif.

Colt avait le sentiment que ce qu'elle ne voulait pas lui révéler impliquait son frère.

— Beth, je ne veux qu'une chose : protéger votre communauté. Deux hommes sont morts. Ils semblaient mériter leur sort mais nous n'aurons peut-être pas autant de chance la prochaine fois. Un innocent pourrait y laisser la vie. Sarah ou l'un de ses enfants... Je ne sais pas ce qui vous retient mais je vous fais la promesse que si vous me dites tout je ferai tout ce qui est en mon pouvoir pour vous préserver, vous et celui ou celle que vous protégez.

— Benjamin n'a pas fait que prendre une photo de la tombe et rendre visite à la congrégation pour voir la photo du véritable Wesley Sauder. Il a aussi parcouru la ville avec une photo du Wesley de Sarah et a demandé aux gens qu'ils croisaient s'ils le connaissaient. Évidemment, il n'a trouvé personne qui ait admis l'avoir connu. Mais Sarah et moi pensons que c'est cette initiative qui a tout déclenché.

Malheureusement, pensa Colt, Sarah et Beth avaient probablement raison. Ben avait manifestement croisé la mauvaise personne et l'information était remontée jusqu'à la famille Cicero qui avait dû être ravie de retrouver enfin la trace de son ancien comptable.

— Des gens ont-ils essayé d'entrer en contact avec votre père ou avec Ben ?

Les mennonites n'avaient pas de téléphone chez eux mais Colt savait qu'il y en avait un à la boulangerie.

— Sarah m'a dit qu'elle avait plusieurs fois reçu des appels bizarres. Quelqu'un qui appelait et qui demandait à parler à un certain Bateman. Elle leur a dit qu'ils avaient dû faire un mauvais numéro, mais quand elle en a parlé à Wesley, apparemment il est devenu fou. Il lui a dit qu'ils devaient quitter la ville au plus vite, lui a demandé de toujours garder son arme avec elle quand elle était chez elle et à la boulangerie. C'était la semaine dernière. Après cela, il a disparu. Il s'est volatilisé après avoir dit à Sarah qu'il devait rendre visite à la famille d'un de ses amis qui venait de mourir. Sarah était bouleversée.

— Quand est-il rentré ?

Beth poussa un profond soupir avant de répondre.

— Hier seulement.

Ce qui signifiait que Wesley n'était pas à Winchester, lundi soir. Wesley Sauder, alias Jason Bateman, ne pouvait donc pas avoir tué l'homme qu'on avait retrouvé dans la réserve de la boulangerie.

— Beth, que s'est-il passé à la boulangerie ?

— Sarah m'a appelée, lui répondit-elle en le regardant droit dans les yeux. Elle était seule dans la boutique. Ils sont fermés le dimanche, comme vous le savez. Elle était en train de nettoyer et de faire l'inventaire. Les enfants étaient avec elle. Elle voulait me parler. Elle avait peur. Elle pensait que quelqu'un l'avait suivie.

Bon sang...

— Et elle avait raison, quelqu'un l'avait bien suivie. Il a fait le tour de l'immeuble et quand elle l'a vu par la fenêtre, elle a caché les enfants derrière des cartons dans la chambre froide. Une seconde après, l'homme était à l'intérieur. Elle avait oublié de fermer la porte de derrière. Il lui a demandé si elle savait où se trouvait Wesley mais elle avait beau lui répéter qu'elle n'en savait rien, il ne l'écoutait pas. Il l'a enfermée dans la réserve...

Des larmes coulaient sur le visage de Beth et elle marqua une courte pause avant d'ajouter :

— Il allait la tuer, shérif.

— Mais vous êtes arrivée à temps.

— J'avais emporté mon arme avec moi, acquiesça-t-elle en se mordant la lèvre inférieure. Au cas où. Jamais je n'aurais pensé que j'allais devoir m'en servir. Quand je lui ai ordonné de s'arrêter, il s'est retourné et je peux vous garantir que si je suis encore en vie, c'est parce que j'ai tiré la première.

Les mots restèrent un instant, comme suspendus dans l'air.

— C'était de la légitime défense, Beth. Si vous ne l'aviez pas tué, c'est vous, Beth et les enfants qui y seraient passés.

Elle acquiesça en silence et essuya les larmes qui coulaient sur ses joues.

— Je suppose que vous allez m'arrêter maintenant.

— Non, Beth, je ne vais pas vous arrêter parce que vous vous êtes défendue. Mais je vais devoir prendre votre déclaration, ainsi que celle de Sarah.

— D'accord, mais puis-je d'abord finir mon travail ici ?

— Bien sûr, je vais vous aider, lui répondit Colt en la suivant vers une nouvelle table. Je vais aussi devoir examiner l'arme dont vous vous êtes servie.

— Elle est enterrée dans le parterre de fleurs devant ma caravane.

— Quand nous partirons, je passerai un coup de fil à un des techniciens pour lui dire de passer la chercher si vous n'y voyez pas d'objection.

— Faites ce que vous devez faire, lui dit-elle. Je vous fais confiance, Colt. J'ai déjà gâché ma vie, mais je sais que cette fois j'ai fait le bon choix. Ne me punissez pas pour avoir fait ce qu'il fallait faire.

Dans sa voix, Colt sentait toute sa peur et sa résignation, conséquences de son instinct protecteur. Il ne pouvait qu'imaginer combien elle avait dû être terrifiée en le voyant entrer ici, quelques instants plus tôt.

— Je vais veiller à ce que personne ne vous punisse pour tout ça, Beth, en attendant je vous demande seulement de m'accompagner au poste pour faire votre déclaration.

— Je sais. Essayer de cacher ce que j'avais fait n'était pas une bonne idée. Peut-être qu'après avoir toujours tout raté, j'ai eu peur que ma famille pense que j'étais une meurtrière.

— Vous n'avez rien d'une meurtrière, Beth, lui dit Colt en posant une main sur son bras. Vous êtes une héroïne. Vous avez sauvé la vie de votre sœur ainsi que celle de ses enfants. Votre père sera fier quand il va découvrir ce qu'il s'est passé.

— Peut-être…, laissa échapper Beth tandis qu'un nouveau flot de larmes inondait son visage.

— Maintenant, Beth, aidez-moi à trouver Wesley avant ses anciens amis. Je sais qu'il n'est pas loin, qu'il se cache chez un membre de la communauté mennonite, mais personne ne veut me dire quoi que ce soit.

— Ils le protègent, confirma Beth. Ils le connaissent tous comme Wesley Sauder, le brave homme qui a sauvé la vie de mon père. Il a fait beaucoup pour notre communauté, vous savez. Cela ne va pas être simple pour eux d'accepter qu'il ne soit pas celui qu'il prétend être depuis tout ce temps.

— Donc ils ne risquent pas de me dire quoi que ce soit...

— Je ne pense pas, non, approuva-t-elle en souriant. Mais une de leurs femmes peut-être. Allez voir Jenny Hoover, dites-lui que vous venez de ma part.

Elle s'interrompit un instant et fronça les sourcils.

— Cependant vous allez devoir emmener une femme. Je vous proposerais bien de vous accompagner mais si quelqu'un me voit là-bas, je risque d'avoir de sérieux ennuis...

Son visage s'éclaira soudain.

— Vous n'avez qu'à demander à Audrey Anderson, tout le monde la connaît ! Jenny lui parlera, j'en suis certaine.

Cela devrait être possible, pensa Colt en se frottant le menton.

À présent, la seule chose qu'il lui restait à faire, c'était de réussir à faire sortir Beth d'ici sans avoir à botter les fesses de Ray Stockes.

13

Une fois l'édition du lendemain bouclée, Audrey quitta le bureau. Elle devait retourner voir sa mère. Cela n'allait probablement pas bien se passer mais elle devait essayer. Elle avait un nom à présent... Tout l'après-midi, elle avait essayé de rassembler ses souvenirs comme s'il s'agissait d'un puzzle. Mais il lui manquait encore trop de pièces.

Elle n'était encore qu'une enfant lors de cette terrible nuit. Le temps avait fait son boulot et l'avait éloignée de son traumatisme. Son esprit avait enfoui ses souvenirs si profondément que ses réminiscences n'étaient pas plus fiables que celles de sa mère. Mais elle devait essayer de se rappeler ce qu'il s'était passé, quand elle avait douze ans, car cela avait eu une incidence, même infime, sur ce qu'il se passait actuellement. Elle en était certaine.

Tout était lié.

Et si Wesley Sauder ou Jason Bateman n'était pas venu à Winchester par hasard ? Savait-il pourquoi Jack Torrino était venu voir son père toutes ces années plus tôt ?

Sauder était-il passé pendant dix ans devant le journal en connaissant le secret des Anderson ? Audrey devait lui parler avant qu'il ne se fasse arrêter par Branch ou tué par un de ces hommes lancés à ses trousses par la mafia.

Elle devait découvrir la vérité.

Et si cette vérité n'avait rien à voir avec ce qu'elle imaginait ?

Et si elle apprenait que son père était impliqué dans des activités criminelles ?

Impossible. Jamais elle ne pourrait croire une telle chose. Si cela avait été le cas, sa mère ou son oncle Phil auraient forcément eu la puce à l'oreille.

À moins que sa mère ne se soit empressée de l'aider à oublier cette nuit terrible car elle était l'arbre qui cachait la forêt ?

Audrey serra les mains sur le volant. Wesley Sauder se cachait quelque part et elle avait bien l'intention de le retrouver. Elle voulait des réponses. Tous ces mystères allaient finir par lui faire perdre la tête. La pluie semblait s'être arrêtée pour le moment, mais la météo annonçait sa reprise dans la soirée.

Soudain, des lumières bleues apparurent dans son rétroviseur. Elle fronça les sourcils. C'était le véhicule de Colt. Pourquoi avait-il mis en marche son gyrophare ? Elle n'avait pourtant pas dépassé la limitation de vitesse...

Maudissant sa malchance, elle se gara sur le bas-côté, éteignit le moteur et attendit. Qu'il lui demande seulement son permis de conduire et elle n'hésiterait pas à lui mettre son poing dans la figure.

En regardant dans son rétroviseur latéral, elle vit Colt avancer vers sa voiture et son cœur s'emballa. Pourquoi cet homme continuait-il à lui faire autant d'effet ? Ressentir toujours ce puissant désir pour lui la rendait folle. Elle ne voulait pas reproduire la même erreur. Elle avait déjà perdu tellement à cause de lui.

Quand il posa les mains sur le toit de sa voiture et qu'il se pencha vers elle, elle baissa sa vitre.

— J'allais trop vite, shérif ?

— Non, madame, lui dit-il en esquissant un sourire. Mais peux-tu me dire pourquoi tu ne réponds pas à ton téléphone ?

Son téléphone avait sonné ? Audrey fouilla dans son sac à main et sortit l'appareil. Sur l'écran étaient affichés trois appels manqués.

— Je ne l'ai pas entendu, lui répondit-elle en vérifiant que le mode sonore était bien enclenché. Ah, je l'avais mis en vibreur pour une réunion et j'ai oublié de remettre la sonnerie.

La vérité était surtout qu'elle était si distraite par les événements qu'elle n'avait pas pensé une seule fois à son téléphone portable depuis qu'elle avait quitté le journal.

— J'ai besoin que tu m'accompagnes quelque part, si tu veux bien.

Audrey sentit à nouveau son rythme cardiaque s'accélérer. Était-il déjà au courant pour Torrino ? Comment était-ce possible ? Elle savait que jamais Judd ne parlerait à personne de ce qu'elle lui avait demandé et même s'il l'avait fait, il n'y avait aucun moyen de relier ses questions à ses parents, au journal et encore moins à ce satané sous-sol.

— Pourquoi ? lui demanda-t-elle en essayant de garder un ton détaché.

— Je voudrais interroger Jenny Hoover. La sœur cadette de Sarah, Beth, pense que le mari de Jenny sait peut-être où se trouve Wesley. Il ne me le dira pas mais Beth dit qu'elle pourrait te parler. À toi, seulement.

Audrey se souvenait vaguement de Jenny Hoover qui s'appelait Jenny Kauffman quand elles étaient enfants. Si lui parler pouvait aider à retrouver Sauder, elle n'y voyait aucun inconvénient, bien au contraire. Mais Colt et elle allaient devoir régler une petite chose avant…

— À une seule condition, lui dit-elle en fronçant les sourcils.

— Je te laisse l'exclusivité, lui dit-il en haussant les épaules. Pas de problème, tu le sais, je te laisse toujours l'exclusivité.

Elle secoua la tête.

— J'ai quelques questions à poser à Sauder avant que tu le livres à Branch.

Colt fronça les sourcils et prit un air étonné.

— En privé ?

— Oui, confirma-t-elle en se mordant la lèvre.

— Ça, je ne sais pas, Rey, la loi est stricte en ce qui concerne les interrogatoires des témoins et…

— Deux minutes, c'est tout ce que je te demande.

Colt laissa échapper un profond soupir.

— D'accord. Je te laisserai deux minutes… Est-ce qu'on peut aller déposer mon pick-up chez toi ? Je ne veux pas risquer d'effrayer Jenny en arrivant chez elle avec une voiture de police, surtout à cette heure-ci.

— Bien sûr, approuva Audrey en constatant qu'il était 20 heures passées.

— Super, lui dit-il en souriant. Je savais que je pouvais compter sur toi, Rey.

Peut-être ne ressentirait-il pas le même genre de choses quand il découvrirait le secret qu'Audrey et sa mère cachaient depuis bientôt deux décennies. En se concentrant sur sa respiration, Audrey conduisit jusqu'à sa maison. Colt gara sa voiture puis vint s'installer sur le siège passager de son propre véhicule, à côté d'elle.

— Et si le mari de Jenny est chez lui ?

— Beth m'a dit qu'il se rendait à une réunion entre hommes tous les mercredis soir. Ils restent à l'église jusqu'à plus de 22 heures.

— Je suppose que Sauder n'est quand même pas assez bête pour assister à ce rassemblement…

— Je l'espère sinon je ne sais pas comment il a pu être comptable pour une famille mafieuse pendant tant d'années.

— Tu n'as pas tort ! approuva Audrey en laissant échapper un petit rire.

Tandis qu'ils se rendaient chez les Hoover, ils passèrent devant l'église mennonite et remarquèrent en effet que de nombreuses voitures étaient garées sur le parking.

La résidence des Hoover se trouvait sur Walnut Grove Road. Tout comme la maison des Yoder, celle-ci appartenait à la famille depuis plusieurs générations. Probablement depuis que la communauté mennonite s'était installée dans la région.

Colt suivit Audrey et monta les marches du porche. Il se posta à ses côtés tandis qu'elle ouvrait la porte moustiquaire et frappait à la porte. Les rideaux de dentelle à la fenêtre avaient bougé plusieurs fois. Jenny ou un de ses enfants savaient déjà qu'ils allaient avoir de la visite. Mais à l'intérieur, tout semblait calme. Audrey frappa à nouveau. Une nouvelle journée venait de passer et ils n'avaient toujours pas retrouvé Sauder. Il semblait difficile à croire qu'un fugitif puisse se cacher aussi longtemps dans une si petite ville alors que tous les policiers des différents départements étaient à sa recherche.

La porte s'ouvrit enfin et Jenny apparut derrière la moustiquaire.

— Vous êtes Audrey Anderson, n'est-ce pas ?

— En plein dans le mille, lui répondit Audrey en souriant.

Jenny déplaça son regard vers Colt et changea d'expression.

— Bonjour, shérif.

— Je sais qu'il est tard, commença Audrey en espérant que la présence de Colt n'allait pas tout gâcher, mais si vous avez le temps, j'aimerais vous parler quelques minutes. C'est Beth Yoder qui m'envoie.

Jenny reporta son attention sur Audrey et afficha à nouveau la même expression d'admiration qu'elle avait eue en découvrant la journaliste sur le pas de sa porte.

— Oui, d'accord, lui répondit-elle en faisant un pas en arrière pour la laisser entrer. Voulez-vous une tasse de thé ?

— Ce serait adorable, approuva Audrey en lui adressant son plus beau sourire.

— La cuisine est par là, dit Jenny en lui faisant signe de la suivre.

Audrey la suivit, Colt sur ses talons.

— Comment vont vos filles ? demanda Audrey à Jenny pendant que celle-ci posait la bouilloire sur le feu.

— Elles vont bien, répondit Jenny en souriant. Ana va se marier cet été et Ruth va passer l'été avec sa grand-mère. Ça va être une période excitante pour elles, mais ça risque d'être long pour moi, tout ce temps passé loin d'elles.

Audrey ne pouvait s'empêcher de penser que deux jeunes

filles aussi douées feraient probablement mieux de poursuivre leurs études à l'université mais elle garda son opinion pour elle. Elle n'avait aucun droit de les juger et certainement pas de conseils à donner sur la façon dont on devait éduquer les enfants.

— J'aimerais écrire un article sur son mariage, si vous et votre mari êtes d'accord.

Les yeux de Jenny se mirent à briller.

— Je vais lui demander, il devrait être de retour d'ici une heure ou deux.

— Je pense que ça serait une belle illustration de la vie locale.

La bouilloire se mit à siffler et Jenny prépara le thé. Quand ils furent tous les trois installés autour de la table de la cuisine, une tasse fumante à la main, Jenny prit la parole.

— Je suppose que vous êtes venus me voir pour me parler du mari de Sarah.

— Nous sommes vraiment inquiets à son sujet, acquiesça Audrey. De nouveaux tueurs peuvent surgir à tout moment, ils sont peut-être d'ailleurs déjà là, et nous aimerions le retrouver avant eux. Si vous nous aidez, vous rendrez un grand service à Sarah et à ses enfants. Car ils sont en grand danger, eux aussi. Je ne peux que vous répéter combien il est important que le shérif Tanner le retrouve rapidement. Je crois qu'il est le seul à pouvoir faire quelque chose pour Wesley.

— J'ai dit à Allan que nous devions parler au shérif, répondit Jenny en tournant la tête vers Colt, comme si elle ne remarquait sa présence que maintenant. Mais il ne m'a pas écoutée.

— Les hommes pensent toujours savoir mieux que nous ce qu'il faut ou ne faut pas faire, approuva Audrey. Je ne comprendrai jamais cet état d'esprit.

— C'est parfois très pénible, soupira Jenny.

— Savez-vous où Wesley se cache ? lui demanda Audrey. Ce que vous nous direz restera entre ces quatre murs.

— Vous avez également ma parole, ajouta Colt. M'assurer

de la sécurité de Wesley est mon devoir mais je ne peux pas faire mon travail sans savoir où il se trouve.

— La dernière fois qu'Allan en a parlé, il a dit que Wesley était chez les Zimmerman, leur confia Audrey en les regardant l'un après l'autre. Mais apparemment, il a changé d'endroit et personne ne semble savoir où il se trouve à présent. Honnêtement, je ne sais pas où il peut être.

Malgré sa déception, Audrey croyait Jenny.

— Si vous deviez le trouver rapidement, par où commenceriez-vous vos recherches ?

— J'irais chez lui, répondit Jenny en regardant Audrey droit dans les yeux.

Audrey fut surprise de cette réponse puis l'évidence lui sauta aux yeux ; personne ne surveillait la maison des Sauder. Et ils étaient tous si occupés à retourner ciel et terre qu'ils avaient oublié d'aller chercher là-bas.

— Merci Jenny, vous nous avez été d'une grande aide.

Colt et elle finirent leur tasse de thé en un temps record, puis Jenny les raccompagna jusqu'à la porte et salua chaleureusement Audrey.

— J'adore votre journal, madame Anderson. Beaucoup de membres de la communauté aiment lire votre tribune car grâce à vous nous vivons par procuration les voyages et les expériences que vous partagez.

Quel beau compliment, pensa Audrey. Elle n'avait accepté de publier cette rubrique que parce que Brian avait insisté. Apparemment, il avait bien fait de l'encourager dans cette direction.

— Merci, Jenny, c'était chouette de vous revoir.

Une fois arrivé devant la voiture d'Audrey, Colt lui ouvrit la portière et la referma lorsqu'elle fut assise au volant. Il fit ensuite le tour du véhicule puis vint s'asseoir sur le siège passager.

— Il n'y a qu'un problème avec sa théorie..., dit-il en attachant sa ceinture de sécurité.

— Qui est ? lui demanda-t-elle en démarrant.

— J'ai demandé à un de mes hommes de ne pas quitter des yeux la maison des Sauder depuis que Sarah y est retournée.

Audrey sortit du parking et avança sur la route plongée dans l'obscurité.

— Et s'il était retourné chez lui avant que tu places leur maison sous surveillance ? Et si..., commença-t-elle avant de se tourner vers lui. Et s'il n'était jamais parti de chez lui ?

— Je l'ai vu s'enfuir en courant de chez les Zimmerman...

— Comment peux-tu être certain qu'il s'agissait bien de lui ?

— Bon sang, mais tu as peut-être raison, approuva Colt en hochant la tête. Depuis le début de cette histoire, je ne cesse de me demander comment un homme peut laisser sa femme et ses enfants seuls pour sauver sa peau...

Audrey conduisit aussi vite que possible sur les routes sinueuses et arriva devant la maison des Sauder.

La maison était plongée dans l'obscurité et quand Colt alla frapper à la porte d'entrée, personne ne répondit. Sans mandat de perquisition, ils ne pouvaient pas entrer, le lieu n'étant plus considéré comme une scène de crime.

Il fit malgré tout le tour du bâtiment et alla inspecter la grange et le fumoir qui étaient tous les deux ouverts. Audrey le suivit car elle n'avait pas la moindre envie de rester assise seule dans sa voiture dans la nuit noire.

Quand Colt traversa la route pour aller parler à l'homme qu'il avait chargé de surveiller la résidence des Sauder, Audrey observa les vitres de la maison. Elle ne pouvait s'empêcher de penser que Wesley Sauder savait peut-être quelque chose sur cet homme qui avait causé tant de problèmes à sa famille, quelques années auparavant.

— Sarah et les enfants ne sont pas encore rentrés, lui annonça Colt en la rejoignant près de la voiture. Si ça ne t'embête pas, peux-tu me ramener chez toi ? Je vais récupérer ma voiture et aller rendre une petite visite aux Yoder pour voir s'ils sont là-bas.

— Je peux t'y emmener.

Audrey n'était pas pressée de rentrer dans sa grande maison vide. Cette réalité était si triste. Depuis six mois qu'elle vivait seule dans cette vieille baraque, elle ne s'était encore jamais sentie seule. Mais à présent, elle n'avait plus que ça à l'esprit.

— Tu es sûre que ça ne t'embête pas ?

— Pas du tout, vraiment. Et puis, il est déjà tard donc il vaut mieux ne pas perdre de temps.

— Bien vu.

Ils firent le trajet en silence. Audrey ne pouvait cesser de penser à Jack Torrino. Et si Sauder était incapable d'expliquer les raisons de sa venue à Winchester ? Qui pourrait répondre à toutes ses questions ?

Elle pourrait essayer de faire des séances d'hypnose pour découvrir ce qui était peut-être caché dans les limbes de son cerveau. Mais voulait-elle vraiment prendre le risque d'avouer à quelqu'un, même s'il était tenu au secret médical, ce qu'il s'était passé cette nuit-là ? Ne ferait-elle pas mieux de laisser le passé en paix ?

Elle ne savait plus quoi penser.

La visite aux Yoder fut également peu constructive. Les enfants étaient bien là, installés pour passer la nuit chez leurs grands-parents mais Sarah Sauder, elle, était absente. Aaron insista sur le fait qu'il ne l'avait pas vue depuis qu'elle était rentrée chez elle.

— Et maintenant ? demanda Audrey à Colt lorsqu'ils furent de retour dans la voiture.

— Eh bien, disons que c'est la fin de notre journée ! J'ai besoin de réfléchir à tout ça, j'y verrai plus clair demain matin.

— C'est toi le patron.

— Je suis désolé de t'avoir embarquée dans tout ça, j'aurais mieux fait de t'emmener dîner…

— Aucun problème, lui répondit Audrey en lui souriant. Nous pourrons y aller une autre fois.

Il resta silencieux. Audrey regardait droit devant elle mais elle pouvait sentir qu'il la fixait et elle se demanda si elle devait se tourner vers lui.

— Quoi ? lui demanda-t-elle enfin.

— Tu penses vraiment ce que tu viens de dire ?

— Bien sûr, je ne vois pas pourquoi deux amis ne pourraient pas dîner ensemble.

— OK.

Ce petit mot, de deux lettres à peine, résonna dans les ténèbres aussi légèrement qu'une caresse. Comment pouvait-elle ressentir ce flot d'émotions déroutantes dans un moment pareil ? Peut-être que son esprit essayait justement d'échapper à la réalité. Mais c'était peine perdue. L'affaire était sur le point d'exploser et le grand secret que sa mère et elle gardaient pour elles depuis tant d'années allait être visible de tous, au grand jour, au milieu de ce marasme.

Audrey roula dans l'obscurité, en pensant à tout à ce qui risquait d'arriver… Elle avait vécu avec ce secret pendant vingt-trois ans, onze mois et presque deux semaines, pourquoi ne pouvait-elle le laisser lui échapper ? Espérer et prier pour que cette enquête se déroule de manière équitable et juste pour sa famille et pour le journal ?

Mais elle avait peur de ne pas être aussi chanceuse…

— Rey ?

— Oui ?

Elle se tourna vers Colt et écarquilla les yeux.

— Ça va faire deux ou trois minutes que nous sommes arrêtés à ce stop.

— Oh ! dit-elle en secouant la tête avant de regarder à droite et à gauche. Excuse-moi, j'étais dans mes pensées.

— J'ai vu ça.

Ils finirent le trajet en silence et quand Audrey se gara à côté du pick-up de Colt, celui-ci se tourna vers elle avant d'ouvrir sa portière.

— Merci d'avoir été mon chauffeur toute la soirée et merci aussi pour ton coup de main avec Jenny Hoover.

— J'aurais tellement aimé qu'on le retrouve, lui répondit-elle en sortant elle aussi de la voiture. Peut-être demain.

La lumière du porche de sa maison s'alluma mais le faisceau ne parvenait pas jusque-là. Elle marcha aux côtés de Colt jusqu'à sa voiture. La lune était assez brillante pour qu'elle puisse voir son visage et la fatigue qui s'y affichait. Il était shérif et Audrey pouvait comprendre qu'il soit inquiet pour la sécurité des habitants dont il était responsable. Elle avait beau être morte d'inquiétude à cause de ses propres problèmes, elle comprenait le poids de son fardeau.

— Peut-être demain, répéta-t-il.

— Bonne nuit, Colt.

Alors qu'elle était sur le point de faire demi-tour pour rentrer chez elle, il lui attrapa le bras.

— Je suis content que nous ayons passé un peu de temps ensemble ces derniers jours, malgré les circonstances, c'était bien.

Malgré sa furieuse envie de lui répondre quelque chose de cinglant et de le laisser planté là pour rentrer chez elle, elle se retint. Ce n'était pas le moment. Il avait besoin de son soutien et puis, elle devait le reconnaître, il avait raison.

— C'est vrai. D'ailleurs je n'ai pas envie qu'on recommence à s'éviter toi et moi. J'aimerais qu'on soit amis.

Voilà, elle l'avait dit. Et en plus, elle le pensait.

Colt lui sourit et elle sentit son cœur se gonfler au point qu'elle en eut le souffle coupé.

— Je suis d'accord pour qu'on devienne amis, Rey, mais je dois être sincère avec toi. Je rêverai toujours de plus…

Peut-être que s'il lui avait dit qu'il *voulait* plus ou qu'il avait *besoin* de plus, elle serait rentrée chez elle mais il avait dit qu'il *rêvait* de plus… Rêver ne faisait de mal à personne.

Alors elle se hissa sur la pointe des pieds et déposa un petit baiser sur sa joue.

— Bonne nuit.

Mais avant qu'elle n'ait le temps de reposer les talons sur

le sol, il l'enlaça. Ses lèvres se posèrent sur les siennes et il l'embrassa si doucement, si tendrement qu'elle eut soudain envie de pleurer. Mais à la place, elle se serra plus fort contre lui et il l'embrassa plus vigoureusement.

Quand elle se rendit compte que s'ils continuaient ainsi elle allait bientôt avoir envie qu'il la suive chez elle et même jusque dans son lit, elle fit un pas en arrière.

— Fais attention sur la route.

— Compte sur moi, bonne nuit.

Elle fit demi-tour et marcha jusque chez elle. Colt ne démarra sa voiture que lorsqu'elle fut entrée et qu'elle eut refermé la porte derrière elle. Audrey regarda le pick-up s'éloigner par la fenêtre jusqu'à ce que ses phares disparaissent totalement dans la nuit.

Alors elle comprit qu'elle ne pourrait plus jamais prétendre qu'il n'y avait rien entre eux deux. Il y aurait toujours quelque chose de beau, quelque chose d'unique. Tout ce qu'il leur restait à faire était de trouver un moyen pour que leur relation évolue et s'adapte aux adultes qu'ils étaient devenus tous les deux.

Son téléphone se mit à sonner, la ramenant brusquement à la réalité. Après avoir fouillé dans son sac, elle décrocha sans même prendre la peine de regarder qui l'appelait.

— Allô ?

— Rey, il faut que tu viennes tout de suite au bureau.

C'était Brian. Il avait l'air stressé, contrarié... inquiet.

— Que se passe-t-il ?

— Le sous-sol est inondé. J'ai de l'eau jusqu'aux genoux et le niveau ne cesse de monter. J'ai appelé un plombier et il essaie de régler la situation mais il va devoir creuser...

Audrey ne lui laissa pas le temps de finir sa phrase. Elle raccrocha, sortit en trombe de chez elle et courut jusqu'à sa voiture. Elle devait se rendre le plus vite possible au journal. Elle devait empêcher cet homme de creuser.

Avant qu'il ne soit trop tard.

14

À peine Colt eut-il quitté Rey que son téléphone portable se mit à vibrer. Le numéro affiché sur l'écran lui était inconnu.

— Colt Tanner.

— Shérif, c'est Wesley Sauder à l'appareil.

Colt ralentit son allure pour tourner dans sa rue.

— Monsieur Sauder, je suis content de vous entendre, lui dit Colt en prenant soin de bien choisir chacun de ses mots et de garder un ton calme. Je veux vous aider mais pour cela nous devons nous parler le plus vite possible.

— Je n'ai pas le temps de vous parler maintenant, shérif. Ils ont enlevé Sarah.

Colt sentit son inquiétude monter d'un cran.

— Dites-moi où vous vous trouvez et je vous rejoins.

— Je suis chez nous. Mais dépêchez-vous, shérif. Je ne peux en parler qu'à vous. Je ne fais confiance à personne. Surtout pas aux fédéraux. Il n'y a que vous, s'il vous plaît.

— Je suis en route, Sauder.

Colt fit un demi-tour rapide et, le pied pressé sur la pédale d'accélérateur, prit la direction de Buncombe Road.

— Êtes-vous en sécurité à l'intérieur de la maison ?

— Je suis caché dans une pièce sécurisée, je ne sortirai pas de là avant votre arrivée.

Tout ceci expliquait pourquoi personne n'avait trouvé la planque de Wesley Sauder... Colt s'en voulut de ne pas y avoir pensé plus tôt. Un homme avec une vie pareille, et qui ne pouvait savoir quand son passé allait le rattraper, avait forcément pris des précautions. La pièce devait se trouver dissimulée quelque part. Rey avait vu juste. Sauder n'avait jamais quitté sa maison. Mais cette nouvelle donnée changeait la donne : était-ce Wesley qui avait tué Marcello ou Sarah ?

— Bon sang, Sauder..., murmura-t-il pour lui-même.

Les enfants étaient en sécurité chez les Yoder mais c'est Sarah maintenant qui était en danger.

Colt accéléra encore. Plus tôt il serait sur place, plus vite il pourrait essayer de limiter les dégâts. Son instinct lui soufflait de prévenir Branch, mais il hésitait à passer le coup de téléphone. Sauder lui avait demandé de venir seul. Il pouvait s'agir d'un piège mais quel en serait l'intérêt ? Si la mafia avait mis la main sur lui, celui-ci serait déjà en route pour Chicago ou pire encore... Ces gens-là n'avaient aucune raison de perdre leur temps avec un homme comme Colt – le shérif d'une petite ville qui ne savait rien sur eux ne pouvait représenter une quelconque menace.

La promesse qu'il avait faite à Rey allait devoir attendre. Quoi qu'il se passe avec Sauder, il était trop dangereux de l'impliquer. Il y avait déjà eu bien trop de victimes dans toute cette affaire. Autant ne pas mettre de nouvelles personnes en situation délicate.

Il repensa à la manière dont Rey l'avait embrassé et avec quelle fougue il lui avait rendu son baiser. Même s'il en brûlait d'envie, il ne pouvait analyser la situation maintenant. Et même s'il brûlait d'envie de faire bien plus que de l'embrasser, il savait qu'il allait devoir être patient. Il lui avait fait tant de mal. Il allait devoir regagner sa confiance. Et il refusait de laisser quoi que ce soit, et surtout pas une situation aussi dangereuse que celle qu'ils vivaient en ce moment, se mettre en travers de leur route.

Quand toute cette histoire se terminerait, Rey et lui auraient tout le temps de voir sur quoi ce baiser pourrait déboucher.

Malgré ses efforts pour aller le plus vite possible, le trajet jusqu'à la résidence des Sauder prit dix minutes à Colt. Il se gara en vitesse, sortit de sa voiture et fonça droit sur Avans, l'homme qu'il avait chargé de surveiller la maison et qui était toujours en poste.

— Tu peux prendre ta pause, si tu veux, je prends la relève pendant une demi-heure environ.

— Vous êtes sûr, shérif ? lui demanda l'homme en regardant tour à tour la maison et son patron.

— Certain, confirma Colt en tapant de sa main sur le toit de la voiture. Allez, file, et reviens dans une demi-heure.

— OK, chef.

Avans semblait inquiet. Il ne semblait pas vouloir partir mais il se plia aux ordres de son supérieur. Quand il fut enfin hors de sa vue, Colt traversa la route et marcha jusqu'à la porte d'entrée de la maison. Quand il eut grimpé les marches, la porte s'ouvrit et Sauder apparut dans la pénombre. Dès que Colt eut franchi le seuil, Sauder referma immédiatement la porte derrière lui, laissant la maison plongée dans le noir.

— Suivez-moi, shérif.

Colt plissa les yeux pour s'habituer à l'obscurité. Il avança dans le couloir principal, loin des pièces qui avaient des fenêtres. Sur une petite table, une bougie brûlait. Quand Sauder se retourna enfin vers Colt, celui-ci vit que son visage était défiguré par la peur.

— Ils m'ont dit que si je me rendais ils relâcheraient Sarah. Je ferai tout ce que je peux, je le jure, mais je ne leur fais pas confiance.

— Est-ce que les enfants sont réellement en sécurité là où ils se trouvent ?

— Oui. Benjamin et Aaron sont sur leurs gardes. Je les ai prévenus et ils savent qu'ils ne doivent laisser personne s'approcher de la maison. J'ai aussi alerté plusieurs voisins qui surveillent la ferme des Yoder.

— Vous savez, je sais presque tout, lui confia Colt en

gardant un ton aimable, comme s'il discutait de la pluie et du beau temps avec un voisin. Vous étiez amis avec le fils de Louis Cicero. Vous êtes allés à l'université ensemble et plus tard, son père vous a embauché. Mais c'est la sœur de votre ami qui a tout fait basculer...

Sauder hocha la tête.

— J'étais amoureux de Sofia. Nous voulions nous marier mais son père avait décidé qu'elle épouserait le fils d'un homme avec qui il voulait conclure des affaires juteuses. C'est comme ça que les choses marchent dans ce monde-là. Les alliances se font par les mariages. Sophia a décidé, dans son dos et dans le mien aussi d'ailleurs, de parler au FBI. Elle m'avait dit qu'elle trouverait une porte de sortie pour nous deux. Je n'avais pas la moindre idée de ce qu'elle avait en tête, sinon je l'en aurais empêchée. Pas pour protéger son père, certainement pas, mais je savais que faire une telle chose était du suicide. Quand elle m'a enfin révélé ce qu'elle avait fait, il était trop tard. Je pouvais la rejoindre ou rester du mauvais côté de la loi. Bien sûr, je l'ai suivie.

— Vous pensez que c'est Louis Cicero qui l'a tué.

— Je *sais* qu'il l'a tué. Le frère de Sofia me l'a dit. Il était dévasté. Mais que pouvait-il faire ? Le tueur était son propre père et son avenir dépendait des choix qu'il allait devoir faire. Il a choisi le côté de son père. La famille est tout pour ces gens-là et Sofia les avait trahis. J'ai fait semblant d'être d'accord avec eux. Personne ne savait que Sofia et moi étions amoureux ni que nous étions allés voir le FBI. Mais à la première occasion, j'ai pris un peu d'argent et je me suis volatilisé.

— Vous avez usurpé l'identité de quelqu'un d'autre et vous êtes venu vous cacher dans une communauté où vous saviez que vous seriez protégé et accepté.

Cette partie de l'histoire de Sauder dérangeait Colt. Il se rappelait l'accident de Melvin Yoder. Il y avait de fortes probabilités pour que Sauder ait organisé tout cela.

— Vous avez profité de cette situation relativement idéale pour vous tirer de ce mauvais pas, n'est-ce pas ?

Sauder fronça les sourcils.

— Vous voulez parler de ce qui est arrivé à Melvil, il y a quelques années ?

— Vous avouerez que c'était une sacrée coïncidence.

— Parlez-en avec Ezra, proposa Sauder. Il était censé être avec Melvin ce jour-là, mais il avait oublié leur rendez-vous. Quand Melvin s'est retrouvé en difficulté avec ce taureau, il n'a pas pu compter sur l'aide qu'il devait avoir. C'est une sacrée chance que je sois passé par là.

Il hocha la tête avant de reprendre :

— Melvin et moi n'avons jamais dit à personne que Ezra l'avait laissé tomber ce jour-là. Il avait fait une erreur. Ça peut arriver à tout le monde.

Colt était content d'entendre ces précisions. Il avait eu du mal à croire que Sauder avait pu tromper tout le monde avec autant de désinvolture.

— Je suis un criminel, c'est vrai, reprit Sauder. J'ai travaillé pour le boss d'une des plus importantes familles mafieuses de tout le pays. J'ai fait tout ce qu'il m'a demandé de faire. Mais uniquement sur le papier. Mes outils étaient la calculatrice et un ordinateur. Je ne suis pas un tueur, shérif. Juste un homme qui a manqué de jugeote quand il était jeune et qui a passé les dix dernières années de sa vie à essayer de rattraper ses erreurs de jeunesse.

Le père de Colt parlait souvent de tout ce que Wesley Sauder avait fait pour la communauté et pas seulement pour les mennonites.

— Pourquoi n'avez-vous pas apporté des preuves aux fédéraux et ainsi signer la fin de Cicero ? lui demanda Colt. Il avait assassiné la femme que vous aimiez. Comment avez-vous pu disparaître et recommencer votre vie sans vous venger de son assassinat ?

Colt ne pouvait faire autrement, il devait lui poser la

question. Sauder était peut-être quelqu'un de bien mais cela ne l'empêchait pas d'être un lâche.

Sauder baissa les yeux un instant avant de croiser le regard de Colt.

— Comment pensez-vous qu'il a découvert ce que sa fille avait fait ?

La question tourna un instant dans l'esprit de Colt.

— Suggérez-vous que quelqu'un du FBI de Chicago lui en a parlé ?

— Je ne suggère rien du tout, rétorqua Sauder. Je vous dis ce qu'il s'est passé.

— Vous savez de qui il peut s'agir ?

— Oui. Il occupe maintenant un poste important au bureau de Washington.

— Pouvez-vous prouver ce que vous avancez ?

— Je le peux et je le ferai. Aidez-moi seulement à retrouver ma femme.

Colt acquiesça.

— Savez-vous combien ils sont ?

— Cela n'a pas d'importance, je suis prêt à me rendre et à affronter ce qu'ils me réservent. Si je les croyais, je l'aurais d'ailleurs déjà fait mais je veux m'assurer d'abord que Sarah est en sécurité. Rien d'autre n'a d'importance.

— Vous savez qu'ils vont vous tuer.

— Je suis sûr qu'ils vont me torturer d'abord. Ils vont vouloir faire un exemple. Mais tant que Sarah et les enfants sont en sécurité, ils peuvent me faire subir ce qu'ils veulent, je m'en moque.

Ou il disait la vérité ou Wesley Sauder était le meilleur menteur que Colt ait jamais rencontré.

— Très bien, alors il ne nous reste qu'un problème à régler. Même si j'adore jouer les héros, je connais mes limites et je crois que vous aussi... Et sur ce coup-là, il me semble que nous allons avoir besoin d'un peu de renfort.

— Je suis d'accord, acquiesça Wesley avant de se prendre

le visage entre les mains. Je ne veux qu'une chose : qu'ils ne lui fassent pas de mal.

— Nous allons tout mettre en œuvre pour que ça n'arrive pas.

Colt appela son adjoint Avans et lui demanda de venir les rejoindre dans la maison. Il prétexta que la serrure de la porte arrière était cassée et le retrouva dans le salon pour qu'il ne voie pas Sauder. Cela ne faisait pas longtemps qu'Avans avait intégré le département et Colt n'était pas certain qu'il saurait garder son sang-froid.

— Je suis inquiet à l'idée que des gens aient pu entrer dans la maison à notre insu, confia-t-il au jeune homme. Je voudrais que tu ailles trouver Branch Holloway et que tu lui dises de venir me retrouver ici. Dis-lui de se dépêcher, je dois lui parler au plus vite.

— OK, chef.

Une fois Avans parti, Colt referma à double tour la porte d'entrée et retourna dans le couloir où Sauder faisait les cent pas.

— Maintenant, récapitulons..., dit-il. Sarah n'était pas chez son père quand je m'y suis rendu plus tôt dans la soirée. Les enfants, oui, mais Aaron m'a dit ne pas avoir vu sa sœur depuis qu'elle était repartie chez elle après que nous avons arrêté d'inspecter sa maison.

— Comme nous ne voulions pas que les enfants soient mêlés à tout cela, nous avons décidé de les laisser chez son père avec ses frères, dit Sauder. Elle était censée aller les voir puis revenir ici. Je ne voulais pas qu'elle le fasse mais les enfants lui manquaient trop. Sauf qu'elle n'est jamais arrivée à la maison de Melvin.

— J'avais mis votre maison sous surveillance, nous savons donc que Sarah n'est pas revenue ici non plus.

— Un tunnel souterrain relie notre grange à la salle de sécurité qui se trouve entre les placards des deux chambres. Nous y sommes restés la plupart du temps sauf lorsque Sarah est allée à la boulangerie ou voir les enfants. Nous voulions faire croire à tout le monde que j'étais parti. Ce soir, nous avions pris la décision de leur remettre toutes les preuves que j'ai contre la famille Cicero et que j'ai cachées pendant toutes ces années... Pour qu'ils nous laissent tranquilles, ma famille et moi. Mais nous nous y sommes pris trop tard.

— Donc celui ou ceux qui ont enlevé Sarah savent que vous êtes dans les parages ?

— Oui, acquiesça Sauder. Il m'a proposé un marché que j'ai accepté. Je lui apporte les preuves, je l'accompagne à Chicago et il laissera Sarah partir. J'ai seulement besoin que vous vous assuriez qu'il tienne sa parole.

— Vous êtes certain qu'il est seul ?

— La première fois qu'ils se sont montrés, lundi soir, ils étaient trois. Lui s'appelle Saul la Scie, il est l'un des plus expérimentés et impitoyables hommes de main de la famille Cicero. Mais il ne se salit plus les mains depuis longtemps. Je suis sûr que le vieux Cicero l'a envoyé uniquement pour s'assurer que la mission serait bien remplie. Comme les deux autres ont été éliminés, Saul n'a pas d'autre choix que de faire le sale boulot lui-même. Et il ne rate jamais son coup, shérif, jamais. Il ne rentrera pas à Chicago sans moi. Il se laissera tuer plutôt que d'échouer.

Très bien, pensa Colt. Il serait enchanté que Saul la Scie finisse à la morgue du comté ou même qu'il finisse ses jours dans la prison fédérale de Nashville.

— Eh bien, Sauder, allons sauver votre femme.

15

Quand le policier arriva enfin à sa fenêtre pour lui donner sa contravention, Audrey était à bout de nerfs. Comment allait-elle pouvoir arriver à temps au journal pour mettre un terme à ce qui était en train de se passer au sous-sol alors qu'elle était là, garée sur le bas-côté à attendre que cet homme fasse son travail ?

Quand il se pencha vers elle, elle prit une profonde inspiration pour tenter de garder son calme.

— La date de comparution est inscrite en bas de la feuille, dit-il. Assurez-vous de bien payer votre amende avant cette date ou vous devrez venir au tribunal.

Audrey continua de retenir la fureur qu'elle sentait monter en elle. Elle se demandait si elle n'allait pas appeler le chef de la police, Billy Brannigan, pour l'informer du temps que ses hommes prenaient pour verbaliser un simple excès de vitesse. C'était si long qu'elle n'allait pas tarder à devenir folle de rage.

— Je n'y manquerai pas, officier.

— Et ralentissez un peu, mademoiselle Anderson. Estimez-vous chanceuse que je sois de bonne humeur et que je ne vous adresse qu'une contravention, car vous ne pouvez pas rouler à cette vitesse dans cette zone.

— Je suis vraiment désolée. Comme je vous l'ai dit, j'ai une urgence au journal.

De là où elle était, elle pouvait presque voir l'immeuble.

Cela s'était joué à quelques minutes... Elle hocha la tête avec un sourire forcé en priant pour que l'homme finisse son discours et retourne à ses occupations avant qu'elle n'implose.

— Passez une bonne soirée, madame, lui dit-il enfin, avant de faire demi-tour et de s'éloigner vers son véhicule.

— Vous aussi.

Tous ceux qu'il arrêtait pour excès de vitesse avaient probablement de bonnes excuses... Mais la sienne était vraie. Le cœur battant, elle démarra et reprit la route. Même si elle mourait d'envie de foncer, elle savait que l'officier la surveillait. Elle respecta donc la limitation de vitesse et se rendit lentement mais sûrement jusqu'au parking devant le journal où elle se gara.

En apercevant le camion du plombier, elle retint sa respiration. Elle sortit en tremblant de sa voiture et marcha rapidement jusqu'à l'entrée située à l'arrière du bâtiment qui était déjà ouverte. La porte avait été bloquée par une cale en caoutchouc pour l'empêcher de se refermer.

Mon Dieu... Et si elle arrivait trop tard ? Elle préférait ne pas y penser.

Elle marcha jusqu'à la porte du sous-sol et celle-ci s'ouvrit avant même qu'elle n'ait le temps de poser sa main sur la poignée.

— Oh ! bon sang ! lui dit Brian en sursautant. Tu m'as fait une peur bleue.

— Que se passe-t-il en bas ?

Soudain, Audrey n'avait plus du tout envie de descendre l'escalier. Des souvenirs de cette nuit lui revenaient comme des flashs, aussi rapides et violents que des éclairs. Sa mère en larmes. Son père, raide mort, sur le sol de son bureau et... l'autre homme. Bon sang, l'autre homme était mort lui aussi. Tué d'une balle en pleine poitrine. Partout du sang. Il fallait frotter le parquet pour le faire disparaître.

Elle posa une main sur son ventre pour tenter de calmer sa soudaine sensation de nausée. Oh ! grand Dieu.

— L'eau ne cesse de monter, lui dit Brian en frissonnant. J'ai tout posé en hauteur sur les étagères pendant que le plombier essayait de comprendre comment couper l'eau. Apparemment, le robinet principal est cassé et il a dû demander de l'aide pour trouver l'arrivée d'eau du quartier. Tu n'as pas idée de combien ça a été compliqué... Cet immeuble est si vieux que personne ne savait où chercher. Les plans du quartier ont été modifiés si souvent qu'ils sont devenus presque incompréhensibles.

— Dis-moi qu'ils ont réussi à couper l'eau ?

— Oui, acquiesça Brian. Les pompiers devraient être là d'une minute à l'autre. Ils vont devoir pomper toute cette eau au sous-sol pour que le plombier puisse faire son travail.

Audrey sentit les battements de son cœur reprendre un rythme normal.

— J'ai cru que tu m'avais dit que vous alliez creuser...

— Pas tout de suite, dit Brian. Il faut d'abord retirer l'eau. Après ça, le plombier a appelé des ouvriers qui, avec des marteaux-piqueurs, casseront la dalle de béton.

La porte arrière s'ouvrit brusquement et deux pompiers en tenue entrèrent dans le bâtiment, de longs tuyaux à la main.

— Par ici ! leur cria Brian.

Avant même qu'Audrey puisse dire ou faire quelque chose, son ami de toujours montra aux pompiers la direction du sous-sol et ils descendirent avec les tuyaux, reliés à un camion qui stationnait sur le parking devant la porte.

C'était une catastrophe, pensa Audrey. Cela ne pouvait pas arriver. Personne ne devait creuser dans cette cave. Pomper l'eau, soit, c'était nécessaire, mais le reste était impossible.

Elle prit une nouvelle inspiration pour essayer de retrouver son sang-froid. Mais en vain.

Elle devait tout mettre en œuvre pour que ce qui était prévu après le travail des pompiers ne se produise pas. Peut-être devait-elle faire fermer le journal ? Avec un soulagement profond, elle se rendit soudain compte que c'était l'unique chose à faire. Elle aurait même dû le faire dès qu'elle était revenue ici, à Winchester. Mais l'idée de perdre l'héritage de son père l'avait arrêtée. En outre, elle s'était servie de cette excuse pour mettre un terme au contrat que Philip avait passé avec l'entrepreneur.

Maintenant, elle était dans une impasse et ne voyait aucun moyen de s'en sortir.

Bon sang. Elle n'osait même pas penser à ce qui se passerait si sa mère apprenait tout ça.

Brian réapparut et Audrey eut soudain envie de le secouer, de lui ordonner de tout arrêter avant de rentrer chez elle pour prendre le temps de réfléchir. Elle devait trouver comment régler la situation avant qu'elle ne dégénère. Mais que pouvait-elle faire ?

Elle déglutit avec peine et fit un effort pour garder son sang-froid.

— Quand toute l'eau aura été pompée, je propose que tout le monde rentre chez soi pour la nuit, nous finirons tout ça demain. Le sous-sol aura le temps de sécher.

Voilà, pensa Audrey, cela semblait une idée tout à fait raisonnable et sensée.

— Tu plaisantes ? s'exclama Brian en la regardant comme si elle avait perdu la tête.

— Pas du tout, rétorqua-t-elle en fronçant les sourcils. Je suis bien trop stressée pour faire face à tout ça maintenant, Brian. Je dois... J'ai besoin de réfléchir. Pour trouver la meilleure solution.

Semblant soudain comprendre combien elle était contrariée, Brian la regarda avec compassion et posa une main sur son bras.

— Audrey, je sais que tu as un problème avec ce sous-sol mais nous devons nous en occuper maintenant. Nous n'avons plus le choix.

— Pourquoi ? lui demanda-t-elle d'un ton irrité.

Après tout, pensa-t-elle, elle était la propriétaire des lieux, si elle voulait tout interrompre, elle n'avait qu'à l'ordonner.

Certes, son attitude était un peu infantile mais à cet instant, elle ne voyait pas comment faire autrement.

— L'eau a été coupée dans tout le quartier, Audrey. La ville a accepté de le faire afin que ton sous-sol ne se transforme pas en piscine olympique mais nous ne pouvons pas priver les gens d'eau pendant plus de temps que nécessaire. Les travaux doivent être faits le plus vite possible.

La réalité frappa Audrey avec violence et leva les dernières brumes de confusion et de panique qui recouvraient son esprit. Il n'y avait pas d'issue. La seule chose qu'elle pouvait faire était d'espérer que les ouvriers ne creuseraient pas au bon endroit.

Sauf qu'elle n'était pas idiote. La dernière fois qu'on avait creusé dans ce sous-sol, c'était pour refaire la plomberie, il y avait donc de très fortes chances que ce soit à ce même endroit qu'ils cherchent la fuite aujourd'hui. Audrey sentit l'angoisse l'envahir. Il n'y avait plus rien à faire. Les dés étaient jetés.

La pompe du camion garé sur le parking se mit à fonctionner. Audrey passa les bras autour de ses épaules, incapable de bouger. Elle pensa qu'elle ferait mieux d'aller dans son bureau pour appeler Colt. Et son oncle Phillip. Elle devait le prévenir de ce qui allait se passer. Devait-elle lui faire signer l'acte de propriété ce soir ? Il n'y avait aucun moyen de prévoir combien de temps cette affaire allait prendre au niveau judicaire… La police allait-elle les inculper sa mère et elle ? Mary Jo n'était plus en état de comparaître au tribunal aujourd'hui mais cela faisait-il réellement une différence ? Et puis à l'époque, elle avait toute sa tête.

Audrey n'avait pas la moindre idée de la tournure qu'allaient prendre les événements. Tiendrait-on compte du fait qu'elle n'était qu'une enfant à l'époque ? Elle doutait que cela puisse l'aider en quoi que ce soit. Tout procureur digne de ce nom ne manquerait pas de lui demander pourquoi elle avait choisi de ne rien dire, une fois devenue adulte. Non, vraiment, sa mère et elle n'avaient aucune excuse.

Quand toute l'eau fut pompée, les pompiers remontèrent, enroulant le tuyau derrière eux. Brian les remercia pour leur aide. Audrey sentit qu'elle devrait leur dire un mot, mais elle en était incapable. Ce que ces gens étaient en train de faire allait tout changer. Ils allaient révéler un secret vieux de vingt ans et changer sa vie pour toujours.

D'autres hommes en tenues de travail entrèrent dans l'immeuble, portant de lourds outils et des nouveaux tuyaux et ils se précipitèrent dans l'escalier. Dehors, un compresseur se mit en marche, lui rappelant soudain ce qui était réellement en train de se produire.

Sa gorge était sèche. Le son des marteaux-piqueurs la fit tressaillir. Elle essaya d'apaiser les battements de son cœur mais cela semblait impossible… Elle allait devoir descendre pour assister à la scène et voir ce qu'ils allaient trouver. Qui sait ? Avec un peu de chance, les restes de Jack Torrino se seraient peut-être volatilisés…

— Je vais aller faire du café, proposa Brian. Tu as une mine affreuse, on dirait que tu vas t'évanouir.

— Non, ça va…, mentit-elle.

— Audrey, tu ne vas pas me faire croire à moi que tu vas bien, lui répondit-il. Que se passe-t-il ? Pourquoi tout ce qui touche de près ou de loin à ce fichu sous-sol te met dans cet état ?

— Je te jure que ça va, insista-t-elle en hochant la tête. D'ailleurs, nous devrions descendre pour voir un peu ce qu'il se passe.

— Tu t'en sens capable ?

— Ma place est en bas.

Une fois en haut de l'escalier, la main posée sur la rampe en fer, elle se prépara à ce qui était sur le point d'arriver. Lentement, elle descendit dans l'immense sous-sol qui couvrait presque toute la surface du bâtiment. Comme il l'avait dit, Brian avait mis en hauteur tous les cartons. Elle savait qu'elle aurait dû le remercier de s'être chargé de tout cela pendant qu'elle était à la recherche de Sauder.

Comment avait-elle pu laisser la situation dégénérer à ce point ? Quand elle avait racheté le journal, elle aurait dû tout raconter à Colt. Mais elle avait préféré garder pour elle ce terrible secret et à présent, le monde entier allait découvrir la vérité.

En bas, le bruit était assourdissant. Les marteaux-piqueurs semblaient agir comme des mitraillettes en mode automatique. Audrey sentit son estomac se serrer en voyant que les ouvriers creusaient à l'endroit qu'elle redoutait.

— Rey, tu trembles de la tête aux pieds, lui dit Brian en posant une main sur son bras.

— Brian, lui répondit-elle en se tournant vers lui. Je dois te dire quelque chose.

— Qu'est-ce que tu dis ? lui demanda-t-il en se rapprochant d'elle.

— Remontons là-haut, nous pourrons parler, lui chuchota-t-elle à l'oreille.

Elle sentit le froid l'envahir et elle passa les bras autour d'elle en essayant de trouver le meilleur moyen de révéler à son meilleur ami un secret qu'elle gardait depuis près de la moitié de sa vie. Il avait le droit d'être au courant. Il travaillait pour ce journal depuis qu'il avait fini ses études. Il était injuste qu'il découvre la vérité de cette façon.

— Que se passe-t-il, Audrey ? lui dit-il en plongeant son regard inquiet dans le sien. Je ne t'ai jamais vue aussi bouleversée, en tout cas pas depuis que tu as appris que ta mère était malade.

— Brian, tu te souviens du jour où mon père est mort ? Comme cela avait été un choc ? Lui qui semblait en si bonne santé ?

— Oui, je me souviens, soupira-t-il. Cette période a été terrible pour ta mère et toi.

— Oui mais tu étais là pour moi, lui dit-elle en souriant

pour la première fois de la soirée. Brian, tu es le meilleur ami qu'on puisse imaginer.

— Colt a été très présent, lui aussi, ajouta-t-il.

— C'est vrai, lui répondit-elle en repensant au baiser qu'ils avaient échangé un peu plus tôt dans la soirée.

À quoi pensait-elle donc ? Certes, la solitude lui pesait et elle était fatiguée de toute cette rancœur. Fatiguée de faire comme s'il ne signifiait plus rien pour elle. Mais où tout cela allait-il les mener ?

— Je ne crois pas que j'aurais pu m'en sortir sans vous deux, ajouta-t-elle.

— C'est à ça que servent les amis, confirma Brian avant de la regarder en fronçant les sourcils. Je crois que je devrais vraiment aller faire du café, j'ai l'impression que nous allons devoir rester ici un bon moment et tu n'as pas l'air dans ton assiette.

Il n'avait pas tort... Et puis, elle n'était plus à cinq minutes près.

— Bonne idée, oui.

Au bout du couloir, derrière la porte qui menait au sous-sol se trouvait la salle de pause. Tandis que Brian remplissait la cafetière d'eau, Audrey l'observa en gardant le silence. Après avoir déposé quelques cuillerées de café dans le filtre, il appuya sur le bouton et presque instantanément une délicieuse odeur de café emplit l'air.

Quand il leur eut servi deux tasses et ajouté un morceau de sucre dans la sienne, il vint les déposer sur la table basse et fit signe à Audrey de prendre place à côté de lui.

— Assieds-toi. Et dis-moi tout.

Audrey prit une gorgée de café et lui fut reconnaissante d'avoir eu cette idée. Puis elle prit une profonde inspiration et se lança.

— La nuit où ma mère a retrouvé mon père, il s'est passé autre chose.

Elle s'interrompit un instant. Elle devait trouver les mots

justes pour décrire ce qu'il s'était passé. Mais comment pouvait-on justifier un meurtre ?

— Continue, Rey...

— Ma mère et moi étions inquiètes pour mon père. L'heure du dîner était passée depuis longtemps et il n'était toujours pas rentré à la maison. Il ne répondait pas au téléphone de son bureau et mon oncle Phillip était sorti ce soir-là. Nous avons donc décidé de nous rendre au journal. Le bâtiment était plongé dans l'obscurité, enfin c'est l'impression qu'il donnait vu de l'extérieur.

Elle prit une nouvelle gorgée de café avant de poursuivre :

— Après que ma mère s'est garée, nous sommes entrées dans les bureaux par la porte de service qui était ouverte, ce qui était tout à fait inhabituel. Une fois dans le hall, nous avons remarqué que la lumière était allumée dans son bureau. Et par la grande baie vitrée, nous avons vu qu'il était en train de se disputer avec un autre homme.

Brian posa sa tasse de café sur la table comme si elle était soudain devenue brûlante.

— Qui était-ce ?

— Aucune idée, répondit Audrey en haussant les épaules. Nous ne le connaissions pas.

— Ta mère les a rejoints ? lui demanda-t-il en semblant soudain comprendre sur quoi cette histoire allait déboucher.

— Nous avons vite monté l'escalier, acquiesça Audrey, et ma mère m'a dit d'aller l'attendre dans le bureau de mon oncle. Plus tard, elle m'a raconté que lorsqu'elle était entrée dans le bureau de mon père, mon père et l'homme en étaient venus aux mains. Il y avait une arme au sol. Maman m'a dit leur avoir crié de cesser. Les avoir suppliés, mais en vain. Manifestement, l'inconnu n'avait pas prévu de s'arrêter. Alors...

— Peterson !

En entendant son nom résonner dans le couloir, Brian sursauta.

— Ne bouge pas, je reviens tout de suite, dit-il à Audrey en posant une main sur sa poitrine et en secouant la tête.

Quand il sortit de la pièce, Audrey eut l'impression qu'elle allait s'évanouir. Elle ferma les yeux et essaya de calmer sa violente sensation de vertige.

Son téléphone se mit à vibrer dans sa poche et elle ouvrit les yeux pour le sortir de sa poche et regarder sur l'écran qui cherchait à la joindre. Elle pria pour que sa mère n'ait pas de problème. Peut-être était-ce Colt... En regardant le numéro qu'elle n'avait encore jamais vu, elle fronça les sourcils. Elle se sentit flancher en reconnaissant l'indicatif régional. L'appel venait de Chicago. Était-ce Judd ?

— Audrey Anderson, dit-elle en décrochant.

— Pouvez-vous répéter votre nom ?

Audrey éloigna le téléphone de son oreille pour regarder une nouvelle fois l'écran puis répéta :

— Audrey Anderson.

— Mademoiselle Anderson, je me présente, je suis l'inspecteur Robert Dickson de la police de Chicago.

Audrey sortit dans le couloir et avança jusqu'à l'escalier qui menait au sous-sol. Le bruit des marteaux-piqueurs avait cessé. Les ouvriers devaient avoir fini de percer la dalle... Étaient-ils à présent en train de déplacer les débris ?

— Que puis-je faire pour vous, inspecteur Dickson ?

— Connaissez-vous un homme qui s'appelle Judd Seymour et qui vit à Chicago ?

— Oui, c'est un collègue et un ami, répondit-elle en sentant son pouls s'accélérer. Que se passe-t-il exactement, inspecteur ?

— Quand avez-vous vu M. Seymour pour la dernière fois, madame ?

Grand Dieu..., pensa Audrey. Il lui était arrivé quelque chose.

— Je ne l'ai pas vu depuis près d'un an, mais nous nous sommes parlé au téléphone ce matin.

— Pouvez-vous me dire de quoi vous avez parlé ?

Les nerfs à vif, Audrey tenta de garder son sang-froid.

— Je suis désolée mais je préférerais connaître la raison de votre appel avant de vous en dire plus, inspecteur.

— Madame, je suis désolé de vous apprendre que Judd Seymour est décédé. Il a été assassiné chez lui, dans son bureau. Apparemment il vous a téléphoné puis a passé une série de coups de fil que nous n'avons malheureusement pas pu identifier. Je vais donc devoir vous demander d'être extrêmement coopérative.

Judd avait été tué quelques heures seulement après lui avoir parlé de ce Torrino ? Avait-il été en contact avec une source qui avait prévenu la mafia que quelqu'un fouillait dans de vieilles histoires qu'il valait mieux ne pas déterrer ?

Audrey expliqua à l'inspecteur qu'elle avait parlé à Judd d'une vieille affaire qui pouvait avoir un lien avec une enquête en cours à Winchester. Elle savait qu'elle devait être prudente car elle ignorait ce que Colt voulait rendre public. Après qu'elle eut répondu à toutes ses questions, l'inspecteur lui dit qu'il devrait probablement la rappeler. Audrey lui assura qu'elle serait ravie de faire tout ce qu'elle pouvait pour aider à résoudre l'affaire.

Une fois qu'elle eut raccroché, elle se dépêcha d'appeler Colt mais elle tomba sur sa messagerie.

— Salut, c'est moi, je suis au journal, dit-elle en commençant à descendre les marches qui menaient au sous-sol qui était étrangement silencieux. J'ai besoin de te parler au plus vite… Il y a quelque chose que je…

Une alarme de voiture se mit soudain à retentir à l'extérieur. Audrey s'immobilisa puis fit demi-tour et marcha vers la porte de service pour se rendre au parking. Dehors, les phares de sa voiture clignotaient au rythme de ce son insupportable.

— Bon sang, dit-elle sur le répondeur de Colt. Rappelle-moi dès que tu peux, j'ai besoin de toi.

Puis elle raccrocha et se précipita vers sa voiture.

Elle sortit ses clés de sa poche et fit taire l'alarme avant de remarquer que la vitre de la portière côté passager avait été brisée.

— Qu'est-ce que...

Audrey sentit soudain une main s'enrouler autour de son cou pour venir se poser sur sa bouche, puis elle fut tirée en arrière et immobilisée. Presque aussitôt, l'acier froid d'une lame vint caresser sa tempe.

— Un seul son et tu es morte.

16

Colt était dans le collimateur de Branch. Le marshal était hors de lui. Tout d'abord parce que le shérif ne l'avait pas appelé quand il avait eu Sauder au téléphone et surtout parce qu'il refusait de laisser Branch prendre les commandes de cette enquête. Mais aussi furieux qu'il puisse être, vu le caractère urgent de la situation, il semblait avoir décidé de mettre son agacement et sa frustration de côté pour le moment.

Sauver Sarah Sauder était la priorité.

Colt avait placé six de ses hommes, ceux en qui il avait la plus grande confiance, dans les bois derrière la propriété des Zimmerman, et demandé à deux autres de se cacher derrière des tracteurs, entre la ferme et la grange. Colt avait marché jusqu'au fumoir dans l'obscurité et se trouvait donc maintenant à quelques mètres seulement de la porte arrière de la maison. Branch, lui, était installé dans le grenier à foin avec un tireur d'élite, prêt à tirer avec sa lunette de vision nocturne si les choses tournaient mal.

Maintenant qu'ils étaient en place, c'était à Wesley Sauder de jouer. Branch avait absolument tenu à équiper Sauder d'un bracelet électronique mais Colt comprenait son attitude. Après tout, le FBI recherchait Jason Bateman depuis longtemps. Ils pensaient même qu'il était mort. Alors, maintenant qu'ils l'avaient retrouvé, il n'était pas question qu'ils le laissent filer.

Si l'opération en cours se déroulait bien et que tout le monde s'en sorte sain et sauf, l'idée était que Bateman alias Sauder témoigne contre Louis Cicero en échange de l'immunité. Sa famille et lui bénéficieraient alors de la protection de témoins pour le restant de leurs jours.

La seule chose que devait faire Sauder c'était entrer chez les Zimmerman pour dire à ce type, ce fameux Saul la Scie, que s'il voulait récupérer les preuves qu'il avait en sa possession, il allait d'abord devoir libérer Sarah.

C'était plutôt risqué mais ils n'avaient eu que peu de temps pour s'organiser et de plus, les rideaux étaient tirés et ils n'avaient aucun moyen de savoir comment était agencée la maison. Ils allaient donc devoir fonctionner à l'aveugle. De plus, Sauder avait refusé de porter un micro mais, en toute honnêteté, Colt pensait lui aussi que ce n'était pas une bonne idée. Fouiller Sauder serait à coup sûr la première chose que ferait l'homme quand il le verrait. Et concernant une éventuelle infiltration de minuscules caméras vidéo ou de micros, le temps leur avait cruellement manqué. Quant à lancer une grenade dans la maison, le risque était trop élevé pour Sarah qui ne saurait probablement pas quoi faire pour se protéger... Il y avait trop de variables dans cette situation pour pouvoir procéder autrement.

Sauder sortit de son véhicule et se dirigea vers le porche. Dès qu'il fut entré dans la maison, Colt se déplaça le plus discrètement possible vers la voiture. Heureusement, le ciel était couvert. Il n'avait pas eu le temps de rentrer chez lui pour se changer et enfiler des vêtements sombres et portait encore sa chemise bleu ciel et son jean.

Pendant quelques instants, rien ne vint troubler le silence de la nuit. Colt pouvait sentir dans l'air que la pluie approchait. Avec un peu de chance, tout serait réglé avant l'averse.

Des cris éclatèrent à l'intérieur de la maison. Manifestement Saul la Scie n'était pas satisfait.

La porte de derrière s'ouvrit bientôt avec fracas et des voix résonnèrent dans l'obscurité. La voix suppliante de Sauder et celle plus rageuse de Saul semblaient de moins en moins fortes, indiquant que les deux hommes sortaient du bâtiment.

Colt n'avait pas repéré de voiture pouvant appartenir à Saul, si celui-ci était motorisé, il ne s'était pas garé ici.

Colt se prépara tandis que les deux hommes approchaient de la voiture de Sauder. Il s'accroupit derrière le hayon. Tant qu'ils ne venaient pas à l'arrière du véhicule, tout allait bien.

— C'est toi qui conduis, ordonna Saul à Sauder.

Un cri aigu retentit et vint transpercer le cœur de Colt comme la lame d'un couteau. Sarah n'était pas restée à l'intérieur de la maison. Elle était avec eux.

Colt n'était pas surpris, il était logique que Saul la Scie, qui ne semblait pas être né de la dernière pluie, ait envisagé que Sauder puisse lui tendre un piège.

La porte du conducteur s'ouvrit. Le véhicule bougea et la porte se referma. Sauder était monté à l'intérieur.

— Ouvre la porte et monte, ordonna Saul.

Sarah gémit et Colt entendit la portière côté passager grincer. Une seconde plus tard, elle était également à l'intérieur.

Alors, Colt se releva et se précipita du côté passager. Il attrapa l'homme par les cheveux et le poussa vers l'arrière. L'homme tira un coup en l'air. Colt dégaina son revolver et en posa le canon contre la tempe de Saul la Scie.

— Lâche ton arme ou tu es un homme mort.

Le revolver tomba au sol.

Sauder et sa femme sortirent du pick-up, sains et saufs.

Tout était terminé.

Quand Branch passa les menottes à Saul la Scie, Colt laissa échapper un profond soupir de soulagement. Il sortit son téléphone de sa poche pour appeler Audrey et vit que celle-ci avait cherché à le joindre. Il fit quelques pas pour être au calme et écouta le message qu'elle lui avait laissé. Elle murmurait et semblait inquiète. Quand il entendit le son d'une alarme de voiture retentir derrière elle, il sursauta.

« Bon sang, conclut-elle d'une voix terrifiée. Rappelle-moi dès que tu peux, j'ai besoin de toi. »

Il se précipita vers le premier de ses hommes qu'il trouva et le chargea de prendre la relève : il devait aller voir Rey le plus vite possible. Quelque chose ne tournait pas rond.

Il était minuit quand Colt se gara sur le parking de *la Gazette*. Il n'était pas seul, partout se trouvaient des véhicules de police. Il y avait là deux voitures banalisées, le pick-up du chef de la police, Billy Brannigan, et même le camion du médecin légiste. Colt sentit son cœur s'emballer. Bon sang, mais que s'était-il passé ici ? Il avait essayé de rappeler Rey une bonne dizaine de fois, mais chaque fois il était tombé sur sa messagerie. Sentant l'inquiétude le submerger, il sortit de sa voiture et marcha avec hâte jusqu'à l'entrée principale du bâtiment.

À la porte, un policier en uniforme montait la garde. Il laissa passer Colt sans que celui-ci ait besoin de dire un mot. Ce qui était une bonne nouvelle car il ne se sentait pas d'humeur à se disputer ce soir avec la police locale pour des histoires de territoire. À l'intérieur, deux autres hommes en uniforme déambulaient dans le hall. La porte qui menait au sous-sol était ouverte, et l'assistant du médecin légiste, Lucky Ledbetter, passait un coup de téléphone.

Quand Colt s'approcha de lui, Ledbetter raccrocha et rangea son téléphone dans sa poche.

— Bonsoir, shérif, j'imagine que vous avez été mis au courant ?

Colt secoua la tête.

— J'étais sur une opération délicate, que se passe-t-il ?

— L'arrivée d'eau de cet immeuble a lâché et les services de la ville ont dû couper les conduits du quartier. Quelques pompiers sont venus pomper l'eau puis Smith Grider a commencé à creuser dans le sol pour trouver les canalisations endommagées et les réparer, lui expliqua Ledbetter en se frottant les tempes. Mais là, il s'est passé quelque chose d'assez inattendu : en creusant, Grider et son équipe ont découvert des os, des os humains.

Colt sentit la peur grandir en lui.

— Bon, je crois que je ferais mieux d'aller jeter un coup d'œil, dit-il à l'assistant en essayant de garder un ton détaché.

— C'est plutôt effrayant, vous allez voir, shérif.

Il descendit quelques marches et découvrit la scène. Grider avait brisé la dalle de béton et creusé le sol en terre jusqu'à découvrir les canalisations. Le trou entier devait faire près de trois mètres de large. Burt Jonhson se trouvait au milieu de tout ce désordre boueux, en cuissardes avec un crâne humain entre les mains. Autour de lui, des os flottaient partout dans l'eau.

La vision était cauchemardesque. Quelqu'un avait été enterré dans ce sous-sol... Instinctivement, Colt passa en revue toutes les personnes qui avaient disparu ces dernières années. Mais chaque personne qui s'était volatilisée avait toujours fini par être retrouvée.

— Colt, as-tu une idée d'où pourrait se trouver Audrey ? lui demanda le chef de la police, Billy Brannigan.

— Elle n'est pas ici ?

Colt se souvint que Rey lui avait dit se trouver au journal sur le message qu'elle lui avait laissé. À nouveau, il sentit une vague panique l'envahir.

— Non, elle n'était pas là quand je suis arrivé. Comme elle ne répond pas à son téléphone, Brian est parti voir si elle était rentrée chez elle. Il m'a aussi dit qu'il allait passer à la maison de retraite pour vérifier qu'il n'est rien arrivé à sa mère.

— Qu'est-ce que c'est que ça ? demanda Colt en montrant les os qui flottaient dans l'eau autour de Burt.

— Aucune idée, lui répondit le chef de la police. Grider m'a appelé quand il a trouvé le crâne. Je crois que Burt essaie de reconstituer le squelette. Toi qui connais Audrey et sa famille depuis longtemps, tu as une idée de ce qui a pu se passer ?

Colt secoua la tête.

— Non... Et personne ne manque à l'appel à Winchester, en tout cas pas au cours de ces trente dernières années..., lui répondit Colt avant de se tourner vers le médecin légiste. Burt, vous avez déjà une idée du temps qu'a passé ce squelette ici ?

Burt plaça le crâne sur un drap qui avait été étalé près du trou. D'autres os y étaient déjà disposés, une cage thoracique, un humérus, un fémur.

Nom de Dieu, pensa Colt.

— Eh bien, lui répondit Burt en mettant ses mains gantées sur les hanches, je me souviens du jour où Porter Anderson a fait changer son système de canalisations, il a ensuite fait couler une dalle de béton par-dessus.

Il fit un grand geste pour montrer les décombres qui jonchaient le sol avant d'ajouter :

— À l'origine, ce sol était fait de briques et de pierres, quand la plomberie a été refaite, on a décidé de couler une dalle de béton pour remettre le sol à niveau... C'était à peu près au moment où Porter est mort. Mais ce n'est pas son squelette, il a été enterré au cimetière de Franklin avec sa famille.

— Donc, intervint Brannigan, vous voulez dire que ce corps a été enterré ici il y a plus de vingt ans ?

— Ces os étaient trop proches des tuyaux, ils n'étaient pas là avant les derniers travaux, confirma Burt avant de se tourner vers Grider. Smith dit que c'est son père qui avait fait le boulot à l'époque et qu'il était venu l'aider. Cela fera exactement vingt-quatre ans le mois prochain.

Grider acquiesça et ajouta :

— Nous avions creusé dans toute la surface, si les os avaient été là, nous les aurions trouvés. Quelqu'un a dû les placer ici juste avant que nous coulions la dalle. Probablement la veille. Il n'y a pas d'autres possibilités, il me semble...

— La dalle a-t-elle été cassée depuis que votre père et vous êtes venus la couler ? lui demanda Colt qui ne comprenait toujours pas le sens de tout ça.

— Non, shérif, lui répondit Grider en secouant la tête. Le sol était dans le même état ce soir quand nous sommes arrivés que lorsque nous l'avons posé et fini à truelle, il y a toutes ces années. Et puis, si quelqu'un avait dû faire des travaux de plomberie ici, je pense que c'est moi qui aurais été contacté.

Colt et Brannigan échangèrent un regard.

— Votre père travaillait-il avec quelqu'un qui pourrait être susceptible d'avoir été mêlé à ce genre d'affaires ? lui demanda Brannigan.

— Nous sommes quatre à travailler pour mon père et ce depuis trente-cinq ans, dit-il en secouant la tête. La personne qui a fait ça a dû le faire quand nous n'étions plus sur les lieux. Comme je vous l'ai dit, probablement la veille de notre intervention avec le béton.

— Avez-vous encore des traces de ces travaux pour que nous puissions trouver la date exacte ? demanda Colt.

— Je vais appeler ma femme et lui demander de regarder dans les dossiers archivés, lui répondit Grider en sortant son téléphone portable de sa poche.

— Merci, lui dit Colt avant de se retourner vers Brannigan. Nous devrions envoyer quelqu'un chercher Phillip Anderson, vous ne croyez pas ?

— C'est déjà fait, lui répondit le chef de la police.

Des pas pressés se firent entendre dans l'escalier et Colt espéra qu'il s'agissait de Rey. Mais Brian apparut, l'air inquiet.

— Audrey n'est pas chez elle et personne ne l'a vue à la maison de retraite, lança-t-il en regardant les deux hommes tour à tour. J'étais si pressé que je ne l'avais pas remarqué tout à l'heure mais une des vitres de sa voiture a été brisée.

Cette fois, Colt ne put masquer sa peur. Le souvenir de l'alarme derrière la voix d'Audrey dans le message qu'elle lui avait laissé lui revint en mémoire.

— Elle m'a appelé sur le parking.

Ils remontèrent à la hâte l'escalier et se précipitèrent à l'extérieur. Colt courut vers la voiture de Rey et constata que celle-ci était vide. Il poussa un soupir de soulagement.

— Il se passe quelque chose, dit Brian en fronçant les sourcils. Jamais elle ne serait partie au beau milieu de tout ce bazar. Tout ça l'inquiétait beaucoup trop.

Colt sentit son téléphone vibrer à sa ceinture, il l'attrapa et regarda l'écran.

Dieu merci, c'était Rey.

— Rey, où es-tu ?

— Bonsoir, shérif Tanner.

Colt regarda Brian puis Brannigan avec un air surpris.

— Qui est à l'appareil ? demanda-t-il.

— Ça n'a aucune importance, shérif. Ce qui en a, par contre, c'est que vous avez quelque chose qui m'appartient et que j'ai quelque chose qui vous appartient.

— Où est-elle ?

La peur et l'inquiétude s'étaient transformées en quelque chose de plus menaçant. S'il arrivait quoi que ce soit à Rey…

— Vous m'apportez Bateman et les preuves qu'il a gardées avec lui pendant tout ce temps et je libérerai la femme. Est-ce que ce marché vous convient ?

— Donnez-moi l'heure et le lieu du rendez-vous.

Colt ne prendrait aucun risque, c'était la vie de Rey qui était en jeu. Sauder était maintenant en garde à vue pendant que Branch interrogeait Saul la Scie. Il pouvait tout à fait aller le chercher sans que Branch s'en aperçoive. Mais il savait qu'il ne pourrait pas gérer la situation tout seul…

L'émotion le submergeait déjà.

Il avait besoin d'aide. Et s'il était honnête avec lui-même, Branch était le seul homme de loi en qui il avait vraiment confiance.

— Je vous rappelle dans une heure, lui dit l'homme, tenez-vous prêt, shérif, où elle mourra.

Et il raccrocha.

Alors que Brian et Brannigan exigeaient tous les deux que Colt leur raconte le contenu de sa conversation, celui-ci composa le numéro de téléphone de Branch.

— Je dois te parler, lui dit-il quand celui-ci décrocha.

17

Quand l'homme demanda enfin à Audrey de se garer, ils étaient arrivés devant une ancienne station-service qui se trouvait à la sortie de Winchester, dans le quartier historique de Belvidere et qui avait été fermée à l'époque où elle était partie pour l'université. Pendant le trajet, elle avait observé l'homme et en avait conclu qu'il devait être le fils de Louis Cicero, LJ. Il semblait avoir à peu près le même âge que Sauder et était plus courtois que les deux autres hommes venus chercher ce dernier. De plus, elle savait reconnaître le genre de veste en cuir qui coûtait l'équivalent de plusieurs mois d'un salaire moyen. Ses chaussures étaient tout aussi luxueuses, quant à son jean et sa chemise, ils ne provenaient pas d'un magasin de grande surface.

— Sors de la voiture, lui ordonna-t-il. Un seul mouvement brusque et je te mets une balle dans la tête, c'est compris ?

— Compris, lui répondit-elle en ouvrant sa portière doucement avant de descendre du véhicule.

Il sortit également et fit le tour pour venir la rejoindre.

— Par ici, lui dit-il en la poussant vers la station.

À l'entrée, une porte vitrée avait été barricadée comme le reste des vitrines. L'homme retira le panneau de bois et ouvrit. L'intérieur était plongé dans l'obscurité. Après avoir remis la planche, il alluma la torche de son smartphone et la guida jusque dans une pièce qui avait dû être un bureau, car il restait une vieille table en métal au centre de la pièce. Dessus était posée une lampe portative, un modèle qui ressemblait à celui que l'on emporte en camping et qui fonctionne avec des piles.

L'homme l'alluma puis lui montra un bidon dans un coin de la pièce.

— Assieds-toi là.

Audrey lui obéit sans broncher. De toute façon, l'homme avait déjà appelé Colt. La vraie question était maintenant de savoir comment il pensait pouvoir s'en sortir. Il semblait seul et n'avait qu'une arme en main. Elle n'était pas certaine mais il lui semblait qu'il s'agissait d'un automatique, un 9 mm peut-être. Quoi qu'il en soit, il n'avait que quelques balles pour se défendre, il n'avait aucune chance.

Enfin, peut-être aurait-elle dû avoir peur ? Mais qu'est-ce que cela pourrait changer ? Elle avait de plus graves problèmes... Les ouvriers avaient dû découvrir le squelette. Tout allait être révélé au grand jour. Et sa mère qui ne se souvenait pas de ce qu'il s'était passé... Ni Audrey ni elle ne connaissait l'identité de cet homme mort, enfin de ce qu'il en restait. Peut-être s'agissait-il de Jack Torrino ?

Elle regarda son ravisseur qui, assis sur le bord du bureau, regardait sa Rolex.

— Je suppose que vous et vos amis étiez censés régler cette histoire pour votre père, dit-elle. Leur échec n'a pas dû vous réjouir...

L'homme resta silencieux un instant avant de lever les yeux vers elle pour lui répondre.

— Dans mon travail, commença-t-il, on apprend à garder une petite marge d'assurance pour faire toujours pencher la balance en sa faveur. Et figurez-vous que vous êtes ma petite marge d'assurance, Audrey. Il m'a fallu quelques jours pour trouver quelle serait la meilleure option puis j'ai décidé de tout miser sur vous. Je sais que le gentil shérif de votre petite ville a un faible pour vous. Il va donc m'obéir au doigt et à l'œil.

Audrey décida d'ignorer sa tentative d'intimidation. D'autres avant lui avaient essayé mais elle n'était pas facilement impressionnable. Elle ne prit pas la peine de lui expliquer que ce qu'elle avait partagé avec Colt était fini depuis bien longtemps.

Au lieu de ça, elle décida de se changer un peu les idées.

— C'est votre père qui avait décidé d'envoyer Jack Torrino à Winchester, il y a vingt-quatre ans ?

L'homme éclata de rire.

— Je n'avais pas entendu ce nom depuis une éternité ! lui répondit-il en lui jetant un regard suspicieux. Comment connaissez-vous Jack Torrino ?

— Vous me dites ce qu'il venait faire à Winchester et je vous dis où vous pourrez le trouver, lui dit-elle en se félicitant d'avoir trouvé une offre aussi équitable.

Mais l'homme ne semblait pas du même avis. Quand il la regarda en fronçant les sourcils, Audrey se dit qu'il n'était pas vilain garçon. Il était même plutôt beau, dans un style prétentieux.

— Pourquoi est-ce que je voudrais savoir où est Jack Torrino ? S'il n'est pas mort, je lui réglerai vite son compte, vous pouvez me croire.

— Comme je viens de vous le dire, lui répondit Audrey en haussant les épaules, je peux vous dire où le trouver. Mais en échange je veux savoir pour quelle raison il était venu à Winchester.

— Mon paternel s'était mis en tête d'acheter un journal. Il était intéressé par les petites publications régionales et il en a acheté tout un tas dans le pays. Je ne sais même pas s'il savait pourquoi il faisait ça. Peut-être pour paraître plus respectable, qui sait ? Il a toujours eu un petit côté excentrique. Quoi qu'il en soit, Torrino était son homme à tout faire de l'époque et c'est lui que mon père envoyait pour négocier avec ceux qui refusaient de vendre leurs rédactions.

Audrey sentit les battements de son cœur s'accélérer et repensa à son père.

— Il est donc venu ici pour essayer de faire pression et négocier le rachat de *la Gazette* ?

— S'il est venu ici, il y a des chances que ce soit pour ça en effet.

— Eh bien, ça explique beaucoup de choses.

Depuis toutes ces années, Audrey n'avait eu de cesse de se questionner sur ce qui avait bien pu se passer cette nuit-là et qui était l'homme caché sous la dalle de béton, au sous-sol - cet homme qu'elle et sa mère avaient porté dans l'escalier puis enterré dans la terre autour des canalisations pendant que son père gisait sur le sol de son bureau, raide mort.

— Et où serait-il donc ? demanda l'homme.

— Les forces de l'ordre viennent tout juste de sortir ses os d'un trou boueux creusé dans le sous-sol de mon journal. Celui qu'il avait probablement essayé de forcer mon père à vendre.

L'autre laissa échapper un petit rire étonné.

— C'est votre vieux qui l'a tué ?

— On peut dire ça, oui.

— Ça ne peut pas être vous, vous n'étiez qu'une gamine à l'époque.

— Non, répliqua-t-elle en secouant la tête. Je ne l'ai pas tué, mais par contre, j'ai aidé à l'enterrer.

— Peut-être que je n'ai finalement pas choisi la bonne fille à kidnapper, grogna-t-il. Le shérif n'aura peut-être pas envie de te récupérer.

— Peut-être, répéta-t-elle en haussant les épaules.

— Dans ce cas, dit-il en pointant le canon de son arme vers elle, tu n'as plus aucune valeur pour moi.

Audrey eut soudain l'impression de suffoquer mais elle ne flancha pas. Elle resta immobile, sans ciller. Il était hors de question qu'elle laisse cet abruti voir combien elle avait peur.

— Sauf, reprit-il en baissant son arme, que j'ai vu comment vous vous êtes embrassés devant votre maison. Quand un homme embrasse une femme comme ça, c'est qu'il tient à elle. Il va venir vous chercher et il va m'apporter ce que je lui ai demandé pour vous libérer.

— Si j'ai de la chance, répondit-elle en s'appuyant contre le mur et en croisant les bras sur la poitrine. Mais vous savez, il ne va pas vous faciliter les choses. Si j'étais vous, je lâcherais tout et je rentrerais le plus vite possible à Chicago. Deux de vos hommes y ont déjà laissé leur peau. Un troisième est probablement en détention, s'il n'est pas mort, lui aussi. Je suis certaine que votre père serait très contrarié si vous terminiez comme ces types.

— Si je rentre les mains vides, il me tuera.

Audrey repensa à ce qu'on lui avait raconté à propos de la fille de Cicero.

— Comme votre sœur, Sophia ?

— Ne me cherchez pas, siffla-t-il en lui jetant un regard furieux. Contrairement à mon père, je n'éprouve aucun plaisir à voir souffrir un être humain. Mais je n'hésiterai pas à faire ce que je dois faire. Ma sœur avait fait ses propres choix et elle en a payé le prix. Je ne suis pas responsable de ce qui lui est arrivé.

Audrey pensa à tout ça pendant un instant puis ajouta :

— Et votre ami, Bateman ? Vous avez prévu de le torturer, non ? Cette fois, vous serez responsable.

— Jason a lui aussi fait un choix il y a bien longtemps. Je ne suis ici que pour nettoyer le bazar qu'il a foutu dans nos vies. Ce qui lui arrivera ensuite ne dépend pas de moi.

— Mais vous savez que votre père va le tuer, probablement après l'avoir torturé. Jason a des enfants. Ils ont besoin de lui.

— Il savait ce qu'il faisait quand il est allé voir les fédéraux pour leur parler de ma famille.

— Donc vous aimez regarder les gens souffrir.

L'homme se leva et se rapprocha d'Audrey, l'obligeant à relever la tête vers lui.

— Vous essayez de me faire perdre mon sang-froid ?

— Non, je rappelle juste les faits. Je suis journaliste, c'est mon métier.

Il fit un pas en arrière et s'installa à nouveau sur le bureau.

— Oui, je me suis un peu renseigné sur vous sur Internet. Vous étiez une sacrée journaliste avant que cet abruti mente sur ce qu'il avait vu dans cette cabane perdue au fond des bois…

Et voilà ! songea Audrey. Ce mafieux avait trouvé son point faible… Un homme avait assassiné toute sa famille avant de retourner l'arme contre lui. La source d'Audrey avait prétendu être le meilleur ami du forcené. Il lui avait également confié avoir été dans la pièce au moment des meurtres. Puis, terrorisé, il avait pris la fuite et n'avait pas trouvé le courage de dire à la police qu'il avait été témoin de la scène. Sauf qu'en réalité, tout cela n'était qu'un tissu de mensonges. Il n'avait rien vu.

C'était ce qu'on pouvait appeler une erreur de débutant.

— Tout le monde peut se tromper, ça arrive même aux plus grands, lui répondit-elle en soutenant son regard. Mais vous, LJ, vous ne vous en sortirez pas de la même manière, votre erreur est bien plus grave que la mienne.

D'un bond, il avança vers elle, lui saisit le bras et la tira vers le bureau.

— Laissez-moi vous montrer quelque chose, lui dit-il. Regardez sous ce bureau.

Audrey se pencha mais il faisait trop sombre pour qu'elle puisse voir quoi que ce soit. Cependant, son instinct lui souffla qu'il s'agissait d'un explosif.

— Je ne vois rien du tout.

Il se baissa et éclaira avec la lampe torche de son téléphone.

— Et là ?

Audrey sentit son cœur trébucher dans sa poitrine et elle tomba à genoux.

— Oui.

Il la ramena de force vers le bidon et la força à se rasseoir. Puis il vérifia une nouvelle fois sa montre.

— Dans dix minutes, je rappellerai votre shérif pour

lui dire où amener Sauder et les preuves. Quand ils seront entrés, tout partira en fumée. J'attendrai patiemment de l'autre côté de la route, sur la colline, pour pouvoir bien profiter du feu d'artifice. Il me suffira d'appuyer sur ce petit bouton et boum ! Les preuves et Bateman ne seront plus que de l'histoire ancienne.

— Vous ne devriez pas rapporter la preuve à votre père pour lui prouver qu'il peut avoir confiance en vous et qu'il pourra peut-être un jour vous confier les rênes de son empire ?

— Vous commencez vraiment à m'agacer, mademoiselle Anderson. Et si vous la fermiez à présent ?

Audrey se mordit les lèvres et l'observa tandis qu'il regardait une nouvelle fois sa Rolex. Il semblait anxieux, pensa-t-elle. Peut-être même un peu nerveux. Une douzaine d'idées pour le déstabiliser lui vinrent soudain à l'esprit. Elle pourrait se moquer de lui quand il regarderait l'heure une nouvelle fois. Elle pourrait aussi attendre qu'il appelle Colt pour tenter quelque chose puisqu'il serait distrait par son coup de téléphone. Il semblait si préoccupé et sûr de lui qu'il n'avait même pas pensé à l'attacher. Elle pourrait en profiter. La seule chose qu'elle devait faire était de rester en alerte. Afin de réagir rapidement dès que l'occasion se présenterait.

— Nous y voilà, dit-il enfin en se levant.

Audrey sentit les battements de son cœur s'accélérer.

— C'était un plaisir de vous rencontrer, Audrey Anderson. Dommage que cela ait été si court. J'espère que vous avez été sage sinon je pense que nous nous recroiserons en enfer.

Il brandit son arme vers elle et elle sentit l'air lui manquer. Mais il recula, et quand il fut arrivé à la porte, il ouvrit un loquet métallique. Une fois la porte fermée, il suffirait d'un cadenas pour la bloquer.

Il allait l'enfermer.

Avant même d'en avoir conscience, Audrey bondit.

— Rasseyez-vous et restez calme, lui ordonna-t-il en secouant la tête et brandissant le revolver vers elle. Vous avez encore à peu près vingt minutes pour réfléchir à tout ce que vous auriez dû dire et faire avant de mourir.

Puis il plongea la main dans sa poche et en sortit un cadenas. Il sortit et ferma la porte derrière lui. Audrey entendit qu'il le glissait dans la boucle et puis elle reconnut le cliquetis de la fermeture.

Alors seulement, il se mit à parler.

Elle avança et se colla contre la porte pour écouter ce qu'il disait.

Il était en train de donner l'heure et le lieu de rendez-vous à Colt. Vingt minutes. Colt allait devoir faire vite ou elle mourrait. Il devait apporter Bateman et les preuves, ici à l'ancienne station essence, les emmener à l'intérieur et alors il pourrait repartir avec Audrey. Tant qu'il faisait ce qui lui était demandé, tout se passerait sans encombre.

Sauf que Colt et elle ne ressortiraient pas du bâtiment, pas plus que Bateman. Tous finiraient réduits en cendres.

Audrey se mit à hurler le nom de Colt. Aussi fort qu'elle put, elle lui cria de rester éloigné. Quand elle n'entendit plus Cicero parler, elle comprit qu'il avait quitté les lieux. Il devait déjà être en route pour son poste d'observation, probablement dans cette église qui se trouvait au sommet de la colline. Quand Colt arriverait...

Non, elle ne laisserait pas les choses se dérouler ainsi.

LJ avait dit qu'il lui restait vingt minutes.

Elle devait faire quelque chose pour s'assurer que Colt ne mettrait jamais les pieds ici.

Elle devait s'échapper.

Poussant de toutes ses forces, elle essaya d'ouvrir la porte. Mais en vain. Il n'y avait aucune fenêtre dans la pièce et les murs ressemblaient à des panneaux de bois donc il était inutile d'y donner des coups de pied.

Elle leva la tête vers le plafond.

Celui-ci était constitué de vieilles dalles soutenues par une grille. Elle pourrait sans mal les soulever et trouverait sans doute une issue par le grenier. Mais elle devait trouver un moyen de grimper là-haut. Elle s'empara du bidon et le posa sur le bureau. Elle se hissa dessus et en tendant les mains se rendit compte qu'elle pouvait toucher les dalles du bout des doigts. Elle s'étira de toutes forces et réussit à en déplacer une. La grille n'était pas très solide et semblait ancrée dans les murs. Elle descendit du bidon puis sauta du bureau.

Retenant son souffle et priant pour que les explosifs ne s'enflamment pas, elle poussa le bureau jusqu'au mur. Elle remonta dessus, plaça la caisse et grimpa à nouveau. Lorsqu'elle déplaça une nouvelle dalle, elle repéra l'endroit où le cadre de la grille était fixé au mur. Elle tendit la main et lentement mais sûrement essaya de se hisser dans le grenier. À la troisième tentative, elle parvint à monter.

Immédiatement, elle regretta de ne pas avoir pensé à allumer la lumière électrique. Mais un regard à l'interrupteur tout en bas suffit à lui faire abandonner l'idée d'y retourner. Elle n'était pas certaine de réussir une nouvelle fois à grimper ici et de plus le temps était compté. Elle allait devoir se débrouiller dans l'obscurité. Au loin, devant elle, elle pouvait apercevoir une faible source de lumière qui passait dans le grenier. Elle n'avait pas vu la lune ce soir, cela devait être un lampadaire... Elle partit dans cette direction. Elle savait qu'elle se dirigeait dans la direction opposée à l'église, Cicero ne pourrait donc pas la repérer. Elle ne pouvait être sûre et certaine qu'il s'y était bien rendu mais c'était, de toute la région, le meilleur point de vue sur la vallée, elle décida donc de se fier à cette hypothèse.

Elle sentit soudain une douleur traverser sa main. Elle s'était coupée. Sur quelque chose de métallique. Elle grimaça en essayant de se souvenir de la date de son dernier vaccin contre le tétanos. En même temps, ses vaccins semblaient bien dérisoires face à la menace qui planait au-dessus d'elle.

Enfin, elle arriva au fond du bâtiment. Elle s'assit un instant pour reprendre son souffle et calmer son rythme cardiaque. Puis, elle prit quelques minutes supplémentaires pour tenter de se repérer dans l'espace. Cicero n'avait aucune raison de surveiller cette partie du bâtiment. Il devait garder les yeux sur la route qui venait de Winchester et le parking de la station-service.

Après avoir pris une profonde inspiration, elle commença à pousser le conduit d'aération, en espérant que les clous, ou les vis ou tout ce qui pouvait le retenir au bardage de bois soit rouillé ou abîmé. Elle avait seulement besoin que cela cède pour pouvoir passer.

Le conduit bougeait vers l'avant. Audrey s'agrippa aux parois et poussa si fort avec ses pieds qu'elle réussit à le faire tomber.

Elle se stabilisa puis essaya de calculer la distance qui la séparait du sol. Si elle se laissait pendre dans le trou, ses pieds ne seraient qu'à environ deux mètres de la terre ferme. Elle pouvait essayer de se laisser tomber, en espérant arriver entière au sol.

Elle prit une profonde inspiration et laissa glisser le bas de son corps dans l'orifice. Puis elle se suspendit en se retenant par les mains. Elle espéra qu'il n'y avait rien de dangereux par terre.

— Allez, Audrey ! se dit-elle pour se donner du courage.

Puis, retenant son souffle, elle lâcha prise et se laissa tomber.

Elle atterrit d'abord sur ses pieds puis sur le dos. L'impact fit vibrer ses os et claquer ses dents. En se relevant, elle constata qu'elle était indemne et n'avait mal nulle part. Elle se sentait seulement un peu secouée. Elle commença à se déplacer à quatre pattes. Elle redoutait que Cicero la repère si elle se levait. Lentement, elle fit le tour du bâtiment en rampant. Elle n'avait pas son téléphone, elle ne pouvait pas appeler Colt.

— Réfléchis, Audrey, se murmura-t-elle.

Si elle réussissait à atteindre la maison la plus proche avant que Colt n'arrive, elle pourrait l'appeler. Mais peut-être ne restait-il plus suffisamment de temps… Il allait probablement arriver d'ici quelques minutes, elle ne pouvait pas prendre un tel risque.

Elle n'avait qu'une option : elle devait trouver un endroit pour se cacher en attendant son arrivée. Alors elle se montrerait et lui ferait signe de ne surtout pas s'arrêter.

Cela pouvait fonctionner... S'il l'écoutait.

Mais Colt Tanner était aussi têtu qu'elle. Le persuader de quitter les lieux en la laissant sur place serait totalement impossible.

Elle allait devoir trouver un meilleur plan.

Colt allait venir de Winchester. Il n'y avait qu'un moyen d'arriver dans ce vieux quartier de Belvidere. Il allait devoir passer devant l'église avant d'arriver à la station-service. Si elle se dépêchait, elle pouvait traverser les bois, faire le tour de l'église et l'intercepter avant qu'il ne franchisse la colline.

Mais alors qu'elle allait s'élancer, elle aperçut des phares apparaître derrière la colline, au-delà de l'église.

Trop tard...

Elle rampa jusque vers l'entrée de la station et se cacha au coin du bâtiment. Il s'agissait bien du pick-up de Colt. Elle le vit ralentir puis faire le tour du parking.

Le cœur battant, elle resta immobile tandis qu'il descendait de la voiture et faisait le tour pour aller ouvrir la portière côté passager. Elle attendit que Bateman sorte, menotté, pour se manifester.

— Ne te retourne pas, Colt, dit-elle doucement.

Elle pria pour qu'il l'entende et comprenne le sens de ses mots. Elle était persuadée que Cicero l'observait depuis l'église avec une paire de jumelles.

Colt s'immobilisa.

— Cicero nous observe. Je ne sais pas combien d'armes il a en sa possession mais il a caché une bombe à l'intérieur de la station. J'y étais enfermée mais j'ai réussi à m'échapper. Il a prévu d'appuyer sur le détonateur quand vous entrerez, Bateman et toi.

Pendant quelques secondes, le temps parut comme suspendu. Personne ne dit un mot ou ne fit un seul geste.

— Tu peux courir ? lui demanda enfin Colt.

— Oui.

— Je vais compter jusqu'à trois et alors, je veux que Bateman et toi partiez le plus loin possible. Courez droit devant vous, dans l'obscurité. Courez le plus vite possible. Si je vous crie de vous arrêter, ne m'écoutez pas et continuez à courir.

— Mais... Et toi ?

— Je serai juste derrière vous.

Audrey allait protester mais Colt l'en empêcha en commençant à compter.

— Un... Deux...

Audrey se remit debout.

— Trois !

Bateman partit en courant vers la vieille épicerie qui se trouvait plus bas sur la route.

Audrey, elle, fonça droit dans les bois, entre la station et le magasin.

Quand elle se fut enfoncée suffisamment entre les arbres, elle osa jeter un œil derrière elle pour voir si Colt la suivait, comme il l'avait promis.

Mais il n'y avait rien, que les ténèbres.

Elle ouvrit la bouche pour crier son nom quand le souffle d'une violente explosion la fit tomber en arrière.

Le son vibra dans l'air. Le sol trembla.

Pendant un instant, elle n'entendit plus rien... L'air lui manqua.

Finalement, elle réussit tant bien que mal à se remettre sur ses pieds et alla s'appuyer contre le tronc d'un arbre. Elle avait l'impression d'avoir du coton dans les oreilles. Elle reconnut cette sensation ; elle souffrait d'un traumatisme acoustique.

Où était Colt ?

Pop, pop, pop... Des sons de tirs résonnaient au loin. Elle reprit sa course mais en sens inverse. L'ancienne station-service n'était plus qu'une ruine. Seule une partie du mur derrière lequel elle s'était cachée était encore debout.

Elle accéléra et se dirigea vers l'église. Alors qu'elle était presque arrivée à la colline, Bateman la rattrapa. Il n'avait plus ses menottes. Quand ils arrivèrent sur le parking de la petite église, une douzaine de véhicules débarquèrent au même moment. Les lumières bleues des gyrophares illuminaient l'obscurité. Où était Colt ?

— Colt ?

Il y avait des policiers partout. Audrey repéra Branch. Et le chef de la police Brannigan.

Mais où était Colt ? Elle sentit la peur grandir en elle tandis que le bruit des coups de feu lui revenait en mémoire. Et s'il avait été tué ? Elle redescendit la colline en regardant la poussière des décombres qui s'élevait dans l'air sous le halo lumineux du seul lampadaire.

— Rey !

Le son de sa voix fit sauter tous les remparts qu'elle avait construits autour de son cœur, ces dix-huit dernières années. Elle courut vers lui, se jeta dans ses bras et le serra contre elle.

— Ça va ? lui demanda-t-il en l'enlaçant fermement.

— Maintenant, oui, lui répondit-elle en reculant pour le regarder dans les lumières clignotantes. Tu es blessé ?

— Non, madame, mais on ne peut pas en dire autant de ce type, lui répondit-il en lui montrant le corps de Cicero.

Audrey sentit une vague de soulagement la submerger. Elle serra Colt plus fort contre elle. Ils étaient sains et saufs. Tous les deux.

Mais elle se figea soudain.

Il restait toujours le problème du sous-sol.

18

Deux semaines plus tard

Le mois de mars arriva à toute vitesse. Audrey avait l'impression que sa vie était ballottée par les vents violents caractéristiques du début du printemps. Le procureur général, Marion Steele, avait conclu que Mary Jo Anderson n'avait pas eu d'autre choix pour se défendre que de tirer sur Jack Torrino. Le fait de cacher le corps, par contre, avait été un peu plus problématique. Mais en considérant sa maladie, il avait finalement décidé de clore l'affaire, estimant que celle-ci représenterait une importante perte de temps pour le tribunal et que cela ne servirait aucun objectif raisonnable. En fin de compte, aucun chef d'accusation n'avait donc été retenu contre la mère d'Audrey. Il avait en outre décidé que comme Audrey était une enfant à l'époque des faits, elle était victime des circonstances et n'avait aucune part de responsabilité dans les événements tragiques qui s'étaient déroulés cette nuit-là. Son oncle Phillip avait lui aussi été écarté ; il ignorait totalement la présence de cet homme enterré au sous-sol du journal.

Les restes de Jack Torrino avaient été identifiés et remis à ses proches. L'avocat d'Audrey avait parlé à la famille et apparemment, ceux-ci ne comptaient pas lancer de poursuites judiciaires. Heureusement, l'homme disparu il y avait si longtemps n'avait pas de femme ni d'enfants qui auraient pu le chercher pendant tout ce temps. À qui il aurait pu manquer, cruellement. La sœur de Torrino avait fini de dissiper les inquiétudes d'Audrey quand elle avait déclaré à l'avocat que Jack avait abandonné leur famille le jour où il avait rejoint le clan mafieux des Cicero.

Sur le palier au deuxième étage, Audrey observait les élèves de l'école élémentaire qui écoutaient Brian leur raconter l'histoire de *la Gazette de Winchester*. Elle sourit. Elle avait enfin trouvé sa place. Elle avait eu besoin de temps pour se retrouver et se réconcilier avec son passé. Mais les dernières semaines avaient été enrichissantes et lui avaient permis de clarifier ses pensées et ses émotions. Elle sourit à nouveau, réellement heureuse pour la première fois depuis très longtemps.

L'Interphone sonna et Audrey retourna dans son bureau.

— Mademoiselle Anderson, quelqu'un pour vous sur la ligne une.

— Merci, Tanya.

— Allô ?

Un nouveau sourire vint s'afficher sur son visage tandis qu'elle s'asseyait derrière le bureau qui avait appartenu à son père.

— Audrey ! Waouh, tu as le vent en poupe, chérie !

C'était Ronald Wisner, son ancien patron au *Post*.

— Salut, Ron, merci d'avoir publié mon article sur Jack Torrino et la famille Cicero.

Elle avait choisi d'être tout à fait honnête sur le rôle qu'elle et sa mère avaient joué dans l'affaire car il était grand temps que ce secret soit enfin révélé au grand jour.

— Comment faire autrement ? Louis Junior passe aux aveux et c'est toi qui as l'exclusivité, je n'allais quand même pas passer à côté !

— Oh ! tu sais, j'étais juste au bon endroit au bon moment..., lui répondit Audrey en regardant autour d'elle.

Les mots lui semblèrent encore plus vrais en les disant à

voix haute. Elle se trouvait au bon endroit. Et le timing était parfait. Elle se sentait plus intelligente, plus forte. Explorer le monde et découvrir d'incroyables histoires avait été extrêmement épanouissant. Mais les événements l'avaient ramenée chez elle. Pour mettre en ordre son passé... et être proche de sa mère.

À présent, elle pouvait se détendre et savourer sa vie.

— Eh bien, je voulais te féliciter et te rappeler que tu as toujours un poste ici si par hasard tu décidais de revenir vivre à Washington.

Audrey apprécia la proposition. Elle en avait déjà eu une douzaine depuis le début de la semaine. Les choses se déroulaient toujours ainsi : un gros scoop pouvait faire rebondir une carrière.

— Merci, Ron, je garde ton offre en tête. Mais pour le moment, je suis très heureuse ici, chez moi.

Chez elle. Elle aimait le son de ces deux mots.

— J'ai entendu dire que toutes les maisons d'édition de New York cherchent à acquérir les droits de ton histoire. Comment l'appellent-ils, déjà ? Ah oui, *Vieux Os*.

— Si je décide de vendre les droits, tu seras le premier au courant, ne t'en fais pas.

— Une interview serait plus appropriée.

Après avoir rassuré Ron une nouvelle fois sur le fait qu'il serait le premier à être au courant, elle raccrocha.

Puis elle regarda la multitude de bouquets et de compositions florales qui avaient été livrés au journal pour elle de la part d'anciens collègues et d'une personne un peu plus spéciale. Elle effleura du bout des doigts les pétales d'une tulipe rose parmi l'énorme bouquet qui trônait dans un grand vase en verre au milieu de son bureau. Celui-là lui avait été offert de la part de Colt. Et le mot sur la petite carte lui rappelait qu'il lui devait toujours un dîner.

Elle avait pensé l'appeler pour le remercier lorsque le bouquet avait été livré la veille mais elle était alors sur le pas de la porte, en chemin pour aller voir sa mère. Elle l'avait emmenée contempler les arbres qui bourgeonnaient et fleurissaient. Elles avaient partagé de merveilleux instants. Mary Jo n'avait pas eu de moments d'égarement de toute la journée. Elles avaient parlé de Torrino et de l'issue de l'affaire. Audrey lui avait expliqué que la justice avait conclu à un cas de légitime défense et sa mère semblait avoir été soulagée que ce cauchemar soit enfin terminé.

Audrey retourna sur le palier pour regarder les enfants dans le hall. Elle sentit une pointe de nostalgie naître en elle.

Puis, comme si le destin voulait encore lui rappeler qu'avoir un enfant changeait la vie pour toujours, elle vit Key Tanner apparaître. Accroupi à côté d'un des enfants, il semblait lui expliquer ce qui se trouvait de l'autre côté des murs en verre. Quelque chose sur les presses et la façon d'imprimer. Une semaine plus tôt, un des amis de Key avait été sérieusement blessé dans un accident de voiture alors qu'il conduisait sous l'emprise de l'alcool. Tout le monde avait survécu mais cet événement semblait avoir déclenché une réelle prise de conscience chez le fils de Colt. Après avoir présenté ses excuses à son père, celui-ci avait commencé à faire du bénévolat auprès des écoles pendant son temps libre.

Audrey était impressionnée par le changement de cap que l'adolescent avait pris. Et reconnaissante. Colt voulait que son fils soit heureux et en sécurité. Quel parent ne le voudrait pas ?

En se relevant, Key leva les yeux et croisa le regard d'Audrey. Il la salua d'un geste de la main. Il avait le même sourire que son père. Il était même son portrait craché. Audrey lui répondit.

Même si Colt s'était excusé à maintes reprises de ce qui s'était passé toutes ces années auparavant, elle comprenait qu'il ne pourrait jamais regretter d'être le père de ce beau jeune homme. Et elle ne voulait pas qu'il ressente une chose pareille. Quel pouvait être l'intérêt de se lamenter sur des décisions prises à l'époque du lycée ?

Ils étaient des adultes à présent. Il était temps pour eux

de laisser le passé en paix pour se concentrer sur le présent. On ne pouvait pas savoir ce qui allait se passer. Sarah Sauder aurait-elle pu imaginer qu'un jour elle devrait partir vivre ailleurs sous une autre identité et ne jamais revoir son père et ses frères ? Enfin, même si sa vie ne pourrait jamais redevenir comme elle l'était, au moins ils étaient tous en vie.

Le cœur du père d'Audrey avait lâché pendant cette fameuse nuit si tragique, vingt-quatre ans auparavant. Et aujourd'hui, sa mère vivait dans une résidence de soins car son cerveau lui jouait des tours... Audrey ne voulait plus gâcher une seule minute de sa vie.

La porte principale du bâtiment s'ouvrit et Colt fit son apparition dans le hall. Il s'immobilisa un instant puis ôta son chapeau, comme un vrai gentleman. Audrey se mit à sourire en sentant les battements de son cœur s'accélérer. Quand il leva les yeux, leurs regards se croisèrent et il sourit lui aussi.

Audrey se sentit fondre. Elle s'accrocha à la balustrade pour se retenir de lui courir dans les bras. En essayant de garder une respiration calme, elle le regarda traverser l'entrée et saluer son fils d'un signe de tête avant de monter l'escalier. Chaque marche qu'il gravissait semblait lui couper davantage le souffle. C'était stupide, elle le savait. Elle avait trente-six ans. Colt était son premier amour mais certainement pas le seul. Pourtant, elle se sentait à l'instant aussi fébrile qu'une jeune fille avant son premier baiser.

— Bonjour, Rey.

Son rythme cardiaque s'intensifia à nouveau en entendant sa voix grave et douce à la fois.

— Bonjour, Colt, lui répondit-elle en baissant les yeux vers les enfants au rez-de-chaussée. Ton fils fait du super boulot avec les petits.

— J'aimerais me dire que j'y suis pour quelque chose mais j'ai entendu dire que quelqu'un était allé faire de la prévention à son école, et avait parlé des conséquences tragiques que pouvaient entraîner de mauvais choix chez les adolescents...

— J'y ai peut-être été un peu fort, je n'aurais pas dû donner autant de détails macabres.

— Tu as bien fait, je pourrais lui parler des statistiques effrayantes toute la sainte journée, il continuerait à ne pas m'écouter… Mais venant de toi, ça a un tout autre impact. Tout le monde a été attentif, la classe entière a été impressionnée.

Audrey leva les yeux au ciel.

— C'est seulement parce que je suis passé à la télé la veille.

— C'est possible, en effet, lui répondit-il en souriant.

L'émission matinale la plus regardée du pays lui avait demandé de participer à un sujet sur l'affaire Cicero. Elle avait donc pris un avion pour New York et était rentrée à Winchester dans la foulée. L'aller-retour avait été épuisant mais elle s'était levée avec joie le lendemain pour participer à la discussion sur l'avenir et les carrières professionnelles des élèves de terminale du lycée de Winchester.

— Je suppose que tu es au courant pour M. DuPont ? lui demanda Colt en fronçant les sourcils.

— Oui… Quel drame pour Rowan. Et quelle perte pour toute la communauté. Brian a essayé de rassembler le maximum de souvenirs pour lui rendre hommage.

Edward DuPont, le propriétaire des pompes funèbres, avait été assassiné dans la maison de sa fille à Nashville, à quatre-vingt-dix kilomètres au nord de Winchester. C'était une terrible tragédie.

— Billy m'a dit que Rowan allait revenir vivre ici. Elle va reprendre les rênes de la maison funéraire.

— Ah oui ? Je n'étais pas au courant de ça.

La famille DuPont gérait cette entreprise depuis près de sept générations, comme les Anderson avec le journal. Ces deux entreprises avaient été créées par les fondateurs de Winchester. Et même si Rowan et elles n'avaient jamais été proches, elles avaient manifestement un but en commun. Winchester était une petite ville où tout le monde se connaissait. Rowan avait quitté l'université pour aller vivre sa vie à Nashville alors qu'Audrey entrait au lycée. Elle était devenue une auteure célèbre et avait travaillé depuis des années avec la police de Nashville comme conseillère. Tout comme Audrey, elle s'y connaissait en scènes de crime.

— Mon père dit que Rowan et sa sœur ont appris à préparer les corps pour les veillées funèbres avant même d'avoir su conduire, fit remarquer Colt. Cela doit être important pour elle de prendre la suite de son père.

— Oui, je peux comprendre son envie, ajouta Audrey qui avait pris une décision plus ou moins semblable.

Les DuPont, eux aussi, avaient vécu de vraies tragédies. Raven, la sœur jumelle de Rowan, s'était noyée alors qu'elle n'avait que douze ans et leur mère s'était suicidée quelques mois après le drame. Sasha Lenoir, une autre amie d'Audrey, avait, elle aussi, vécu une histoire mouvementée. Son père avait tué sa mère avant de retourner l'arme contre lui quand Sasha était encore toute petite. Quelle coïncidence que ces trois jeunes femmes qui avaient grandi ensemble dans la même petite ville aient vécu des enfances aussi macabres...

La vie était vraiment étrange.

— J'espérais que tu pourrais partir un peu plus tôt, je voudrais t'emmener déjeuner, lui dit Colt, la tirant de ses sombres pensées.

— Comment sais-tu que je n'ai pas déjà mangé ? lui demanda-t-elle en lui jetant un regard suspicieux.

— Qui sait ? J'ai peut-être un informateur au journal...

Audrey éclata de rire en regardant Brian.

— Il t'a dit que j'avais trop de travail, c'est ça ?

— C'est possible, oui.

— C'est une bonne idée, lui dit-elle en lui souriant, laisse-moi juste prendre mon sac et mon téléphone.

— Je pensais à une chose, lui dit-il en la suivant dans son bureau, le mois prochain, les élèves de terminale vont partir en voyage de classe et j'ai encore une semaine entière de congés à poser, alors... peut-être que nous pourrions partir quelque part tous les deux ?

Colt semblait plus nerveux qu'il ne l'avait jamais été, même ce jour où, alors qu'il n'avait que quinze ans, il était venu demander la main d'Audrey à sa mère.

— Voilà une proposition tout à fait alléchante, shérif, lui répondit-elle en faisant le tour de son bureau pour venir plonger ses yeux dans les siens. Mais es-tu bien certain que c'est ce dont tu as envie ?

À cet instant, elle se rendit compte qu'elle venait de se souvenir d'eux, amoureux alors qu'ils n'avaient que quinze ans, sans penser à ce qui s'était passé ensuite et qui avait tout gâché... Peut-être qu'elle s'était bel et bien réconciliée avec son passé.

L'avenir, lui, s'annonçait plein de promesses.

— Je n'ai encore jamais été aussi sûr de quelque chose de toute ma vie, lui répondit Colt en posant son chapeau sur son bureau pour prendre son visage entre ses mains. Je t'aime depuis que j'ai cinq ans, Rey, et je veux passer le restant de mes jours à te prouver la force de cet amour.

Audrey sentit ses lèvres trembler et s'en voulut d'être si sensible alors qu'une larme commençait à couler sur sa joue. Puis elle décida de s'en moquer...

— Je suis heureuse de te l'entendre dire parce que je n'aimerais pas l'idée d'être la seule amoureuse ici.

Colt l'embrassa et s'interrompit trop vite. Mais la douceur et la sincérité de ce baiser confirmaient la réciprocité de leurs sentiments.

Des applaudissements retentirent dans le hall.

Colt et Audrey se séparèrent, se rappelant soudain qu'ils avaient du public. En bas, le fils de Colt recommença à frapper dans ses mains et Brian vint se joindre à lui. Puis les élèves et leurs professeurs firent de même.

Quand elle vit Key lever son pouce en l'air en direction de son père, Audrey sentit le soulagement l'envahir. S'ils avaient sa bénédiction, ils n'avaient plus aucune raison de s'inquiéter pour quoi que ce soit.

— Allons déjeuner, lui dit Colt en attrapant son chapeau. Nous reprendrons ça dans ma voiture, quelque part où nous ne risquerons pas d'être dérangés.

Il lui tendit une main et Audrey lui donna la sienne, prête à le suivre jusqu'à la fin de leurs jours.

JANIE CROUCH

Troublante révélation

Traduction française de
CAROLE PAUWELS

BLACK ROSE

HARLEQUIN

Titre original :
CEASE FIRE

Ce roman a déjà été publié en 2018.

Prologue

La meilleure façon de bien tuer quelqu'un, c'est de le faire soi-même.

Tout en observant avec un sourire les invités qui entraient dans l'église, Damien Freihof songea qu'il aurait dû faire broder cette devise au point de croix sur un coussin.

Il savait par « M. Fawkes », sa taupe au sein d'Omega Sector, que l'église avait été fouillée de fond en comble, et que des gardes étaient postés à toutes les issues.

À moins d'avoir une invitation, et de se soumettre à un scanner facial pour prouver son identité, il était impossible d'entrer dans l'édifice.

D'une certaine façon, il se sentait flatté de voir que les forces de l'ordre le prenaient au sérieux.

Mais Damien n'avait pas l'intention de perturber le mariage aujourd'hui. Même s'il s'agissait de celui de Brandon Han et d'Andrea Gordon, qu'il connaissait tous deux personnellement.

Il n'était pas du tout surpris qu'ils se marient juste un an après que Brandon se fut démené pour libérer Andrea. Ils avaient failli y laisser la vie tous les deux, et c'était le genre de choses qui rapprochaient les gens, n'est-ce pas ?

C'était remarquable, vraiment, cette détermination à la sauver.

Toutefois, ça ne changerait rien.

Grâce au plan de M. Fawkes, ils allaient tous mourir. Chacun des membres de l'agence Omega Sector, sans en oublier un seul.

Mais ça, c'était pour plus tard.

Aujourd'hui, Damien était là pour observer et prendre des photos. Et aussi pour estimer jusqu'à quelle distance il pouvait s'approcher sans que personne s'aperçoive de sa présence.

Il s'intéressait tout particulièrement à une femme, qu'il avait l'intention d'éliminer dans les prochaines semaines.

Il ne savait pas encore où ni comment, mais il savait que cela aurait un grand retentissement, et que cela marquerait les esprits de tous ceux qui travaillaient pour Omega.

Ils devaient payer pour ce qu'ils avaient fait à sa chère Natalie.

Au début, il avait chargé d'autres personnes de surveiller et de tuer les proches des agents, mais cela n'avait pas donné les résultats escomptés.

Certes, l'un des membres d'Omega Sector avait été tué, et un autre grièvement blessé. Mais il aurait dû en résulter beaucoup plus d'effusions de sang. Beaucoup plus de désolation et de pleurs.

Voilà ce qu'on récoltait en faisant confiance aux autres.

Mais Damien ne ferait pas à nouveau l'erreur de déléguer.

Désormais, il allait prendre les choses en main.

Pas tout de suite, cependant.

Damien était un homme d'une patience extrême. Plusieurs mois s'étaient écoulés depuis sa précédente attaque, et il coulerait encore de l'eau sous les ponts avant qu'il frappe à nouveau.

Il voulait que les agents se demandent s'il était encore là, où s'il était parti pour de bon.

Il n'était allé nulle part.

Et bientôt, quand ils auraient baissé leur garde, il frapperait à nouveau.

Au cœur même de leur unité.

Personne ne serait tué au cours de ce mariage.

Mais ce n'était que partie remise.

1

Tout le monde était venu armé.

Dans la mesure où un fou avait fait irruption dans l'église lors du mariage précédent, deux mois plus tôt, cette décision était parfaitement compréhensible.

Chacun des membres d'Omega Sector s'était juré de ne plus jamais se laisser prendre au dépourvu.

Le forcené avait été arrêté et, par chance, personne n'avait été blessé. Mais tant que le cerveau de l'opération, Damien Freihof, continuerait à se promener dans la nature, aucun d'entre eux ne serait en sécurité.

C'est pourquoi les agents qui assistaient au mariage de Brandon Han et Andrea Gordon étaient tous équipés d'un holster, qu'il soit à la ceinture, à l'épaule, ou à la cheville. Quelques-uns des agents féminins avaient probablement des revolvers fixés à la cuisse, ou dans leur pochette de soirée.

Aucune des armes ne se remarquait, mais elles étaient bien là.

Roman Weber, avait quant à lui fait le choix de s'équiper à la ceinture et à la cheville. Et il n'était pas question pour lui de baisser sa garde ce soir.

À cause de Damien Freihof, il n'avait pas pu assister au précédent mariage. Il sortait alors du coma, après une explosion commanditée par Freihof, où un autre agent avait trouvé la mort.

S'il s'était trouvé un mètre plus près de la déflagration, il aurait été tué aussi.

C'est pourquoi il n'avait guère l'esprit à rire, à boire et à danser, même si ses amis les plus proches se trouvaient réunis dans la salle. Au lieu de quoi, il surveillait les divers accès du complexe hôtelier de Colorado Springs, où se tenait la réception.

Une porte principale, une entrée de service, et une porte-fenêtre menant à une terrasse. Freihof avait l'embarras du choix.

Il était dans les parages.

Roman ne l'avait pas aperçu, mais il sentait que l'homme était tout proche. Compte tenu de son talent pour les déguisements, il était peut-être même déjà à l'intérieur. Encore que cela lui parût peu probable. Il y avait trop d'agents surentraînés qui le guettaient pour que Freihof prenne ce risque.

Ce type était cinglé, mais il n'était pas stupide.

Néanmoins, Roman se rapprocha de la porte principale. Mieux valait rester sur ses gardes.

— Vous avez repéré quelque chose de suspect ?

Roman avait perçu, avant même qu'il parle, la présence de Steve Drackett, le directeur d'Omega Sector.

Grace Parker, la psychiatre de l'unité, l'accompagnait.

— Non, mais ça ne coûte rien de rester vigilant.

Steve hocha la tête.

— Absolument.

Roman se sentit vaguement soulagé. Son patron ne le prenait pas pour un paranoïaque. Il ne pensait pas qu'il faisait de l'excès de zèle en cherchant Freihof dans les coulisses d'une réception de mariage.

Steve lui donna une tape amicale sur l'épaule.

— Mais vous savez que la surveillance de Freihof n'est pas de votre seule responsabilité.

— Sans doute pas, mais c'est très certainement une affaire que je prends à cœur personnellement.

Grace lui sourit, en glissant une mèche de cheveux gris derrière son oreille.

— Si vous ne le preniez pas personnellement, après ce qui s'est passé, je m'inquiéterais.

Roman avait passé beaucoup de temps à parler avec Grace au cours des dernières semaines. C'était à elle qu'il reviendrait de donner le feu vert pour sa réintégration, une fois qu'il aurait été jugé apte physiquement à retourner sur le terrain.

Les sessions obligatoires avec elle avaient été passablement désagréables au début. Roman n'était pas le genre de type à déballer comme ça ses sentiments. Mais Grace, qui n'était ni condescendante ni prompte à porter des jugements, avait su le mettre à l'aise.

Elle lui avait fait comprendre que sa colère avait failli le tuer, et qu'il ne devait qu'à une chance inouïe d'être encore en vie aujourd'hui.

Et aussi que son ressenti était normal.

— Est-ce que je me conduis comme un fou, Doc ?

Grace haussa délicatement les épaules.

— Vous êtes attentif et prudent. Il n'y a rien de mal à cela.

— Je veux absolument mettre la main sur ce salaud.

La seule pensée de Freihof lui fit grincer des dents.

Steve lui pressa l'épaule.

— Le médecin a dit que vous pourrez reprendre le service actif la semaine prochaine.

Roman remarqua que Steve n'avait pas mentionné l'éventuel accord de Grace.

S'il était vrai que son comportement actuel ne plaidait pas en sa faveur, il bouillait d'impatience d'accompagner son équipe du SWAT en missions. En effet, le travail de bureau le tuait à petit feu. Mais, pour retourner sur le terrain, il avait absolument besoin de l'accord conjoint du médecin et du psychiatre.

— Bien, il me semble que ma famille requiert mon attention.

Steve sourit en posant les yeux sur sa jeune épouse, installée avec leur fils de deux semaines à l'une des tables entourant la piste de danse.

— Prévenez-moi si quelque chose vous semble anormal. Mais rappelez-vous que vous n'êtes pas le seul à être de service ce soir.

Steve eut un petit rire embarrassé.

— Mais qu'est-ce que vous me faites dire ? Vous n'êtes même pas de service du tout.

Sans un mot, Roman et Grace regardèrent Steve traverser la salle.

Roman savait qu'il était inutile d'espérer avoir la psychiatre à l'usure. À ce petit jeu du mutisme, Grace avait beaucoup plus de pratique que lui.

— J'ai remarqué une chose, finit-il par dire, en évitant soigneusement de regarder Grace : Steve m'a dit que j'aurai le feu vert du médecin la semaine prochaine, mais il n'a pas mentionné votre accord.

— Pensez-vous être prêt mentalement ? Émotionnellement ?

— Je sais que le fait d'être assis à un bureau est plus dommageable pour ma santé mentale que de réintégrer l'équipe.

— Et, selon vous, c'est ce que je devrais dire dans mon rapport ? demanda Grace, en haussant un sourcil.

Roman avait compris depuis longtemps que tout commentaire de sa part donnerait lieu à une nouvelle question de la psychiatre.

Mais ça ne le contrariait plus. Il savait que c'était sa façon de l'obliger à trouver des réponses en lui-même.

Grace était une psychiatre brillante. Elle travaillait avec toutes sortes de personnes au sein d'Omega Sector, qu'il s'agisse d'agents ou de victimes. Si elle n'avait pas eu vingt ans de plus que lui, qui en avait trente et un, il lui aurait sans doute fait des avances. Encore qu'elle n'y eût probablement pas répondu favorablement.

— Vous voulez que je vous dise si je pense être prêt ?

— En fin de compte, c'est ce qui est vraiment important, non ?

— Pas sur le papier. Seule votre opinion compte.

Roman attendait de Grace qu'elle porte un jugement honnête, et ne lui mette pas de bâtons dans les roues si elle pensait qu'il était prêt pour le service.

Mais, bon sang, il avait une telle envie de retourner sur le terrain qu'il en était presque malade d'impatience.

— Pensez-vous que je pense que vous êtes prêt ?

Roman essaya de réfléchir à cette question, jusqu'à ce qu'il réalise que Grace souriait.

— Vous vous moquez de moi, dit-il, en secouant la tête.

Le rire doux et harmonieux de Grace s'éleva dans la pièce.

— Coupable.

Roman sourit également, libéré de sa tension.

— Ce n'est pas très gentil de votre part.

— Si cela peut vous consoler, je ne plaisanterais pas à ce sujet si je n'étais pas persuadée que vous êtes prêt à réintégrer l'équipe.

— Vraiment ?

Roman étudia plus attentivement l'expression de la psychiatre.

— La raison pour laquelle Steven n'a pas mentionné mon accord, c'est que je l'ai donné voilà déjà un mois.

Elle lui sourit avec bienveillance.

— Sur le plan mental, je crois que vous êtes prêt depuis longtemps. Il vous fallait seulement quelques semaines supplémentaires pour reconstruire et renforcer votre corps.

— Donc, je peux reprendre le service actif ?

— Dès que votre médecin aura donné son feu vert.

— Vous ne trouvez pas bizarre que je porte deux armes

ce soir, et que j'arpente les lieux en catimini pour m'assurer que Damien Freihof ne se cache pas quelque part ?

Grace secoua la tête.

— Je reconnais que cela peut vous faire passer pour quelqu'un d'exagérément vigilant. Mais je peux vous assurer que vous n'êtes pas le seul ici à être armé.

Elle lui tapota le bras d'un geste amical.

— Et vous n'êtes pas le seul non plus à scruter les recoins sombres. Même le marié s'y est mis.

Roman regarda autour de lui.

Grace avait probablement raison. Il avait été tellement obsédé par son besoin de sécurité, qu'il n'avait pas réalisé qu'il y avait ce soir des dizaines d'autres personnes tout aussi attentives.

— Et maintenant, croyez-le ou non, mon chevalier servant m'attend.

Un sourire radieux aux lèvres, Grace tourna la tête vers un homme d'une soixantaine d'années assis à une table voisine. Le mari de Grace était mort quelques années auparavant, et Roman fut heureux de savoir qu'elle avait trouvé un nouveau compagnon.

— Merci, Grace. Parfois, il est difficile de rester centré.

— C'est pour ça que je suis là. C'est pour ça que nous sommes tous là. Les uns pour les autres. Vous devez vous rappeler que vous n'êtes pas seul dans cette histoire. Je pense que ce que Damien Freihof souhaite le plus, c'est nous isoler et de nous diviser. Il est important que nous ne laissions pas cela se produire.

Roman hocha la tête.

— Vous avez raison. Je vais essayer de me détendre, au moins un peu ce soir.

— Je croyais que votre mère et votre beau-père étaient là ce soir. Vous ne voulez pas passer un peu de temps avec eux ?

Roman se retint à grand-peine de pousser un profond soupir.

— Non, je préfère rester dans mon coin à guetter l'homme

invisible, plutôt que d'écouter ma mère et Maxwell m'encourager à flatter toutes les grosses pointures de la politique présentes dans la salle.

Grace éclata de rire.

— Il est vrai que tous les VIP locaux sont là en masse. Et je me souviens que votre mère aurait préféré vous voir embrasser la carrière de politicien, plutôt que d'intégrer Omega Sector. Néanmoins, il s'agit de votre famille. Ne vous coupez pas d'eux.

— Croyez-moi, je ne le pourrais pas même si je le voulais. Si vous voyez ma mère, ne lui dites pas où je suis.

Grace sourit à nouveau.

— Comptez sur moi. Au fait, Roman, souvenez-vous que vous êtes à un mariage. Il n'est pas interdit de s'amuser, ou même de parler à une jeune femme — comme cette ravissante personne que vous ne cessez d'observer, dès que vous baissez suffisamment votre garde pour penser à autre chose qu'à Freihof.

Roman savait très bien de qui elle parlait.

Keira Spencer. La demoiselle d'honneur de la mariée, une petite brune toute en courbes et aux cheveux soyeux.

Son attention avait été attirée vers elle ce soir, comme à chaque événement social où ils avaient été conviés, en tant qu'amis de Brandon et Andrea. Il lui aurait proposé de sortir avec lui depuis bien longtemps, s'il n'en avait pas été empêché par toute cette histoire de coma.

Il chercha des yeux cette beauté brune. Comme lui, elle se tenait un peu à l'écart, mais il doutait que ce soit pour la même raison.

— C'est bien d'elle dont je parle, dit Grace, en touchant gentiment le bras de Roman. Freihof veut que nous concentrions toute notre attention sur lui, au lieu de vivre nos vies. Ne lui donnons pas cette satisfaction.

Sur ces mots, elle lui adressa un dernier sourire et alla

retrouver son cavalier, qui se leva poliment et lui tint la chaise tandis qu'elle s'asseyait.

Resté seul, Roman repensa à sa conversation avec Grace. Cette dernière avait raison, la réception était déjà bien avancée, et il était temps de songer à se détendre un peu. Des gardes armés surveillaient de l'extérieur toutes les issues. Le site avait été soigneusement inspecté, à la recherche d'explosifs.

Il était donc hautement improbable que Damien Freihof vienne perturber la soirée.

En outre, comme l'avait souligné Grace, ils n'étaient pas là pour se focaliser sur un criminel, mais pour fêter l'union de Brandon et Andrea, deux des leurs.

Roman ne les connaissait pas très bien, mais il les appréciait et les respectait. Brandon Han était généralement considéré comme l'un des hommes les plus intelligents du pays, et sa famille tenait un rôle important au sein de la gouvernance de l'État.

Cette réception était donc un événement d'importance, rassemblant un intéressant mélange de personnalités politiques qui étaient là pour renforcer leurs réseaux, de membres des forces de l'ordre, et de joyeux fêtards.

Le beau-père et la mère de Roman se rangeaient dans la première catégorie, et il savait que sa mère rêvait qu'il côtoie lui aussi ce monde-là.

Elle n'avait pas encore complètement accepté le fait que, pour apporter sa pierre à l'édifice public, il ait choisi les forces de l'ordre plutôt que la politique, comme son défunt père.

Roman alla chercher une bière au bar, et se mit à nouveau en retrait, même si c'était cette fois pour éviter les ennuis plutôt que pour les chercher.

Il ne resta pas seul longtemps.

— On dirait que les mariages ne sont pas votre truc. Vous avez l'air de vous ennuyer.

Roman tourna la tête vers l'homme qui l'avait rejoint.

Bon sang, comment s'appelait-il, déjà ? Sam Poniard, ou quelque chose comme ça. Ce type rêvait de faire partie du SWAT, mais n'avait pas réussi à intégrer le programme d'entraînement.

Il ne devrait pas le prendre personnellement. La plupart des gens qui posaient leur candidature n'étaient pas acceptés.

— On peut dire ça, répondit-il sobrement.

Puis il esquissa un sourire.

— Vous êtes Sam, non ?

— Saul.

— Saul, c'est vrai. Saul Poniard. Désolé, mon vieux. C'est à cause de ce fichu coma.

Roman vit que l'homme était vexé, et qu'il se forçait à sourire.

— Je suppose que le fait d'être victime d'une explosion a de quoi affecter votre mémoire, maugréa-t-il.

Roman ne pensait pas qu'il se serait souvenu de son nom de toute façon, mais il n'en dit rien. Il ferait en sorte de ne plus l'oublier désormais.

— Comment ça se passe pour vous ? Vous appréciez la réception.

Saul hocha la tête.

— Généralement, ce n'est pas mon truc. Mais je me suis dit que ça pourrait me faire gagner des points si je venais faire un tour.

— Des points pour quoi ?

— J'envisage de postuler à nouveau au SWAT.

Roman grimaça. C'était pour ça que Saul était venu lui adresser la parole. Il essayait de se faire bien voir.

Ce que Saul semblait ignorer, c'est que Roman n'avait pas son mot à dire. S'il était en effet fréquent que les chefs demandent l'opinion de l'équipe au dernier stade de la procédure d'incorporation, pour s'assurer que la nouvelle recrue s'intégrerait facilement, ce n'était jamais le cas au tout début.

— Eh bien, bonne chance.

À première vue, Saul avait le physique qui convenait pour intégrer le programme. La raison pour laquelle il avait été évincé ne regardait pas Roman. Il faisait confiance aux décisionnaires, Steve Drackett étant l'un d'entre eux.

— On pourrait peut-être s'entraîner ensemble, un de ces jours, proposa Saul.

— Pourquoi pas.

Au moins, Saul ne réclamait pas une lettre de recommandation ou quoi que ce soit.

— Si tout va bien, je devrais reprendre du service actif la semaine prochaine. Mais je serais ravi de faire du sport avec vous en attendant.

— Ce serait génial. Merci. Est-ce que vous restez en retrait pour guetter Freihof ? Figurez-vous que je fais la même chose de mon côté.

Roman fut agréablement surpris. Peut-être Saul ferait-il une meilleure recrue que la hiérarchie avait l'air de le penser.

— Je dois reconnaître que oui. Pourtant Steve Drackett vient juste de me rappeler qu'il n'est pas interdit de se détendre. D'autant plus qu'il y a ici d'autres personnes pour monter la garde.

Et, comme Steve et Grace le lui avaient fait remarquer, il ne devait plus se laisser voler sa vie par Freihof.

Son regard se posa sur Keira, qui s'était avancée sur la piste de danse avec la mariée et les sœurs du marié.

Il lui serait beaucoup plus profitable de centrer son attention sur Keira, plutôt que de chercher un ennemi qui n'était pas là, ou d'éviter une famille qui voulait quelque chose dont il n'avait pas envie.

— Oui, c'est vrai, dit Saul. Mais je comprends votre point de vue. Un membre du SWAT doit toujours rester vigilant.

Roman lui donna une tape amicale sur l'épaule, et se fendit cette fois d'un vrai sourire.

— Et si vous nous donniez un coup de main ce soir, en surveillant les parages ?

Saul hocha la tête avec enthousiasme.

— Vous pouvez compter sur moi.

À nouveau seul, Roman remarqua que sa mère venait dans sa direction. Redoutant qu'elle ne l'intercepte, il s'éloigna discrètement, tout en sirotant sa bière comme si de rien n'était.

Ce n'était ni le moment ni l'endroit pour être confronté à une scène.

Bien sûr, il aimait sa mère, même si Maureen Weber Donovan avait tendance à être un peu snob. Elle s'était remariée voilà quinze ans, après le décès du père de Roman, avec un membre éminent de l'Assemblée générale du Colorado. En farouche protectrice du nom des Weber, elle ne cessait d'encourager ses enfants à perpétuer l'héritage politique de leur père.

Sans se soucier de savoir s'ils en avaient ou non le souhait.

De son côté, Roman n'avait aucun désir d'entrer en politique. Il avait simplement envie de mener sa vie à sa guise, et non pas selon le bon vouloir de sa mère. Il ressentait le besoin profond d'être utile à la société, et son engagement à Omega Sector lui permettait de protéger et servir ses concitoyens.

Roman se passa la main sur le visage et s'assit à une table libre, d'où il continua à observer les lieux.

Quelques mois auparavant, il aurait dansé et se serait amusé avec tout le monde. Il était d'ailleurs connu dans l'équipe comme un boute-en-train, celui qui ne prenait rien au sérieux, qui avait toujours le mot pour rire, et qui était toujours partant pour faire la fête.

Mais tout cela appartenait au passé.

Il n'essayait pas de redevenir cette personne. D'ailleurs,

c'était impossible. Le fait d'avoir frôlé la mort l'avait métamorphosé à jamais.

Et bien qu'il n'eût aucun désir de parler politique ce soir, au mariage de ses amis, il avait conscience que, peut-être, il devrait un jour ou l'autre commencer à regarder dans cette direction. Pas parce qu'il avait peur de la mort, ou qu'il voulait quitter le SWAT, mais parce qu'il savait désormais à quel point la vie était courte.

Sans doute était-il temps pour lui de grandir.

Mais peut-être aussi ces changements se seraient-ils produits indépendamment de cette tragédie...

La seule certitude qu'avait Roman, c'était qu'il ne pouvait pas revenir en arrière. Et qu'il ne voulait plus être cet homme qu'il avait été.

Mais il lui serait impossible de passer à autre chose tant que Damien Freihof n'aurait pas été neutralisé. Et cela risquait de prendre un peu de temps, il en avait bien conscience.

Keira avait quitté la piste de danse, et se tenait en retrait près de la porte.

Roman se leva.

Il en avait assez de l'éviter systématiquement.

Assez que Damien Freihof détermine chacune des décisions qu'il prenait.

2

« Comment je connais la mariée ? Oh ! nous avons été strip-teaseuses dans le même cabaret, il y a quelques années ! »

Keira n'avait pas réellement répondu cela à la question qu'on lui avait posée au moins une dizaine de fois.

Cela ne voulait pas dire pour autant que ce n'était pas vrai.

Mais Andrea, qui était aussi une de ses plus proches amies, n'avait pas révélé cet aspect de son passé, et Keira ne le ferait pas non plus.

Cependant, Keira se moquait qu'on sache qu'elle avait été, à une période de sa vie, ce qu'on appelait pudiquement une danseuse exotique. Elle n'en avait pas honte. À force de volonté, elle s'était sortie d'un enfer que peu de gens pouvaient imaginer, et elle ne s'excuserait jamais pour la façon dont elle avait survécu.

Mais si la mariée voulait cacher son passé, c'était tout à fait son droit. Keira ne vendrait jamais la mèche.

— Hé ! ma belle. Tout va bien ?

Andrea s'était faufilée à côté de Keira, juste au moment où celle-ci pensait à elle. Les deux amies se prirent par le bras.

— Très bien. Qu'est-ce que tu fais ici avec moi ? Brandon va se demander où tu es passé.

Andrea sourit, ses cheveux blonds, longs et lisses, offrant un contraste saisissant avec la masse désordonnée de boucles brunes de Keira.

— Il me surveille, je le sens. Je ne sais pas exactement où il est, mais je peux te garantir que lui sait où je me trouve.

Keira éclata de rire.

— S'il n'était pas aussi follement amoureux de toi, on pourrait penser que son attitude est celle d'un psychopathe. Mais je vois ce que tu veux dire.

Le sourire d'Andrea, comme toujours, était doux et timide. Ce n'était pas quelqu'un qui aimait attirer l'attention et, dans ces conditions, il lui en avait énormément coûté d'exercer le métier de strip-teaseuse.

Mais Andrea était une battante.

C'était d'ailleurs ce qui les avait rapprochées. Bien que totalement opposées en termes de personnalité, d'apparence et de tempérament, elles avaient en commun d'être des survivantes.

— Je t'adore, Andrea, dit Keira, en attirant son amie dans ses bras. Et je suis tellement contente pour toi et Brandon. C'était un mariage magnifique.

— Tu trouves ?

Le doute altérait la voix d'Andrea.

— C'était beaucoup plus élaboré que ce que je voulais. Mais la famille de Brandon appartient à la fois au monde de la politique et des affaires. Ils voulaient quelque chose qui marque les esprits.

— C'était parfait. La cérémonie en elle-même était splendide, tout le monde passe du bon temps à la réception, et tu gères tout ça comme une championne.

Andrea n'avait plus de famille à elle. Ses parents étaient décédés quand elle était toute petite, et les personnes qui l'avaient élevée avaient fait de sa vie un tel enfer qu'elle avait fugué à l'adolescence pour ne plus avoir à les subir. Mais les Han, les parents de son fiancé, l'avaient accueillie à bras ouverts, et elle avait retrouvé une nouvelle famille qui l'adorait.

Comme pour le confirmer, les sœurs de Brandon ne tardèrent pas à venir la chercher pour danser.

Tandis que le groupe s'éloignait, un homme attira l'attention de Keira. Grand, brun, et d'une beauté époustouflante, il se tenait près de la porte-fenêtre ouvrant sur la terrasse, et dardait sur elle un regard qui mit le feu à ses sens. L'ayant croisé à plusieurs reprises, à la faveur d'une réception ou d'un dîner, elle savait qu'il s'agissait d'un agent d'Omega Sector, mais elle ignorait son nom.

Son attention fut soudain détournée par Andrea.

— Viens avec nous ! cria-t-elle par-dessus son épaule, ses nouvelles belles-sœurs la tenant chacune par un bras, tandis qu'elles s'avançaient vers la piste de danse.

— Dans un petit moment.

Rieuse, Keira agita la main, puis regarda à nouveau vers la porte-fenêtre.

Le beau brun avait disparu.

Elle haussa les épaules, surprise d'être aussi déçue. Ce n'était pas son genre de se laisser troubler par un seul regard.

Elle n'était pas romantique à ce point.

En fait, elle n'était pas romantique du tout.

Pour autant, elle ne rejoignit pas son amie sur la piste de danse. La plupart des femmes étaient accompagnées, mais Keira avait fait le choix de ne pas venir avec un cavalier car, en tant que demoiselle d'honneur, elle voulait pouvoir se concentrer sur Andrea et ses besoins.

Et puis, il fallait reconnaître aussi qu'elle ne multipliait pas les conquêtes.

En fait, elle sortait très peu.

Observant les invités, Keira remarqua qu'ils pouvaient se classer en deux catégories.

Il y avait tout d'abord les agents d'Omega Sector, qui ne profitaient pas réellement de la réception, occupés qu'ils étaient à surveiller les lieux, à la recherche du psychopathe qui avait failli tuer Andrea et Brandon l'année dernière.

Ils étaient intelligents, ils étaient armés, et ils étaient prêts.

Et ils n'étaient pourtant pas les personnes les plus dangereuses en ces lieux.

Ceux-là appartenaient à l'autre catégorie d'invités.

Les riches. Les privilégiés. L'élite.

Ces derniers effrayaient bien plus Keira qu'une personne armée.

Ils vous serraient la main, vous donnaient des claques amicales dans le dos… Puis fidèles au proverbe y plantaient un couteau dès que ça servait leurs intérêts.

La pièce était pleine d'hommes et de femmes qui aspiraient à siéger au Congrès, à devenir gouverneur, et même plus. D'autres rêvaient de diriger des entreprises de premier plan et de dégager des bénéfices de plusieurs millions de dollars.

Et ils avaient le pouvoir, ou une famille puissante, pour étayer leur ambition et atteindre leur but.

Elle connaissait ce genre de personnes, et savait ce qu'ils étaient capables de faire à autrui. Elle avait été mariée à un membre d'une famille comme celles-ci.

Six ans plus tôt, alors qu'elle n'était encore qu'une toute jeune femme, elle avait fui une relation conjugale infernale. Sa liberté lui avait coûté cher, et elle redoutait toujours que l'homme qui l'avait brisée ne se serve de sa fortune et de son pouvoir pour la retrouver.

La famille de son ex-mari n'était pas là ce soir ; Keira s'en était assurée avant d'accepter la proposition qu'Andrea lui avait faite d'être sa demoiselle d'honneur.

Elle avait demandé à Brandon, pas à sa meilleure amie, si les Cunningham de Denver seraient présents au mariage. Brandon ne le pensait pas, mais il avait quand même vérifié auprès de ses parents, étant donné que ces derniers — qui payaient pour le mariage — avaient invité des relations d'affaires et quelques politiciens qui comptaient parmi leurs relations, et que lui-même ne connaissait pas bien. Très vite, Brandon avait pu lui confirmer que les Cunningham ne figuraient pas sur la liste des invités.

Keira s'attendait que le fiancé de son amie insiste pour en savoir plus, mais ça n'avait pas été le cas. Il s'était contenté de lui lancer un regard sous-entendant qu'il avait déjà saisi 90 % de la situation, et était passé à d'autres questions, à propos des alliances et de la pièce montée.

Keira avait été soulagée de ne pas être contrainte de rater le mariage d'une de ses plus proches amies. Cependant, elle n'oubliait pas qu'elle devait absolument se tenir à l'écart de Jonathan Cunningham et de sa famille.

Il n'y avait pas grand-chose qui lui faisait peur dans ce monde. Mais il n'y avait pas pire qu'une famille prête à utiliser son argent et ses relations pour dissimuler les odieux travers d'un des leurs.

Quoi qu'il en soit, elle s'était bien juré de ne plus jamais tomber amoureuse d'un homme de pouvoir.

D'ailleurs, elle n'avait plus réellement envie de s'attacher à quelqu'un de façon permanente. Lorsque la mariée lancerait le bouquet, dans un petit moment, Keira ne ferait assurément pas partie du groupe de jeunes femmes qui essayeraient de l'attraper. Après avoir connu l'enfer du mariage, il n'était pas question pour elle de s'y laisser reprendre.

Andrea lui fit un signe depuis la piste de danse, et Keira décida d'aller la rejoindre.

Assez de lamentations sur son passé. Elle avait survécu. Et elle survivrait toujours.

Inspirer, expirer, et aller de l'avant. Telle était sa devise.

Keira retrouva Andrea et ses belles-sœurs en train de s'amuser comme des petites folles, sautant et agitant les mains au-dessus de leurs têtes au rythme d'une musique endiablée.

Andrea rayonnait, et Keira se réjouit une fois encore que

son amie ait trouvé son prince charmant, l'homme qui serait toujours là pour la protéger et la rassurer.

Keira n'avait besoin de personne. Suffisamment forte pour se défendre toute seule, elle préférait conserver son autonomie.

Et elle avait à présent retrouvé suffisamment d'assurance en elle pour aider d'autres personnes aussi démunies et brisées qu'elle l'avait été. Depuis son installation à Colorado Springs, il y avait de cela déjà six mois, elle pouvait en effet s'enorgueillir d'avoir changé la donne pour de nombreuses femmes en détresse.

Après quelques danses supplémentaires, l'ambiance retomba un peu. Il y eut les inévitables discours, puis on coupa le gâteau. Keira remarqua quelques femmes qui se déchaussaient discrètement sous les tables pour soulager leurs pieds. Elle-même n'en ressentait pas le besoin — c'était un des avantages de son ancien métier.

Du fond de la pièce, où elle s'était réfugiée, elle eut un sourire de satisfaction. Ses talons de huit centimètres n'étaient rien en comparaison de la plupart des chaussures avec lesquelles elle avait dansé au club, mais ils avaient le mérite de la faire paraître moins petite.

— Vous semblez très contente de vous-même.

La voix masculine, basse et sensuelle, fit sursauter Keira, et elle tourna la tête.

Mince ! Le beau brun avait décidé de la rejoindre.

— Désolé, je ne voulais pas vous faire peur.

Son sourire était tellement charmant qu'elle ne put s'empêcher de lui sourire en retour.

— Je pensais être la seule à me cacher dans ce recoin.

— Vous vous cachez ?

Elle haussa les épaules, révélées par sa robe bustier.

— Uniquement parce que le moment du lancer de bouquet ne va pas tarder à arriver.

Il rit.

— Vous rassemblez vos forces pour éliminer la concurrence ?

Elle haussa un sourcil.

— Vous plaisantez. Regardez-les.

Elle désigna quelques-unes des femmes célibataires assises aux tables disposées au centre de la pièce.

— Je n'ai pas besoin de rassembler mes forces pour les battre.

— Je veux bien l'admettre.

Il rit à nouveau, et Keira ressentit au creux de son ventre des choses dont elle avait presque oublié l'existence.

— Mais en fait, reprit-elle, je suis ici parce que je n'ai aucune envie de me soumettre à cette stupide tradition, qui consiste à se jeter comme une hystérique sur de pauvres fleurs qui n'ont rien demandé à personne.

— Je pensais que toutes les femmes célibataires rêvaient d'attraper le bouquet de la mariée.

Elle se tourna complètement vers lui, afin de pouvoir lui donner la pleine mesure de son opinion face à ce constat stupide.

Au lieu de quoi, elle se trouva engloutie dans le bleu insensé de ses prunelles, et en perdit le souffle.

Et elle qui prétendait ne pas être romantique !

Il le ressentit aussi. Elle s'en rendit compte à la façon dont il se rapprocha.

— Je reconnais mon erreur. Toutes les femmes n'ont pas envie de se jeter comme des hystériques sur un bouquet.

Affichant une moue narquoise, il lui tendit la main.

— Je suis Roman Weber. Je travaille avec Brandon et Andrea chez Omega Sector.

— Ravie de vous rencontrer, Roman. Je suis Keira Spencer, une amie de la mariée.

— Je vous ai déjà croisées à plusieurs reprises.

Oui, elle l'avait remarqué aussi. Mais elle n'avait jamais eu l'occasion de lui parler avant aujourd'hui.

En fait, elle n'avait jamais cherché à nouer la conversation, refusant de reconnaître l'attirance immédiate entre eux.

Mais, à présent qu'il se tenait à côté d'elle, il lui était impossible de nier cette petite étincelle qui menaçait de tout embraser.

— Vous dansez avec moi ?

Il avait approché le visage du sien, et lui avait murmuré ces mots à l'oreille. La musique était lente. Sensuelle, même.

Ce n'était pas pour l'aider à résister à l'attirance grandissante qu'elle ressentait pour lui.

— J'essaye de rester à l'abri des regards, vous vous rappelez ?

Mais, en dépit de ses protestations, elle savait qu'elle serait incapable de résister s'il l'entraînait vers la piste de danse.

Elle sentit le bras de Roman s'enrouler autour de sa taille.

— Pas là-bas. Ici.

Il l'attira plus étroitement contre lui, son autre main trouva la sienne et la plaqua contre son torse, gardant leurs doigts entrelacés, et ils commencèrent à se mouvoir au rythme langoureux de la musique.

Même avec ses talons, elle lui arrivait à peine au menton. Elle savait que ce genre de proximité ne manquait jamais de la mettre mal à l'aise, et attendit que l'assaille cet élan de panique devenu familier.

Rien ne se produisit.

Une chanson en amena une autre, tandis qu'ils évoluaient, étroitement enlacés et parfaitement en rythme.

Le second slow se termina, et l'orchestre annonça une pause le temps de procéder au rituel de la jarretière et au lancer de bouquet.

— Vous ne m'avez toujours pas dit pourquoi vous vous cachiez, remarqua Keira, d'un air mutin. Ne serait-ce pas pour éviter l'épreuve de la jarretière ?

Gardant toujours un bras autour de sa taille, et retenant sa main prisonnière, il sourit.

— Pas du tout.

— Pour quelle raison, alors ?

— Eh bien, ce n'est pas très glorieux, étant donné que je suis un homme adulte, mais j'essaye d'éviter ma mère et les irritants projets de reconversion professionnelle qu'elle me réserve.

— Votre mère n'apprécie pas votre travail chez Omega Sector ?

— Loin s'en faut.

Keira ne pouvait blâmer une mère de se soucier du bien-être de son fils. Elle sentait sous ses doigts les muscles du torse de Roman, percevait la façon à la fois souple et assurée dont il prenait équilibre sur ses pieds. À l'évidence, c'était un agent de terrain, et il devait plus souvent qu'à son tour se retrouver dans le feu de l'action.

— Je comprends que vous évitiez la foule. Moi-même, j'ai en horreur ce genre de gens.

Il rejeta la tête en arrière, afin de pouvoir croiser son regard.

— Les membres des forces de l'ordre ?

— Non.

Elle secoua la tête avec un sourire.

— Les autres. Les riches et les privilégiés qui croient que tout leur est dû.

Il l'observa un long moment, d'une façon qu'elle ne comprit pas vraiment.

— Quoi ? finit-elle par demander.

— Rien.

Son regard se fit plus doux et plus amical.

— Vous essayez d'échapper à ces gens, et moi aussi. Que diriez-vous si nous quittions ces lieux ensemble ? J'ai une suite à l'étage.

Elle haussa un sourcil.

— En tout bien tout honneur, c'est promis.

Il eut à nouveau ce sourire qui lui coupa le souffle.

— Tout ce que je veux, c'est vous épargner la violence du

lancer de bouquet. Même si je reconnais que vous pourriez aisément éliminer toute concurrence.

Contrairement à ce que les gens pourraient penser au regard de son ancienne profession, elle n'avait pas pour habitude de céder à une attirance instantanée.

Et, compte tenu du traumatisme résultant de son mariage, il lui était difficile de laisser un homme s'approcher d'elle.

Mais l'attirance entre elle et Roman Weber était quelque chose de puissant. Elle ne pouvait pas le nier.

Et elle n'en avait d'ailleurs pas envie.

Pour la première fois depuis bien longtemps elle envoya valser son bonnet par-dessus les moulins.

— Et si je me moquais du bien et de l'honneur ? demanda-t-elle, charmeuse.

Le sourire de Roman s'élargit.

— Dans ce cas, je vous demanderais ce que nous faisons encore ici à discuter.

Libérant sa taille, il la poussa vers la porte.

3

Ils ne quittèrent pas la suite pendant la journée et demie qui suivit.

Et, pour tout dire, ils ne quittèrent quasiment pas le lit, sauf pour récupérer ce qu'ils avaient commandé au service d'étage.

Keira avait constamment le sourire aux lèvres.

Elle sortit de la salle de bains le lundi midi, après s'être lavé les dents et avoir essayé de dompter ses cheveux, en ayant à peine reconnu la femme qu'elle avait vue dans le miroir.

Passer le week-end au lit avec un homme qu'elle ne connaissait pas était loin d'être dans ses habitudes. Ce n'est pas parce qu'elle avait été une strip-teaseuse que cela faisait d'elle une fille facile.

D'ailleurs, le fait de se déshabiller sur scène n'avait pour elle rien à voir avec l'intimité.

Si dans son métier elle savait exactement ce qu'il fallait faire pour attirer l'attention et récolter le plus d'argent possible, elle manquait terriblement de confiance en elle dès qu'il s'agissait d'avoir une relation intime avec un homme.

Et elle le devait à Jonathan Cunningham.

Après leur désastreux mariage, elle avait perdu toute estime d'elle et redoutait de tomber à nouveau sous la coupe d'un pervers narcissique.

Depuis son divorce, six ans plus tôt, elle n'avait eu que deux histoires de courte durée, et elle était bien loin de s'attendre à rencontrer quelqu'un comme Roman.

Il lui avait déjà proposé de dîner avec lui tous les soirs de la semaine, allant même jusqu'à lui prendre son téléphone pour noter les rendez-vous dans son agenda. Donc, à l'évidence, il avait l'intention de la revoir après cet intermède.

Et elle ne pouvait s'empêcher de sourire.

Ce n'était pas son sourire de scène, factice et pourtant étincelant, mais un vrai sourire de bonheur, venu du plus profond d'elle-même.

— J'adore ton style, dit-il, tandis qu'elle revenait vers lui, enroulée dans le drap.

— Se vêtir d'un drap est du dernier cri cette saison.

Elle pivota comme si elle défilait sur un podium, et poussa un cri de surprise lorsqu'il s'empara d'un pan du drap, et se servit de la partie encore enroulée autour de ses hanches pour l'attirer à lui.

— C'est encore mieux comme ça, murmura-t-il, avant de s'emparer de ses lèvres.

— Tu sais que nous allons devoir quitter cette chambre un jour ou l'autre.

— Pas forcément. Je pourrais démissionner d'Omega Sector, et tu pourrais fermer ton salon de coiffure.

Elle gloussa.

— Je crois qu'ils nous jetteront dehors dès que nous n'aurons plus d'argent.

— Ah ! fichue société de consommation !

Le téléphone de Roman sonna sur la table de chevet. Celui de Keira l'avait fait quelques minutes auparavant.

La réalité se rappelait à eux.

Le salon était fermé le dimanche et le lundi, et ça ne lui avait pas posé de problème de rester là avec Roman. Mais elle avait des papiers à faire, et l'activité du salon ne se résumait pas à couper les cheveux.

Elle ne l'avait pas encore expliqué à Roman. Même s'il faisait partie des forces de l'ordre, elle ne se sentait pas encore prête à partager la véritable raison d'être du salon Fresh Starts. Les secrets qu'il recelait ne lui appartenaient pas totalement.

— Je dois retourner au salon.

— Je croyais que c'était fermé le lundi.

— C'est exact, mais les tâches administratives continuent à s'amonceler quel que soit le jour. C'est ça, la glorieuse vie des petits entrepreneurs.

— Si tu crois que c'est plus amusant d'être assis derrière un bureau toute la journée.

En appui contre les oreillers, il eut la plus charmante des moues boudeuses.

— Oh ! dit-elle, en faisant courir un doigt le long de sa joue. Pauvre petit agent de terrain obligé d'utiliser son cerveau !

Elle plaisantait, mais les marques de brûlures qu'il avait au torse et sur l'épaule, souvenirs de son rendez-vous manqué avec la mort deux mois auparavant, n'avaient rien de drôle.

En une seconde, il la renversa sur le dos et la cloua de tout son poids au matelas.

— Je reconnais que je suis plus attiré par l'action que par le profilage ou les recherches.

Il se pencha pour l'embrasser, déplaçant ses hanches pour les plaquer plus étroitement aux siennes.

Keira ne put retenir un gémissement tandis qu'il faisait courir les lèvres le long de sa mâchoire et de son cou.

Le téléphone de Roman sonna à nouveau. Il s'agissait cette fois de la musique des *Dents de la mer*. Ça fit sourire Keira. Ce n'était pas la première fois que ce correspondant appelait.

Une main plaquée contre son torse, elle le repoussa pour empêcher ses lèvres de descendre plus bas que son épaule.

— Je veux vraiment savoir à qui tu as attribué le thème des *Dents de la mer*.

Se hissant sur un coude, Roman laissa échapper un profond soupir.

— Ma mère.

Keira rejeta la tête en arrière et éclata de rire. Jusqu'à ce que Roman profite de sa gorge ainsi exposée, et la laisse bientôt essoufflée.

Mais quand la même sonnerie retentit à nouveau, moins de cinq minutes plus tard, elle comprit qu'elle devait l'obliger à répondre.

— Roman, c'est ta mère.

— Elle rappellera.

— Oui, dans cinq minutes. Tu disais qu'elle n'aimait pas ton engagement chez Omega Sector. Elle se fait du souci pour toi.

Après l'explosion qui avait failli tuer Roman, elle comprenait aisément l'inquiétude de sa mère.

Elle insista.

— Réponds. Ça la rassurera.

Il ne parut pas enchanté, mais il le fit.

— Oui, mère.

Aussitôt, Keira entendit sa mère parler à toute allure, et d'un ton trop bas pour qu'elle discerne ses paroles.

Gardant le téléphone à l'oreille, Roman se pencha pour l'embrasser à nouveau. Son baiser fut si sensuel qu'elle faillit oublier la femme à l'autre bout de la ligne.

Mais, bien trop vite à son goût, il la repoussa.

— Bien sûr que je vous écoute.

Il adressa un clin d'œil à Keira et se leva, allant nu jusqu'à la fenêtre.

— J'ai quitté la réception de bonne heure avec une amie.

Il jeta un coup d'œil à Keira par-dessus son épaule et lui sourit.

— Oui, quelqu'un que j'ai rencontré au mariage. Ou plutôt, que j'ai revu car je la connaissais déjà. Nous avons des amis communs.

Keira ne pensait pas pouvoir se lasser un jour d'admirer le corps nu de Roman. Difficile de croire que cette carrure, ces abdominaux parfaitement ciselés, ce fessier haut et ferme, et ces cuisses puissantes étaient ceux d'un homme en pleine convalescence.

Elle n'osait imaginer à quoi il ressemblait quand il était au summum de sa force physique.

— Keira Spencer, dit-il.

Puis il attendit patiemment que sa mère ajoute quelque chose.

— Vous savez quoi, je vais voir avec elle si elle est disponible pour un dîner en famille dimanche prochain.

Keira lança à Roman un regard surpris.

Avait-elle envie de déjeuner avec sa famille ? Il lui souriait d'un air rassurant. Peut-être, après tout, n'était-ce pas toute une affaire d'État comme elle en avait l'impression...

Néanmoins, elle se leva tandis qu'il terminait avec sa mère. Elle avait besoin de reprendre un peu confiance en elle, et elle ne connaissait rien de tel pour cela que de s'habiller et de se maquiller.

Elle achevait de se préparer, quand Roman frappa à la porte.

— Tout va bien ?

Elle lui ouvrit.

— Un déjeuner avec ta famille ? Tu es sûr que c'est une bonne idée ?

Il lui vola un baiser.

— Tu n'es pas obligée de venir si tu n'en as pas envie. En fait, les déjeuners dominicaux avec ma famille sont surtout pour elle un moyen d'étoffer son carnet d'adresses. Tout le monde amène quelqu'un. Si ça peut te rassurer, je n'y assiste pas toujours.

Était-il en train de faire machine arrière ? Regrettait-il déjà son invitation ? Elle ne le connaissait pas assez bien pour savoir quelle attitude adopter.

— Eh bien...

— Je te propose une chose : dîne avec moi tous les soirs de la semaine, et si tu m'apprécies toujours, viens faire connaissance avec ma famille. Sache seulement qu'ils sont très envahissants.

Cette folle proposition la fit rire et secouer la tête.

— Je ne peux pas dîner avec toi tous les soirs. Le salon reste ouvert tard certains jours.

— J'apporterai de quoi manger sur place.

C'était agréable d'être désirée à ce point. Et par un homme qui n'était pas seulement terriblement attirant, mais qui était aussi une personne de confiance. Roman était un ami d'Andrea et Brandon, et il travaillait pour l'une des agences gouvernementales les plus réputées du pays. Il y avait vraiment de quoi être mise en confiance.

Et, même s'ils n'avaient pas abordé le sujet de leurs situations financières, au cours des conversations qui avaient entrecoupé leurs étreintes, Keira était persuadée que Roman ne faisait pas partie de la haute société qu'elle avait fuie six ans auparavant. Quand on naissait avec une cuillère en argent dans la bouche, on ne mettait pas sa vie en danger chaque jour en intégrant une unité d'élite telle que le SWAT.

Roman Weber n'était pas loin d'être parfait.

Il finit par l'avoir à l'usure, et Keira accepta deux dîners avec lui, en plus du déjeuner chez ses parents.

C'était fou, effrayant, et délicieusement enthousiasmant.

Pour la première fois depuis six ans, Keira se laissait aller à envisager une relation suivie avec un homme.

Peut-être pas le mariage — elle n'était pas certaine de vouloir s'y laisser reprendre — mais quelque chose de durable.

Et pourquoi pas de permanent ?

Il restait bien sûr des obstacles. Elle n'était pas naïve. Ce n'était pas parce qu'ils avaient passé un week-end fabuleux que ça durerait toute leur vie.

Mais c'était un bon début.

4

Lorsqu'arriva le dimanche, et que Roman vint la chercher pour le déjeuner chez ses parents, Keira était toujours sur un petit nuage.

Elle s'était dit que Roman ferait machine arrière, qu'il essayerait de calmer le jeu entre eux durant la semaine, de façon à annuler l'invitation.

En fait, Keira était surprise de ne pas s'être désistée elle-même. Pour être tout à fait honnête, ça lui faisait un peu peur.

Et même s'ils avaient mis un frein à leurs ébats, souhaitant tous deux prendre un nouveau départ et vivre de façon plus posée ce qui était en train de se passer entre eux, ils s'étaient vus ou parlé tous les jours de la semaine.

Elle se sentait comme Cendrillon attendant que sonnent les douze coups de minuit, et que tout autour d'elle se transforme en citrouille.

Il n'était pas possible que les choses continuent à aller aussi bien.

Fresh Starts était également un succès. Et pas seulement le salon, même si Keira reconnaissait sans fausse modestie qu'elle était douée pour la coiffure, mais également son autre activité : celle qui consistait à offrir à des femmes qui n'avaient nulle part où aller un foyer, où elles pouvaient rester aussi longtemps qu'elles le souhaitaient, ainsi qu'une formation en cosmétologie, pour qu'elles puissent avoir un revenu.

Keira avait investi tout l'argent qu'elle avait reçu en héritage — une coquette somme dont elle avait désespérément eu besoin quand elle était plus jeune, mais que ses parents avaient cru bon de déposer sur un compte bloqué, libérable le jour de ses vingt-cinq ans — dans l'immeuble, le salon et les équipements. Elle en était pleinement propriétaire et n'avait aucune dette, ce qui lui permettait de financer le foyer grâce aux excédents de bénéfices de son salon de coiffure.

Elle souhaitait aider le plus grand nombre possible de femmes en détresse, leur faire comprendre qu'il existait une issue à la situation dans laquelle elles se croyaient enferrées pour toujours, et leur faire reprendre goût à la vie. Actuellement, trois des quatre studios que comportait l'immeuble étaient occupés.

Elle n'avait pas encore parlé à Roman de cette activité annexe à son salon.

Il était trop tôt. Ce n'était pas quelque chose que vous pouviez dire à quelqu'un avec qui vous ne sortiez que depuis une semaine.

Sortir... Ce mot la fit sourire.

— Qu'est-ce qui te fait sourire comme ça ?

Roman tendit le bras et lui prit la main, gardant l'autre fermement posée sur le volant.

— Simplement le fait qu'une semaine peut faire toute la différence. Si tu m'avais demandé, il y a une dizaine de jours, ce que je ferais ce dimanche, je n'aurais pas parié un million de dollars sur quelque chose de ce genre.

Il lui adressa un sourire en coin.

— Oui, cette semaine a été plutôt inattendue pour moi aussi.

— Je n'essaye pas de précipiter les choses.

— Moi non plus. On déjeune avec ma mère pour qu'elle arrête d'être toujours sur mon dos, et ensuite on fera les choses à notre rythme.

— Parfait.

Il la regarda de haut en bas, d'un air entendu.

— Du moment que je peux t'emmener chez moi ce soir.

Elle passa la main dans ses épais cheveux bruns tandis qu'il conduisait.

— Je pense que ça peut s'arranger. Et sinon, dis-moi, ton frère et ta sœur déjeunent chez tes parents toutes les semaines ?

L'idée qu'une mère cuisine pour toute sa famille, même si ses enfants étaient tous adultes et ne vivaient plus à la maison, avait quelque chose de réconfortant.

— On ne se réunit pas toutes les semaines. Généralement, c'est plutôt une fois par mois.

— C'est déjà bien.

Quelques minutes plus tard, lorsque Roman franchit l'entrée du country club de Colorado Springs, la bonne humeur de Keira commença à vaciller.

— Le country club ?

Elle tenta un petit rire, mais il lui parut terriblement factice.

— Mouais.

Roman lui sourit, sans paraître avoir conscience du malaise qu'elle ressentait.

— Je crois que j'aurais dû mentionner que ma mère ne cuisine pas. Tous nos repas de famille se déroulent ici.

Keira essaya de refréner la panique qu'elle sentait monter en elle.

Ce n'était pas parce qu'ils fréquentaient le country club que les parents de Roman étaient comme ceux de Jonathan. Être membre d'un country club n'était pas forcément synonyme d'argent et de pouvoir.

Beaucoup de gens fréquentaient ce genre d'endroits. Des gens normaux, sympathiques, attentifs aux autres, et qui se trouvaient avoir une certaine aisance financière.

Mais ces arguments ne parvenaient pas à convaincre Keira.

Elle garda le silence tandis qu'ils avançaient jusqu'au club-house.

Que pourrait-elle dire sans paraître complètement ridicule ? Que ce genre d'endroits la faisait paniquer à cause de ce qui lui était arrivé autrefois ?

Elle n'avait pas abordé le sujet avec Roman. Ce n'était pas quelque chose dont elle aimait parler, et elle était d'ailleurs loin d'imaginer que ce serait nécessaire de le faire.

Le voiturier lui ouvrit sa portière, et elle en sortit mécaniquement, presque dans un état second.

Par chance, elle portait une jolie robe en maille et des bottes, en vue de ce qu'elle croyait être un déjeuner informel. Et si elle avait porté un jean délavé ? L'aurait-on laissée entrer ?

Même lorsque Roman posa la main dans le creux de son dos, en un geste protecteur, la sensation de menace qu'elle éprouvait ne s'estompa pas.

— La seule chose importante que tu dois te rappeler, c'est de ne pas prendre ma famille trop au sérieux.

Il lui sourit à nouveau, et ne sembla pas remarquer à quel point elle était paniquée. Ce qui était tout aussi bien.

— En tout cas, c'est ce que, moi, je fais.

Keira ne répondit pas tandis qu'elle étudiait les gens autour d'elle.

Ce country club n'était pas différent de celui qu'elle fréquentait à Denver quand elle était mariée avec Jonathan. Tout le monde parlait, se serrait la main, se donnait des tapes dans le dos, se congratulant d'être les maîtres de l'univers.

C'était un dimanche après-midi typique dans un endroit comme celui-ci.

Keira savait qu'elle exagérait, que ce n'était pas juste de juger tout le monde sur les actions de quelques-uns, mais elle ne pouvait pas s'en empêcher.

Elle avait l'impression qu'elle allait se sentir mal. Il fallait absolument qu'elle se ressaisisse.

— Vous voilà !

Une femme d'une soixantaine d'années, les cheveux bruns coiffés en un carré parfaitement lissé, se précipita vers eux.

— Je croyais que vous seriez là à 13 heures, ajouta-t-elle, en adressant un regard de reproche à son fils.

— Je ne pensais pas utile d'arriver pour l'apéritif.

Roman se pencha et embrassa la joue que lui tendait sa mère.

— Le déjeuner familial est bien suffisant.

Une main plaquée dans le creux du dos de Keira, il la poussa en avant.

— Mère, j'aimerais vous présenter Keira Spencer. Keira, voici ma mère, Maureen Weber Donovan.

Maureen se tourna vers Keira et, pendant quelques secondes, le dédain enflamma ses yeux, avant qu'elle s'empresse de le masquer.

— Je suis tellement ravie que vous ayez pu vous joindre à nous, minauda-t-elle. Roman ne nous présente pas systématiquement toutes ses conquêtes.

L'allusion au fait que Keira n'était qu'un numéro sur une longue liste, et donc sans importance, avait été faite d'un ton si aimable qu'elle aurait presque pu passer inaperçue.

Ce qui ne passait pas inapeçu, en revanche, c'est que la famille avait de l'argent. Que ce soient les vêtements de Maureen, son parfum, ou sa façon de parler, tout en elle respirait l'aisance financière.

Ils se dirigèrent vers la table autour de laquelle le reste de la famille de Roman était assis.

Maureen présenta son mari, Maxwell Donovan, qui n'était pas le père de Roman, mais l'homme qu'elle avait épousé après le décès de son premier mari, quinze ans plus tôt.

Maxwell paraissait beaucoup plus intéressé par le verre qu'il tenait à la main, et par le match de foot qu'il regardait sur son smartphone, que par ce qui se passait à table.

La sœur de Roman, Angela, et son fiancé, Brock, s'étaient joints à eux. Ils étaient assez sympathiques et, après que tout le monde eut passé commande, Keira eut l'impression qu'elle avait imaginé l'hostilité de Maureen.

Le repas était délicieux, raffiné. Tout le monde parlait de choses légères, sans importance. Même Maxwell participait de temps en temps à la conversation, et personne ne semblait lui en vouloir quand il se replongeait soudain dans son match.

Rassurée par le sourire de Roman, Keira finit par se dire que sa paranoïa avait brouillé son jugement.

C'est pourquoi elle fut totalement prise au dépourvu quand l'attaque suivante se produisit.

Une chose était sûre, elle ne pouvait pas critiquer le sens de l'à-propos de Maureen.

Si la mère de Roman était passée à l'offensive un peu plus tôt durant le repas, ça aurait paru bizarre. Mais elle porta l'estocade entre deux bouchées de crème brûlée.

— Donc, vous vous êtes rencontrés au mariage, la semaine dernière ? demanda Maureen, avec un grand sourire.

Roman enveloppa Keira d'un regard charmé, avant de répondre :

— En effet, bien que nous nous soyons déjà vus avant le mariage, et que nous nous connaissions grâce à des amis communs. Mais ce n'est que la semaine dernière que nous nous sommes réellement rapprochés.

Keira lui fut reconnaissante d'essayer de faire paraître leur relation un peu plus respectable, en ne racontant pas comment elle avait réellement commencé. Elle n'en avait pas honte, mais il n'était pas nécessaire non plus de révéler à sa mère les détails les plus torrides.

Cependant, Maureen Donovan avait sa petite idée derrière la tête.

— J'ai remarqué que vous étiez une des demoiselles d'honneur. Comment avez-vous connu Andrea ?

— Nous avons travaillé ensemble, il y a quelques années.

Maureen l'enveloppa d'un regard doucereux.

— Était-ce avant, pendant, ou après votre carrière de strip-teaseuse ?

Les mots avaient été prononcés distinctement, de façon que tout le monde autour de la table puisse les entendre, mais aussi pour qu'ils parviennent aux oreilles des convives voisins.

Keira réalisa qu'elle aurait dû s'y attendre. Elle connaissait ce genre de personnes. Elle savait de quoi elles étaient capables. Et cependant, elle s'était laissé entraîner dans ce traquenard, en pensant que la présence de Roman pourrait la protéger.

Elle n'était pourtant pas stupide. C'est pourquoi elle ne comprenait pas pourquoi elle avait commis une telle erreur.

Apparemment indifférente au chaos qu'elle venait de provoquer, Maureen prit posément sa serviette, et se tamponna les lèvres, avant de lever son verre d'eau.

En entendant le mot « strip-teaseuse », Maxwell avait abandonné son match de football adoré. Angela et son fiancé avaient tous les deux poussé un petit cri et ouvert de grands yeux.

Roman adressa un regard sévère à sa mère.

— De quoi parlez-vous, mère ? Andrea Gordon Han est un agent d'Omega Sector.

Maureen toisa son fils avec arrogance.

— Mais elle n'a pas toujours travaillé dans ta chère agence.

Elle tourna la tête vers Keira.

— N'est-ce pas ?

Keira refusa de se laisser intimider par cette femme.

— Je ne peux pas parler au nom d'Andrea, mais il est vrai que j'ai été strip-teaseuse. C'était d'ailleurs fort lucratif, si vous tenez à le savoir.

Keira sentit que Roman la dévisageait avec insistance, mais elle ne lui accorda pas un regard. Elle savait où se trouvait l'ennemi, et ne devait pas s'en laisser détourner.

D'autant que Maureen n'en avait pas terminé.

— Et maintenant, vous êtes coiffeuse. Est-ce bien cela, ma chère ?

Keira prit sa serviette sur ses genoux, et la déposa à côté de son assiette.

— Oui, c'est exact.

— J'imagine que c'est moins rémunérateur que d'ôter ses vêtements — en supposant que vous ne faisiez que cela...

Pas un instant, Maureen ne s'était départie de son sourire doucereux.

— Cela suffit, mère !

La voix de Roman vibrait d'une froide colère, mais Keira ne parvenait pas à déterminer si elle était dirigée contre elle ou contre sa mère.

Fine stratège, Maureen savait ne pas aller trop loin.

— Naturellement, mon chéri. Je remarquais seulement qu'une nouvelle affaire peut être un véritable gouffre financier. De ce fait, je me demandais si Keira t'avait demandé de l'aide.

En d'autres termes, elle voulait savoir si Keira sortait avec son fils pour son argent. Ironiquement, si elle avait su que Roman était riche à ce point, jamais elle n'aurait entamé une relation avec lui. Elle pensait simplement sortir avec un agent gouvernemental.

— Je peux vous assurer que le salon est très rentable, et n'a pas besoin de l'aide financière de votre famille.

Elle se leva.

— En fait, il est temps pour moi de retourner au travail. Merci pour ce sympathique repas.

Maureen sourit aimablement.

— Naturellement, ma chère. Il vaut mieux que vous retourniez là où est votre place. Un nouvel entrepreneur doit se consacrer pleinement à ses affaires.

Quelques minutes plus tard, après des adieux crispés Roman fit avancer sa voiture, et Keira et lui y prirent place dans un silence tendu.

Keira aurait aimé ne pas être affectée par les paroles de

Maureen, mais ce n'était hélas ! pas le cas, et elle n'avait pas le cœur à discuter.

Roman était visiblement dans le même état d'esprit mais, après quelques minutes de trajet, il lui proposa de la reconduire au salon plutôt que chez lui, comme il l'avait suggéré avant leur arrivée au country club.

Ce ne fut qu'une fois garé devant le salon, qu'il tenta de relancer la conversation.

— Ma mère...

Keira l'interrompit.

— Ta mère est la matriarche d'une famille riche et puissante. Elle veut te protéger, ainsi que le nom de ta famille.

Keira ne connaissait que trop bien ce genre de protection familiale. Ça avait failli lui coûter la vie, six ans auparavant.

— Mais tout de même, ce qu'elle a dit n'était pas...

Il parut faire un effort pour trouver le mot correct.

— ... poli.

Keira secoua la tête.

— Ça ne veut pas dire pour autant que c'est un mensonge. J'ai été strip-teaseuse, Roman. Je me suis déshabillée pour de l'argent. Et, aujourd'hui, je suis coiffeuse.

— Je le sais.

Ils gardèrent le silence un long moment, ni l'un ni l'autre ne sachant quoi dire.

— Écoute, dit finalement Keira. Nous nous sommes peut-être lancés trop vite dans cette relation. Nous avons laissé le désir nous guider, sans réfléchir. Nous devrions peut-être nous dire que nous avons passé une semaine fantastique et en rester là.

Keira ne pouvait pas s'impliquer à nouveau avec un homme appartenant à ce genre de famille. Elle n'en avait pas la force.

Roman parut soulagé.

— Oui, peut-être. Prenons le temps d'y réfléchir un moment.

Mais ils savaient tous les deux que « réfléchir » voulait dire que c'était terminé.

Roman lui ouvrit la portière, et lui donna une brève accolade.

Ils évoquèrent la possibilité de se revoir dans quelque temps. Ils ne le pensaient ni l'un ni l'autre.

Roman lui adressa un sourire un peu forcé, puis il agita la main par la vitre, avant de redémarrer la voiture.

Et là, en cette fin d'après-midi, ce fut comme si une horloge sonnait minuit et que l'univers de Keira se transformait en citrouille.

5

Deux mois plus tard

— Qui est partant pour une bière après le service ? demanda Liam Goetz.

L'après-midi s'achevait, et l'équipe du SWAT réintégrait ses quartiers après une journée complète d'entraînement en extérieur.

— Inutile de demander à Roman, dit Lillian, en levant les yeux au ciel. Il est de mauvaise humeur. Une fois de plus. Ça ne m'étonnerait pas qu'il y ait une femme là-dessous.

— Je ne suis pas de mauvaise humeur, protesta Roman. Et ça n'a rien à voir avec une femme. Seulement, la journée a été épuisante.

Mais son ton rogue, il le savait, ne faisait que confirmer le commentaire de sa collègue.

Et elle avait raison, bien sûr. Il était irritable. En vérité, cela faisait deux mois qu'il n'était pas à prendre avec des pincettes.

Et il savait exactement pourquoi il était aussi ronchon, même s'il ne l'admettrait pour rien au monde.

— Tu peux toujours parler, mon vieux, dit Liam. Ma femme a eu des jumeaux, donc je sais ce que c'est que d'être de mauvaise humeur. Et tu es exactement comme elle l'était.

Le reste de l'équipe éclata de rire, même Derek, leur chef,

et Roman comprit qu'il s'était réellement montré sous son plus mauvais jour.

John Cornell et Saul Poniard, deux types qui ne faisait pas partie de l'équipe en temps normal, étaient avec eux — Poniard cherchant probablement toujours à marquer des points, comme il l'avait fait au mariage — et paraissaient à la fois surpris et amusés par la moquerie.

— Je serais irritable également si j'avais failli mourir dans une explosion, dit Ashton Fitzgerald, l'un des tireurs d'élite de l'équipe. Oh ! mais attendez, j'ai failli mourir dans une explosion !

Lillian leva à nouveau les yeux au ciel.

— Tu as rencontré l'amour de ta vie à cette occasion, Fitzy. Pas Weber. Donc, tu n'as aucune raison d'être ronchon.

Fitzgerald agita les mains en signe de reddition.

— Heureusement que vous avez arrêté de vous moquer de moi, en me traitant d'homme à tout faire de Summer.

Même Roman fut obligé de sourire. Ils s'étaient moqués sans merci du coup de cœur d'Ashton pour Summer Worrall, et du fait que celle-ci l'avait pris au début pour l'homme à tout faire de la résidence.

— Oh ! je suis sûr que tu fais encore beaucoup de choses pour elle ! dit Liam, avec un clin d'œil entendu. Et pas seulement réparer la fuite de son évier.

— Bien, on dirait que c'est partie remise pour la bière, les interrompit Derek. Nous venons de recevoir un appel. Exercice de prise d'otages au centre d'entraînement.

Personne ne protesta à haute voix, mais tout le monde en avait envie.

Ce qui les dérangeait, ce n'était pas le fait d'écoper d'un exercice supplémentaire à la fin d'une longue journée. Ils s'y attendaient, et ils en étaient même ravis, car cela gardait l'équipe sur le qui-vive.

Non, leur appréhension venait du centre d'entraînement lui-même.

Tous les regards se tournèrent vers Fitzgerald, car c'est lui qui avait failli être tué dans une des toutes premières opérations d'entraînement, quelques mois auparavant.

— Ne me regardez pas comme ça, dit Fitzgerald. Du moment que nous n'avons pas à porter les costumes, je suis partant.

Derek hocha la tête.

— Pas de costume. Ni maintenant ni dans un futur proche.

L'un des costumes électrifiés, supposé imiter une blessure par balle en envoyant un léger choc électrique à l'agent, était défectueux. Fitzy avait ainsi reçu des décharges répétées, jusqu'à ce que quelqu'un coupe le compteur général de l'immeuble, et lui sauve ainsi la vie.

Les costumes étaient en théorie une superbe invention, mais en pratique ils s'étaient avérés être un piège.

Des rumeurs de sabotage avaient couru.

— L'appel concerne un preneur d'otage et une victime, dans l'immeuble de l'office fédéral, annonça Derek.

— Un seul terroriste, chef ? demanda Lillian. C'est un peu léger, non ?

Derek haussa les épaules.

— Ils ont peut-être pitié de nous, étant donné que nous venons déjà de faire une journée de quinze heures. Mais j'en doute. Donc, il faut être prêt à tout.

Le camion du SWAT s'arrêta devant le centre d'entraînement.

— Poniard, Cornell, vous pouvez venir, ajouta Derek, mais vous devrez rester en retrait.

John Cornell hocha la tête, mais Poniard parut déçu de ne pas pouvoir se trouver au cœur de l'action. Ce type voulait vraiment intégrer le SWAT.

Le centre d'entraînement, qui avait coûté plusieurs millions de dollars, avait été conçu pour présenter un scénario différent chaque fois qu'une équipe y entrait. Les concepteurs avaient prévu une multitude de scénarios, ainsi que des hologrammes très réalistes pour représenter les « méchants. » Quelques-uns des meilleurs programmeurs de jeux vidéo et ingénieurs en informatique du monde avaient développé le système, et des unités d'élite venaient de tout le pays pour s'y entraîner. Omega Sector avait beaucoup de chance de l'avoir à disposition dans son fief.

L'équipe entra dans l'immense entrepôt, et se dirigea vers une salle de préparation. Là, ils échangèrent leurs vraies armes contre des armes de simulation. Elles étaient très ressemblantes et pesaient le même poids, mais elles envoyaient des rayons lumineux au lieu de balles.

Le décompte fut prononcé, la porte s'ouvrit, et l'équipe entra dans une réplique de zone urbaine. L'action se passait de nuit et sous la pluie. De la véritable vapeur d'eau flottait dans l'air, et l'obscurité les cernait, à l'exception des quelques halos de lumière fournis par les réverbères.

— Cornell, Poniard, vous n'allez pas plus loin, ordonna Derek. Les autres, gardez les yeux bien ouverts. Ça m'étonnerait qu'il n'y ait qu'un seul terroriste.

Roman était entièrement d'accord. L'unité SWAT d'Omega Sector était appelée pour des cas trop compliqués pour être pris en charge par la police locale, ou lorsque l'événement se produisait dans un endroit sous juridiction fédérale.

— Fitzy, Liam, faites le tour par-derrière. Je suis sûr qu'il y a une échelle à incendie sur un immeuble aussi vieux. Lil, trouve-nous un autre accès au bureau, en cas de besoin. Roman et moi allons passer devant. Utilisez les caméras pour vérifier à quoi nous avons affaire ici, et faites attention à vous.

Tout le monde s'exécuta, et Fitzy et Liam furent les premiers à venir au rapport.

— Nous avons un visuel sur le suspect et l'otage. Il s'agit d'une femme, à en juger par la robe qu'elle porte. Elle est attachée à une chaise, et porte une sorte de sac sur la tête. Le suspect fait les cent pas.

— Ça veut dire qu'il est agité, dit Roman. Donc, qu'il est imprévisible. Cherchez s'il n'a pas un complice.

Roman et Derek se trouvaient dans le couloir, devant la porte du bureau. Tandis que Roman surveillait le couloir, afin que personne ne puisse monter jusqu'à cet étage et les surprendre, Derek glissa la mini caméra sous la porte, afin de voir ce qui se passait dans la pièce.

— Bien, dit-il. Je vois le suspect aller et venir, et on dirait qu'il n'y a personne d'autre.

— Derek, j'ai trouvé un accès par la gaine de ventilation, et j'ai une excellente vue sur toute la pièce.

La voix de Lillian venait de chuchoter dans leurs oreillettes.

— Croyez-le ou non, je pense que c'est l'affaire d'une seule personne. Je peux le neutraliser sans le tuer, et ce sera fini. Nous aurons encore le temps de prendre une bière et de supporter la mauvaise humeur de Roman.

L'intéressé retint un soupir d'exaspération. Les plaisanteries les plus courtes étaient les meilleures.

— Peut-être qu'ils ont fait simple, cette fois, suggéra-t-il. Nous sommes toujours prêts pour les interventions d'envergure, mais il arrive parfois que nous nous retrouvions face à un loup solitaire.

— Attendons encore cinq minutes, et voyons ce qui se passe, décida Derek.

Les cinq minutes fatidiques s'écoulèrent, et rien ne se passa.

— Bien, on y va, décida finalement Derek. Lil, vous le neutralisez sans le tuer, et tous les autres entrent dans la pièce en renfort.

— Bien reçu, répondit l'équipe.

Roman ne savait pas trop à quoi il s'attendait, peut-être un parachutage de ninjas, ou une bombe sous la table de conférence.

Mais rien de tel ne se produisit.

Peut-être n'était-ce qu'un mini-exercice, pour s'assurer que l'équipe était toujours sur le qui-vive.

Il ne pouvait cependant se départir d'un curieux pressentiment.

L'équipe entra dans le bureau au moment où Lillian sortait de la gaine de ventilation. Elle roula sur elle-même en atterrissant, et tira dans l'épaule du suspect. Dans sa chute, ce dernier lâcha l'arme de simulation qu'il tenait à la main.

En quelques secondes, il fut menotté virtuellement, de façon à ne plus pouvoir faire de mal à personne.

Mission terminée.

— Bien, dit Liam, c'était presque aussi relaxant que de prendre une bière.

Fitzgerald éclata de rire.

— Honnêtement, je croyais que le sol allait se transformer en une mer d'acide, ou je ne sais quoi.

— Moi, je m'attendais plutôt à des zombies mangeurs de chair, déclara Lillian.

Roman s'avança et ôta le sac sur la tête de la « victime ».

Mais, là ou aurait dû se trouver le visage réaliste d'un mannequin, il y avait une sorte d'écran de télévision. On y voyait une femme, également en robe, également ligotée sur une chaise, et la tête recouverte d'un sac.

— Que diable ? s'exclama Roman.

Le reste de l'équipe se précipita à côté de lui.

— Quel exploit d'avoir mis en échec un seul agresseur ! dit soudain une voix masculine.

Des jurons retentirent dans le centre d'entraînement lorsque le visage de Damien Freihof apparut à l'écran.

— Où est-il ? murmura Roman, à l'intention de ses collègues.

— Pas ici, c'est sûr, répondit Lillian. C'est un vrai bureau, pas une reproduction.

— Avant de continuer, dit Freihof, je voudrais m'assurer que nous avons tous les membres d'Omega à bord.

Quelques secondes après, Roman sentit son téléphone

vibrer dans sa poche. Il le sortit et vit à nouveau apparaître le visage de Freihof. La même chose arriva au reste de l'équipe sur leurs téléphones.

— Je voudrais m'excuser, dit Freihof. J'ai joué avec vous, et les personnes avec qui j'ai travaillé n'ont pas toujours mené à bien les missions que je leur avais confiées.

— Il y a un moyen de le tracer ? demanda Roman à voix basse.

— Pas d'ici, répondit Derek. Mais s'il envoie ça à tous les membres d'Omega, quelqu'un est forcément en train de le faire.

— Je comprends que l'incapacité de mes amis à tuer les gens que j'avais ciblés vous a peut-être incités à ne pas me prendre au sérieux. Et j'en suis entièrement responsable. Il ne faut jamais confier à quelqu'un d'autre un travail que vous pouvez faire vous-même.

Freihof, en bon dramaturge qu'il était, ôta lentement le sac sur la tête de sa victime.

Grace Parker.

Roman observa les yeux de la femme avec qui il avait passé tellement de temps à parler au cours des derniers mois. Celle qui l'avait aidé à surmonter le traumatisme de l'explosion, mais aussi à y voir clair dans les sentiments qu'il éprouvait pour Keira Spencer.

— Bon sang, où sont-ils ? demanda Lillian.

— Je crois que c'est le bureau personnel de Grace à son domicile, dit Roman. J'y suis allé une fois.

Derek appelait déjà pour y envoyer une unité.

Mais Freihof était trop intelligent pour perdre du temps maintenant qu'il avait révélé son emplacement.

— Cette leçon sera rapide, dit Freihof. Vous vous considérez comme les « gentils », mais ce n'est pas toujours le cas, n'est-ce pas ? Il est temps de payer pour vos péchés.

Quand ils virent Freihof sortir un couteau et se placer derrière Grace Parker, tous les membres de l'équipe se ruèrent vers l'écran, comme s'ils pouvaient faire quelque chose.

— Il est temps pour vous d'éprouver la douleur que j'ai connue.

Impuissants, ils virent Freihof trancher la gorge de Grace. Elle mourut devant eux sans qu'ils puissent rien y faire.

6

Deux jours plus tard, un étrange mélange de silence horrifié et de rage à peine dissimulée flottait dans l'air de la salle de conférences d'Omega Sector.

Une violente tempête de neige se préparait.

Un autre des leurs était mort. Cette fois, assassiné de sang-froid devant leurs yeux.

Steve avait convoqué une réunion générale, sachant que l'équipe avait plus que jamais besoin d'un commandement sans faille. Brandon Han se tenait à côté de lui sur l'estrade.

Comme tous ceux qui étaient présents dans la salle, les deux hommes donnaient l'impression de ne pas avoir connu un moment de repos depuis la mort de Grace, et semblaient avoir envie d'en découdre.

Assise à côté de Roman au fond de la salle, Lillian bouillait d'une tension perceptible.

— Je ne sais pas combien de temps je vais pouvoir rester assise là à ne rien faire, murmura-t-elle, en se penchant vers lui.

— Je sais. Et Steve aussi le sait, ne t'inquiète pas.

La salle était divisée à peu près à parts égales entre enquêteurs et membres du SWAT, avec quelques scientifiques de l'institut médico-légal, et des experts en informatique.

On pouvait aisément reconnaître les membres du SWAT, même s'ils n'étaient pas tous en uniforme. C'était ceux qui, comme Lillian, bouillonnaient d'une furieuse énergie.

Ils n'avaient pas envie d'être enfermés, à attendre qu'on leur explique comment capturer Freihof. Ils voulaient aller sur le terrain et entrer en action.

Mais c'était impossible car, comme d'habitude, personne ne savait où se trouvait Freihof.

— Grace Parker était l'une des nôtres, commença Steve Drackett. Un membre essentiel de notre unité, et une amie pour beaucoup d'entre nous. Elle restera irremplaçable dans nos cœurs.

Il laissa passer un silence.

— Freihof nous a déclaré la guerre. Et, croyez-moi, nous allons faire en sorte qu'il le regrette.

Tout le monde dans la salle hocha la tête. Quelques-uns applaudirent.

— Je vous ai réunis aujourd'hui, parce que je voulais m'assurer que tout le monde était prêt à passer à la vitesse supérieure, reprit Steve.

Il observa l'assistance avec gravité.

— Nous sommes tous en danger, et nous avons besoin de rassembler un maximum d'informations sur Freihof.

Il se tourna sur sa droite.

— Brandon, c'est à vous.

Les lèvres serrées, Brandon tapota quelques touches sur le clavier de son ordinateur, et fit apparaitre un mémorandum sur le grand écran.

— Notre histoire avec Freihof remonte à longtemps...

Il désigna une première rubrique sur l'écran.

— Tout a commencé il y a cinq ans, lorsque ma femme, Andrea, — qui ne faisait pas encore partie d'Omega Sector — a prévenu Steve que Freihof avait l'intention de se faire sauter, ainsi qu'une vingtaine de personnes, dans une banque en Arizona.

Steve hocha la tête.

— Grace y était ce jour-là.

Brandon reprit.

— Freihof a été neutralisé et envoyé en prison, mais il s'est évadé l'année suivante. Andrea et moi avons failli être tués quand il est réapparu en Arizona, après son évasion.

Il pointa une autre rubrique.

— Il a réapparu ici, dans le Colorado, il y a deux mois, après s'être fait oublier pendant dix mois.

Une image de Summer Worrall et de sa fille, Chloe, apparut.

Roman vit Ashton Fitzgerald se crisper. Et c'était bien compréhensible. Le souvenir de ce qui avait failli arriver à sa fiancée, et à la fillette qu'il considérait comme sa propre fille, n'avait en effet rien de plaisant.

— Il y a deux mois, Freihof a ciblé Summer Worrall, à cause de ses liens avec nous.

Brandon chercha Roman des yeux.

— Nous avons failli perdre Roman dans l'explosion échafaudée par Freihof, et Tyrone Marcus y a laissé la vie.

Roman n'avait aucunement besoin de ce rappel.

— Une semaine après cela, reprit Brandon, Freihof s'en est pris à nos amis au Texas, Caroline Gill et Zane Wales. Heureusement, les personnes qu'il avait chargées de les éliminer n'ont pas réussi à mener à bien leur mission. C'est de cela que parlait Freihof quand il a tué Grace.

Ému à l'évocation de la psychiatre de l'unité, il laissa à nouveau passer un silence.

— Deux mois se sont écoulés sans que Freihof fasse parler de lui. Même si nous espérions qu'il ait disparu pour de bon, nous savions que c'était trop beau pour être vrai.

Brandon balaya du regard la salle tout entière.

— Mais les choses ont changé. Freihof est passé à la vitesse supérieure.

Encore une fois, il y eut des murmures d'approbation.

— Freihof a décidé de se salir les mains, plutôt que de faire appel à d'autres personnes comme il le faisait avant. Sans doute parce qu'il n'a pas obtenu les résultats escomptés.

— Il a quand même réussi à tuer Tyrone, rappela Roman.

Brandon hocha la tête.

— C'est vrai, mais la mort de Tyrone n'était pas prévue. Il n'était pas sa cible. Quoi qu'il en soit, Freihof est passé à l'attaque. Grace Parker était sa première victime, et nous savons qu'elle ne sera pas la dernière. Voici le message que nous avons trouvé chez elle.

Une nouvelle image apparut à l'écran. Une note rédigée d'une grande écriture fortement appuyée et parfaitement lisible.

« Quand vous perdez quelqu'un que vous aimez, ça fait mal. »

— Qu'est-ce que cela signifie ? s'exclama Lillian. S'il pense que ça fait mal maintenant, qu'il attende de se trouver dans ma ligne de mire !

Il y eut quelques rires étouffés dans la salle. Mais tout le monde pensait la même chose. Aucune des personnes présentes dans cette salle n'hésiterait à abattre Freihof si elle en avait l'opportunité.

— Nous avons étudié la vidéo de la mort de Grace, reprit Brandon. Et ça nous a incités à chercher dans une autre direction que celle que nous avions initialement suivie. Nous nous sommes spécialement penchés sur les phrases « Vous vous considérez comme les gentils, mais ce n'est pas toujours le cas, n'est-ce pas ? Il est temps de payer pour vos péchés. »

Une nouvelle photo apparut à l'écran, celle d'une ravissante jeune femme blonde.

— Vous pensez que c'est sa prochaine victime ? demanda Roman.

— Non. En fait, c'était notre victime à nous.

— Comment cela ? demanda Lillian.

— Cela remonte à six ans, expliqua Brandon. Certains d'entre vous n'étaient pas encore là. Il y a eu un raid dans une réserve fédérale à Tucson. La prise d'otages à mal tourné, et nous avons été appelés à la rescousse.

Roman hocha la tête. Il se rappelait cette affaire, mais n'y avait pas participé. Il était alors une jeune recrue en phase d'intégration.

Derek prit la parole.

— Je m'en souviens. L'équipe a été appelée, nous nous sommes infiltrés dans l'immeuble. Un des preneurs d'otages a été tué et, malheureusement, deux personnes ont été blessées. Puis il y a eu une explosion, je crois.

— Exact, dit Steve.

— Freihof était l'un des preneurs d'otages ? demanda Roman.

Brandon secoua la tête.

— Non. Croyez-le ou non, c'était l'un des otages. Et voici sa femme, Natalie.

Brandon désigna l'écran pour ramener l'attention vers la photo de la jeune femme.

Tout le monde s'agita plus ou moins sur sa chaise, essayant de mieux voir, et ne comprenant pas vraiment ce qui se passait.

— Donc, le cinglé est marié, dit Lillian. Elle est sa complice ? On peut l'utiliser contre lui ?

Brandon secoua à nouveau la tête.

— Non, elle n'est pas dans le coup, et on ne peut pas la convaincre de nous aider.

Steve prit le relais.

— Elle est morte durant notre intervention, il y a six ans.

Derek afficha son incompréhension.

— Je ne me souviens pas qu'il y ait eu des dommages collatéraux.

— Non, car ça ne nous a jamais été signalé, dit Steve. Natalie Freihof a été prise dans l'explosion qui s'est produite après. Elle a été emmenée en ambulance, et elle est décédée pendant le trajet vers l'hôpital. Le rapport a, semble-t-il, été bâclé, et aucune commission d'enquête n'a été saisie.

— Comment est-ce possible ? s'étonna Derek.

Steve haussa les épaules.

— Je ne sais pas. Nous essayons de rassembler le maximum d'éléments, mais il manque des détails sur cette affaire.

— Quoi qu'il en soit, reprit Brandon, nous pensons que Freihof nous considère comme responsables de la mort de sa femme.

— Est-ce vrai que nous l'avons tuée ? demanda Roman.

Brandon eut une moue impuissante.

— Impossible de le savoir, à ce stade.

— Donc, il est possible qu'elle ait été victime des preneurs d'otages, mais Freihof a décidé arbitrairement que nous étions responsables, dit Lillian. Et il a tout bonnement décidé de se venger sur nous tous pour quelque chose que nous n'avons peut-être pas fait.

Brandon approuva d'un hochement de tête.

— Absolument. Mais sachez que Freihof est un sociopathe, et qu'il n'a pas besoin d'une véritable raison pour tuer. Cependant, s'il pense que nous avons tué sa femme, alors il doit estimer que sa vengeance est justifiée.

Steve apporta une précision.

— Et c'est pour cela qu'il s'en prend aux personnes qui comptent pour nous, plutôt que d'éliminer les membres de l'unité l'un après l'autre.

Cela paraissait logique. Il reprochait à Omega de lui avoir pris une personne chère, alors il faisait la même chose avec leurs proches.

— Et maintenant, assez parlé, déclara Steve. Il est temps de passer à l'action. Derek, vous prenez l'équipe, et vous essayez d'en savoir plus sur ce qui s'est passé il y a six ans.

Derek hocha la tête.

— C'est comme si c'était fait. Les gars, on y va.

Les membres du SWAT se levèrent, visiblement soulagés de pouvoir passer à l'action.

— Roman, reste avec nous, dit Brandon. Il y a quelque chose dont nous devons te parler.

— Comment tu te sens ? demanda Andrea, après que tout le monde eut quitté la salle de conférences, à l'exception de Steve, Brandon, Roman, et bien sûr d'elle-même.

Ce dernier haussa les épaules. Personne ne pouvait répondre avec honnêteté à cette question pour le moment.

— Je sais que vous avez beaucoup parlé avec Grace ces derniers mois, dit Steve. Elle était importante pour tout le monde, et peut-être un peu plus encore pour vous.

— C'est vrai que je l'appréciais beaucoup, dit Roman, en serrant les poings. Et nous allons attraper ce salaud et le clouer au mur. Pour ce qu'il a fait à Grace, pour ce qu'il m'a fait à moi. Il faut le stopper maintenant, Steve.

— Croyez-moi, c'est bien mon intention.

Brandon reprit la parole.

— Roman, je sais que nous ne sommes pas intimes, et j'espère que tu ne prendras pas mal ce que je vais dire…

— Je t'écoute.

— Cela concerne Keira Spencer.

Roman écarquilla les yeux. Quel était le rapport entre Keira et Grace ?

— Oui ? dit-il, circonspect.

— Une partie du mode opératoire de Freihof consiste à laisser des indices sur sa prochaine cible, reprit Brandon.

Andrea poursuivit, d'un ton hésitant.

— On a trouvé sur la scène de crime une carte de visite de l'endroit où Keira et moi avons travaillé.

Elle laissa passer un bref silence.

— Il s'agissait d'un club de gentlemans.

Grâce à sa mère, Roman savait déjà cela. Peut-être devrait-il lui être reconnaissant d'avoir lâché cette bombe deux mois auparavant. Sinon, il aurait eu un sacré choc.

— Je sais qu'Andrea n'avait jamais parlé de son passé de strip-teaseuse, mais c'est dans le cabaret où elle officiait que Grace et moi l'avons découverte et lui avons proposé de venir travailler avec nous.

Roman fit rouler ses épaules.

— Croyez-le ou non, j'étais déjà au courant de l'histoire et du genre de travail que faisait Keira... Grâce à ma chère mère.

Andrea jeta un coup d'œil à Brandon, avant de s'adresser à Roman.

— Je sais que Keira et toi vous êtes beaucoup rapprochés au cours du mariage.

Roman attendit la suite.

— Nous pensons que Keira pourrait être en danger, dit Brandon. La carte laissée par Freihof portait le nom de scène de Keira, encerclé d'un cœur. Nous pensons qu'elle pourrait être sa prochaine cible.

Roman décroisa les bras, les muscles tétanisés par la tension.

— Il faut la placer immédiatement sous protection.

— Nous ne sommes pas certains qu'elle soit réellement en danger, précisa Steve. Il peut s'agir d'une fausse piste.

— Peu importe. Je ne prendrai pas le risque.

La détermination de Roman provoqua des haussements de sourcils.

Il s'en moquait. Jamais il ne laisserait Keira devenir la victime d'un fou. Même une victime hypothétique.

Il n'avait pas réussi à se la sortir de la tête depuis deux mois. Sa beauté, sa force, la façon dont ils avaient parlé et ri ensemble...

Le sexe.

Tout ce qui concernait Keira était proche de la perfection. Chaque jour, il avait regretté d'avoir laissé sa mère manipuler la situation, en créant un choc pour l'obliger à quitter Keira.

Mais, à la vérité, ce n'était pas seulement à cause de sa mère qu'il avait pris cette décision. C'étaient les sentiments très forts qu'il ressentait pour Keira qui l'avaient poussé à faire machine arrière.

— Je suis content que vous réagissiez ainsi, dit Steve. Parce que je me demandais si vous accepteriez d'assurer sa protection.

Roman n'eut pas une seconde d'hésitation.

— Oui.

— Parfait, dit Steve. Je vais vous laisser avec Brandon et Andrea.

Dès que le directeur d'Omega Sector eut quitté la pièce, Andrea reprit la parole.

— J'ai été occupée depuis le mariage et le voyage de noces, et je n'ai pas eu le temps de parler à Keira au cours des dernières semaines. De son côté, je sais qu'elle a eu énormément de travail avec son salon.

Roman hocha la tête.

— Cet endroit a l'air de représenter beaucoup pour elle.

— Keira ne se confie pas beaucoup sur ses sentiments. Elle est forte, elle a de la ressource, et je l'admire beaucoup pour cela.

Andrea inclina la tête tandis qu'elle observait Roman.

— Je sais que tu lui plaisais avant votre rapprochement au mariage. Et toi aussi tu étais attiré par elle...

Andrea était douée pour lire les expressions et le langage corporel des gens, même s'ils ne voulaient pas livrer d'informations.

— Mais là, reprit-elle, ta communication non verbale parle de culpabilité. Donc, je me demande si nous ne faisons pas une erreur en t'envoyant.

— Non, j'ai envie d'y aller. Je veux la protéger.

Andrea hocha la tête.

— Je te crois. Mais Keira pourrait penser qu'elle n'a pas besoin d'aide. Elle est plutôt indépendante.

Brandon ricana.

— Ce n'est rien de le dire.

Andrea ignora son mari.

— Mais, en dépit de ce qu'elle dit, ou de ce qu'elle fait, Keira n'est pas invincible.

— Personne ne l'est, dit Roman. Croyez-moi, je le sais mieux que personne. Mais, je saurai la convaincre.

— Bien, approuva Brandon. Mais, il y a quelque chose qu'il faut que tu saches à propos de Fresh Starts. Keira l'a ouvert avec son propre argent. Grâce à l'héritage qu'elle a touché le jour de ses vingt-cinq ans, elle a pu acheter tout l'immeuble et l'a transformé en foyer pour femmes en détresse.

Roman écarquilla les yeux.

— Pardon ?

— Elle héberge des femmes battues, ou victimes de trafic, expliqua Andrea. Elle leur apprend aussi un métier pour qu'elles puissent subvenir à leurs besoins. C'est intelligent. Fresh Starts ne leur apporte pas une aide ponctuelle, mais un véritable changement de vie.

Andrea fit quelques pas vers Roman.

— Keira ne parle pas beaucoup de son passé. Mais elle m'a aidée à surmonter une période de ma vie où je n'aurais peut-être pas survécu sans elle. Elle a ouvert Fresh Starts parce que la maltraitance envers les femmes est un sujet qui la concerne personnellement.

« Je ne peux pas t'en dire plus. Mais je te demande d'être gentil avec elle, d'accord ? Elle peut paraître forte, mais tu sais bien qu'il ne faut jamais se fier aux apparences. »

Roman hocha la tête, en espérant qu'il pourrait se faire pardonner l'erreur qu'il avait commise deux mois auparavant.

7

— Oh ! mon Dieu, Keira !

La voix haut perchée d'Annabel porta jusqu'à Keira, depuis l'autre bout de la pièce.

— Tu aurais carrément pu être tuée.

Keira fit glisser dans la pelle le cadavre de l'énorme araignée qu'elle venait d'écraser.

— Je ne pense pas que ma vie était réellement menacée par cette bestiole.

Annabel frissonna.

— Assure-toi quand même qu'elle et bien morte avant de revenir par ici.

— Ne t'inquiète pas, elle est morte.

C'était l'un des inconvénients à être l'unique propriétaire du salon de coiffure et de l'immeuble. Tous les problèmes à régler — aujourd'hui, c'était une araignée — devaient l'être par Keira.

— Tu sais, on dit que les problèmes arrivent toujours par trois, déclara Annabel, tandis qu'elles se dirigeaient vers la caisse enregistreuse.

Fuyant un petit ami violent, qui ne supportait pas qu'on lui dise non, Annabel était au foyer depuis deux mois.

Et elle s'était tellement bien intégrée à la vie du salon que Keira n'était pas pressée de la voir partir, même si son babillage incessant l'exaspérait parfois.

Ses cheveux blonds coupés en brosse et ses nombreux piercings lui donnaient un air punk-rock, mais son apparence rebelle cachait un cœur en or.

— Tu sais, tu devrais appliquer un steak ou je ne sais quoi sur ton œil au beurre noir, continua Annabel. Je m'y connais un peu en contusions, grâce à ce salaud de Michael.

L'œil au beurre noir de Keira ne venait pas de l'araignée, laquelle avait pris ses quartiers dans un coin du salon, mais d'un prédateur à deux jambes qui s'était introduit dans l'immeuble au beau milieu de la nuit.

Un cambrioleur ou un vandale.

Keira avait entendu du bruit depuis son appartement à l'étage et s'était précipitée en bas pour voir ce qui se passait.

Était-ce le manque de sommeil, la terrible indigestion dont elle souffrait depuis la semaine dernière, ou tout simplement de la stupidité ? Toujours est-il qu'elle n'avait pas pensé que quelqu'un pouvait s'être introduit dans le salon.

Et ce n'était sans doute pas très malin non plus d'avoir voulu chasser l'intrus avec un balai, quand elle avait réalisé qu'il y avait quelqu'un.

L'absurdité de son plan était devenue particulièrement flagrante lorsque le type s'était emparé du balai et lui en avait assené un coup sur la joue.

Heureusement, Annabel et les autres femmes qui occupaient les studios à l'étage avaient entendu le vacarme, et elles étaient descendues lui prêter main-forte.

La police avait été appelée, et il n'avait plus été question d'espérer dormir pour le reste de la nuit.

Ce qui n'avait pas amélioré la sensation d'épuisement que ressentait Keira depuis plusieurs jours.

Il est vrai que cela engendrait une forte dose de stress de s'occuper à la fois d'un salon de coiffure qui connaissait une belle réussite, et du foyer.

Lorsque Keira avait entendu Annabel hurler dans le salon ce matin, elle avait redouté le pire. Une fois de plus, elle s'était précipitée au rez-de-chaussée sans réfléchir, au risque de se retrouver au cœur d'une nouvelle situation de danger.

Évidemment, pour Annabel, la situation était hautement dangereuse. Une araignée, vous pensez !

Bon, une araignée d'assez belle taille, il fallait le reconnaître. Mais il n'était pas utile de hurler comme ça après ce qui s'était produit quelques heures auparavant.

— Je pense que c'est le troisième problème, si tu comptes le vol de mon téléphone la semaine dernière.

Keira jeta l'araignée dans la poubelle, et termina la mise en place pour l'ouverture du salon.

— Mais on t'a rapporté ton téléphone, alors ça ne compte pas vraiment. Donc, j'ai peur qu'il se passe autre chose.

Annabel croisa les doigts devant elle pour conjurer le mauvais sort.

— N'appelons pas le malheur sur nous, dit Keira, avant de boire une gorgée de café.

Soudain, Roman Weber apparut sur le pas de la porte.

Et ce fut le troisième problème.

Ils s'observèrent à travers la pièce.

Un peu comme ils l'avaient fait au mariage...

Sauf que les choses étaient très différentes à présent.

Comment osait-il se présenter chez elle, toujours aussi grand, brun et sexy ? L'air de rien, comme s'il n'était pas resté deux mois sans l'appeler.

D'accord, ce n'était pas tout à fait exact.

Il lui avait envoyé quelques textos, et elle ne lui avait pas répondu. Après ce qui s'était passé avec sa famille au country club, elle n'avait pas envie d'aller plus loin avec lui.

Ce qui était parfait, car il n'avait pas fait le moindre geste vers elle. Même si c'était ce qu'elle voulait, ça faisait un peu mal.

Visiblement sous le charme, Annabel se précipita vers le nouveau venu, et se mit à pérorer avec une folle exubérance.

— Bonjour. Vous avez rendez-vous ? Si ce n'est pas le cas, je suis sûre que nous allons pouvoir vous trouver un créneau. Vous êtes venu assez tôt pour éviter la foule. C'est une bonne idée.

Roman détacha son regard de Keira pour le poser sur Annabel.

— Non, je viens parler à Keira.

Il tourna à nouveau la tête vers elle.

— C'est important.

Il avait dit ça comme s'il s'attendait qu'elle refuse de lui parler.

— Qu'est-il arrivé à ton œil ? demanda-t-il en s'avançant.

— Oh ! mon Dieu, vous n'allez pas croire ce qui s'est passé hier ! commença Annabel.

Elle était près de lui raconter toute l'histoire, mais Keira tendit le bras pour l'arrêter.

— J'ai eu petit accident. Ce n'est rien. Annabel, quel est mon agenda pour ce matin ?

La jeune femme se précipita vers l'ordinateur pour chercher l'information.

— Eh bien, tu as une cliente dans quinze minutes, puis tu dois aider Heather à améliorer sa technique. C'est une journée peu chargée à cause de la tempête de neige qui se prépare.

Heather était une des jeunes femmes qu'elle hébergeait en ce moment, avec sa fille âgée de quelques semaines. Victime de trafic d'êtres humains, elle était encore fragile, et peinait à s'intéresser à la formation de coiffeuse que lui avait proposée Keira.

— Bien. Je serai dans mon bureau avec l'agent Weber. Préviens-moi quand ma cliente arrive.

Les yeux d'Annabel s'écarquillèrent un peu plus.

— Oh ! mince alors !

Keira leva les yeux au ciel, ne sachant pas si la réaction d'Annabel était due au fait que Roman faisait partie des forces de l'ordre, ou à sa beauté hors du commun.

Le bureau de Keira n'était pas très grand. Elle ne l'utilisait pas beaucoup, et le considérait davantage comme un espace de rangement supplémentaire.

Elle désigna l'unique chaise réservée aux visiteurs, et prit place à la petite table encombrée d'échantillons.

— Je ne m'attendais pas à te revoir.

— Ce n'est pas juste, et tu le sais. Je t'ai envoyé des textos et laissé des messages, mais tu n'as jamais donné suite.

Roman afficha une mimique attristée.

— Tu n'as pas beaucoup insisté.

De toute façon, ça n'aurait rien changé.

Elle n'avait pas envie de rester en relation avec un homme de son milieu. Sa décision avait été confortée quand elle avait effectué des recherches, et découvert que le père de Roman avait fait partie de l'assemblée générale du Colorado. Sa famille incarnait le pouvoir politique dans toute sa splendeur.

Elle avait déjà connu ce genre de relation et en avait conservé des séquelles.

Roman se pinça l'arête du nez.

— J'ai réagi bêtement, il y a deux mois. Et, c'est vrai, je n'ai pas beaucoup insisté. Mais ça n'a rien à voir avec ce que m'a mère a dit.

Keira haussa un sourcil.

— Oh ! vraiment ? Ça ne t'ennuie pas que j'aie été strip-teaseuse ? Tu n'as pas peur des répercussions sur la réputation de ta famille ?

Il secoua la tête.

— Je me fiche de ce que tu as fait autrefois. Tout le monde a dans son passé quelque chose dont il n'est pas très fier.

— Ah oui ? Et si j'étais fière d'avoir fait ce métier ?

Elle ignorait pourquoi elle le narguait comme ça. Tout ce qu'elle savait, c'était que la réponse de Roman était importante pour elle.

Pourquoi ? Leur relation était terminée. Elle avait tiré un trait dessus, et ça lui convenait très bien ainsi.

Il refusa de se laisser entraîner dans cette polémique, et sa réaction surprit agréablement Keira.

— Si c'est le cas, tant mieux. C'est ce que j'essaye de te dire. Ma mère peut dire tout ce qu'elle veut, mais ça ne la regarde pas.

— De toute façon, de l'eau a coulé sous les ponts depuis, pas vrai ?

Keira ne lui laissa pas la possibilité de répondre, et changea de sujet.

— Tu as dit que tu étais là pour quelque chose d'important ?

Il semblait vouloir en dire plus sur cette incroyable semaine qu'ils avaient passée ensemble, et qui ne se résumait pas seulement à une simple attirance physique.

Mais elle ne pouvait pas l'y autoriser. Elle ne voulait pas revivre cette parenthèse et faire renaître des sentiments bien trop dangereux.

Et ce n'était pas pour cela qu'il était là, elle le pressentait.

— Damien Freihof a frappé à nouveau. Il a brutalement assassiné Grace Parker, la psychiatre d'Omega, il y a deux jours de cela.

Keira sentit son sang se glacer.

— Quelle horreur ! Je ne la connaissais pas, mais Andrea parlait souvent d'elle. C'est l'une des personnes qui a la première détecté le potentiel d'Andrea pour travailler à Omega Sector.

Roman hocha la tête.

— Crois-moi, Andrea n'était pas la seule à l'apprécier. Elle m'a beaucoup aidé après l'explosion.

— Je suis sincèrement désolée, Roman.

Soudain, elle regrettait d'avoir essayé de provoquer une dispute.

Roman hocha la tête.

— Si je suis ici, c'est que Freihof a laissé sur la scène de crime une piste menant à toi.

Keira écarquilla les yeux.

— Une carte de visite de ton ancien club, avec ton nom

dessus, poursuivit Roman, sans lui laisser le temps de s'étonner. Nous pensons que tu pourrais être en danger.

— Moi ? Mais, pourquoi ce type voudrait-il s'en prendre à moi ? Je ne suis pas un agent d'Omega Sector.

— Freihof cible les personnes qui comptent pour les membres d'Omega. Au lieu de s'en prendre aux agents eux-mêmes, il essaye de nous faire vivre la même douleur qu'il a ressentie quand sa femme a été tuée.

— Mais pourquoi ? Qu'avez-vous à voir avec la mort de sa femme ?

— Elle pourrait être la victime collatérale d'une de nos opérations, mais ce n'est pas prouvé.

— Cette carte de visite est le seul indice que vous ayez trouvé ?

— Non. L'équipe travaille toujours sur différents éléments laissés par Freihof. Mais Brandon a tout de suite reconnu la carte.

— Et donc, qu'est-ce qu'Omega Sector attend de moi ?

— La meilleure solution serait que tu ailles dans une résidence sécurisée.

— Je ne peux pas. J'ai des responsabilités ici, avec le salon, et d'autres occupations.

Roman hocha la tête.

— Je sais. Andrea et Brandon m'ont expliqué l'autre mission de cet endroit. Ce que tu fais est incroyable, Keira. Extraordinaire.

Keira haussa les épaules.

Elle trouvait aussi que c'était assez incroyable. Non parce qu'elle avait une haute opinion d'elle-même, mais parce qu'elle savait à quel point son travail ici était important.

— Merci.

— Ils m'ont dit aussi que tu n'aurais pas envie de partir, et je le comprends.

— Bien. Tant mieux. Parce que, vraiment, il n'est pas question que je quitte le salon.

— C'est pourquoi je voudrais que tu portes un traceur, poursuivit Roman, comme s'il n'avait pas remarqué l'interruption. Ça peut sembler un peu intrusif, mais si Omega sait en permanence où tu te trouves, ça rendra ta protection plus facile.

Keira y réfléchit quelques instants.

Ça ne l'emballait pas, mais elle en comprenait les avantages. Et puis, elle n'avait rien à cacher.

— D'accord.

— Je vais en mettre un dans ton téléphone, et un dans ta voiture.

Elle lui tendit son téléphone et le regarda sortir la batterie et y apposer un minuscule transmetteur.

— Nous voudrions également te fournir une protection rapprochée. Comme nous nous connaissons déjà, mes supérieurs ont pensé que je serais le candidat idéal.

Keira ouvrit de grands yeux.

Elle ne pouvait pas accepter la présence de Roman à ses côtés vingt-quatre heures sur vingt-quatre.

— Non.

— Keira, c'est pour ta sécurité. Freihof est quelqu'un d'extrêmement dangereux.

À cet instant, elle s'inquiétait moins du psychopathe que de devoir vivre au quotidien avec Roman.

— Je veux bien avoir un garde du corps, dit-elle, mais pas toi. Demande à Omega de m'envoyer quelqu'un d'autre.

8

Elle ne pouvait pas.

Ce n'était pas une question de manque de confiance à l'égard de Roman. C'est en elle qu'elle n'avait pas confiance, si elle devait le côtoyer jour après jour.

Ce qui s'était passé deux mois auparavant l'avait complètement bouleversée. Les sentiments qu'elle avait ressentis pour lui n'étaient pas de ceux qu'elle s'autorisait aisément.

Et quelle désillusion ensuite d'avoir découvert que la famille de Roman était exactement comme celle de Jonathan, et d'avoir dû faire machine arrière.

Non, elle ne pouvait pas se permettre de cohabiter avec Roman.

Elle en ressortirait peut-être vivante, sans avoir été la victime d'un psychopathe qui en avait après elle, mais à quel prix ?

— C'est à cause de ce qui s'est passé entre nous ? demanda Roman. Écoute, Keira, je sais que j'ai fait une erreur. Mais c'est important. Je veux m'assurer que tu ne cours aucun danger.

Il y avait tant d'honnêteté dans ses prunelles bleues. Tant d'envie de la protéger...

C'était exactement pour cela qu'elle ne pouvait pas accepter sa présence.

Un coup frappé à la porte vint providentiellement l'empêcher de répondre.

— Euh... Keira ? dit Annabel, derrière le battant. Summer Worrall, ton rendez-vous de 10 heures est là.

Roman écarquilla les yeux.

— La fiancée d'Ashton ? demanda-t-il.

Keira hocha la tête.

— Beaucoup de personnes associées à Omega viennent se faire coiffer ici. Excuse-moi, je dois y aller.

— Nous n'avons pas terminé cette conversation, Keira.

Il secoua la tête, l'air buté.

— Je suis la personne la plus indiquée pour assurer ta sécurité.

— Je... Je n'ai pas le temps d'en parler maintenant. J'ai besoin d'y réfléchir.

Elle avait besoin de trouver les mots pour que Roman la comprenne sans qu'elle se perde en longues explications inutiles.

— Très bien, je vais attendre dans la voiture pendant que tu t'occupes de tes rendez-vous, et ensuite nous pourrons parler.

— Non. N'attends pas dans ta voiture. Tu sais qu'une tempête de neige est annoncée pour cet après-midi, et la température a déjà baissé.

Il n'allait pas être à l'aise dehors.

— Reste ici, ou dans le coin réception, si tu veux.

Il haussa un sourcil.

— Est-ce que ton assistante va discuter avec moi tout le temps, si je reste dans le salon ?

Keira ne put retenir un sourire.

— Oh ! sans aucun doute ! Annabel se tait rarement. Mais, je ne sais pas ce que je ferais si elle n'était pas là.

— Si ça ne t'ennuie pas, je vais rester ici, et travailler un peu sur ma tablette.

Tandis qu'il lui adressait un sourire charmeur, Keira se contenta de hocher la tête d'un air sévère.

Elle ne tenait pas à se retrouver dans une ambiance de complicité et de plaisanterie avec lui.

Et surtout, elle ne voulait pas se rappeler comme ils s'entendaient bien hors et dans un lit.

Cette dernière pensée lui fit légèrement tourner la tête, et elle vacilla.

— Est-ce que ça va ?

Roman avait fait un pas vers elle, prêt à l'aider, mais elle se précipita vers la porte.

— Oui, très bien. J'ai été un peu débordée, ces deux dernières semaines. Et maintenant, ce que tu viens de m'annoncer...

— Très bien. Je t'attends ici.

Keira sortit et ferma la porte derrière elle d'un coup sec.

Le fait que Roman l'attende — avec son sourire sexy et ses étincelants yeux bleus — voilà ce qui l'effrayait le plus.

— Salut, ma belle ! Oh ! mince ! Qu'est-ce qui est arrivé à ton œil ?

Summer Worrall se précipita pour lui donner une chaleureuse accolade, avant que Keira la conduise au bac à shampooing.

Keira baissa la voix pour répondre, ne voulant pas que Roman jaillisse du bureau et commence à fouiller tout le salon, à la recherche d'indices sur un assaillant non identifié.

— Quelqu'un est entré ici par effraction, la nuit dernière, et j'ai cru malin de le chasser avec un balai.

Keira leva les yeux au ciel, s'agaçant de sa propre stupidité.

— Mais, tu es folle ! s'exclama Summer. Ça aurait pu être très dangereux.

Keira commença à passer un peigne dans les boucles auburn de Summer.

— Je sais. Mets ça sur le compte du manque de sommeil. Quoi qu'il en soit, je l'ai poursuivi comme une espèce d'Amazone en furie, il s'est retourné, s'est emparé du balai, et m'a frappée avec.

— Eh bien, je suis ravie que tu aies eu plus de peur que de mal.

Summer semblait néanmoins toujours inquiète.

— Je sais qu'Ashton a été bouleversé par ce qui est arrivé à Grace Parker.

— Oui, je viens d'en entendre parler. Il faut absolument qu'ils arrêtent ce Freihof.

— Tu peux me croire, personne ne le souhaite avec plus de force que moi.

Deux mois auparavant, Freihof s'en était pris à Summer et à sa fillette. Elles avaient failli périr dans l'explosion qui avait provoqué le coma de Roman.

Tandis que Keira invitait Summer à changer de place, Annabel apporta un café à leur cliente.

— Dis, Keira, je peux faire quelque chose pour le flic super canon qui occupe ton bureau ?

Summer écarquilla les yeux.

— Tu as un flic super canon dans ton bureau ? Je le connais.

Keira retint un soupir d'exaspération. Annabel était incorrigible.

— Va lui poser la question, dit-elle. Et profites-en pour discuter un peu avec lui. Il adore parler.

Voilà ! Ça lui éviterait d'avoir Annabel dans les jambes, et ça donnerait quelques cheveux blancs à Roman. Mais il pouvait se le permettre, avec son impossible tignasse de cheveux bruns.

— Euh, oui, répondit-elle à Summer. Roman Weber est dans mon bureau.

— Roman ? Pour quelle raison ? J'imagine que ce n'est pas pour se faire couper les cheveux s'il reste confiné dans ton bureau.

Keira prit ses ciseaux, et commença à rafraîchir la coupe de Summer.

— On a trouvé une carte de visite avec mon nom, là où Grace Parker a été tuée.

Dans le miroir, Summer chercha le regard de Keira.

— Ce n'est pas vrai ! Une carte du salon de coiffure ? Et ce serait la même personne qui se serait introduite ici hier ?

— Non, une carte de l'endroit où je travaillais avant. Et je ne pense pas que l'intrus d'hier était Freihof.

Si tel avait été le cas, elle serait probablement morte.

— Mais, reprit-elle, Omega Sector pense, va savoir pourquoi, que Freihof aurait pu me prendre pour cible.

Elle passa la main dans les cheveux de Summer pour voir comment ils se mettaient en place, et rectifia la longueur d'une mèche.

— Et Roman s'est porté volontaire pour me protéger.

— Il s'est porté volontaire ? On ne l'a pas missionné ?

Keira eut un petit rire qui se voulait insouciant.

— C'est la même chose, non ?

Mais Summer ne voulait pas en rester là.

— Donc, les rumeurs à votre sujet sont fondées. On vous aurait vu chuchoter dans un coin, au mariage, l'air très complice, avant de filer à l'anglaise.

Keira sentit qu'elle rougissait.

— Il y a peut-être un peu de vrai. Mais ça n'a pas duré.

— Vraiment ?

Summer parut déçue.

— Je pensais que ça marcherait entre vous. Il est marrant et sympa. Enfin, il l'était avant l'explosion.

— En fait, il a découvert que j'avais été strip-teaseuse, et il a décidé que je n'étais pas assez bien pour lui.

En croisant dans le miroir le regard horrifié de Summer, Keira s'en voulut d'avoir dit une telle chose.

— Il a vraiment dit ça ? Quel crétin !

Keira ne voulait pas que son amie pense cela de Roman. Jamais il n'avait dit quoi que ce soit de négatif à propos de son ancien métier.

— Non, il n'a pas dit ça. Simplement, nous avons découvert que nous venions de deux mondes différents, et que ça ne pouvait pas marcher.

Keira fut stupéfaite de sentir ses yeux s'emplir de larmes. Summer en fut tout aussi surprise.

— Keira, arrête.

Elle se tourna dans le fauteuil.

— Est-ce que ça va ?

Keira posa ses ciseaux, et se passa une main sur le visage.

— Je ne sais pas ce que j'ai. Je ne suis pas triste à propos de Roman. Ça s'est passé il y a deux mois, et je ne lui avais pas reparlé depuis... Jusqu'à ce qu'il débarque au salon.

— Si c'est trop difficile pour toi de le côtoyer, tu peux demander à Omega d'envoyer quelqu'un d'autre.

Keira hocha la tête, et Summer se réinstalla face au miroir, sans insister davantage.

Tandis que Keira terminait sa coupe, les deux femmes parlèrent de choses et d'autres. Son brushing achevé, Summer se leva sans perdre une minute, désireuse de rentrer chez elle avant la tempête de neige.

— Je suis désolée, dit Keira. Je ne sais pas pourquoi je suis aussi émotive. Et ce n'est pas seulement aujourd'hui, donc je ne peux pas rejeter la faute sur Roman. Il n'a rien fait pour me déstabiliser.

Summer parut soulagée.

— Bien. Ça m'ennuyait de penser du mal de Roman, mais je n'aurais pas aimé qu'il se soit mal conduit avec toi.

— Ça n'a pas été le cas. Promis.

Keira étira son cou et fit rouler ses épaules.

— Ça vient de moi. Je suis fatiguée, à fleur de peau. Et puis, j'ai tout le temps mal au cœur. Je dois couver quelque chose.

— Ça me fait penser à moi quand Tyler est décédé.

Le mari de Summer avait trouvé la mort dans une prise d'otages deux ans auparavant.

— Il faut dire que j'étais enceinte de Chloé à ce moment-là, et ça n'a pas aidé. Mais ne t'inquiète pas. C'est juste un passage à vide. Tout va rentrer dans l'ordre.

Keira sentit son visage devenir livide, tandis qu'elle

accompagnait Summer à la caisse, sans vraiment savoir ce qu'elle faisait.

Enceinte...

Elle essaya de faire un calcul rapide dans sa tête, tandis qu'elle écoutait Summer discuter quelques instants avec Annabel.

Machinalement, elle donna une accolade à Summer, et promit qu'elles se reverraient bientôt.

Restée seule avec Annabel, elle lui demanda de repousser à plus tard la leçon pratique de Heather, en expliquant qu'elle avait besoin de se reposer quelques minutes.

Annabel s'inquiéta.

— Ça va ? Tu as l'air pâle.

— Oui, ça va.

Empruntant l'escalier qui menait aux studios au-dessus du salon, elle poussa la porte de son appartement, et se rua vers la salle de bains. Dans le placard à pharmacie, il y avait des tests de grossesse, achetés à l'intention des femmes que Keira hébergeait.

Assise sur le rebord de la baignoire, elle resta un moment à observer la boîte. Jamais elle n'aurait pensé avoir besoin d'utiliser un test pour elle.

Se pouvait-il vraiment qu'elle soit enceinte ?

Roman et elle avaient utilisé des préservatifs durant leurs deux jours à l'hôtel. C'était donc peu probable. Ce qui l'était davantage, c'était qu'elle soit en train de sombrer dans une sorte de dépression.

Keira ouvrit la boîte et suivit les instructions. Puis elle posa le dispositif sur le bord de l'évier, et patienta en se lavant les mains.

Elle attendit bien plus longtemps que les deux minutes requises pour le résultat.

Elle ne pouvait se résoudre à regarder.

Soudain, on frappa à la porte.

— Keira ?

C'était la voix de Roman.

— Annabel s'inquiète pour toi. Elle dit que tu ne te sens pas bien. Est-ce que ça va ?

Est-ce que ça allait ?

Keira sentit monter en elle un rire hystérique. Elle redoutait toujours de regarder le résultat du test, mais ne dit rien.

Quelques secondes passèrent, avant que Roman frappe à nouveau, de façon plus impatiente.

— Keira, dit-il, d'un ton raffermi. Ouvre la porte.

Consciente qu'elle ne pouvait tergiverser plus longtemps, elle prit le test de grossesse entre ses doigts.

Une ligne rose apparaissait clairement dans la fenêtre de lecture.

Elle était enceinte.

Roman frappa de toutes ses forces sur le battant.

— Keira, je vais casser la porte, si tu ne l'ouvres pas.

Elle ne pouvait détacher les yeux du test de grossesse.

Elle était enceinte.

Le vacarme semblait bloqué par une étrange sonnerie dans ses oreilles, alors qu'elle se dirigeait vers la porte pour l'ouvrir, afin de laisser entrer Roman avant qu'il la casse, comme il avait menacé de le faire.

Elle aperçut son visage inquiet, avant que tout se mette à tourner autour d'elle et devienne noir.

9

Roman était sur le point de casser la porte de la salle de bains, quand la poignée tourna.

Il avait envie de tancer Keira parce qu'elle ne lui avait pas répondu, parce qu'elle lui avait fait une peur bleue. Mais il vit ses yeux se révulser, avant qu'elle commence à glisser au sol.

Avec une rapidité qu'il ne se souvenait pas avoir déjà eue, il la rattrapa.

— Oh mince ! est-ce qu'elle va bien ? demanda Annabel, en regardant par-dessus son épaule, tandis qu'il faisait doucement asseoir Keira sur le sol du couloir.

Elle avait l'air de respirer normalement, et ses joues reprenaient de la couleur.

— Qu'est-il arrivé à son œil ? demanda-t-il à Annabel.

Il n'avait pas insisté lorsque Keira lui avait dit que c'était un accident, mais elle souffrait peut-être d'une commotion cérébrale.

— Un type est entré par effraction dans le salon, la nuit dernière. Elle l'a pourchassé, et il l'a frappée.

Mais qu'est-ce que c'était que cette histoire ?

Pourquoi Keira ne lui avait-elle pas dit la vérité, au lieu de prétendre que c'était un accident ?

— Qui était-ce ?

Annabel haussa les épaules.

— Je ne sais pas. Un petit voyou qui en avait après la

caisse, ou un vandale. Keira a entendu du bruit dans la nuit, et elle est descendue.

— Il faut appeler une ambulance.

— Non ! protesta Keira, qui était en train de ciller et d'essayer de se relever. Je n'ai pas besoin d'une ambulance.

Roman avait toujours un bras passé autour de ses épaules, et ne pouvait se résoudre à s'écarter d'elle.

— Il paraît que tu as pris un coup sur la tête. Il faut faire des examens.

Keira le repoussa.

Quand il vit qu'elle allait se lever, qu'il le veuille ou non, il lui vint en aide.

— Non, je vais très bien, affirma-t-elle. Nous avons appelé la police cette nuit, mais ce n'était rien du tout.

— Comment cela, rien du tout ? Il pourrait s'agir de Freihof.

— Je pense que j'aurais récolté autre chose qu'un coup au visage s'il s'était agi de lui.

Roman devait reconnaître que c'était logique. Il suffisait de voir ce que Freihof avait fait à Grace Parker.

— Admettons que ce n'était pas lui. Mais tu viens quand même de t'évanouir. Il faut que tu voies un médecin.

— Roman, je vais bien. Je n'ai pas besoin de médecin, je t'assure.

Il la vit essayer de dissimuler quelque chose dans sa main.

— Qu'est-ce que c'est ?

Une lueur de panique passa dans le regard de Keira, avant qu'elle se tourne vers son assistante.

— Annabel, tu peux nous laisser seuls un moment ?

La jeune femme hocha la tête, mais elle parut très déçue de manquer ce qui allait se passer entre eux.

— Je suis en bas. Appelle si tu as besoin de moi. Et je préviens Heather que son cours est reporté à plus tard.

Annabel s'en alla, et Keira se dirigea vers le canapé, d'une démarche quelque peu vacillante.

Roman regarda autour de lui avec curiosité.

L'appartement était petit mais chaleureux, avec une cuisine ouverte sur une pièce à vivre, et une chambre séparée. Les murs étaient peints dans un ton de beige apaisant, et s'ornaient de nombreuses aquarelles.

Keira se rendit compte que Roman observait ses tableaux.

— C'est à cause de ces aquarelles que j'ai ouvert le foyer, dit-elle. Elles ont été peintes par une femme que je connaissais, et qui avait un talent incroyable.

— Tu parles d'elle au passé.

Keira hocha la tête, puis se cala contre les coussins du canapé.

— Son mari, qui était aussi un artiste, la battait sans cesse. J'ai essayé de la convaincre de le quitter. Et elle l'a fait deux fois. Mais il est revenu la supplier de revenir, lui disant qu'elle était sa muse, qu'ils créaient des choses magnifiques ensemble...

Keira ferma les paupières.

— Et puis un jour, il a perdu les pédales parce qu'une galerie avait refusé d'exposer ses œuvres. Il avait une arme. Il a trouvé que ce serait terriblement artistique de tuer sa muse adorée, puis de se suicider.

Elle rouvrit les yeux et regarda Roman.

— Elle devait l'avoir deviné. Parce qu'elle m'a fait envoyer ces tableaux par coursier la veille de sa mort. Je les ai conservés pour me rappeler la raison pour laquelle j'ai créé ce foyer.

— Et ce que tu fais est extraordinaire.

Elle haussa les épaules.

— Celles qui sont extraordinaires, ce sont les femmes qui trouvent la force de partir, de changer de vie.

Elle avait l'air si fragile, assise là sur cet immense canapé, songea Roman.

Keira avait une personnalité si forte, tellement de courage, qu'il était facile d'oublier à quel point elle était fine et délicate.

— Que s'est-il passé dans la salle de bains ? demanda-t-il, en s'approchant d'elle. Es-tu blessée plus gravement que tu ne le prétends ? Tu dois me le dire, si c'est ça.

— Non, je...

Elle ne termina pas sa phrase.

Roman l'observa plus attentivement.

— Quoi ? Tu es malade ? Fatiguée ? Gérer à la fois le salon et le refuge représente une trop lourde charge ?

— Un peu de tout ça.

Elle lui tendit ce qu'elle cachait dans sa main. Ça ressemblait à un grand stylo en plastique blanc.

— Et aussi... Je suis enceinte.

Roman comprit qu'il s'agissait d'un test de grossesse au moment où elle prononçait les mots fatidiques.

À présent, c'était à son tour de ressentir un vertige.

— Enceinte ?

— Oui. D'environ huit semaines.

— Bon, cette fois, plus question de protester. Je t'emmène à l'hôpital pour faire un bilan de santé.

Elle ouvrit de grands yeux surpris.

— Tu ne me demandes pas si c'est le tien ?

— Tu viens de dire huit semaines. Donc, c'est forcément le mien.

Elle fronça les sourcils.

— Vraiment, tu ne te poses pas de questions à propos de l'ancienne strip-teaseuse, qui doit avoir l'habitude de coucher avec des tas d'hommes ? Tu ne te dis pas que j'en veux à ton argent, et qu'il va falloir que je prouve que ce bébé est bien le tien ?

— Arrête de raconter n'importe quoi. Ce n'est pas du tout ce que j'ai en tête.

Elle eut au moins le bon goût de paraître un petit peu gênée.

— Et ça ne change rien au fait que je t'emmène à l'hôpital tout de suite.

— Il n'en est pas question, Roman. Je vais prendre rendez-vous avec ma gynécologue.

Il allait insister, quand on frappa à la porte.

Il observa Keira tandis qu'elle allait ouvrir.

Enceinte.

Sacré bon sang !

Roman essaya d'analyser ses sentiments. Mais il lui était quasiment impossible de tout prendre en compte : son inquiétude pour la santé de Keira, ses interrogations à propos de l'avenir...

Et puis il lui fallait aussi comprendre comment ça avait pu se produire, étant donné qu'ils s'étaient protégés.

Étrangement, aucune panique ne figurait dans le tourbillon de ses émotions.

Annabel était à la porte. Une jeune femme avec un bébé dans les bras l'accompagnait.

— Keira, je suis désolée. Je sais que tu voulais parler à Roman, mais on vient d'entendre une alerte météo à la radio. La tempête de neige annoncée est pire que prévue.

— À quel point ?

— Il risque d'y avoir des coupures de courant et des routes bloquées. Ils ont dit de prévoir des stocks de nourriture.

Le regard d'Annabel passait de Keira à Roman, rongé par l'inquiétude.

— Il y a tout ce qu'il faut en nourriture et en eau, assura Keira. Je regrette seulement de ne pas avoir de générateur, en cas de coupure d'électricité.

Roman aurait voulu emmener tout de suite Keira chez lui. Il avait un générateur. Il avait tout ce qu'il fallait pour affronter la tempête.

Sans compter qu'ils devaient absolument parler.

Mais il savait que Keira ne quitterait pas ses protégées, en particulier la jeune femme effacée et silencieuse qui serrait son bébé contre elle.

Et il n'était pas question qu'il laisse Keira affronter cette épreuve toute seule.

— Il est trop tard pour aller acheter un générateur, dit-il. Tous les magasins sont sûrement déjà en rupture de stock.

Keira parut ennuyée par cette nouvelle, mais ne céda pas à la panique.

— Que pouvons-nous faire ? Tu as une idée ? Je m'en veux de ne pas avoir pensé à acheter un générateur avant.

— J'en ai un chez moi. Je vais le chercher et je te le rapporte. Si tu ne vois pas d'inconvénient à ce que je m'installe ici le temps que durera la tempête.

Annabel battit des mains, en affichant un grand sourire.

— Super ! On va enfin avoir quelqu'un pour tuer les araignées.

Roman adressa un regard interrogateur à Keira.

Elle se contenta de hausser les épaules.

— Qu'attendez-vous, agent Weber ? Allez vous rendre utile.

10

Keira passa les deux heures suivantes à appeler ses clients pour reporter leurs rendez-vous à cause de la tempête de neige.

Puis elle vérifia le cellier et le réfrigérateur pour s'assurer qu'il y avait effectivement assez de nourriture.

Comme beaucoup de fours au Colorado, ceux des appartements fonctionnaient au gaz. Donc les coupures d'électricité ne poseraient pas de problème pour cuisiner. Mais elle devait admettre que le générateur serait utile pour conserver un peu de chaleur.

Pour le moment, elle ne voulait pas penser au résultat de son test de grossesse.

De toute façon, elle ne pouvait rien y faire. Elle aurait tout le temps de paniquer plus tard, quand la tempête se serait éloignée.

Quant à Roman, elle n'avait pas la moindre idée de ses sentiments à l'égard du bébé.

Était-il catastrophé ? Sans doute.

Heureux ? Probablement pas.

Elle doutait qu'ils aient la possibilité d'en parler dans les deux prochains jours, ou quel que soit le temps que durerait la tempête. Le générateur ne leur permettrait de chauffer qu'une seule pièce, si le courant était coupé. Ce qui voulait dire que tout le monde serait rassemblé, et qu'il n'y aurait aucune intimité.

Keira venait à peine de regagner son appartement, quand un coup discret fut frappé à la porte.

Elle sut tout de suite qu'il ne s'agissait pas d'Annabel, qui avait pour habitude de tambouriner, et d'entrer sans y avoir été invitée. Ce qui faisait qu'elle était obligée de verrouiller sa porte si elle voulait être tranquille.

Elle alla ouvrir et, comme elle s'y attendait, trouva Heather et son bébé, Rachel, sur le seuil.

La jeune femme semblait sur le point d'éclater en sanglots.

— Heather, que se passe-t-il ?

Keira passa un bras autour des épaules de sa protégée et la fit entrer.

— Je suis désolée, Keira.

— À propos de quoi ?

— Je pensais que je pourrais emprunter ta voiture.

— Maintenant ? Il a déjà commencé à neiger assez fort.

Cette fois, Heather se mit vraiment à pleurer.

— J'ai oublié d'acheter du lait pour nourrisson. Il ne m'en reste plus qu'une boîte, et j'ai peur d'en manquer.

Elle tremblait de tous ses membres, et offrait une image pitoyable.

— C'est idiot de ma part. J'aurais dû aller au magasin hier. Je ne prévois jamais rien comme il faut. Je rate toujours tout.

Keira savait que quelque chose d'autre se jouait là qu'un problème de lait en quantité insuffisante.

Elle aurait voulu pouvoir prendre la jeune femme dans ses bras, mais elle savait qu'un rapprochement pourrait déclencher une crise de panique.

— Heather, dit-elle, d'une voix aussi douce et calme que possible, personne ne pouvait se douter que la tempête prendrait une telle intensité aussi rapidement.

— J'aurais dû m'assurer que j'avais tout ce qu'il me fallait. Je suis tellement stupide.

Keira tendit la main pour lui toucher gentiment l'épaule, mais la laissa retomber en voyant Heather se crisper.

Elle ne s'offensa pas de la réaction de la jeune femme. C'était inscrit dans son esprit par des années de maltraitance et d'humiliations en tout genre.

Elle guida Heather vers le canapé et lui tendit un mouchoir en papier.

— Nous allons arranger ça. Ne t'inquiète pas. D'accord ?

Heather leva vers elle un regard plein d'espoir.

— C'est vrai, je peux emprunter ta voiture ? Je promets de ne pas être longue.

Keira secoua la tête.

— Non, je ne veux pas que tu sortes avec le bébé par ce temps. Je vais y aller moi-même, et en profiter pour rapporter d'autres choses dont nous pourrions avoir besoin.

Heather parut à nouveau inquiète.

— Ça m'ennuie que tu sortes dans la tempête. Tout ça, c'est ma faute.

— Vraiment ? Tu es responsable de toute cette neige qui tombe dehors ? Tu aurais donc un pouvoir caché ?

Heather esquissa un sourire.

— Tu as raison, je n'y suis pour rien s'il neige aussi fort. Et ce serait super si tu pouvais y aller. Je n'avais pas vraiment envie de sortir par ce temps avec Rachel.

— Pas de problème. Mais il faut que j'y aille tout de suite, avant que la situation empire.

Lorsque Keira arriva à la supérette, à deux kilomètres de chez elle, c'était une vision d'apocalypse. Il n'y avait quasiment plus un seul article sur les rayonnages.

Croisant les doigts, elle se dirigea vers le rayon Bébés.

Elle ne fut pas vraiment surprise de voir qu'il ne restait plus une seule boîte de lait. Au cas où, elle acheta des couches et des lingettes, et quelques barres de céréales vendues à la caisse.

Elle n'avait pas particulièrement envie d'aller jusqu'au

supermarché, à cinq kilomètres de là, mais elle n'avait pas vraiment le choix. Il n'était pas question qu'elle rentre à l'appartement sans lait pour Rachel.

À moins qu'elle ne demande à Roman de s'arrêter dans un magasin sur le chemin du retour... Il était déjà dehors, avait plus d'expérience qu'elle pour conduire par ce temps, et allait passer devant différentes boutiques.

Elle prit son téléphone, en se félicitant de ne pas avoir effacé son numéro, comme elle s'était promis de le faire des dizaines de fois depuis deux mois.

Elle tomba directement sur sa messagerie.

Elle expliquait ce dont elle avait besoin quand la communication fut coupée. N'étant pas sûre que le message ait été enregistré, elle rappela, mais cette fois l'appel n'aboutit pas.

Elle lui envoya l'information par texto, et pesta quand son téléphone lui indiqua que le message n'avait pas été envoyé.

Finalement, elle allait devoir se débrouiller toute seule.

Et il n'y avait plus une minute à perdre.

La situation à l'intérieur du supermarché était à peine moins chaotique qu'à la supérette.

N'y croyant pas trop, Keira se précipita vers le rayon Bébés. Le soulagement l'envahit quand elle vit qu'il restait encore plusieurs boîtes de lait. Elle n'en prit que trois, ne voulant pas en priver d'autres personnes dans la même situation désespérée qu'elle.

Elle prit aussi deux packs d'eau, en cas de besoin.

Si les canalisations gelaient dans l'immeuble, il n'y aurait plus d'eau. Les baignoires étaient déjà toutes remplies, et elle avait une carafe filtrante au cas où il faudrait la boire. Mais quelques litres d'eau supplémentaire ne feraient pas de mal.

En sortant du supermarché, Keira ouvrit de grands yeux.

La température avait incroyablement baissé durant les

quinze minutes qu'elle avait passées à l'intérieur. Et la neige tombait si violemment qu'on n'y voyait pas à un mètre.

Serrant son manteau contre elle, Keira trottina jusqu'à sa voiture, en prenant garde à où elle mettait les pieds.

Il fallait qu'elle rentre chez elle sans perdre un instant.

La voiture démarra à la première tentative, et Keira sortit lentement de sa place de stationnement, soulagée d'avoir des pneus neige.

Mais quand elle eut quitté le parking, elle se rendit compte qu'elle ne voyait pas du tout la route. Ni aucun autre repère visuel, tel qu'un bâtiment.

Luttant contre la panique, elle prit son téléphone et entra son adresse dans l'application GPS. Sans lui, elle serait dans l'impossibilité de retrouver le chemin du salon de coiffure. Avec ce rideau de neige, elle pourrait passer devant sans savoir où elle était.

Le téléphone afficha l'itinéraire, et elle se sentit un peu mieux. Heureusement qu'elle avait fait appel à une aide électronique, car elle était en train de partir dans la mauvaise direction.

Effrayant.

Aveuglée par toute cette blancheur, Keira avançait à un rythme d'escargot, rassurée de n'être qu'à quelques kilomètres du salon.

Au bout de vingt minutes, elle sut qu'elle ne devrait pas tarder à arriver au feu tricolore.

Le seul hic, c'était qu'il lui était impossible de le voir.

Mais quand l'application commença à lui dire de tourner, elle s'inquiéta. Normalement, elle n'avait pas à bifurquer. À moins qu'une déviation ait été mise en place…

Elle décida de faire confiance à son téléphone et prit à gauche, puis à nouveau à gauche, et à droite.

Elle était complètement perdue, et commençait vraiment à paniquer.

Si le téléphone lui avait indiqué un mauvais itinéraire, jamais elle ne retrouverait le salon dans cette tempête de neige.

Lorsque l'application lui indiqua une nouvelle bifurcation à gauche, elle s'exécuta, tout en étant persuadée que ce n'était pas la bonne direction.

Lorsqu'elle vit enfin un bâtiment, les yeux faillirent lui sortir de la tête. Il s'agissait de la vieille église abandonnée, de l'autre côté de la ville.

Elle était à cinq ou six kilomètres de chez elle, pour ainsi dire au milieu de nulle part, et ne pouvait pas espérer retrouver le chemin du salon, alors que son application GPS déraillait complètement.

Mais elle ne pouvait pas rester là non plus. Il fallait qu'elle aille se mettre à l'abri quelque part.

Elle fit doucement demi-tour pour retrouver la civilisation. Elle s'arrêterait dans le premier bâtiment venu, même si cela voulait dire qu'elle devrait passer la nuit dans une station-service.

Elle s'engagea sur ce qu'elle espérait être la route, et commença à rouler dans la direction opposée à celle que sa stupide application lui avait indiquée.

Elle n'avait jamais eu ce problème auparavant. C'était vraiment le moment idéal pour bugger !

Quelques secondes plus tard, une voiture, comme jaillie de nulle part, apparut en face d'elle.

Elle donna un coup de volant brutal, et jura en sentant que les roues arrière dérapaient malgré les pneus neige.

Elle regarda dans le rétroviseur, mais la voiture avait déjà été absorbée par la nappe blanche. Il ne fallait pas attendre d'aide de ce côté-là.

Elle avait presque repris le contrôle de la voiture, quand elle dérapa vers le bas-côté.

Elle enfonça l'accélérateur pour essayer d'empêcher la voiture de glisser, mais un pick-up apparut soudain et la percuta à l'avant, l'envoyant dans le fossé.

Keira ne pouvait rien faire d'autre que de s'agripper au volant, tandis que la voiture dérivait inexorablement vers un arbre.

Au moment du choc, les airbags se déployèrent.

Dans le silence angoissant qui suivit l'accident, Keira essaya de faire le point sur la situation.

Elle était vivante.

Elle pouvait bouger tous ses doigts.

Elle n'avait pas l'air de saigner, sauf à l'endroit où sa tête avait heurté le montant de la portière.

Le moteur s'était arrêté, et elle savait que la voiture ne redémarrerait pas.

Elle essaya d'utiliser son téléphone, mais il était hors service.

Elle ne savait pas quoi faire.

Devait-elle rester dans la voiture ?

Elle ne voyait pas comment rentrer à pied chez elle. Rester trop longtemps dehors par ce temps signifiait la mort. Mais rester dans la voiture si les secours ne venaient pas très vite signifiait probablement aussi la mort.

Sa seule solution était cette église abandonnée à quelques centaines de mètres. Peut-être pourrait-elle y faire du feu. Parce qu'elle risquait d'attendre longtemps avant que quelqu'un la trouve.

Elle prit les barres de céréales qu'elle avait achetées à la supérette et deux bouteilles d'eau, ainsi que la couverture qu'elle gardait toujours dans sa voiture en cas de besoin.

Puis elle s'emmitoufla du mieux qu'elle le pouvait, fit une rapide prière, et s'élança dans l'immensité immaculée.

11

Lorsque Roman arriva à Fresh Starts, il s'attendait que Keira se rue vers lui pour l'aider à porter le lourd générateur.

Il s'était interdit de trop penser à son état — à ce bébé qu'ils avaient conçu — pendant qu'il récupérait chez lui tout ce dont ils pourraient avoir besoin.

Conclure qu'il allait leur falloir discuter sérieusement était l'euphémisme du siècle.

Mais il n'était pas question qu'il la laisse porter quoi que ce soit, quelles que soient ses protestations.

Mais ce ne fut pas Keira qui se précipita dehors. Il s'agissait d'Annabel. Et la jeune femme semblait à la fois déçue et inquiète.

— J'espérais que c'était Keira, dit-elle.

Roman stoppa net ce qu'il était en train de faire.

— Keira n'est pas encore rentrée ?

— J'ai eu un texto de sa part, me demandant d'acheter du lait pour le bébé de Heather.

Il consulta sa montre. Cela faisait beaucoup trop longtemps qu'il avait eu son message.

— Elle devrait être rentrée depuis un moment.

— Ça fait trente minutes que j'essaye de la joindre. Elle devait juste aller à la supérette du coin.

— Son message disait qu'ils n'avaient plus de lait, et qu'elle n'avait pas envie d'aller au supermarché. C'est pour ça qu'elle me demandait de m'en occuper.

Annabel se mordilla la lèvre.

— Pourquoi n'est-elle pas encore là ? Qu'est-ce qui a pu lui prendre aussi longtemps ?

Roman vérifia son téléphone pour s'assurer qu'il n'y avait pas eu d'autres messages, mais il n'y avait rien.

Un élan de panique le saisit, qu'il essaya de contenir.

— Bon, je vais monter ce générateur dans l'appartement de Keira. J'ai aussi le lait dont Heather a besoin. Gardez toutes vos téléphones sur vous. Keira va appeler.

Lorsque le générateur fut en place, Roman comprit que quelque chose n'allait pas.

Compte tenu de ce que ces femmes représentaient pour Keira, du sentiment de responsabilité qu'elle éprouvait à leur égard... elle aurait dû appeler.

À ce stade, même si son téléphone était en panne, elle aurait trouvé un moyen d'appeler et aurait prévenu quelqu'un.

— Keira a des ennuis, n'est-ce pas ? demanda Heather, de sa voix douce.

Il ne voulut pas lui mentir.

— Elle aurait déjà appelé si elle avait pu le faire. Elle n'aurait pas voulu vous inquiéter.

— Elle est juste allée à la supérette pour moi.

Le visage de la jeune femme était crispé.

— Pour acheter du lait.

Roman hocha la tête.

— Je sais. Mais Keira est intelligente et pleine de ressource.

Roman avait grandi dans le Colorado. Il connaissait bien les blizzards et les tempêtes de neige. Et celle-ci était particulièrement virulente. Venir jusqu'ici n'avait pas été facile. Pourtant, il avait un véhicule tout-terrain avec des chaînes, et quinze ans d'expérience en conduite dans des conditions extrêmes.

Même le plus expérimenté des conducteurs, avec le meilleur équipement, pouvait avoir un accident par un temps pareil.

Et il ne fallait pas longtemps pour mourir de froid si vous étiez coincé dans une voiture au milieu du blizzard.

En cas d'accident, il ne savait pas si Keira prendrait la décision de rester dans sa voiture, ou de sortir pour aller chercher de l'aide.

Honnêtement, les chances de survie n'étaient pas bonnes dans les deux cas.

— On pourrait essayer l'application de localisation par téléphone, dit Heather, d'un ton hésitant.

On aurait dit qu'elle s'attendait que Roman lui crie dessus.

— Keira nous a demandé de l'installer sur nos téléphones, en cas de... D'autres situations.

Roman devina qu'elle faisait allusion à des personnes de leur passé qui pourraient les retrouver et s'en prendre à elle. Bon sang, Keira avait besoin d'assistance policière pour son foyer. Il lui en parlerait.

Dès qu'il l'aurait retrouvée.

— En fait, c'est une très bonne idée, dit-il, en sortant son téléphone. Mais, j'ai encore mieux. Un peu plus tôt dans la journée, j'ai placé un traceur sur le téléphone de Keira, et aussi dans sa voiture.

Heather et Annabel parurent troublées par ce détail.

— Rassurez-vous, Keira était d'accord. Il se passe certaines choses, et je suis sûr qu'elle vous en parlera dès qu'elle le pourra. Mais, pour le moment, il faut utiliser ces traceurs pour la retrouver.

Il ne fallut à Roman que quelques secondes pour activer le traceur sur l'écran de son téléphone, et pour localiser la voiture de Keira.

Un juron lui échappa. Que diable fichait-elle à la périphérie de la ville, dans la mauvaise direction ?

— C'est là qu'elle est ? demanda Annabel. Mais ce n'est pas du tout à proximité de la supérette.

— Non, pas du tout. Vous allez appeler les secours, et leur signaler cette position. Avec cette tempête, il doit y avoir des personnes en panne ou accidentées un peu partout, et ils doivent être en intervention ici et là. Je vais m'y rendre moi-même, mais s'ils sont à proximité, c'est encore mieux.

Les deux jeunes femmes ne protestèrent pas et, de toute façon, Roman ne les aurait pas écoutées. Les services de secours risquaient de ne pas arriver à temps pour sauver Keira. Il ne voulait pas tenter le sort.

— Le générateur est prêt à fonctionner, et vous avez tout ce qu'il vous faut ici. Je vous appelle dès que je l'ai trouvée.

Lorsqu'il regagna son 4x4, Roman constata avec soulagement que le temps n'avait pas empiré depuis son arrivée vingt minutes auparavant.

Néanmoins, cela restait dangereux pour une femme seule dans une voiture. Surtout si elle était inconsciente ou blessée.

Et enceinte.

Roman préférait ne pas y penser.

S'obligeant à rouler lentement — ce n'était pas en allant dans le fossé qu'il allait pouvoir venir en aide à Keira —, il plissa les yeux et essaya de distinguer quelque chose à travers les tourbillons de neige.

Il savait exactement où il allait grâce à la carte du système de traçage, et il ne comprenait pas ce que diable Keira était allée faire de ce côté de la ville. Bien sûr, il était facile de perdre ses repères dans tout ce blanc. Keira ne serait pas la première à qui c'était arrivé.

Il fallut à Roman presque une heure pour parcourir les six kilomètres jusqu'à l'endroit où la voiture de Keira était signalée.

Lorsqu'il arriva sur place, sa pire crainte fut confirmée.

Elle ne s'était pas simplement arrêtée au bord de la route. Sa voiture avait glissé vers le bas-côté, où elle avait percuté un arbre.

Le cœur battant à tout rompre, il se gara à proximité, et se précipita pour regarder à l'intérieur.

Keira n'y était pas.

Bien que soulagé de savoir qu'elle n'était pas morte dans l'accident, il trouva tout aussi terrifiant de savoir qu'elle était toute seule, dehors dans la tempête.

À moins que quelqu'un ne se soit arrêté pour lui porter secours. Mais, dans ce cas, elle aurait appelé.

De retour dans sa voiture, Roman monta le chauffage à fond, et appela Annabel.

Elle décrocha à la première sonnerie.

— Roman ? Vous l'avez trouvée ?

Ça répondait à sa question. Keira n'avait pas appelé.

— Non, dit-il, d'une voix sombre. J'ai trouvé sa voiture dans un fossé, mais elle n'était pas à l'intérieur. J'espérais que quelqu'un l'avait trouvée et lui avait porté secours.

— Mais elle aurait appelé, n'est-ce pas ? demanda Heather, après qu'Annabel eut mis le haut-parleur.

— Oui, je pense que Keira aurait pris contact avec vous aussitôt si elle avait eu la possibilité de le faire.

— Je vais passer quelques appels et voir si je peux avoir des informations.

En passant par Omega, il aurait accès aux admissions des hôpitaux, et saurait si Keira figurait parmi leurs listes.

— Gardez votre téléphone près de vous, au cas où elle appellerait.

— Comptez sur nous, dit Annabel, sur un ton moins

pétulant que d'habitude. Et nous vous préviendrons si nous avons du nouveau.

— Moi aussi.

Roman mit fin à la communication avec les deux femmes, et appela le directeur d'Omega Sector.

— Bureau de Steve Drackett. Cynthia à l'appareil.

— Bonjour Cynthia, c'est Roman Weber. J'ai un problème, et j'espère que vous allez pouvoir m'aider.

— Bien sûr, Roman. Que se passe-t-il ?

Chacune des quatre assistantes de Steve était brillante, rapide, et pleine de ressource.

— Je suis dehors dans la tempête, en train de chercher Keira Spencer. C'est une cible potentielle de Damien Freihof. J'ai trouvé sa voiture abandonnée sur le côté de la Route 17, au sud de la ville, et je voudrais savoir si elle a été admise dans un hôpital du coin.

— Compris, Roman. Merci de patienter pendant que je vérifie les registres d'admission des hôpitaux.

Les instants que Roman passa à attendre que Cynthia revienne vers lui furent insupportables.

Si Keira était blessée au point de ne pas pouvoir passer un appel, alors elle devait être en bien triste état.

— Roman, aucune personne du nom de Keira Spencer n'a été admise dans les hôpitaux de la région, ni aucune femme sans identité correspondant à sa description. Avec une voiture abandonnée dans la tempête, je ne sais pas si c'est une bonne ou une mauvaise nouvelle.

D'un geste las, Roman se passa la main sur le visage.

Il n'en savait rien non plus.

— Vous êtes toujours près de son véhicule ? demanda Cynthia.

— Oui.

— Il y a une église abandonnée de l'autre côté de la route.

C'est le seul bâtiment aux environs. Est-ce qu'elle aurait pu s'y rendre ? En tout cas, c'est ce que j'aurais fait à sa place.

— C'est une bonne idée. Je vais aller voir.

— Bien. Je vous rappelle si j'ai du nouveau du côté des hôpitaux.

Roman coupa la communication, et remit ses gants avant de sortir de la voiture. Dans le coffre, il prit le sac qu'il tenait toujours prêt pour les urgences. Il contenait des barres hyper protéinées, une couverture de survie, un sac de couchage et une trousse de premiers secours.

Il se mit en route vers l'église, en espérant y trouver Keira.

Si elle n'y était pas, il allait devoir commencer à se préparer à l'idée qu'il l'avait perdue, avant même de vraiment la connaître.

12

Roman parvint de justesse à localiser l'église abandonnée.

Il pensait se diriger tout droit vers elle, mais arriva sur l'angle de la façade. S'il avait dévié de quelques pas, il l'aurait dépassée sans même s'en rendre compte, et serait probablement mort dans la tempête, à errer à l'aveugle.

L'intérieur du bâtiment était à peine plus chaud que l'extérieur, mais au moins il n'y régnait pas cette blancheur visuellement paralysante.

Il tremblait de tous ses membres, et n'osait imaginer dans quel état devait se trouver Keira, qui avait moins de masse corporelle que lui, et qui avait sans doute marché plus longtemps.

Mais si elle avait perdu le sens de l'orientation dans sa voiture, alors qu'elle était relativement en sécurité, avait-elle été capable de trouver l'église, une fois dehors, à la merci de la tempête ?

La porte était entrouverte, ce qui lui donna un faible espoir que Keira puisse se trouver à l'intérieur. Mais ça pouvait aussi être le vent.

— Keira ? Tu es là ?

Il était difficile d'entendre quelque chose dans la vaste salle, avec ses hauts plafonds qui semblaient amplifier le souffle du vent. De plus, une partie du bâtiment avait brûlé, laissant cette zone ouverte aux éléments, ce qui était la raison pour laquelle l'église avait été abandonnée. Cela avait coûté moins cher d'en construire une plus près du centre-ville, que de restaurer ce vieux bâtiment.

Il fit quelques pas en avant.

— Keira ?

Elle devait être là. Sinon, cela signifiait qu'elle était perdue en pleine tempête.

Y voyant un peu mieux à présent, il continua à progresser à l'intérieur.

Tandis qu'il inspectait les bancs, il découvrit Keira couchée face contre terre, entre deux rangées.

Le cœur serré, il courut jusqu'à elle.

Glissant un bras sous ses épaules, il la retourna. La lividité de son visage le terrifia.

Il ôta un de ses gants, et glissa les doigts sous son écharpe pour chercher son pouls.

Un soupir de soulagement lui échappa lorsqu'il découvrit qu'elle était toujours vivante.

— Keira ?

Il repoussa ses cheveux sur son front.

— Keira, ouvre les yeux. Réveille-toi.

Elle gémit faiblement.

— Froid, murmura-t-elle.

— Je sais, mon cœur.

Il sortit la couverture de survie de son sac à dos, et en enveloppa Keira.

Il fallait faire remonter le plus vite possible la température de son corps, mais cette vaste salle n'était pas l'endroit propice pour y parvenir.

Il la souleva dans ses bras et la porta jusqu'à une petite pièce à l'arrière, qui devait autrefois être dédiée au catéchisme. Il ne restait pas beaucoup de meubles, mais il y avait un vieux poêle dans un coin.

Roman ne perdit pas de temps.

Il devait réchauffer Keira aussi vite que possible. Il avait remarqué qu'elle frissonnait, ce qui était mauvais signe, indiquant qu'elle était dans un état d'hypothermie avancée.

Il la déposa à côté du poêle, et l'enveloppa dans son sac de couchage. Puis il retourna dans la grande salle du culte pour ramasser du bois parmi les débris.

Après avoir démarré un feu, il fit plusieurs voyages afin d'amasser la quantité de bois nécessaire pour tenir plusieurs heures, et ferma la porte. Ils devaient emprisonner autant de chaleur que possible dans la pièce, et sa petite taille allait les y aider.

Lorsque le feu eut atteint sa pleine puissance, Roman envoya un texto à Annabel et Heather pour leur dire que tout allait bien. Puis il écarta le sac de couchage et la couverture de survie, et commença à déshabiller Keira. Il devait la débarrasser de ses vêtements glacés pour faire remonter sa température corporelle.

— Non, protesta Keira. Froid.

— Je sais, mon cœur. Mais tu vas vite te réchauffer.

Lorsqu'il ne resta plus à Keira que ses sous-vêtements, Roman se déshabilla à son tour, pour lui transmettre plus rapidement sa propre chaleur.

Déployant le sac de couchage par terre, il étendit Keira dos au poêle, se coucha contre elle, entrelaçant ses membres gelés aux siens, et rabattit sur eux la couverture de survie.

Cela devait faire une demi-heure qu'ils étaient couchés par terre, lorsque Keira parla enfin.

— Je ne refuserais pas un bain chaud.

Il rit, ravi qu'elle n'ait pas perdu le sens de l'humour.

— Tu pourras prendre autant de bains que tu voudras dès que nous serons rentrés.

Keira essaya de s'asseoir.

— Oh ! mon Dieu ! Roman, il faut que je rentre tout de suite à la maison. J'ai le lait infantile dont Heather a besoin.

— Ne t'inquiète pas, j'ai eu ton message, et j'ai acheté ce qu'il fallait.

— Ce fichu téléphone ! Il a dit que le message n'avait pas été envoyé. Je ne serais jamais allée au supermarché si j'avais su que tu avais pu acheter le lait. Et puis, l'application GPS de mon téléphone m'a guidée dans une mauvaise direction, et c'est comme ça que je me suis retrouvée au bout du monde.

Roman eut un petit rire, tandis qu'il envoyait un texto à Cynthia, d'Omega Sector, pour lui dire qu'il avait trouvé Keira, et qu'ils étaient relativement à l'abri dans l'église désaffectée.

— Je me posais la question. Je pensais que tu étais complètement désorientée. Ça arrive pendant une tempête.

— Non.

Elle secoua la tête, écœurée.

— J'aurais dû suivre mon intuition. Je savais que ce stupide téléphone disait n'importe quoi.

— Je suis content que tu aies pu arriver jusqu'ici. J'ai failli passer à côté, en marchant depuis ma voiture, que j'ai laissée à côté de la tienne.

— Franchement, je ne savais pas s'il valait mieux rester dans la voiture où me réfugier ici. Mais comme le moteur ne voulait plus redémarrer, je me suis dit que je serais plus en sécurité dans un bâtiment que piégée entre des tôles. Surtout après que ce crétin m'a fait quitter la route en fonçant droit sur moi.

— Il ne l'a sûrement pas fait exprès. Il n'y a aucune visibilité dehors.

Il sentit Keira hocher faiblement les épaules.

— Merci d'être venu, Roman. J'avais vraiment besoin d'aide.

Ému, il la serra plus étroitement contre lui. Tant de choses auraient pu mal tourner, qui auraient fait qu'il ne puisse pas la retrouver à temps.

Cynthia répondit à son texto, en l'informant qu'il faudrait environ vingt-quatre heures avant que les secours puissent venir les chercher. La tempête s'était déplacée tellement vite que beaucoup de gens s'étaient retrouvés piégés. Les services d'intervention essayaient de traiter en premier les cas les plus critiques.

— J'ai de l'eau et un peu de nourriture, dit Keira, quand Roman lui relaya l'information. Mais ça m'ennuie de ne pas être à la maison avec les filles.

— Je leur ai installé le générateur, donc elles seront au chaud même s'il y a une coupure d'électricité. Et Heather a du lait pour son bébé.

— Et je suppose qu'entre le feu, les barres de céréales et l'eau, nous devrions aussi nous en sortir pas trop mal, conclut Keira, résignée.

— J'ai aussi des barres hyper protéinées.

— Un vrai festin !

Lorsque Keira sut que sa survie et celle des femmes du foyer n'étaient pas en danger, elle s'endormit profondément.

Roman eut l'impression que tout son poids s'abattait sur lui.

Honnêtement, il était surpris qu'elle soit restée éveillée si longtemps. Son corps avait brûlé plus de calories en quelques heures, à essayer de survivre, que la plupart des gens n'en brûlaient en une journée.

Il la garda serrée contre lui tout le temps, ne pouvant se résoudre à être séparé d'elle, maintenant qu'il l'avait retrouvée.

Il somnola peut-être un peu, mais elle était toujours dans ses bras lorsqu'il comprit qu'elle se réveillait.

— Je me suis endormie au milieu d'une phrase ? demanda-t-elle.

Roman gloussa.

— Presque. Mais c'est compréhensible, étant donné ce que tu viens de vivre.

Le silence retomba entre eux pendant quelques instants.

— Le test de grossesse était peut-être faux, dit-elle, de but en blanc.

Roman se figea, surprit par la déception qu'il éprouverait si Keira n'était pas enceinte.

— C'est ce que tu espères ? Que le test soit faux ?

Roman comprit que cette façon de poser des questions ressemblait à la méthode de Grace Parker, et une grande tristesse l'envahit lorsqu'il pensa à son décès.

Keira haussa les épaules.

— Honnêtement, je ne me suis pas autorisée à y penser. Je veux dire... J'adore les enfants, j'ai toujours voulu en avoir, mais je pensais que le destin en avait décidé autrement pour moi.

Roman se sentit soulagé. Il n'avait pas envisagé qu'elle puisse ne pas vouloir garder le bébé. Andrea et Brandon avaient fait allusion à un traumatisme dans le passé de Keira, mais il ne savait pas avec précision de quoi il s'agissait.

— Pourquoi pensais-tu ne pas avoir d'enfants ? Tu es encore jeune.

— Je suppose que j'ai toujours assimilé les enfants au mariage. Et ce n'est pas pour moi. Plus jamais.

Il écarquilla les yeux.

— Tu veux dire que tu as déjà été mariée ?

Il la sentit hocher la tête contre son torse.

— Oui. Il y a longtemps. Et je n'ai pas envie de renouveler cette expérience.

— Ça s'est mal passé ?

— Si, par « mal passé », tu veux dire que j'ai dû quitter l'hôpital avec une épaule démise, un poignet cassé, deux côtes fracturées, et juste l'argent que j'avais sur moi, changer de région, ne pas utiliser ma vraie identité au cas où mon mari ou sa famille me rechercherait, et recommencer une nouvelle vie sans rien...

Elle s'écarta légèrement de lui.

— Alors, oui, ça s'est mal terminé.

13

Roman lutta pour contrôler la rage qui bouillait en lui.

Keira était si menue. Elle ne devait pas mesurer plus d'un mètre soixante, et peser plus de cinquante kilos. La pensée qu'un homme puisse la blesser délibérément, lui casser les os, le rendait fou.

Et d'autant plus que cet incident ne devait pas être le premier.

— Il va falloir que tu me racontes toute l'histoire, dit-il, lentement. En commençant par la fin où, je l'espère, tu vas me dire que ce salaud est en train de pourrir en prison.

Keira eut un rire amer.

— Malheureusement, non. Mais il est complètement sorti de ma vie, et c'est vraiment tout ce qui compte.

Roman estimait que c'était loin d'être assez, mais il ne voulait pas insister maintenant.

— Ça remonte à quand ?

— En fait, tout a réellement commencé quand j'avais dix-sept ans. Pour mieux comprendre, il faut que tu saches que mes parents sont morts dans un accident de voiture. Je pense que si j'ai accepté de me faire maltraiter comme ça, c'est que je m'en voulais de ne m'être jamais entendue avec eux, de ne pas les avoir aimés.

— Quel rapport ?

— Eh bien, je me disais que j'étais une mauvaise personne,

que ce n'était pas juste que je sois toujours vivante, et qu'ils ne soient plus là. Et donc, qu'il avait raison de me punir.

Roman voulait protester, dire qu'elle n'était responsable de rien.

Peu importait ce qu'elle avait dit, ou la façon dont elle s'était comportée. Son mari n'aurait jamais dû passer sa colère sur elle.

Aucun homme ne devrait jamais frapper une femme.

Mais ce n'était pas le moment de parler de ça. Le fait qu'il lui donne son opinion ne changerait rien à la façon dont Keira voyait les choses.

— Jonathan avait quelques années de plus que moi, reprit-elle. Il m'a fait une cour assidue. Il n'y a pas d'autre façon de qualifier ça. J'étais tellement perdue, et j'avais un tel besoin d'être aimée, que je me suis laissé éblouir. Pour moi, il était comme le prince charmant.

Un instant, elle resta pensive, tandis qu'elle se replongeait dans le passé.

— Après le lycée, je voulais m'inscrire dans une université en Californie ou en Floride.

Elle eut un petit rire.

— Jonathan m'a dit que nous visiterions toutes les plages du monde quand nous serions mariés.

Roman fit un effort pour garder un ton égal.

— Ça n'avait pas l'air si mal.

— Ça semblait magnifique, oui !

Elle soupira.

— Un peu trop beau pour être vrai. Je savais que sa famille avait de l'argent, et je ne pensais pas qu'ils allaient le laisser se marier à vingt et un ans. Mais il m'a convaincue de m'enfuir avec lui.

Elle s'écarta de lui et s'assit. Il eut envie de la ramener contre lui, mais il savait qu'elle avait besoin d'espace.

— J'étais stupide. Ou bien Jonathan était très doué pour dissimuler qui il était. Ou peut-être les deux.

Elle secoua lentement la tête.

— Mon histoire n'est pas différente de celle de beaucoup d'autres femmes. Je voulais que la relation fonctionne. Et je n'avais pas d'autre endroit où aller.

Fixant le feu, elle continua :

— La première fois qu'il m'a frappée, nous étions chez ses parents. Cela ne faisait pas six mois que nous étions mariés. Ça ne s'est pas passé devant eux, mais ils ont dû l'entendre. Un peu plus tard, sa mère m'a entraînée à l'écart et m'a demandé de toujours bien veiller à ne rien faire qui puisse mettre Jonathan en colère.

Roman s'assit à son tour, mais il prit soin de ne pas toucher Keira. Il n'était pas sûr qu'elle en ait envie à cet instant.

— Je lui en ai voulu de dire ça. J'étais choquée qu'elle ne prenne pas ma défense.

Roman hocha la tête.

— Elle aurait dû lui parler.

— Ce que je n'ai pas réalisé, c'est que j'étais une intruse. Que la réputation de leur famille devait être protégée quoi qu'il arrive.

Sa voix devint presque inaudible.

— J'ignorais qu'ils étaient déjà au courant que leur fils était un sociopathe, avec des tendances violentes, et je n'ai pas compris que sa mère essayait de m'aider ce soir-là. Même si ce n'était pas flagrant à première vue.

— Quoi ?

— Je ne sais pas si son mari la battait aussi. Ou bien si Jonathan avait parfois frappé sa mère. Mais elle était au courant. Elle avait deviné ce qu'il me ferait, et elle savait que la famille le protégerait coûte que coûte.

Elle soupira.

— Quand il m'a battu tellement fort que j'ai dû aller à l'hôpital la première fois, j'ai pensé que ça s'arrêterait là.

Roman serra les poings. Ces mots le révulsaient. « Première fois » ; « Hôpital ».

Il avait le plus grand mal à contenir son écœurement et sa colère.

— Le père de Jonathan est venu me voir. Il semblait très inquiet. J'avais dix-neuf ans, et aucune famille. Durant les dix-huit premiers mois de notre mariage, Jonathan m'avait lentement coupée de tous mes amis.

Elle secoua la tête.

— C'est tellement similaire aux histoires de quantité d'autres femmes.

— Que t'a dit ton beau-père ?

— Il a essayé de me convaincre de rentrer à la maison. Je ne voulais pas mais, le jour de ma sortie, il a envoyé un chauffeur qui m'a ramenée au foyer conjugal. Ses parents étaient là, et ils ont écouté pendant que Jonathan me suppliait de lui accorder une autre chance.

Keira jeta un regard à Roman et haussa les épaules.

— J'étais tellement stupide que je lui aurais sûrement accordé une seconde chance, quoi qu'il arrive. Mais quand Jonathan et sa mère ont quitté la pièce, son père m'a dit très clairement que si je quittais Jonathan, et que j'essayais de raconter à quelqu'un ce qui s'était passé, les médecins nieraient en bloc. En revanche, mon dossier médical mettrait en avant mes tendances à l'alcoolisme.

Elle secoua la tête.

— Je n'avais pas encore vingt et un ans, et je n'avais donc pas légalement le droit d'acheter ou de consommer de l'alcool. Et d'ailleurs, je n'en avais jamais bu une goutte.

Les yeux fermés, Roman prit une profonde inspiration, et relâcha lentement son souffle.

— Keira...

Il aurait voulu la réconforter, mais ne trouvait pas les mots.

Ressentant le besoin de faire quelque chose avec ses mains, il se leva et rajouta du bois dans le poêle.

— Les choses se sont améliorées pendant un moment après ça. Comme toujours.

La voix de Keira se fit plus assurée.

— La violence fonctionne par cycles. Une période idyllique, puis une période de violence.

Elle soupira.

— Finalement, la dernière fois où Jonathan m'a envoyée à l'hôpital, j'étais mieux préparée. J'avais acheté une voiture — une vraie poubelle que j'avais payée cinq cents dollars, en vendant des boucles d'oreilles qu'il m'avait offertes, et c'est bien le comble de l'ironie, après un précédent séjour à l'hôpital. Je l'avais laissée sur le parking d'une supérette à proximité de la maison.

Elle remonta les genoux sous son menton, et serra les bras autour de ses jambes, les yeux rivés sur le feu.

— Lorsque je suis arrivée à l'hôpital, ce sont les mêmes médecins qui m'ont examinée. Ceux que la famille de Jonathan avait payés. Dès qu'ils ont quitté ma chambre, je suis allée jusqu'au bureau des infirmières. C'est-à-dire que je m'y suis traînée clopin-clopant.

Elle laissa passer un silence, plongée dans ses pensées.

— Stephanie Scott...

Keira avait murmuré ce nom avec révérence.

— C'est l'infirmière à qui j'ai eu affaire. Je ne l'avais jamais vue avant. Elle m'a crue, quand je lui ai expliqué l'enfer que je vivais, et elle m'a aidée.

— De quelle façon ?

— Elle a récupéré tous les documents pouvant incriminer Jonathan, les photos de mes blessures prises à mon arrivée, les radios de mes fractures... Elle a réussi à obtenir le témoignage d'un médecin qui avait refusé de se laisser acheter, ainsi que celui de plusieurs infirmières. Bref, elle a monté un dossier qui me permettrait de porter plainte.

La voix de Keira gagna en puissance.

— Je ne sais pas que ce que j'aurais fait si je ne l'avais pas rencontrée. Elle m'a sauvé la vie.

Elle se redressa légèrement et continua.

— Lorsque le père de Jonathan est venu me voir deux jours plus tard, pour me tenir le discours habituel, à savoir qu'il fallait garder cela entre nous, j'ai acquiescé. Dès qu'il est parti, j'ai quitté l'hôpital en cachette, et je suis montée dans ma petite voiture, que Stephanie m'avait ramenée sur le parking. J'ai roulé jusqu'à ce que je n'aie plus d'argent pour aller plus loin. J'ai atterri à Buckeye, en Arizona. Quelqu'un m'a donné un emploi et m'a payée au noir, étant donné que je ne pouvais pas utiliser ma véritable identité.

Parce que son mari aurait utilisé la fortune et les relations de ses parents pour la retrouver et l'obliger à revenir.

Elle ne le dit pas, mais Roman le comprit.

— Ça m'a permis de gagner de quoi me payer un avocat. Et finalement, alors que je m'attendais à une longue bagarre juridique, j'ai obtenu le divorce avec une relative facilité.

Roman devina que les preuves devaient être implacables pour que Keira ait réussi à obtenir le divorce sans lutter âprement.

— Tu as eu des problèmes avec lui, depuis ?

— Non. Rien du tout. Mon avocat a fait en sorte que sa famille comprenne que j'étais décidée à porter plainte s'il s'approchait de moi ou essayait de me parler. J'avais vingt ans, à l'époque. Et depuis six ans, je n'ai pas été confrontée à Jonathan ou à sa famille.

— Et c'est pour ça que tu as ouvert Fresh Starts.

Ce n'était pas une question, après ce qu'il venait d'entendre.

— Pour aider des femmes qui vivent la même situation.

— Mes parents m'ont laissé de l'argent. Mais, croyant être sages, ils l'ont mis sur un fonds bloqué jusqu'à mes vingt-cinq ans.

Roman secoua la tête.

— Cet argent t'aurait beaucoup aidée quand tu as eu tous ces ennuis avec ton ex-mari.

— Je sais. Mais, finalement, je suis contente de ne l'avoir touché que l'année dernière. Ça m'a permis d'acheter l'immeuble en pleine propriété. Et maintenant, les revenus du salon permettent d'apporter une aide là où elle est la plus nécessaire. Pas besoin de souscrire un crédit ou de faire une demande de subvention.

Et personne ne pourrait le lui prendre, comprit Roman. Keira avait beaucoup perdu, et elle avait fait en sorte que ça ne lui arrive plus jamais.

Et il lui avait fallu un sacré courage pour accomplir tout cela.

— J'aurais aimé trouver un endroit comme Fresh Starts quand j'ai quitté Jonathan. Quelque part où j'aurais pu me remettre sur pied et apprendre un métier.

Elle lui glissa un regard en coin.

— Je n'aurais pas été obligée de devenir strip-teaseuse.

— Keira, je n'ai vraiment aucun problème avec ton ancien métier. Et j'aurais dû remettre ma mère à sa place, il y a deux mois, quand elle a essayé de t'humilier.

Elle haussa les épaules.

— N'en parlons plus.

— Je suis revenu pour toi, tu sais.

Elle tourna brusquement la tête vers lui.

— Quoi ?

— Cette histoire avec Damien Freihof m'a donné une excuse pour venir te parler. Mais, je serais venu de toute façon. Je n'ai pas arrêté de penser à toi depuis deux mois.

Elle le dévisagea longuement, avant de tourner la tête.

— Moi non plus.

— J'ai mal réagi.

Elle haussa les épaules.

— Tu n'es pas le seul. Je suppose que nous avons été un peu effrayés par l'intensité de nos sentiments.

Roman fut soudain très conscient qu'ils étaient presque nus dans cette petite pièce isolée du monde extérieur.

Ça ne l'aida pas quand Keira revint s'étendre contre lui et passa la cuisse en travers de ses jambes.

Il posa la main sur sa hanche, ses doigts agrippant sa peau comme s'ils étaient dotés d'une volonté propre.

C'était ça qu'il n'avait pu se sortir de la tête pendant deux mois. La sensation de sa peau, la courbe de sa taille, la couleur de ses yeux...

À cet instant, les yeux de Keira brûlaient d'une passion égale à celle qu'il ressentait. Ni l'un ni l'autre ne se souciait du fait qu'une tempête se déchaînait à l'extérieur.

Surtout quand Keira utilisa son poids pour le pousser sur le dos, et roula au-dessus de lui, chevauchant ses hanches.

— Je n'ai plus froid, dit-elle, d'une voix rauque. En fait, c'est tout le contraire.

Attrapant une poignée de ses magnifiques cheveux, il attira doucement son visage vers le sien.

— Il va quand même falloir que nous parlions. À propos du bébé, de notre avenir...

— Plus tard. Pour le moment, nous avons plus important à faire.

— Quoi donc ? demanda-t-il, narquois.

— Je ne sais pas... Célébrer le fait que nous sommes tous les deux en vie, peut-être ?

Roman ne pouvait contredire cette logique.

La serrant dans ses bras, il effleura ses lèvres. C'était un baiser léger, à peine ébauché, mais à la seconde ou leurs bouches se frôlèrent les sens de Roman s'enflammèrent, tandis qu'un gémissement bref échappait à Keira.

Elle avait raison. Les mots pouvaient attendre. Leurs corps ne le pouvaient assurément pas.

14

Le sol n'était pas aussi confortable que le lit de la chambre d'hôtel qu'ils avaient partagée deux mois auparavant, mais leur étreinte connut la même intensité, la même fièvre.

Leurs corps s'étaient reconnus et, se souvenant instinctivement du plaisir déjà éprouvé, avaient réclamé leur dû.

Keira avait plus ou moins espéré que ce ne serait pas le cas.

Elle avait essayé de se convaincre que leur histoire n'avait été qu'un leurre. Qu'elle avait imaginé la perfection de leur entente.

Elle s'était trompée. C'était toujours aussi exceptionnel entre eux.

Ça ne l'empêcha pas de céder à la panique.

Peut-être était-ce le fait d'avoir évoqué Jonathan, ou parce qu'elle était soudain revenue à la réalité et s'était rappelé qu'elle allait avoir un enfant avec un homme aussi riche et influent que la famille de son ex-mari.

Même si elle savait que Roman était différent de Jonathan, ça n'empêchait pas ses vieilles angoisses de resurgir.

Le lendemain, lorsqu'on les prévint par texto que les secours se dirigeaient vers l'église, Keira avait pris ses distances avec Roman.

Elle avait bien conscience qu'il s'en était rendu compte, et qu'il était frustré, mais elle ne savait pas comment faire pour qu'il se sente mieux, sans qu'elle-même s'effondre.

Lorsqu'il tendit la main pour lui caresser le bras, elle se crispa.

Il recula immédiatement.

— Il faut que tu saches que je ne te ferai jamais de mal, dit-il d'une voix douce et gentille.

Elle soupira.

— Je le sais. Surtout après la nuit dernière. Mais ce n'est pas toujours facile. Et...

— Quoi ?

Elle devina qu'il faisait de gros efforts pour que sa frustration ne se communique pas à sa voix.

— Je ne sais pas quoi faire par rapport à ta famille, Roman. Je sais que tu les aimes, mais je ne suis pas sûre de pouvoir leur faire confiance.

— Ma mère n'a peut-être pas un caractère facile, mais elle n'aurait jamais permis qu'on maltraite une jeune femme.

— Pas même pour protéger son fils ?

Roman semblait sur le point de se lancer dans la défense de sa famille, lorsque les services de secours les hélèrent depuis la partie principale du bâtiment, leur annonçant qu'ils étaient arrivés.

— Cette conversation n'est pas terminée, dit-il. On en reparle plus tard.

Keira hocha la tête, mais elle ne voyait pas ce que le fait d'en parler changerait à la situation.

Au bout du compte, Roman continuerait à faire partie de la famille Weber.

Ils avaient l'argent, le pouvoir, et un nom à protéger.

Elle savait que Roman ne lui ferait jamais de mal physiquement, mais il existait quantité de façons de blesser une personne. Et elle ne voulait pas se retrouver dans une situation où elle serait à nouveau victime.

D'autant qu'elle était à peu près certaine que Maureen Weber Donovan ne l'accepterait jamais comme épouse de son fils.

Non que Roman ait parlé de se marier. De toute façon, elle était contre.

La pensée de se marier lui procurait des frissons d'horreur.

Les services de secours les aidèrent à regagner le 4x4 de Roman et à le débarrasser de la neige accumulée pour qu'il puisse prendre le volant.

La tempête avait cessé, et les chasse-neige avaient dégagé les routes, il n'y avait donc plus de risques. Une dépanneuse serait envoyée plus tard pour remorquer la voiture de Keira.

Roman insista pour qu'ils se rendent aux bureaux d'Omega Sector. C'était tout à côté, et il y avait un médecin sur place qui pourrait examiner Keira tout de suite, plutôt que d'attendre des heures dans un des hôpitaux locaux.

Une heure et demie après leur arrivée, Keira avait profité d'une douche chaude, d'un repas complet, et vu le médecin.

Un test sanguin réalisé en urgence avait confirmé qu'elle est bien enceinte.

Une des collègues de Roman lui avait prêté des vêtements. Keira connaissait Lillian Muir, mais ne lui avait jamais vraiment parlé. Étant donné que ses vêtements lui allaient à la perfection, elles avaient la même corpulence. Difficile de croire qu'une femme aussi menue soit membre d'une unité d'élite tel que le SWAT.

Keira était encore bouleversée de savoir qu'elle était réellement enceinte, lorsqu'un agent qu'elle ne connaissait pas vint la chercher pour la conduire dans une salle de conférences.

Elle ne savait pas ce qu'elle allait y faire et s'en moquait.

Ce qui comptait, c'était qu'elle allait avoir un bébé.

Et elle ne pouvait pas s'empêcher de sourire. Elle savait

que rien ne serait simple, elle ignorait si Roman serait à ses côtés, mais elle voulait ce bébé.

Elle n'avait jamais envisagé d'avoir des enfants à elle. Puisqu'elle n'avait pas l'intention de se remarier, il ne pouvait en être question. Peut-être, dans quelques années, aurait-elle songé à adopter. Mais les bébés ne faisaient pas partie du programme.

C'était le cas, maintenant.

Cela ne changeait rien par rapport à Fresh Starts et son souhait d'aider des femmes victimes de violences conjugales. Simplement, elle aurait désormais une autre petite personne qui grandirait auprès d'elle.

— Eh bien, quel sourire !

Andrea était sortie de la salle de conférences pour l'accueillir.

— Je suppose que le médecin a conclu que tout allait bien.

Sachant qu'elle ne pourrait pas cacher longtemps l'heureuse nouvelle à Andrea, Keira se jeta à l'eau.

— Je suis enceinte.

Andrea possédait une étonnante capacité à deviner ce que pensaient les gens, et il était très difficile de la surprendre. Mais Keira venait d'y parvenir.

Les yeux écarquillés, Andrea lui prit le bras, et l'entraîna à l'écart dans le couloir.

— Tu es enceinte ? Comment c'est arrivé ?

Keira haussa un sourcil.

— Tu rentres de voyage de noces, et tu me poses la question ?

— Tu sais ce que je veux dire. Qui ? Quand ?

Andrea jeta un coup d'œil du côté de la salle de conférences.

— Roman Weber. Je le savais.

— Tu veux que je participe à la conversation, ou tu continues toute seule ?

— Désolée. Est-ce que ça va ? C'est ce que tu veux ?

Keira continuait à sourire.

— Ce n'est pas ce que j'avais prévu, mais je suis très heureuse.

Elle posa la main sur son ventre encore plat, où ne pouvait encore se déceler la présence d'un enfant.

— Je vais avoir un bébé, Andrea.

Son amie l'attira dans ses bras pour une accolade.

— Et tu seras la meilleure mère du monde. Je suis tellement contente pour toi, Keira.

— Tout va bien ? demanda la voix de Roman, depuis la salle de conférences.

Les deux amies s'écartèrent l'une de l'autre.

— Oui, dit Keira. Le médecin a dit qu'il n'y avait aucun problème.

Elle plongea les yeux dans les prunelles bleues de Roman.

— Et il a confirmé ce que je pensais.

Le regard d'Andrea passa de l'un à l'autre.

— Je vais rejoindre les autres. À tout à l'heure. Félicitations maman !

— Tu lui as dit ? s'étonna Roman, quand ils furent seuls.

Keira haussa les épaules.

— De toute façon, elle aurait été la première personne à qui je l'aurais dit. Pourquoi attendre ?

Soudain, elle songea que Roman ne voulait peut-être pas que tout le monde soit au courant.

— Pourquoi ? Ça te pose un problème ?

— Pas du tout. Entre ton sourire, et le fait que tu éprouves le besoin de l'annoncer, je suis rassuré.

— Qu'est-ce qui t'inquiétais ?

— Je ne sais pas. Que tu ne sois pas heureuse d'être enceinte. Que tu aies peur que cet enfant gâche ta vie.

— Certainement pas. Je reconnais que c'est un grand changement, mais je suis très heureuse.

— Roman, pouvez-vous venir avec Keira ?

Steve Drackett venait de passer la tête hors de la salle de conférences.

— Nous avons découvert quelque chose d'important.

— On en reparlera plus tard, murmura Roman.

Elle sentit sa main se poser dans le creux de son dos, tandis qu'il la guidait dans le couloir.

Dans la salle de conférences, des collègues de Roman, que Keira avait croisés au cours des derniers mois, par le biais de Brandon et Andrea, se présentèrent à nouveau.

Tout le monde était soulagé que Roman et elle soient sains et saufs, mais une morosité qu'elle n'avait jamais vue avant plombait l'atmosphère.

La raison de cette gravité devint patente quand elle vit le tableau d'affichage où figuraient des informations sur la mort de Grace Parker.

Roman vit qu'elle regardait les photos d'un air horrifié.

— Tu veux que je les recouvre ?

Elle secoua la tête.

— Non, ça va.

— Keira, dit Steve Drackett, en tendant le bras vers une jeune femme, assise devant un ordinateur portable. Voici Sydney Ruiz, notre experte en informatique et en électronique.

Keira lui donna une vingtaine d'années, son apparence juvénile étant encore renforcée par le fait qu'elle avait coiffé ses cheveux bruns en deux nattes, et qu'elle mâchait du chewing-gum.

— Ravie de vous rencontrer, dit-elle, avec un sourire.

— De même. J'ai fait des tests sur votre portable, pour m'assurer de la fiabilité du traceur, et j'ai trouvé un truc dingue.

Sydney parlait à toute allure, en agitant les mains, et Keira avait un peu de mal à la suivre.

— C'est-à-dire ?

— Vous utilisiez votre application GPS quand vous vous êtes perdue, n'est-ce pas ?

— Oui. J'avais l'impression d'être guidée dans la mauvaise direction mais, avec une tempête pareille, je sais qu'il ne faut pas toujours suivre son instinct. Et cette application ne m'avait jamais posé de problème auparavant.

Sydney et Steve échangèrent un regard. À l'évidence, c'était un sujet dont ils avaient déjà parlé.

— Pourquoi cette question ? Que se passe-t-il ?

— Quand avez-vous décidé de ne plus suivre les instructions ? demanda Steve.

— Quand j'ai vu cette église désaffectée, j'ai su que j'étais du mauvais côté de la ville.

— Avez-vous changé de téléphone récemment ? demanda Sydney. Ou bien s'est-il passé quelque chose d'inhabituel avec le vôtre.

— En fait, on me l'a volé, il y a quelques jours.

Il y eut à nouveau cet étrange regard entre Steve et Sydney. Roman semblait lui aussi très inquiet.

— Et tu en as acheté un nouveau ? demanda-t-il.

Keira secoua la tête.

— Il m'a été rendu le lendemain. Quelqu'un l'avait trouvé. J'ai trouvé ça miraculeux.

— Vous vous rappelez à quoi ressemblait la personne qui vous l'a rapporté ? demanda Steve.

— Je n'étais pas là. C'est Annabel qui l'a réceptionné. Je peux lui demander si elle s'en souvient…

Elle regarda tour à tour Steve, Roman et Sydney.

— Que se passe-t-il ?

— On a piraté votre téléphone, dit Steve. Toutes les applications ont été trafiquées.

— C'est pour ça que je me suis perdue ?

Sydney hocha la tête.

— Oui. Le pirate aurait également eu accès à vos informations financières la première fois que vous auriez consulté votre compte bancaire. Même chose pour votre planning dès que vous auriez utilisé l'agenda.

Keira sentit l'affolement la gagner.

— J'ai toute ma vie dans mon téléphone.

— C’est un programme très sophistiqué qui a été installé, déclara Steve. S’il n’avait pas causé des interférences avec le traceur d’Omega, nous n’aurions pas détecté sa présence.

Keira tourna la tête vers Roman.

— C’est Damien Freihof qui a fait ça ?

Il hocha la tête, l’air sombre.

— Très certainement.

— Est-ce qu’il vous est arrivé autre chose pendant que vous étiez dans la tempête, demanda Steve. Avant que Roman vous trouve ?

— Une voiture m’a fait quitter la route. Mais il s’agissait peut-être d’une personne qui, comme moi, n’y voyait rien.

Elle ne s’était pas posé la question avant, mais à présent qu’ils parlaient d’un criminel déterminé à s’en prendre à elle, il y avait de quoi semer le doute dans son esprit.

— Quoi ? s’exclama Steve. Vous allez tout nous raconter, et nous essayerons de déterminer ce qui est délibéré et ce qui relève du mauvais temps.

Keira leur parla donc de la voiture qu’elle avait évitée de justesse, alors qu’elle était en train de faire demi-tour, puis du pick-up qui lui avait semblé foncer droit sur elle.

Elle haussa les épaules, essayant de paraître détachée.

— Penser que quelqu’un a délibérément essayé de me faire quitter la route semble un peu ridicule, non ?

15

Keira eut l'impression de passer les deux semaines suivantes dans un brouillard.

Au sortir de la réunion dans les bureaux d'Omega Sector, Brandon et Roman l'avaient raccompagnée chez elle, afin d'interroger Annabel sur la personne qui avait rapporté son téléphone après qu'il eut été volé.

Annabel se rappelait juste que c'était « un vieux type » à l'apparence banale, et qui n'avait pas dit grand-chose.

— Il a juste raconté qu'il l'avait trouvé sur le trottoir, près d'une poubelle. Il faisait tous les magasins de la rue pour savoir à qui il appartenait.

Annabel se tordait les mains, tout en répondant aux questions.

— J'étais tellement contente qu'on te le rapporte, que je n'ai pas pensé à l'interroger davantage. Il n'avait pas l'air d'un criminel.

Keira passa un bras autour de ses épaules.

— Pourquoi l'aurais-tu soupçonné ? Tu pensais que c'était un bon Samaritain qui rapportait un objet perdu.

Mais, après avoir parlé avec Roman et Brandon, Keira avait compris qu'il pouvait très bien s'agir de Freihof.

Ils lui avaient montré des photos de ses différentes apparences, en fonction des lieux et des circonstances. Ce type était un as du déguisement.

Omega Sector lui avait aussi envoyé une équipe d'experts scientifiques pour chercher des indices, après la tentative de cambriolage au salon. Ils avaient trouvé des empreintes, mais elles n'étaient pas répertoriées dans la base de données.

C'était à la fois une bonne et une mauvaise nouvelle. Bonne, parce que Freihof était fiché et que ce n'étaient pas les siennes. Mauvaise, parce que les enquêteurs se trouvaient dans une impasse.

Et, comme Freihof faisait souvent appel à d'autres personnes pour exécuter les basses besognes, l'intrus n'était peut-être pas un simple cambrioleur.

Une fois de plus, Keira eut conscience qu'elle avait eu beaucoup de chance de s'en être sortie seulement avec un œil au beurre noir.

Ça aurait pu être bien pire.

Ils avaient aussi installé un système de sécurité dans le salon de coiffure. Ça avait coûté cher, mais ça en valait la peine.

Entre mettre tout cela en place, gérer le salon, et s'occuper des problèmes des femmes qui résidaient au foyer... Oh ! et bien sûr être enceinte, Keira était épuisée, et ne savait plus trop où elle en était.

Sa seule certitude, c'est que Roman était là chaque fois qu'elle se retournait.

Quand ils avaient quitté Omega Sector après la tempête, Roman avait voulu qu'elle s'installe chez lui.

— Il ne faut pas sous-estimer le danger que représente Freihof, dit-il. Je veux vous protéger, toi et le bébé. Et ce sera plus facile chez moi.

Elle avait été tentée, vraiment. Mais elle ne pouvait pas.

— J'aimerais beaucoup pourvoir me cacher jusqu'à ce que tout soit terminé, mais je ne peux pas. Ces femmes ont besoin de moi, et je ne pourrais plus me regarder dans un miroir si je les laissais tomber.

Roman ne s'était pas mis en colère. Il n'avait pas insisté. Et elle lui en avait été reconnaissante.

Mais il était retourné à son domicile afin de pouvoir faire ses bagages et s'installer chez elle.

Aussi irritée que charmée par l'autorité de Roman, ce qui avait de quoi la laisser perplexe, Keira avait vite réalisé à quel point sa présence était réconfortante.

Enfin, elle avait quelqu'un avec qui partager les soucis du quotidien.

Cela faisait tant d'années qu'elle prenait tout en charge seule…

Ils n'avaient pas fait l'amour depuis qu'ils s'étaient retrouvés prisonniers de la tempête. Elle avait besoin d'espace, et Roman avait respecté cela.

Évidemment, cette attitude avait eu pour résultat qu'elle le désire encore plus.

Tout ce qu'il faisait semblait exacerber l'envie qu'elle avait de lui : la gentillesse et le respect avec lesquels il traitait les femmes qui résidaient à Fresh Starts, sa façon de voir ce qu'il y avait à faire, et de le faire sans attendre, qu'il s'agisse de prendre des mesures de sécurité supplémentaires, ou tout simplement de passer un coup de balai.

Roman n'attendait pas qu'on lui demande, il agissait tout simplement.

Et quand elle le vit prendre dans ses bras le bébé de Heather, avec une telle douceur et un tel bonheur, elle en fut profondément bouleversée.

S'inquiétant pour elle, il lui avait demandé si le fait d'avoir un bébé bouleverserait sa vie. Mais elle ne lui avait pas posé la question en retour. En le voyant avec la petite Rachel dans les bras, elle avait compris qu'il ferait un bon père.

Un soir, après une fermeture tardive du salon, ils dînaient dans l'appartement de Keira.

Roman racontait une histoire hilarante, sur la façon dont il avait enfermé sa sœur dans la salle de bains, après qu'elle eut quitté une partie de Monopoly en plein milieu, parce qu'elle s'était rendu compte qu'elle était en train de perdre.

Keira riait à gorge déployée, lorsqu'ils entendirent le bruit d'une vitrine qui se brisait dans le salon de coiffure, suivit de la sirène d'alarme.

En quelques secondes, toutes les résidentes du foyer se précipitèrent dans le couloir.

Roman y mit le holà.

— Restez ici. Keira, emmène tout le monde dans ton appartement et verrouille la porte.

Elle lui lança un regard inquiet.

— Tu penses que c'est Freihof ?

— Je n'en sais rien. Mais je ferai mon travail plus efficacement si je sais que vous êtes toutes en sécurité.

Keira hocha la tête, même si ça ne lui plaisait pas.

Roman avait raison. La meilleure façon pour elle de l'aider était de maintenir tout le monde hors de son passage.

Elle se tourna vers ses protégées.

— Venez. On se regroupe toutes chez moi, jusqu'à ce que nous sachions ce qui se passe.

Rachel se mit à pleurer, tandis que Keira guidait vers son appartement Heather, Annabel, et les deux femmes qui avaient récemment rejoint Fresh Starts.

Quelques instants plus tard, l'alarme fut coupée, et Roman ne tarda pas à regagner l'appartement.

— Tout va bien. On dirait qu'une pierre a été jetée dans la vitrine. C'est ça qui a déclenché l'alarme.

Keira n'avait pas donné à ses protégées tous les détails à propos de Damien Freihof, mais elles savaient que quelqu'un lui voulait du mal.

Toutes ces femmes avaient elles aussi quelqu'un à leurs trousses. Elles n'avaient donc pas été surprises que ce soit également le cas de Keira.

Brenda, qui n'était là que depuis deux jours, s'irrita.

— Je m'en vais. Ce n'est pas plus sûr ici que le foyer pour sans-abri en ville. C'est même pire.

Keira s'en attrista, mais elle n'essaya pas de la convaincre de rester. Il fallait qu'elle aille où elle se sentirait en sécurité. Peut-être les autres femmes feraient-elles aussi bien de partir, elles aussi.

Mais personne ne manifesta une telle envie.

Lorsque ses pensionnaires eurent regagné leurs studios, Keira se tourna vers Roman, l'air inquiet.

Il l'attira dans ses bras. Au début, elle voulut résister puis elle se laissa envelopper par sa force.

— C'est grave ?

— Pas trop. La pierre a été jetée dans la petite vitrine latérale. Pas dans la grande. Tu devrais pouvoir la faire remplacer demain.

Elle soupira.

— Il faut que j'aille voir.

— Pas tout de suite. Il faut attendre le relevé d'empreintes.

— Est-ce que ça pourrait être un accident ? Je ne sais pas grand-chose à propos de Damien Freihof, mais je ne pense pas que ce soit son style de jeter des pierres dans une vitrine. Il se peut aussi que ce soit le même vandale que celui que j'ai fait fuir l'autre nuit.

— Ce n'est ni un accident ni un vandale.

— Comment le sais-tu ?

Elle s'écarta de ses bras.

— Tu me caches quelque chose, c'est ça ?

Roman hocha la tête.

— Il y avait un message écrit sur la pierre.

— Quoi ? Que disait-il ?

Roman grimaça.

— Je t'ai retrouvée, garce.

Elle porta les mains à son visage.

— Oh ! mon Dieu, Roman ! Tu penses que c'était Freihof ?

— C'est possible. Ou alors...

Un cri dans le couloir les fit sursauter.

— C'est Heather, murmura Keira, médusée.

— Reste ici.

— Certainement pas !

La porte du studio de Heather était entrouverte.

Un homme tenait la jeune femme devant lui, en pointant un pistolet sur sa tempe.

Roman avait sorti son arme, et mit immédiatement l'homme en joue.

— Posez immédiatement votre pistolet !

Une lueur de folie passa dans le regard de l'inconnu.

— Tu rêves, mon vieux. Tu sais ce que cette garce m'a coûté ? C'était une de mes meilleures gagneuses.

Heather pleurait sans bruit, le visage livide. Au moins, son bébé n'était pas avec elle.

— Keira..., appela Heather, dans un gémissement, tout en tendant un bras vers le berceau, où devait se trouver la petite Rachel.

L'homme resserra brutalement le bras autour de son cou.

— Ferme-la ! Tu m'as causé assez d'ennuis. Je ne pensais pas te retrouver, mais tu n'es pas allée assez loin, espèce d'idiote !

L'homme était visiblement dangereux. Mais Keira savait ce que Heather attendait d'elle, et elle allait le faire.

Passant devant Roman, elle commença à entrer dans la pièce.

— Arrête, dit Roman d'une voix basse et tendue.

— Il faut que j'y aille.

Gardant les mains levées, elle se glissa le long du mur pour atteindre le berceau.

— Qu'est-ce que vous fichez ? s'écria l'homme.

— Je veux mon bébé.

Il ne fallait surtout pas que ce fou sache que Heather avait eu un enfant.

— J'avais demandé à Heather de me le garder, et je ne veux pas le laisser ici. Je viens le chercher.

Faisant mine d'ignorer le forcené, Keira se pencha au-dessus du berceau, et souleva Rachel dans ses bras.

— Ne t'en fais pas, mon amour, chantonna-t-elle, maman est là. Et on va rentrer chez nous.

Traversant la pièce en sens inverse, Keira glissa à l'homme un regard en coin. Apparemment, il avait cru à son histoire, et la regardait d'un air dégoûté.

Une fois que Keira et l'enfant furent passés derrière lui, Roman s'avança dans la pièce.

— Jetez votre arme immédiatement.

— J'ai fait cent kilomètres pour retrouver cette garce. Je l'emmène. Ne te mêle pas de ça, mon vieux. Ton bébé est sain et sauf. Laisse-moi partir avec mon employée.

— Impossible ! Je suis agent fédéral. Vous avez mal choisi votre endroit pour entrer par effraction.

L'homme comprit que ça changeait tout à la gravité de la situation. Il ne fallait pas être un génie pour comprendre qu'il allait tuer Heather.

Mais cette dernière le réalisa aussi.

Connaissant son passé, la honte qu'elle éprouvait de ne jamais s'être rebellée contre cet homme qui l'avait enlevée et l'avait obligée à se prostituer, Keira sut qu'elle allait réagir, et faire quelque chose qu'elle avait eu envie de faire depuis longtemps.

Lançant son bras en arrière de toutes ses forces, Heather donna un coup de coude dans l'estomac de son agresseur.

L'homme ne s'y attendait pas, et il desserra sa prise.

Heather se libéra et fit un bond sur le côté.

Profitant de l'opportunité, Roman fit feu, et toucha l'homme à l'épaule.

Tandis qu'il s'effondrait, Roman bondit sur lui, le retourna sur le ventre et, indifférent à ses cris de douleurs, lui croisa les bras dans le dos, en lui maintenant la tête plaquée au sol à l'aide de son genou.

— Heather, allez chercher mes menottes dans l'appartement de Keira. Je peux vous garantir que vous n'aurez plus jamais à vous soucier de ce type.

16

Cette nuit-là, Roman dormit dans le lit de Keira.

Il était plus de minuit quand les enquêteurs eurent fini d'inspecter le salon de coiffure, et de faire remplir un rapport à Roman pour avoir fait usage de son arme. Aussi n'avait-il pas résisté lorsque Keira lui avait demandé de dormir avec elle.

Ça ne l'avait pas dérangé de passer les nuits précédentes sur le canapé. En fait, il pensait que c'était mieux comme ça. Keira et lui avaient besoin de temps pour prendre leurs marques ensemble.

En outre, il lui fallait découvrir qu'elle pouvait lui faire confiance. Il n'allait donc pas faire pression sur elle, ni l'obliger à faire quelque chose qu'elle n'était pas prête à faire.

La meilleure façon pour que ça marche entre eux, c'était de lui laisser du temps.

En tant que membre du SWAT, il devait souvent prendre des décisions en une seconde, dans un contexte de vie ou de mort. Mais il arrivait aussi qu'il doive attendre longuement, tissant patiemment sa toile, telle une araignée, pour obtenir les résultats dont l'équipe avait besoin.

Il n'aimait pas forcément cela, mais il savait se montrer patient quand c'était nécessaire.

Et Keira en valait la peine.

Blottis dans les bras l'un de l'autre, Roman et Keira étaient profondément endormis quand un appel du bureau tira Roman du sommeil.

L'agresseur de Heather avait été opéré, il était réveillé et voulait négocier un accord. Brandon Han était chargé de l'interroger, mais il avait besoin de Roman sur place.

Roman ne demanda pas pourquoi et se leva aussitôt.

Il murmura à Keira qu'il devait partir, mais comme elle ne réagissait pas il sourit et la laissa dormir.

Il écrivit un mot, et le laissa sur l'oreiller à côté d'elle, pour qu'elle le trouve en se réveillant.

Lorsqu'il arriva à la cafétéria de l'hôpital, où ils s'étaient donné rendez-vous, Brandon lui remit le dossier du malfaiteur, Ronald Dunham, dit Spike.

Roman y jeta un coup d'œil. C'était un vrai catalogue de délits. Outre un lucratif négoce de drogue, il était aussi soupçonné de trafic d'êtres humains dans trois États différents.

— Ce type est un vrai salaud, marmonna Roman. Je suis certain qu'il aurait tué Heather si je n'avais pas tiré.

Brandon hocha la tête.

— Moi aussi. Il a été incarcéré plusieurs fois pour des crimes mineurs, mais il comprend qu'il risque gros cette fois.

Un homme s'approcha avec un gobelet de café à la main, et Brandon fit les présentations.

— Voici Sean Smallman, de la brigade des stupéfiants. Nous avons un plan.

— J'espère que ça va marcher, dit Sean, après avoir échangé une poignée de main avec Roman. Il n'est pas question de laisser Dunham sortir libre d'ici.

— Ça marchera, dit Brandon.

Le regard de Roman fit l'aller-retour entre les deux hommes.

— Quel est le plan ?

— Spike officie surtout à Salt Lake City, Las Vegas, et Denver, expliqua Sean. Nous avons les preuves, mais nous n'avons jamais réussi à mettre la main dessus, jusqu'à aujourd'hui.

— D'accord, dit Roman, d'un ton prudent. Vous voulez passer un marché pour obtenir des informations sur d'autres trafiquants ? Transformer ce type en informateur ? Je ne suis pas certain que ça fonctionne.

Il songea à l'arme pressée sur la tempe de Heather.

— Et je ne suis pas certain non plus que ça en vaille la peine.

— Ne t'inquiète pas, dit Brandon. Spike veut passer un marché avec Omega pour que nous abandonnions les charges à propos de ce qui s'est passé à Fresh Starts. Je t'ai fait venir pour que tu le lui dises toi-même.

— Je veux bien, mais à condition que ça ne lui permette pas de retourner à l'air libre.

— Ça n'arrivera pas, dit Sean, avec un grand sourire. Dès que vous aurez passé votre accord, je l'arrêterai pour trafic de drogue. Nous avons suffisamment d'éléments pour le mettre à l'ombre quasiment jusqu'à la fin de ses jours.

— Bien. Parce que si Spike sort d'ici, il retournera à Fresh Starts à la première occasion.

Brandon hocha la tête.

— C'est ce qui m'a fait penser à la chose suivante : Fresh Starts n'est pas un foyer connu. Il n'est pas assez grand, ni assez établi pour être un endroit connu par un type comme Spike.

— Alors, comment l'a-t-il découvert ? demanda Roman. Parce qu'il savait exactement comment y entrer.

— Il semblerait que quelqu'un lui ait donné l'information.

Roman grimaça.

— Freihof.

— C'est ce que je pensais. Ça ressemble tout à fait au mode opératoire de Freihof.

— Bien.

Savoir que Freihof était impliqué augmentait le sentiment d'urgence de Roman.

— Voyons ce que notre ami Spike a à nous dire.

Brandon et Roman entrèrent dans la chambre d'hôpital, où Spike était menotté au lit. L'agent des stups était resté caché. C'était important pour que le plan fonctionne.

— C'est ce type-là ! cria Spike. C'est lui qui a fait un usage inutile de la force et m'a tiré dessus.

Brandon ferma très calmement la porte derrière lui, et s'approcha.

— Nous savons tous les deux que cette ligne de défense ne va pas marcher, Spike. Il y a deux autres témoins qui ont dit que tu avais ton arme sur la tempe d'une femme.

Spike abandonna immédiatement sa posture de victime.

— Les garces. Il ne faut pas les croire.

— L'agent Weber est là pour signer un accord, selon lequel il n'engagera pas de poursuites contre toi pour avoir pointé une arme sur un agent fédéral. Mais en échange, nous voulons plus d'informations sur la façon dont tu as trouvé la femme que tu cherchais.

Spike écarquilla les yeux. Il ne s'attendait pas à ça, croyant sans doute plutôt qu'il allait devoir dénoncer ses « collègues » de trafic.

Mais donner des informations sur quelqu'un comme Freihof, avec qui il n'avait aucun lien, n'allait visiblement pas lui poser de problème.

— Ouais. Bien sûr. Vous signez les papiers, et je vous dis ce que vous voulez savoir.

Brandon sortit les documents qu'il avait préparés et, en signe de bonne volonté, lui ôta les menottes.

Spike afficha un air content de lui, persuadé qu'il avait bien embobiné les flics, et sans doute pressé de raconter ça à ses copains.

Roman était impatient d'en savoir plus sur Freihof, mais il devait laisser Brandon faire son travail.

— Donc, parle-nous du coup de fil que tu as reçu à propos de l'endroit où se cachait Heather.

— Ben, un type m'a appelé et m'a dit qu'il savait où elle

se trouvait. Mais il ne voulait pas me le dire au téléphone, et il m'a donné rendez-vous.

— Et tu es allé retrouver un parfait inconnu ? Excuse-moi, mais tu m'as l'air trop intelligent pour ça.

Spike eut un sourire satisfait, ne comprenant pas que Brandon jouait avec lui, comme le chat avec la souris.

— C'est vrai. Je suis trop intelligent. Je suis allé au rendez-vous, mais avec des amis. Juste pour m'assurer que ce n'était pas un piège.

— Et le type t'a donné l'information sans rien demander en retour ? demanda Brandon.

— Il voulait juste que je jette une pierre dans la vitrine du salon de coiffure. Il m'a fait promettre de ne blesser personne. Il voulait juste faire passer un message.

— Et ce type ? À quoi il ressemblait ?

— Je n'en sais rien, mon vieux. Je dirais un mètre quatre-vingts, la quarantaine, des cheveux bruns. Il avait l'air assez fort, mais n'en faisait pas des tonnes, vous voyez ?

Brandon sortit une photo de Damien Freihof du dossier.

— C'est lui ?

Spike prit la photo et l'étudia une moment.

— Oui, je pense. Il ne ressemblait pas à ça, mais les yeux... Le type à qui j'ai parlé avait les mêmes yeux. Sans vie, vous voyez. Comme s'il n'avait plus peur de rien.

Roman ne fut pas surpris d'apprendre que Freihof était derrière tout ça.

— Tu peux nous dire autre chose à propos de ce type ? demanda Brandon. Un détail qui te reviendrait ? Une autre information qu'il t'aurait donnée ?

Spike observa longuement Brandon et Roman, essayant visiblement d'évaluer ce qu'il devait dire.

— Pourquoi il vous intéresse, ce type ? demanda-t-il finalement.

Brandon s'avança vers Spike.

— Il a tué des personnes de notre connaissance. Il a aussi

essayé de faire sauter une banque pleine de gens. L'arrêter est notre priorité.

Roman avait compris ce que faisait Brandon. Il voulait faire croire à Spike qu'Omega Sector avait un plus gros poisson que lui à capturer. Ce qui n'était pas faux, d'ailleurs.

— Bon, écoutez, j'ai un gamin qui travaille pour moi. Il a dans les vingt ans, mais il en parait douze. Un type malin, ce Rico. Il est super pour suivre les gens. Comme vous l'avez dit, je suis trop intelligent pour me laisser avoir par quelqu'un qui me donne quelque chose sans contrepartie. Donc, j'ai fait suivre ce type par Rico.

Roman se redressa. Ils allaient peut-être enfin avoir une information intéressante.

— Rico a suivi ce type dans Denver ? demanda-t-il. Il sait où il est allé ?

— Mieux que ça, mon vieux. Il l'a suivi jusqu'à Colorado Springs. Jusqu'à sa maison. Je voulais être sûr que ce type n'était pas un flic, ni un concurrent.

Brandon échangea un regard avec Roman, et demanda :

— Tu sais où il vit ? Ici, en ville ?

— Ouais.

Spike donna une adresse située au sud de la ville, dans un quartier résidentiel.

— Je sais qu'il était chez lui jusqu'à la nuit dernière.

Brandon cessa d'interroger l'homme, pour transmettre l'information à Omega par téléphone.

— Hé ! ça veut dire que je peux y aller ? demanda Spike, dès qu'il eut raccroché.

— Oui, répondit Brandon. Omega Sector n'a plus aucune charge contre toi.

Roman tourna les talons, impatient de rejoindre l'équipe du SWAT qui allait faire un raid sur la maison de Freihof.

Tandis qu'il sortait de la chambre, l'agent de la brigade des stupéfiants y entra pour arrêter Spike. Ce dernier n'irait nulle part, sauf en prison pour de longues années. Il criait déjà qu'il avait été piégé et que ce n'était pas juste.

Mais Roman se moquait éperdument du sort de Spike.

Il voulait Freihof.

Et cette fois, son vœu était sur le point de se réaliser.

17

Quatre-vingt-huit minutes plus tard, Roman était assis dans une camionnette banalisée, garée à deux cents mètres de la maison de Damien Freihof.

Trois membres du SWAT attendaient avec lui : Derek Waterman, le chef d'équipe, Lillian Muir, et Liam Goetz. Tous étaient aussi concentrés que Roman.

Ashton Fitzgerald, le tireur d'élite de l'équipe, était installé sur un toit de l'autre côté de la rue, en face de la maison de Freihof. Il était prêt à faire feu si leur cible était identifiée avec certitude et cherchait à fuir. L'autorisation de l'abattre avait été donnée.

D'autres agents Omega étaient dans la ruelle derrière le groupe d'habitations, et achevaient d'évacuer les habitants des maisons voisines.

Le SWAT allait s'infiltrer dans moins de deux minutes.

Vu la taille de la maison, l'équipe d'assaut était réduite. Roman et Lillian pénétreraient par la porte de service. Derek et Liam entreraient devant.

Pour ce faire, ils tireraient dans les serrures. Ce n'était pas la méthode la plus sûre, mais c'était la plus rapide.

— Allons-y, annonça Derek, dès qu'il eut reçu le signal que la zone avait été vidée des civils. Je sais que nous voulons tous lui mettre la main dessus, mais gardez votre sang-froid. Freihof n'est pas un criminel ordinaire.

Tout le monde hocha la tête, puis ils quittèrent la camionnette, et s'avancèrent subrepticement jusqu'à la maison.

Comme convenu, Roman et Lillian allèrent se poster derrière, tandis que les autres allaient devant.

— Tout est calme, vu d'ici, annonça Ashton, dans l'oreillette.

— Tout le monde est prêt ? demanda Derek.

— Prêt, répondit Roman.

Les autres membres de l'équipe répondirent de la même façon.

— À mon signal, dit Derek.

Roman fit un signe de tête.

Lillian devait tirer dans la serrure. Roman donnerait un coup de pied dans la porte et entrerait le premier.

— Dans cinq, quatre, trois, deux, un, go, go, go !

Quelques secondes après s'être introduit dans la cuisine, Roman annonça qu'il n'y avait rien à signaler. Puis il tapa sur l'épaule de Lillian et désigna une porte fermée, qui devait être celle du cellier. Elle hocha la tête, et ils s'en approchèrent.

Roman se mit en position pour ouvrir la porte, et Lillian compta avec ses doigts.

Trois, deux, un.

Roman ouvrit brusquement la porte, et Lillian entra, en pointant son arme devant elle.

La pièce était vide.

Ils se déplacèrent silencieusement vers le salon.

Là non plus, il n'y avait personne.

Via leur oreillette, ils pouvaient entendre Derek et Liam se déplacer à l'étage.

Il n'y avait personne là-haut non plus.

— C'est complètement vide ici, Derek, dit Roman.

— Pareil pour nous, mais c'est bien la maison de Freihof. Il s'est constitué un vrai poste de commandement, avec une invraisemblable quantité d'informations sur Omega.

— Vous pensez qu'il a eu de la chance, et ne se trouvait justement pas chez lui ? demanda Lillian.

Roman retourna à la cuisine. Une omelette à moitié cuite se trouvait dans une poêle sur la gazinière. Il la toucha. Elle était froide.

Freihof était parti dans l'urgence, mais pas dans les dernières minutes, parce qu'il s'était rendu compte que le pâté de maisons était évacué.

Non. On l'avait renseigné.

— Derek, on a un problème ici. Quelqu'un a prévenu Freihof de notre arrivée. Il était en train de se faire cuire...

— Tout le monde dehors ! Immédiatement !

La voix de Liam venait de transpercer leurs oreillettes.

— On vient de trouver un engin explosif. Ça va sauter.

Roman et Lillian couraient vers la porte de service, quand ils entendirent Liam pousser un juron de surprise et tomber dans l'escalier.

— Liam est HS, cria Derek. Il y avait une sorte de gaz incapacitant autour des explosifs, qui s'est répandu quand il s'en est approché.

Sans un mot, Roman et Lillian firent demi-tour et se précipitèrent vers l'escalier.

Il n'était pas question qu'ils abandonnent quiconque derrière eux, même s'ils devaient y laisser leur vie.

Ils répartirent le poids de Liam entre eux trois, et l'évacuèrent.

Ils venaient de franchir la porte d'entrée principale, quand toute la maison explosa.

La force du souffle les projeta en avant, et Roman eut l'impression de revivre ce qui lui était arrivé quelques mois auparavant.

— Au rapport ! Allez, les gars, manifestez-vous.

Roman reprit connaissance, tandis que la voix angoissée de Fitzgerald résonnait dans ses oreilles.

— Fitzy...

Roman avait le plus grand mal à parler. Il avait l'impression que quelqu'un était assis sur son torse, l'empêchant de respirer normalement.

— Roman ? Je descends.

Entre le sifflement dans ses oreilles et la fumée, Roman fit un effort pour recouvrer ses esprits.

Il pouvait voir Derek, assis à quelques pas de lui, avec la même expression hébétée. Ils s'adressèrent un léger signe de tête, faisant savoir qu'ils ne pensaient pas être sérieusement blessés.

— Fitzy, une ambulance pour Liam.

Sa propre voix résonnait étrangement aux oreilles de Roman.

— Elle est déjà en route. Heureusement que nous avons fait évacuer les voisins, parce que l'explosion a fait sauter les maisons des deux côtés.

Roman aurait préféré ne pas attendre. Il voulait charger avant que le pâté de maison soit évacué. Mais Derek avait suivi la procédure, et il lui en était maintenant reconnaissant.

Peut-être auraient-ils capturé Freihof s'ils avaient été là dix minutes plus tôt, mais cela aurait coûté la vie à des personnes innocentes. Et ça n'en aurait pas valu la peine.

Derek se traîna jusqu'à Liam, qui était toujours inconscient.

Roman entendit une flopée de jurons venant de Lillian, juste derrière lui.

Il rampa jusqu'à elle à travers la fumée, et la trouva couchée sur le côté, pestant toujours.

— Lil, ça va ?

— Je suis en vie, et j'ai toute ma tête, c'est déjà pas mal, dit-elle entre ses dents serrées.

Lorsque Roman fut assez près pour voir le problème, il laissa échapper un sifflement.

Un morceau de verre était enfoncé dans l'épaule de Lillian. La partie apparente mesurait environ huit centimètres de long sur un centimètre de large. Il n'y toucha pas, sachant que cela pouvait causer plus de mal que de bien.

— Une cicatrice de plus à ajouter à ta collection, plaisanta-t-il, pour détendre l'atmosphère.

— Mouais. Je pense que je ne vais pas porter de robe bustier avant un moment.

Roman s'étendit à côté d'elle, se sentant mieux maintenant que l'oxygène circulait normalement dans ses poumons.

Contrairement à la précédente explosion concoctée par Freihof, il allait pouvoir repartir sur ses pieds.

Mais pas Liam et Lillian.

Des sirènes résonnaient au loin. Les secours seraient bientôt là.

— Liam ? demanda Lillian, entre ses dents serrées.

— Vivant, mais inconscient, dit la voix de Derek dans leurs oreillettes.

Ashton Fitzgerald les avait rejoints, et alla à la rencontre des ambulances.

Liam fut le premier à être pris en charge. Tant qu'on ne saurait pas quel produit incapacitant Freihof avait utilisé, son état serait considéré comme critique.

Lillian devait beaucoup souffrir, mais ne se plaignait pas. Lorsqu'on la hissa sur un brancard, son visage était livide. Même ses lèvres n'avaient plus de couleurs. Elle ne dit rien à Roman lorsque les secouristes firent rouler le brancard vers l'ambulance, se contentant d'un léger signe de tête.

Roman et Derek furent brièvement examinés, mais ils avaient été suffisamment blessés au fils des années pour savoir qu'ils n'avaient rien de grave.

S'attardant sur les lieux, ils contemplèrent avec frustration les ruines de ce qui avait été la maison de Freihof.

— Il savait que nous venions, dit Roman, en secouant la tête.

— Quelqu'un l'a renseigné.

— Exactement. Et, compte tenu du court laps de temps entre le moment où Spike nous a donné l'information et notre arrivée sur les lieux, ça veut dire qu'il y a une taupe chez Omega Sector.

D'un geste las, Derek se passa la main sur le visage.

— Ce n'est pas un piratage informatique, ou quelque chose de ce genre. Quelqu'un avec qui nous travaillons tous les jours est un traître.

— Et nous ne parviendrons pas à arrêter Freihof tant que nous ne saurons pas qui c'est.

Derek marmonna un juron entre ses dents.

— Nous voici avec deux ennemis à combattre.

— Je sais.

— Retournons au bureau pour le débriefing, et prévenons Steve. Puis nous irons prendre des nouvelles de Liam à l'hôpital. Je vais appeler Vanessa.

Roman hocha la tête.

Appeler la femme de Liam, avec qui il avait trois enfants, n'allait pas être facile.

Freihof et son complice avaient encore frappé fort contre Omega Sector.

18

La journée fut chaotique chez Fresh Starts.

Après les émotions de la nuit, avec l'agression de Spike à l'encontre de Heather, Keira avait fait la grasse matinée.

Ça ne lui arrivait pas souvent, et elle mettait cela sur le compte du bien-être qu'elle avait ressenti grâce à la présence de Roman à côté d'elle dans son lit.

Il n'était pas là quand elle s'était réveillée, mais elle avait trouvé un mot sur l'oreiller.

« Crois-moi quand je dis qu'il n'y a aucun autre endroit au monde où j'aimerais être plutôt qu'ici avec toi. »

Elle s'était sentie un peu idiote en pliant soigneusement le bout de papier, et en le mettant dans sa poche pour l'avoir toujours sur elle tout au long de la journée.

Elle était tellement reconnaissante à Roman d'avoir été là la nuit dernière.

Elle ignorait comment Spike avait retrouvé Heather, et comment il était entré dans l'immeuble, mais elle savait que la situation ne se serait pas achevée de la même façon si Roman n'avait pas été là.

Quand Brandon avait appelé ce matin pour prévenir que Spike était en route pour la prison, et donc définitivement sortir de la vie de Heather, sa protégée s'était métamorphosée, comme si un poids lui avait réellement été ôté des épaules.

Heather avait davantage souri ce matin, que durant les cinq mois de son séjour au foyer.

Keira ne lui avait pas demandé si Spike était le père de son bébé, car cela n'avait aucune importance. Rachel était la fille de Heather, et personne ne leur ferait plus jamais de mal.

Et tout cela grâce à Roman.

Ce n'était pas par gratitude que Keira lui avait permis de dormir dans son lit. Elle le voulait avec elle, et se sentait stupide de l'avoir tenu à l'écart si longtemps.

Elle ne pouvait pas nier plus longtemps à quel point Roman avait pris de l'importance dans sa vie.

Ce n'était pas seulement pour la sécurité que sa présence apportait aux résidentes du foyer, ni parce qu'il la protégeait contre la menace que représentait Freihof.

Non, il y avait aussi dans le bien-être qu'elle éprouvait à le côtoyer quelque chose de plus personnel.

Ça devait tenir à sa façon de la faire rire, d'avoir toujours quelque chose d'intéressant à dire…

Mais surtout à l'intérêt qu'il leur portait, à elle et au bébé.

Comment était-il parvenu à compter autant pour elle en si peu de temps ?

Keira n'en savait rien, mais elle n'était plus terrifiée à l'idée de l'avoir dans sa vie.

Peut-être s'était-elle affolée pour rien à propos de sa famille…

Keira n'avait jamais eu l'esprit aussi léger, ne s'était jamais sentie heureuse.

Après avoir cru que rien ne serait jamais possible entre Roman et elle, l'espoir d'une vie commune faisait tout doucement son chemin.

Pas le mariage, non. Elle n'était pas prête, et ne le serait peut-être jamais. Mais une relation de couple stable et durable.

Sa bonne humeur dura jusqu'à ce que son rendez-vous de 11 heures franchisse la porte du salon de coiffure.

Maureen Weber Donovan. La mère de Roman.

C'était déjà un peu chaotique : le vitrier qui était venu

changer la vitrine brisée par Spike venait de partir, Keira était en retard sur son programme car elle avait dormi plus longtemps que prévu, et elle n'avait pas eu le temps de se maquiller et d'arranger un peu sa coiffure.

Mais là, c'était le coup de grâce.

Ce n'était vraiment pas dans ces conditions, et avec cette tête-là qu'elle aurait choisi d'affronter Maureen Donovan, si elle avait pu anticiper sa visite.

Lorsqu'elle vit la mère de Roman s'avancer, en regardant autour d'elle d'un air dédaigneux, Keira se précipita vers Annabel.

— Tu peux me dire le nom de mon rendez-vous de 11 heures ?

Annabel consulta l'ordinateur.

— Maureen. Nouvelle cliente. Elle veut juste un brushing. Je suppose que c'est elle, là-bas.

Keira hocha la tête.

— Sans doute. Euh... Je suis un peu dans le brouillard, et j'ai une tête horrible.

— Depuis quand tu te préoccupes de la tête que tu as pour coiffer tes clientes ?

Keira essaya de sourire.

— Tu as raison. Tu peux lui proposer un café, ou un verre d'eau ? J'arrive tout de suite.

Elle s'obligea à ne pas regarder dans la direction de Maureen tandis qu'elle terminait le plus rapidement possible avec sa cliente, sans bâcler le travail.

Qu'est-ce que la mère de Roman fichait là ?

Elle devait avoir l'habitude se rendre dans des salons bien plus huppés que le sien, et n'était sûrement pas là pour se faire coiffer.

Après en avoir terminé avec sa cliente, Keira l'accompagna à la caisse puis, s'exhortant au calme, s'avança vers la zone d'attente.

— Maureen, je suis désolée de vous avoir fait attendre. Je ne savais pas que vous étiez mon rendez-vous de 11 heures.

La mère de Roman lui adressa un sourire condescendant.

— J'avais envie de voir où mon fils passe tout son temps.

Keira perçut une bouffée du parfum de Maureen, et recula d'un pas. Ce n'était pas que cette dernière en avait trop mis — elle ne commettrait certainement jamais une telle erreur — mais l'odeur lui donnait mal au cœur.

— Roman n'est pas là. Il a été appelé par Omega.

— Je vois, dit Maureen, les lèvres pincées.

Keira ne savait pas si la mère de Roman était irritée par l'allusion à Omega, ou si la grimace lui était adressée.

Ne pouvant s'empêcher de ressentir une certaine vexation, Keira se redressa. Elle espérait que ce n'était à cause du salon lui-même. Oui, c'était un peu désorganisé à cause des événements des dernières vingt-quatre heures, mais elle était très fière de son outil de travail.

— Que puis-je faire pour vous ? Une coupe ? Une couleur ?

Maureen eut un rire de gorge.

— Oh non ! ma chère ! Un brushing souple suffira.

La réponse laissait clairement entendre que Maureen n'avait aucune confiance en elle pour apporter un changement quelconque à sa coiffure.

Keira contint son irritation, tout en respirant par la bouche pour ne pas inhaler davantage le parfum de Maureen. La luxueuse marque française ne l'avait jamais dérangée avant. Mais maintenant, si.

— Si vous voulez bien passer au bac...

Le temps de franchir la courte distance, Keira sentit que son estomac commençait à se retourner.

Annabel vit son visage, et demanda :

— Hé ! ça va ?

Keira hocha la tête, mais elle se sentait de plus en plus mal.

— Laisse-moi faire le shampooing, proposa Annabel.

Ça ne me dérange pas. Et va prendre un cracker, ou quelque chose, si tu ne te sens pas bien.

Maureen suivait la conversation d'un air suspicieux. Mais Keira ne pouvait rien y faire. Le parfum la rendait malade.

Elle posa la main sur sa bouche, et se précipita vers les toilettes.

Bon sang, il s'en était failli de peu qu'elle soit malade devant la mère de Roman.

En tout cas, elle se sentait mieux maintenant.

Lorsque Keira revint, après s'être passé un peu d'eau fraîche sur le visage, Annabel avait fini le shampooing, et Maureen l'attendait au poste de coupe.

— Vous êtes malade, ma chère ? Vous ne devriez peut-être pas travailler dans ces conditions.

— Ne vous inquiétez pas, dit Annabel. La grossesse n'est pas contagieuse.

Rieuse, elle retourna à l'accueil, sans comprendre qu'elle venait de lâcher une bombe.

Keira actionna le séchoir pour sécher les cheveux de Maureen, et aussi pour leur donner le temps à toutes les deux de rassembler leurs pensées.

— Enceinte ? s'exclama Maureen, quand le silence fut revenu. Je suppose que le bébé est de mon fils.

— Oui. Mais ça ne regarde que nous.

Keira prit un fer à friser, et commença à boucler les cheveux de Maureen, pour donner un autre style à son classique carré ordinairement lissé.

— Compte tenu des circonstances, vous allez sûrement faire un test de paternité.

Keira croisa le regard de Maureen dans le miroir.

— À quelles circonstances faites-vous allusion, Maureen ?

La mère de Roman ne flancha pas.

— Je pense que votre situation financière n'a pas changé depuis la dernière fois.

— C'est-à-dire ?

— Eh bien, pour dire les choses franchement, notre famille a de l'argent, et vous n'en avez pas.

Keira résista à l'envie de brûler « accidentellement » Maureen avec le fer à friser.

— L'argent de votre fils ne m'intéressait pas, il y a deux mois, et il ne m'intéresse pas davantage aujourd'hui.

Maureen eut une moue dubitative.

— Vous pensez peut-être obtenir une demande en mariage grâce à cette grossesse providentielle. Mais je peux vous assurer que ça n'arrivera pas.

Keira s'apprêtait à lui dire que le mariage n'était pas du tout dans ses projets, mais Maureen continua sans la laisser parler.

— Je sais que, pour le moment, Roman travaille pour cette agence de sécurité.

Son ton était empli de dédain, tandis qu'elle faisait allusion à Omega Sector.

— Mais je suis certaine qu'un jour il se tournera vers la politique, comme son père. Et vous comprendrez certainement qu'une ancienne strip-teaseuse, devenue coiffeuse, ne serait assurément pas un choix judicieux pour quelqu'un comme Roman.

— Je vous assure que je n'ai aucune intention de me marier. Ni avec Roman ni avec qui que ce soit d'autre.

— Voyez-vous, j'en doute.

Keira éteignit le fer à friser et le posa sur son support.

— Je pense que vous feriez mieux de partir, Maureen. Ce qui se passe entre Roman et moi ne vous regarde pas.

Elle ne bougea pas.

— Mon intention n'est pas de vous offenser, Keira, je vous assure. Vous devez simplement comprendre que certains hommes sont destinés à accomplir de grandes choses. Et

Roman en fait partie. Si vous vous souciez vraiment de lui, vous devriez simplement disparaître de sa vie.

Sans répondre, Keira détacha la cape fixée par un velcro autour du cou de Maureen.

— Keira, ma principale qualité est d'avoir le sens pratique. Je ne m'attends pas que vous sortiez de cette situation les mains vides. Je suis prête à vous faire un chèque tout de suite pour régler ce problème de grossesse.

Keira écarquilla les yeux, n'osant croire à ce que la mère de Roman suggérait.

— Pardon ?

— Vous n'êtes pas obligée de dire la vérité à Roman. Vous lui raconterez simplement que vous avez perdu le bébé. Regardez-vous, ça ne se voit même pas.

Keira en resta bouche bée.

— Et je pourrais racheter votre salon. Dites-moi simplement votre prix. Vous pourriez racheter quelque chose de plus prestigieux, dans une plus grande ville. Peut-être sur la côte Est.

— Il faut que vous partiez, maintenant, Maureen.

Cette fois, la mère de Roman se leva.

— Je vous laisse réfléchir à ma proposition. Croyez-moi, vous n'en aurez pas de meilleure.

Elle se tourna et fit face à Keira.

— Je connais mon fils. Il croit peut-être qu'il a des sentiments pour vous, mais il s'en remettra. Roman a beaucoup de qualités, mais il n'a jamais su voir grand. Il ne comprend pas ce que le fait d'être lié à vous pourrait avoir comme inconvénients dans l'avenir.

Elle plissa les yeux.

— Mais moi, je le vois. Encore une fois, ce n'est pas dirigé contre vous. Vous êtes sans doute une personne très bien. Mais certaines unions sont mal assorties, voilà tout.

Maureen fit quelques vers la caisse, avant de pivoter sur ses talons.

— Je sais que vous êtes vexée par mes paroles, et c'est très humain de votre part. Mais vous êtes aussi une femme d'affaires, et j'espère que vous étudierez sérieusement mon offre.

Elle revint sur ses pas, et baissa la voix.

— Si vous tenez à mon fils, vous prendrez la bonne décision, et vous sortirez de sa vie. Au bout du compte, ce sera mieux pour tous les deux.

Médusée, Keira regarda Maureen lui tourner le dos, s'avancer d'un pas pressé vers la caisse, payer, et sortir.

Annabel se précipita vers Keira.

— Tu es sûre que tu te sens bien ? Pour être honnête, ce n'est pas la meilleure coiffure que tu aies réalisée.

Considérant que sa « cliente » lui avait demandé d'avorter et de quitter la région, en plein milieu de ladite coiffure, Keira trouvait que ce n'était pas si mal.

— À dire vrai, je ne me sens pas très bien. Tu peux prendre en charge les autres rendez-vous, ou les reporter ?

— Bien sûr. Va te reposer.

— Merci, Annabel.

Keira regagna son appartement dans un état d'épuisement qu'elle n'avait encore jamais ressenti.

Elle enfouit les mains dans ses poches, et y trouva le mot de Roman.

« Crois-moi quand je dis qu'il n'y a aucun autre endroit au monde où j'aimerais être plutôt qu'ici avec toi. »

Elle le froissa et le jeta.

19

Roman était assis dans le bureau de Steve Drackett, en compagnie de Derek et Brandon.

La réunion était réduite à sa plus simple expression, étant donné qu'ils ignoraient l'identité de la taupe au sein d'Omega Sector.

La pensée qu'il s'agissait peut-être de quelqu'un avec qui ils travaillaient depuis des années les rendait malades.

Mais le doute n'était pas possible. La fuite venait bien du cœur même de leur service.

Roman et Derek étaient restés à l'hôpital une bonne partie de l'après-midi. Lillian avait été opérée, et son pronostic de récupération était bon. Mais Liam ne s'était pas encore réveillé.

Le produit incapacitant dont Freihof avait vaporisé les explosifs avait été identifié. Malgré l'antidote qui avait été administré à Liam, les médecins n'étaient pas sûrs qu'il retrouve toutes ses capacités.

L'inquiétude de la femme de Liam était difficile à supporter. Plus poignant encore, était de voir Vanessa essayer d'expliquer la situation à Tallinn, la fillette de neuf ans qu'ils avaient adoptée l'année précédente.

Tallinn était particulièrement proche de Liam, car il l'avait sauvée, ainsi que d'autres fillettes, d'un trafic d'enfants. Tout en faisant les cent pas dans la chambre, Vanessa et Tallinn tenaient chacune l'un des jumeaux auxquels Vanessa avait donné naissance quelques mois auparavant.

Lorsque Roman et Derek avaient quitté l'hôpital, les médecins leur avaient dit qu'il était encore trop tôt pour se prononcer.

Steve entra dans le bureau avec un homme que Roman n'avait jamais vu auparavant.

— Messieurs, je vous présente Cain Bennett. Il est directeur adjoint à la division de la protection d'Omega Sector, dont les bureaux sont basés à Atlanta.

Il se tourna vers le nouveau venu.

— Cain, je crois que vous connaissez Brandon Han. Voici Derek Waterman, leader de l'équipe SWAT, et Roman Weber, membre du SWAT.

Ils échangèrent des poignées de mains, et s'assirent autour de la table.

Steve actionna l'interphone sur son bureau.

— Cynthia, voulez-vous faire entrer Sydney ?

Quelques secondes après, l'experte en informatique apparut. Elle semblait tout aussi mal à l'aise que deux semaines auparavant, quand elle avait expliqué à Keira comment son téléphone avait été piraté.

— Lorsque Sydney a entendu parler de la fuite d'informations, elle a commencé à fouiller les archives électroniques pour voir ce qu'elle pouvait y trouver.

Steve se tourna vers elle, et lui fit signe de continuer.

La jeune femme prit une profonde inspiration, et se lança.

— L'appel de l'agent Han, après qu'il eut questionné Spike, est arrivé ici à 9 h 32. Si je ne fais pas d'erreur, l'équipe du SWAT est entrée chez Damien Freihof à 10 h 50.

Derek hocha la tête.

— C'est exact. Nous étions sur site entre quinze et dix-sept minutes avant cela, mais il a fallu évacuer les maisons voisines.

— Nous ne pensons pas que Freihof ait été renseigné par

l'équipe sur place, dit Derek. Mais une chose est sûre, c'est qu'il est parti précipitamment.

— J'ai étudié toutes les transmissions sortantes entre l'appel de l'agent Han et l'intervention du SWAT. C'était assez fastidieux, mais j'ai réussi à en isoler une. Elle était cryptée, et a été envoyée dans la zone où se situait la maison de Freihof.

— C'est notre taupe, dit Brandon.

Tout le monde hocha la tête.

— Vous pouvez nous donner son origine ?

Sydney parut peinée.

— Non, je suis désolée.

Elle se tourna vers Steve, les épaules basses.

— La personne qui a fait ça est plus douée que moi.

Steve secoua la tête.

— Vous avez réagi rapidement, et trouvé la preuve qu'il y a bien un traître dans nos rangs.

Il lui donna une petite tape amicale sur l'épaule.

— Ne soyez pas aussi prompte à vous dénigrer.

— Je regrette seulement de ne pas pouvoir faire plus.

— Vous en avez déjà fait beaucoup. Maintenant, nous prenons le relais. Inutile de vous dire que l'information que vous venez de nous communiquer doit rester confidentielle.

Sydney hocha la tête, et Steve la raccompagna jusqu'à la porte.

Dès qu'il eut repris place à la table de réunion, Derek se leva et se mit à arpenter la pièce.

— Bon, nous avons la confirmation qu'il y a bien une taupe, et que cette femme ou cet homme renseigne Freihof. Mais nous ne sommes toujours pas près de l'attraper.

Il s'arrêta à hauteur de la table.

— Bon sang, Steve, j'ai deux membres de mon équipe à l'hôpital. Et nous avons failli perdre Roman, il y a quelques mois.

— C'est pour ça que Cain est ici.

Steve désigna l'homme qui était resté silencieux pendant l'intervention de Sydney.

Roman comprit que s'il gardait ainsi son sang-froid, c'était parce que l'information n'était pas nouvelle pour lui.

— Pour le moment, continua Steve, notre priorité est de savoir à qui nous pouvons faire confiance. En dehors des personnes présentes, et de quelques autres triées sur le volet, il n'y a pas grand monde en qui j'ai confiance à 100 %. Tout ce que nous savons, c'est que le traître fait bien partie de ce bureau, et qu'il possède des capacités techniques supérieures à celles de Sydney.

— Sans vouloir me monter suspicieux, dit Roman, est-ce que nous pouvons avoir l'assurance que Sydney n'est pas notre taupe ?

Steve hocha la tête.

— Nous avons vérifié. Très sérieusement. Mais elle n'est ici que depuis un mois, et les fuites d'informations ont commencé avant.

On ne pouvait contester cette logique.

Brandon s'adressa à Cain.

— Donc, vous avez la capacité technologique d'identifier la taupe ?

Cain secoua la tête et parla pour la première fois.

— Pas moi. Mais je connais quelqu'un qui peut le faire. Elle et moi allons travailler officieusement, afin de ne pas attirer l'attention.

Cain Bennett avait le regard dur, et Roman ne doutait pas que l'homme prenait chaque aspect de son travail très au sérieux.

C'était une bonne chose, car Omega ne pouvait pas continuer à prendre des coups comme ça.

— Avez-vous un plan de secours au cas où Hayley Green serait indisponible ? demanda Steve. Ou si elle refusait de travailler avec vous, étant donné que vous l'avez envoyée en prison.

Cain croisa les bras sur son torse, et haussa un sourcil.

— Ne vous inquiétez pas à propos de Hayley Green. Je sais comment faire avec elle. Quand elle découvrira qu'elle peut aider à l'arrestation de quelqu'un comme Damien Freihof, elle nous aidera.

Si elle avait fait de la prison, Roman n'était pas certain que ce soit une bonne idée de faire appel à elle. Mais il garda son opinion pour lui.

— Comme je l'ai dit à Sydney, reprit Steve, nous devons garder cela dans le cercle le plus restreint possible. Si la taupe se doute de quelque chose, nous pourrions la perdre — ou le perdre — pour de bon.

Steve se leva.

— Si nous trouvons quelque chose d'exploitable dans les ruines de la maison de Freihof, nous vous le ferons savoir. Entre-temps, nous sommes condamnés à attendre.

Lorsqu'arriva la fin de l'après-midi, Roman était plus que prêt à retourner au salon de coiffure, auprès de Keira.

En cours de route, il s'arrêta à l'hôpital pour prendre des nouvelles de Liam, mais son état était toujours stationnaire.

La rage qu'éprouvait Lillian à être coincée dans un lit d'hôpital lui donnait des envies de meurtre, et Roman ne s'attarda pas avec elle.

Une fois arrivé au salon, il fit le point avec l'agent chargé de surveiller les lieux en son absence.

Il n'y avait rien eu de particulier, si ce n'est que Keira avait été un peu malade, et avait annulé quelques-uns de ses rendez-vous de l'après-midi.

Lorsque Roman retrouva Keira dans son appartement, à l'étage, elle semblait aller bien. Si on pouvait considérer comme « bien » le fait de réorganiser sa penderie plutôt que de travailler.

Elle se parlait à elle-même, tout en changeant l'arrangement de ses chaussures.

— Salut, dit-il, sur le seuil de la petite pièce qui lui servait de dressing. Qu'est-ce que tu fais ?

Elle ne se tourna pas vers lui, ne le regarda pas, ne sourit pas.

— Je vais avoir besoin de place pour les affaires du bébé.

La voix de Keira semblait différente. Étrange. Ce n'était pas le ton confiant qu'elle employait d'ordinaire avec lui.

— D'accord, mais je pense que vous avons encore un peu de temps. Tu n'es pas obligé de faire ça aujourd'hui, étant donné que le bébé ne sera là que dans sept mois.

Roman prenait sur lui pour conserver un ton aussi apaisant que possible.

— Il faut que je commence. C'est toujours mieux d'être préparée que de se laisser prendre au dépourvu.

Elle ne l'avait toujours pas regardé.

— L'agent, en bas, m'a dit que tu avais été malade. Ça va mieux ? Tu veux que je te conduise chez le médecin ?

Elle posa les chaussures qu'elle tenait à la main et se tourna vers lui un bref instant, avant de détourner la tête rapidement.

— Non, ça va. C'était juste une réaction au parfum d'une cliente.

Roman se dit que c'était sans doute normal, et regretta de ne pas en savoir plus à propos de la grossesse.

— Tu veux que je prépare le dîner ? Je ne suis pas un grand cuisinier, mais je sais faire les omelettes. Sinon, je peux aussi commander quelque chose.

— J'ai déjà mangé, marmonna-t-elle.

Bien. À l'évidence, il y avait un problème.

Il essaya une approche différente.

— Comment va Heather, aujourd'hui ?

— C'est incroyable comme elle a changé. Maintenant qu'elle sait qu'elle n'aura plus jamais affaire à ce type, elle revit.

Heather allait bien. Ce n'était donc pas ça qui préoccupait Keira.

— Je t'ai laissé un mot, ce matin. Je ne voulais pas que tu croies que je m'étais éclipsé. J'ai voulu te réveiller, mais tu dormais comme une masse.

Elle lui jeta un regard par-dessus son épaule.

— J'ai vu. Merci.

Roman resta à l'observer quelques instants, tandis qu'elle s'obstinait à garder le silence.

Il ne lui fallut pas longtemps pour remarquer qu'elle déplaçait toujours les quatre mêmes paires de chaussures.

Que diable se passait-il ?

— Tu sais, dit-il sans préambule, je me disais que nous pourrions abattre le mur du salon, et connecter cet appartement à celui d'à-côté. Ça nous ferait plus de place.

L'idée lui était venue quelques jours auparavant. Il avait compris que Keira ne quitterait jamais Fresh Starts. C'était la réalisation de toute une vie. S'il voulait vivre avec elle, il allait devoir s'installer là, mais aussi s'impliquer dans sa mission.

L'appartement de Keira n'était vraiment pas assez grand pour une famille, mais en y annexant celui d'à-côté ils obtiendraient un beau quatre pièces, avec deux salles de bains.

— Ce serait trop grand pour moi, même avec le bébé, dit Keira, d'un ton boudeur.

— Mais pas pour nous trois.

Cette fois, elle se retourna et le regarda.

— Tu sais que je n'essayerai jamais de t'éloigner du bébé, mais nous ne sommes pas obligés de former une famille traditionnelle.

— Et si je veux d'une famille traditionnelle ?

— Pour être honnête, je ne sais pas si j'en suis capable. Et puis, que fais-tu de tes aspirations politiques ? Je suis sûre que le bébé et moi serions un obstacle.

— Si un jour j'avais des aspirations politiques, il faudrait compter avec toi et le bébé, parce que vous faites partie de moi, maintenant.

— Tu dis ça maintenant, parce que tu ne penses pas à l'avenir. Tu ne sais pas voir les choses en grand.

Roman plissa les yeux, tandis que tout faisait sens à présent.

— Tu as parlé à ma mère aujourd'hui.

Ce n'était pas une question.

Keira haussa les épaules.

— Quelle importance ? Ce qui compte, c'est que le bébé et moi t'empêcherions de réaliser tes rêves.

— Est-ce que j'ai mon mot à dire ? Ou bien, est-ce que c'est ma mère qui décide pour moi ?

Keira marqua une pause et l'observa.

Il venait enfin de retenir son attention. Keira s'était battue pour son indépendance, et n'aimait pas l'idée que quelqu'un prenne les décisions à sa place.

— Bien sûr que tu as ton mot à dire. Mais je ne veux pas te piéger, t'empêcher de réaliser quelque chose dont tu n'as peut-être pas envie maintenant, mais que tu pourrais souhaiter plus tard.

Il voulut protester, mais elle leva les mains pour le faire taire.

— Je ne me remarierai jamais, Roman. Il faut que tu le comprennes. Je ne veux plus m'imposer ça.

Le cœur de Roman se serra.

— Je sais que c'est ce que tu penses maintenant, mais tu changeras peut-être d'avis.

— Tu sais ce que je vois, quand je pense au mariage ? Mon nez cassé, ma mâchoire déboîtée, mes côtes fracturées... Je ressens encore toutes ces douleurs physiques quand je songe à lier ma vie à celle de quelqu'un d'autre.

Roman eut l'impression d'avoir été frappé lui aussi, d'un uppercut à l'estomac qui le laissa un instant sans voix.

— Très bien, dit-il, quand il eut retrouvé ses esprits. On ne se mariera pas. Mais ça ne veut pas dire pour autant que je ne veux pas faire partie de ta vie et de celle de notre enfant.

— Mais tu ne comprends pas ? En faisant cela, tu n'auras jamais aucune chance de devenir sénateur.

— Et alors ? C'est le rêve de ma mère, pas le mien.

La tristesse dans les yeux de Keira lui serra le cœur.

— Ce n'est peut-être pas ton rêve, mais tu sais que ça fait partie de ton destin.

Roman se passa une main sur le visage. Il ne pouvait contester cela, du moins pas sans mentir.

C'était exactement ainsi qu'il avait toujours vu les choses : devenir sénateur était pour ainsi dire inscrit dans ses gènes. Mais à présent qu'il connaissait Keira, il réalisait que ce n'était plus exact.

— C'était peut-être vrai à une époque, dit-il, en faisant un pas vers elle. Surtout quand mon père était vivant. Mais j'ai fini par comprendre ce que ma mère, de son côté, ne saisit toujours pas : ce qui comptait pour mon père, c'était de faire le bien, d'aider les autres. La politique n'était qu'un moyen pour y parvenir, mais pas un but en soi.

— Toi aussi, tu veux aider les gens. Je le sais.

— Oui, mais il y a d'autres moyens de le faire. Travailler à Omega Sector, par exemple. Et peut-être aussi t'aider à gérer et à développer le foyer.

Il franchit les derniers pas entre eux, et l'attira dans ses bras. Son soulagement fut immense quand elle ne le repoussa pas.

— Il reste encore beaucoup d'éléments inconnus pour le moment, dit-il Traitons-les au jour le jour. Faisons les choses tranquillement, pas à pas.

— D'accord, murmura-t-elle contre son torse.

Roman la tint longuement contre lui.

Après tout ce qui s'était passé aujourd'hui, il avait besoin de la serrer dans ses bras, de sentir sa présence.

Ils gardèrent le silence pendant un long moment, et Roman comprit qu'il avait peut-être remporté cette bataille, mais qu'il était encore très loin d'avoir gagné la guerre.

20

— Euh, Keira, excuse-moi, mais je viens juste de me rendre compte que la dame dont le parfum t'avait rendue malade a un rendez-vous dans dix minutes. Tu pourrais peut-être prendre un médicament, ou quelque chose…

Visiblement perplexe, Annabel se mordillait la lèvre tout en livrant cette nouvelle.

Compte tenu du travail désastreux qu'elle avait réalisé sur les cheveux de Maureen, Keira comprenait la perplexité d'Annabel.

Mais Keira savait pourquoi cette cliente si particulière était revenue.

Tout allait bien entre Roman et elle depuis quelques jours. Ni l'un ni l'autre n'avait évoqué l'avenir. Ils avaient assez de soucis avec le présent. D'autant plus que Roman avait de nouveau failli être tué par une explosion fomentée par Freihof.

Et puis, Roman avait raison, de toute façon. Personne ne pouvait choisir à sa place.

Et si, plus tard, il lui prenait l'envie de faire de la politique sans avoir une femme à ses côtés, il n'y avait aucune raison qu'il n'en ait pas le droit. Les mentalités finiraient bien par évoluer.

Mais, comme il l'avait souligné, il y avait beaucoup d'autres façons d'aider les autres, sans faire de politique.

Et Keira devait reconnaître qu'elle aimait l'avoir auprès d'elle. Dans son lit. Ou au petit déjeuner.

— Quand Maureen a-t-elle pris ce rendez-vous ? demanda-t-elle.

— Elle a appelé ce matin. Il y a une heure et demie, environ. Elle a eu de la chance que nous ayons un créneau.

Donc, Maureen avait attendu que Roman soit réquisitionné chez Omega avant d'appeler.

Intéressant.

Keira se demanda si elle avait engagé quelqu'un pour surveiller les allées et venues de Roman.

Par chance, aujourd'hui, Keira ne se sentait pas aussi agitée que la dernière fois. Elle ne se laisserait pas déstabiliser.

Elle allait déployer tous ses talents pour coiffer magnifiquement Maureen, puis elle donnerait des instructions pour qu'il ne soit plus donné suite à ses demandes de rendez-vous.

— Au fait, dit Annabel, j'ai oublié de préciser qu'elle avait pris rendez-vous pour deux personnes.

Probablement Angela, la sœur de Roman.

Quoi qu'il en soit, Keira ne se laisserait pas entraîner dans une dispute avec Maureen Donovan.

Quand Maureen franchit la porte du salon, Keira comprit qu'elle avait sous-estimé la capacité de nuisance de son opposante.

Maureen n'était pas venue avec sa fille.

Elle était accompagnée de Bridgette Cunningham.

L'ex belle-mère de Keira.

Keira fut sous le choc.

— Bridgette ?

Elle ne l'avait pas vue depuis l'audience de divorce, où elle avait finalement été débarrassée de Jonathan.

— C'est exact, dit Maureen, d'un ton trop guilleret. Je suis tombée sur mon amie Bridgette quand j'étais à Denver, hier.

Lorsque j'ai réalisé le lien entre vous, je me suis dit que je devais absolument l'inviter pour que vous puissiez vous revoir.

Saisie de panique, Keira tourna les yeux vers la porte.

— Jonathan ?

Bridgette secoua la tête.

— Il n'est pas là. Son père et moi ne l'avons pas vu depuis un an.

Keira se sentit un tout petit peu mieux.

Maureen, complètement indifférente à la tension entre les deux femmes, continua son monologue.

— Quand j'ai découvert que vous aviez été mariée, je dois admettre que j'ai été surprise. Et lorsque j'ai su que c'était à un Cunningham, je me suis dit que le monde était vraiment petit.

Sans doute essayait-elle de sous-entendre que Keira avait déjà essayé de s'introduire dans une riche famille et n'avait pas réussi.

Si seulement Maureen savait les efforts qu'elle avait dû déployer pour échapper à cette famille !

— Oui, le monde est petit, marmonna Bridgette.

Keira n'avait pas eu beaucoup de contacts avec elle durant son mariage. Le père de Jonathan était toujours seul quand il venait la menacer à l'hôpital. Mais Keira était persuadée que Bridgette savait ce qui se passait.

— Oh ! mais quelle sotte, je fais ! s'exclama Maureen. Je n'avais pas compris que cela pourrait être gênant pour toutes les deux.

Keira n'était pas dupe. Elle savait que Maureen était venue avec Bridgette dans l'intention délibérée de rendre la situation inconfortable.

Ou pire.

— Mère ? Que faites-vous là ?

Keira se tourna vers la porte en entendant le son de la voix de Roman.

Maureen ne s'attendait visiblement pas à tomber nez à nez avec son fils, mais elle se ressaisit très vite.

— Roman, mon chéri.

Elle franchit la courte distance entre eux, et déposa un baiser sur sa joue.

— Je croyais que tu étais parti au bureau.

Roman fronça les sourcils.

— Et comment sauriez-vous cela, mère ?

Maureen ignora complètement la question.

— Je suis venue me faire coiffer. Et j'ai demandé à mon amie Bridgette Cunningham de m'accompagner. Tu connais les Cunningham de Denver, n'est-ce pas, mon chéri ?

— Je les connais de nom.

Roman se tourna vers Bridgette.

— Ravi de vous rencontrer, madame Cunningham.

Maureen lança un regard triomphal à Keira, tandis que Roman échangeait une poignée de main avec son ex-belle-mère.

— Figure-toi, que je viens juste de découvrir que Keira et Bridgette avaient un lien.

Roman observa sa mère avec suspicion.

— Ah oui ? Et quel est-il ?

— Keira a été mariée au fils de Bridgette, Jonathan.

Keira vit la rage déformer les traits de Roman, alors que les dernières pièces du puzzle de son passé s'assemblaient.

Elle lui avait parlé de son désastreux mariage. À présent, il avait le nom de son bourreau.

Le regard de Roman devint aussi froid que la glace, tandis qu'il se tournait vers Bridgette.

Maureen se méprit totalement sur son attitude.

— Je vois que tu es aussi surpris que moi d'apprendre que Keira a déjà été mariée. C'est très choquant, je le sais, de penser que tu connais bien quelqu'un, et de découvrir que c'est faux.

Roman ignora complètement sa mère.

Quand il passa un bras autour des épaules de Keira et l'attira contre lui, Maureen blêmit, prenant conscience que la colère de son fils était dirigée contre Bridgette, pas contre Keira.

— Roman, tu ne penses quand même pas que Bridgette mentirait sur un sujet aussi grave ? Pose toi-même la question à Keira, si tu ne crois pas qu'elle a déjà été mariée.

— Je sais qu'elle a déjà été mariée. Ce que j'ignorais, c'était à qui.

Il l'ignorait parce que Keira lui avait demandé de laisser le passé derrière eux, et elle avait apprécié qu'il n'insiste pas.

Réalisant son erreur, Maureen changea sa ligne d'argumentation.

— Eh bien, c'est parfait. Je suis ravie que Keira t'en ait parlé. Mais tu reconnaîtras que la coïncidence est curieuse. Après l'échec de son mariage avec le fils d'une riche famille, Keira se lie à nouveau avec le fils d'une riche famille.

Si Maureen avait dit que Keira était une aventurière avide d'argent, ça n'aurait pas été plus clair.

— Je sais très exactement pourquoi Keira a divorcé de Jonathan Cunningham, dit Roman, d'un ton glacial.

Son regard n'avait pas quitté celui de Bridgette, et cette dernière flancha.

— Il est temps pour vous de partir, dit-il.

— Tu es terriblement grossier, Roman, protesta Maureen. J'ai fait venir Bridgette pour que tu puisses connaître la vérité à propos de Keira. Pas pour que tu sois désagréable avec une de mes amies.

— Si les Cunningham sont vos amis, mère, alors je ne sais pas si je peux encore faire partie de notre famille.

— De quoi parles-tu ?

— Je parle du fait que vous n'avez aucune idée de ce dont les Cunningham sont capables.

Il s'adressa à nouveau à l'ex-belle-mère de Keira.

— Partez immédiatement.

Maureen, consciente qu'elle perdait une bataille d'importance, resta coite.

Bridgette se contenta de hocher la tête. Elle n'essaya pas de se défendre, ou de défendre sa famille.

— Je vais partir. Et je n'aurai plus jamais aucun contact avec Keira. Mais j'aimerais passer quelques instants avec elle.

Keira sentit Roman se crisper un peu plus.

Pour une fois, elle trouvait agréable que quelqu'un prenne sa défense. Mais elle était assez forte pour gérer cela.

— C'est d'accord, murmura-t-elle.

— Tu n'es pas obligée de lui parler si tu n'en as pas envie.

Il l'attira plus étroitement contre lui et déposa un baiser sur sa tempe.

— Ça va aller.

Le simple fait de savoir qu'il n'était pas loin lui était d'un grand réconfort.

— Je lui accorde trois minutes.

— Quelqu'un peut-il m'expliquer ce qui se passe ici ?

La voix de Maureen ressemblait à un cri suraigu après cet échange à mots feutrés.

— Vous allez venir dehors avec moi, mère.

Roman la prit par le bras.

— Nous avons à parler tous les deux. Par exemple, du fait que je ne veux plus jamais vous revoir mettre un pied dans ce salon.

Maureen commença à protester qu'elle ne cherchait qu'à protéger sa famille, tandis que Roman l'emmenait à l'extérieur.

Au moment de refermer la porte derrière eux, il s'adressa une dernière fois à Bridgette.

— Trois minutes, pas une seconde de plus. Je travaille pour l'une des plus prestigieuses agences de sécurité du pays. Pour je ne sais quelle raison, Keira a protégé pendant des années votre fils de poursuites judiciaires. Croyez-moi quand je vous dis que je n'ai pas cette même bonté d'âme.

Bridgette devint encore plus pâle.

— Comme je l'ai dit à Keira, mon mari et moi n'avons pas vu notre fils depuis un an.

Roman eut un bref signe de tête, puis il s'en alla avec sa mère.

Annabel avait suivi toute la scène avec intérêt. Keira lui fit un petit signe, et elle quitta la réception, la laissant seule avec Bridgette.

Keira croisa les bras sur sa poitrine.

— Je vous écoute.

— Je voulais simplement vous dire que je n'ai jamais compris ce que Jonathan vous faisait. Il a toujours été colérique, mais j'ignorais qu'il était aussi violent.

Keira se massa le front, d'un geste fatigué.

— J'ai du mal à vous croire. Comment avez-vous pu fermer les yeux ainsi ? C'est inacceptable.

Bridgette hocha la tête.

— Vous avez raison. Tout ce qui vous est arrivé est complètement inacceptable.

— Même si vous n'étiez pas au courant, votre mari, lui, le savait. Il l'a su dès la première fois où Jonathan m'a envoyée à l'hôpital. Et peut-être même avant.

Le visage de Bridgette perdit toute couleur.

— Non, vous devez vous tromper.

Keira sentit la rage bouillonner en elle.

— Votre mari est venu me voir sur mon lit de douleur, et m'a dit qu'il ferait en sorte que les médecins modifient leurs rapports, qu'ils me feraient passer pour une alcoolique et une folle si j'essayais de porter plainte contre Jonathan.

Bridgette la dévisagea avec effarement.

— J'ignorais qu'il vous avait dit cela. Tout ce que je savais, c'est qu'il voulait protéger Jonathan. C'est notre unique enfant.

— Ce n'est pas une excuse. À cause de lui, j'ai vécu pendant des mois dans la peur et la souffrance. Tout ce que je voulais, c'était échapper à cet enfer, et votre mari m'en a empêchée.

— Je suis désolée. Pour vos souffrances, pour mon indifférence... À cette époque, je ne réalisais pas que mon fils avait des problèmes mentaux. Non que ça excuse ce qu'il vous a fait.

Elle fit un pas en arrière.

— Et je suis désolée d'apprendre que mon mari s'est fait son complice. Cela change beaucoup de choses pour moi.

Keira se sentit presque désolée pour son ex-belle-mère. Mais la jeune fille de vingt ans qu'elle avait été, et qui avait traversé trois États au volant d'une vieille voiture, avec un poignet cassé, des côtes fracturées et une épaule démise, à cause de ce que le fils de cette femme lui avait fait, ne pouvait lui pardonner.

— Je ne reviendrai plus jamais ici, reprit Bridgette. Je ne serais pas venue si Maureen n'avait pas autant insisté. Je vous prie de croire que j'ignorais qu'elle avait en tête de vous nuire.

Elle se redressa, comme si elle rassemblait ses forces.

— Si ça peut vous aider, son plan a totalement échoué. Je suis très heureuse de vous voir avec Roman. Il est évident que cet homme vous aime, et qu'il ne laissera personne vous faire à nouveau du mal.

Sur ses mots, Bridgette tourna les talons et franchit la porte, sortant à tout jamais de la vie de Keira.

21

Roman s'assura de pouvoir surveiller l'intérieur du salon de coiffure, tandis qu'il parlait avec sa mère sur le parking.

— Je ne sais pas ce que Keira t'a dit à propos de ses relations avec Jonathan, mais je connais les Cunningham depuis des années, et je suis sûre que Keira est la seule responsable de leur rupture.

Roman écoutait à peine sa mère, tant il était occupé à regarder si Bridgette se comportait correctement avec Keira.

— Mère, j'espère sincèrement que vous ignoriez ce qui se passait dans leur mariage.

Maureen eut un soupir d'exaspération.

— Mais enfin, comment aurais-je pu le savoir ? Je connais à peine Jonathan. Tout ce que je sais, c'est que ce mariage a fait un peu scandale parce que le fils voulait une cérémonie discrète, sans invités.

Roman se demanda si les violences avaient commencé avant le mariage. Keira était seule, sans personne pour la protéger, sans parents pour lui donner un conseil…

— Mais Roman, tu dois admettre qu'il est étrange qu'elle s'intéresse à toi après avoir été mariée à Jonathan Cunningham. Elle se sert de toi, ne le vois-tu pas ?

— Elle ne se sert pas de moi.

— Je suis au courant pour le bébé. Si toutefois elle est vraiment enceinte.

Maureen commença à faire les cent pas.

— Tu dois bien te douter que je vais demander un test de paternité.

Roman saisit sa mère par le bras pour l'immobiliser, et la toisa durement.

— Vous ne ferez rien de tel !

À l'évidence, elle fut vexée par le ton qu'il avait employé.

Il ne pouvait l'en blâmer. Jamais, de toute sa vie, il ne lui avait parlé ainsi.

Après la mort de son père, il l'avait protégée à l'excès, lui donnant l'impression qu'elle avait le droit de contrôler sa vie.

Mais c'était terminé. Maureen devait comprendre où était sa place.

Roman adorait sa mère, mais il n'était pas question qu'il la laisse détruire sa relation avec Keira.

— Enfin, Roman, il est évident qu'elle essaye de te piéger. C'est ce qu'elle a fait avec Jonathan Cunningham. Ça n'a pas fonctionné comme elle l'espérait, et elle a décidé de jeter le grappin sur un autre.

Sa mère était d'un entêtement sans limites.

La seule façon de lui faire comprendre la vérité, c'était de la lui mettre sous les yeux.

Dans toute sa crudité.

Roman sortit son téléphone.

Sa mère n'acceptait pas les mots, mais elle ne pourrait pas nier les images.

Keira lui avait fait promettre de ne pas chercher de noises à son ex-mari. Mais il avait ressenti le besoin de consulter le dossier monté par l'avocat de Keira, afin de savoir exactement ce que Jonathan lui avait fait.

— Voici la raison pour laquelle Keira a demandé le divorce, dit-il, en tournant son téléphone vers sa mère, pour qu'elle soit confrontée aux photos.

Il fit glisser le doigt sur l'écran pour passer à la photo suivante.

— Et une autre raison.

Il renouvela son geste.

— Et encore une autre raison.

Une à une, il fit défiler toutes les photos.

— Je dirais que ça justifie une demande de divorce, pas vous ?

Maureen était devenue livide.

— C'est Jonathan Cunningham qui lui a fait ça ?

— Oui, mère. Regardez votre chère amie Bridgette, à l'intérieur. Elle n'éprouve aucun ressentiment à l'égard de Keira parce qu'elle sait ce que son fils lui a fait.

Le regard de Maureen se porta vers le salon de coiffure.

— Je n'en avais pas la moindre idée.

Bridgette sortit, et fit un petit signe à Maureen, mais ne vint pas lui parler.

Roman la suivit des yeux tandis qu'elle regagnait sa voiture et s'en allait.

— Je ne sais pas si Bridgette était au courant des violences conjugales, mais son mari l'était, lui. Il a menacé Keira, mère. Il a usé de son argent et de son pouvoir pour l'empêcher de porter plainte. Mais il y a pire. Il l'a forcée à rester plusieurs mois avec ce monstre, qui l'a envoyée six fois à l'hôpital.

Maureen porta les mains à son visage.

— Oh ! mon Dieu !

Roman comprit qu'il pouvait probablement en rester là, mais il voulait que sa mère prenne pleinement conscience de la situation.

— Keira possède son salon et l'immeuble en pleine propriété, mère. Elle n'a pas besoin de mon aide financière. Keira n'en a pas après mon argent ou mon nom. En fait, c'est tout le contraire.

— Roman…

— Si je n'avais pas d'argent, si elle ne s'était pas mis en tête que j'avais des aspirations politiques, ça lui serait peut-être plus facile d'accepter de vivre avec moi.

Roman secoua la tête et regarda vers Fresh Starts.

— C'est une femme incroyable. Elle a une force que je ne possède pas. Mais ce qu'elle a obtenu, elle l'a payé au prix fort. Et elle ne sait pas si elle pourra un jour être liée à quelqu'un de façon permanente.

— Comment pourrait-on ne pas vouloir être lié avec toi ?

L'incrédulité était évidente dans le ton de sa mère.

— Elle n'essaye absolument pas de me piéger. C'est ce que je veux que vous compreniez. Je veux vivre avec elle et avec notre enfant. Et peu importe le temps que cela me prendra pour la convaincre qu'elle est tout pour moi, et que je ne lui ferai jamais de mal...

Roman haussa les épaules.

— Je n'y arriverai peut-être jamais, mais je passerai ma vie à essayer.

Maureen laissa échapper un soupir tremblant.

— Je ne savais pas que tu ressentais cela. Que cette relation était si importante pour toi.

Elle se tordit les mains.

— J'ai fait quelque chose de mal, la semaine dernière, Roman. Je lui ai proposé de l'argent pour partir.

Un muscle joua dans la mâchoire de Roman.

— Je m'en doutais. Mais vous allez devoir accepter le fait que j'ai choisi Keira. Et j'espère qu'elle me choisira en retour.

— Je comprends. Mais tu as toujours voulu être sénateur, comme ton père. Et, dans ces conditions, je ne sais pas si c'est un bon choix pour toi.

Roman secoua la tête.

— Non, mère. Je veux avant tout être utile, comme papa le souhaitait aussi. Il a choisi la politique parce qu'il voulait changer le monde.

Maureen posa les mains sur les avant-bras de son fils.

— Oui. Exactement. Et tu pourrais faire la même chose. Mais Keira n'est pas la femme idéale pour te seconder dans cette mission. Elle n'est pas le genre de femme à faire passer les autres avant elle-même, comme le font les personnes qui veulent aider. Je comprends tout à fait ses raisons. Après ce qu'elle a subi, il est normal qu'elle se protège, mais...

Roman repoussa les mains de sa mère, et la fit se tourner vers le salon.

— Que voyez-vous, mère ?

— Pardon ?

— Allez-y. Dites-moi ce que vous voyez quand vous regardez l'immeuble devant vous.

Maureen eut un soupir profond.

— Je vois un charmant salon de coiffure, dans un agréable quartier de la ville. C'est probablement un très bon choix, sur le plan commercial.

Elle se tourna vers Roman.

— Ça prouve qu'elle a la tête sur les épaules. Mais, ça ne me surprend pas.

— Elle possède tout l'immeuble, mère. Elle l'a payé avec un héritage laissé par ses parents, qu'elle a touché le jour de ses vingt-cinq ans.

Maureen haussa les épaules.

— Sur le plan fiscal, ce n'était peut-être pas la meilleure des idées de payer comptant. Mais si elle prévoit de mettre en location les appartements pour obtenir un complément de revenus... Pourquoi pas ? En fonction de leur état, il se peut que ce soit un bon investissement.

Une des choses que Roman adorait chez sa mère, c'était son sens des affaires. Elle était plus douée que quiconque pour repérer les bonnes opportunités. Elle avait l'œil pour ça. C'est d'ailleurs ce qui avait fait d'elle un soutien de choix pour son père.

— Vous voulez savoir à quoi servent ces appartements au-dessus du salon ? Keira les utilise pour héberger des femmes victimes de trafics ou de violences conjugales. Elle ne leur fait pas payer leur séjour, et leur enseigne la coiffure ou les soins esthétiques, afin qu'elles puissent gagner leur vie décemment.

Il observa sa mère qui regardait l'enseigne.

— Fresh Starts..., dit-elle à mi-voix. Nouveaux départs.

— Exactement. Il ne s'agit pas uniquement de changer de tête grâce à une jolie coupe de cheveux.

— Je n'en avais pas la moindre idée.

— Keira est beaucoup plus complexe qu'il n'y paraît. Et il existe d'autres façons pour moi de me rendre utile, que de faire de la politique. C'était peut-être le projet autrefois, mais ça ne l'est plus.

— Eh bien alors, quel est le projet ?

— Keira. Keira et le bébé.

— Je veux la tuer maintenant !

Damien Freihof était confortablement installé dans le fauteuil passager de la voiture garée sur le parking de Fresh Starts. Jonathan Cunningham était au volant.

Ce dernier avait déjà essayé de s'en prendre à Keira à deux reprises. Et ce sans en référer à Damien.

La première fois avait eu lieu peu après que Damien eut pris contact avec lui. Il s'était mis à rôder autour du salon, où Keira avait failli le surprendre. La deuxième fois il avait essayé de lui faire quitter la route pendant la tempête.

Il fallait absolument que Damien le remette sur les rails.

— À ta place, je me méfierais, étant donné que Roman Weber, l'un des membres du SWAT d'Omega Sector, se trouve juste devant la porte.

— Je vais le tuer aussi. Il couche avec elle.

Damien devait reprendre le contrôle sur Jonathan. Ce type était assez dérangé, assez stupide, pour croire qu'il pouvait éliminer Weber comme ça et s'en sortir.

Mais lui dire ça maintenant ne changerait pas grand-chose. Jonathan vivait dans son monde à lui. Si Damien voulait le convaincre de faire quelque chose, il devait s'appuyer sur ce monde fantasmagorique.

— Je ne doute pas que tu y arriveras sans problème. Mais ne crois-tu pas qu'il serait préférable d'attendre un peu ? De faire souffrir ta femme ? Comme elle t'a fait souffrir. Si tu rentres là-dedans, et que tu descends tout le monde, elle n'aura pas le temps de souffrir.

Jonathan plissa les yeux, tandis qu'il observait le salon de coiffure.

— Je crois que tu as raison. Keira mérite de souffrir. J'ai toujours été bon avec elle, et elle m'a quitté.

Damien hocha la tête.

— Certaines femmes sont incapables d'apprécier à leur juste valeur le bonheur qu'elles ont.

En fait, Damien comprenait un peu ce sentiment. Sa femme, Natalie, n'avait jamais pleinement réalisé à quel point la vie avec lui était agréable. Et puis, avant qu'il ait eu le temps de le lui prouver, Omega Sector l'avait tuée.

— Et ma mère était là. Je n'aurais pas voulu la blesser accidentellement.

Damien avait été surpris de voir Bridgette Cunningham au salon, amenée par Maureen Donovan. Mais, au bout du compte, ça n'avait aucune importance.

Que ces personnages insignifiants jouent leur pièce de théâtre comme ils l'entendaient.

Quant à lui, pour le moment, il avait besoin de se faire oublier.

Ils avaient fait sauter sa maison.

Si M. Fawkes ne l'avait pas averti que le SWAT était en route, ils l'auraient coincé.

Ça c'était joué à quelques minutes.

Il en était fou de rage.

Un autre détail, et non des moindres, l'avait agacé. Ce type, Spike, s'était montré beaucoup plus malin qu'il ne l'aurait pensé. Il avait demandé à un de ses hommes de le suivre, puis avait utilisé cette information pour négocier avec les forces de l'ordre.

Ce que Spike ignorait, c'est que le médicament qui lui serait injecté cet après-midi à l'hôpital serait trafiqué. Damien n'aurait plus à se soucier d'être suivi par ce type. Et la femme qui vivait avec Keira dans les appartements au-dessus du salon n'aurait plus rien à craindre de lui.

Damien n'appréciait pas beaucoup les gens qui se croyaient plus malins que lui et pensaient qu'ils pouvaient le trahir.

Heureusement, les explosifs chez lui avaient fonctionné comme il l'avait prévu, protégeant ses secrets.

Son seul regret était que personne du SWAT n'était mort. Mais il y avait des blessés.

Bien.

Le plan de M. Fawkes pour détruire l'ensemble d'Omega était sur le point d'aboutir. Tout ce que Damien avait à faire, c'était détourner l'attention d'Omega pendant quelques semaines.

Il avait été très malin en faisant appel à Jonathan Cunningham. Omega n'y comprendrait plus rien.

Tout se déroulait parfaitement bien. Il allait bientôt pouvoir cesser de jouer avec eux. Tuer Grace Parker lui avait fait plaisir, mais il commençait à en avoir assez de ce petit jeu. Il était prêt à travailler avec M. Fawkes afin de détruire Omega une fois pour toutes.

Fawkes voulait anéantir Omega pour changer complètement le paysage de la loi. Pour provoquer des transformations fondamentales.

Et aussi, d'après Damien, parce qu'Omega l'avait rejeté, d'une certaine façon.

Lui-même n'avait pas les mêmes aspirations idéologiques.

Il voulait juste qu'Omega brûle, comme Natalie avait brûlé.

Mais pour le moment, il devait contrôler Jonathan Cunningham pendant encore quelques jours.

Puis Damien pourrait lâcher le type sur sa proie. Et tant pis pour Keira Spencer.

Damien et Fawkes aideraient Jonathan à semer la zizanie chez Omega.

C'était vraiment le passe-temps favori de Damien.

22

Les jours suivants se déroulèrent sans incident.

Omega fut informé par la brigade des stupéfiants que Ronald Dunham, alias Spike, était mort à l'hôpital, des suites d'une réaction allergique à un médicament qu'on lui avait administré.

Omega s'y était intéressé de près, évidemment, mais attendait toujours les résultats pour savoir si la mort de Spike était vraiment accidentelle.

Roman en doutait. Que l'homme qui les avait aidés à trouver Freihof soit mort accidentellement quelques jours plus tard ? Il n'y croyait pas une seconde.

Arrêter enfin Freihof et identifier la taupe était de la plus haute importance. Omega ne pouvait pas continuer comme ça à se laisser détourner de son objectif.

Aussi, lorsque Roman reçut un texto du téléphone personnel de Steve était-il prêt.

> Je ne veux pas utiliser les canaux d'Omega à cause de la taupe. Freihof repéré.

Le message suivant contenait une adresse à deux kilomètres du salon.

À peine l'avait-il lu que Roman se rua dans l'appartement de Keira pour récupérer ses armes de secours.

> Vous êtes le plus près. J'appelle la police locale en renfort. Mais vous êtes le plus à même de le capturer. J'envoie

quelqu'un au salon pour une protection rapprochée. Soyez prudent. Vous savez que Freihof est dangereux.

Oui, Roman avait des cicatrices sur l'épaule et dans le dos pour le prouver.

Et deux autres agents d'Omega étaient à l'hôpital.

Roman ne sous-estimait pas Freihof, mais il ne voulait pas passer à côté de cette opportunité de le capturer.

Keira était en train d'apprendre de nouvelles techniques de coiffure à Heather, lorsque Roman descendit de l'appartement.

Apercevant son expression dans le miroir, Keira s'excusa.

Il l'entraîna dans son bureau.

— Quoi ? Que se passe-t-il ?

— Nous avons eu confirmation que Freihof se trouve à deux kilomètres d'ici. Je suis l'agent d'Omega le plus proche des lieux.

Keira hocha la tête.

— Eh bien, va l'attraper.

Elle tendit le bras, crispa les doigts sur le devant de sa chemise et l'attira à lui.

— Sois prudent, murmura-t-elle.

Roman hocha la tête. Il ne s'inquiétait pas à propos de sa sécurité.

— Steve envoie quelqu'un pour vous protéger. Ne sors pas en attendant son arrivée.

Elle secoua la tête.

— Je ne le ferai pas. Ne t'inquiète pas pour moi. Je n'ai nulle part où aller, de toute façon. Concentre-toi sur ce que tu as à faire.

Il posa les mains sur ses joues, puis glissa les doigts dans ses cheveux, et l'attira contre lui.

Le baiser fut bref, mais exprima tout ce qu'ils ne pouvaient pas se dire à cet instant.

— Bientôt, dit-il contre ses lèvres. Bientôt.

Il ne savait pas s'il voulait dire que Freihof serait bientôt arrêté, ou s'ils seraient tous les deux bientôt ensembles.

— Oui.

Il l'embrassa une dernière fois, et s'en alla sans un dernier regard.

Enfin, il tenait sa chance d'arrêter Freihof.

L'adresse que lui avait envoyée Steve était celle de la plus grande boutique de prêteur sur gages de la ville.

Peut-être Freihof avait-il l'intention d'acheter une arme, ou avait-il besoin d'argent après la destruction de sa maison.

Roman se moquait de savoir pourquoi l'homme était là. Il voulait seulement l'arrêter.

La police n'était pas arrivée en renfort quand Roman se gara devant la boutique.

Il décida qu'il ne pouvait pas attendre.

L'effet de surprise était son meilleur atout.

Roman poussa la porte d'un air dégagé, comme s'il était un client, espérant ne pas attirer l'attention, au cas où Freihof se trouverait dans la pièce principale.

Il prit immédiatement la mesure de son environnement. Un jeune couple se trouvait dans un coin, en train de regarder des bijoux. Un homme âgé s'intéressait à une collection de fusils, et se faisait conseiller par un des employés. Des adolescents, qui faisaient probablement l'école buissonnière, fouillaient dans un lot de DVD et de jeux vidéo.

Roman ne pensait pas que le vieil homme pouvait être Freihof mais, étant donné les talents de l'homme pour se déguiser, il ne voulait prendre aucun risque.

Il s'avança, sortit son insigne d'une main, et posa l'autre sur la crosse de son arme, à la ceinture.

L'employé, dont le badge indiquait qu'il se prénommait Tyrese, écarquilla les yeux.

— Je suis agent fédéral. Veuillez poser vos mains sur le comptoir, monsieur.

Le vieil homme haussa un sourcil, mais obtempéra.

— J'achète cette arme légalement, fiston.

Le regardant de plus près, Roman réalisa que ça ne pouvait pas être un déguisement.

Il s'excusa et se tourna vers l'employé, un homme beaucoup plus jeune, qui le regardait toujours avec stupéfaction.

— Il y a quelqu'un à l'arrière du magasin ?

— Euh... Je crois que mon patron est allé à la banque. La secrétaire, qui est aussi sa femme, doit être dans le bureau.

— Quelqu'un d'autre ? Un client ? Vous avez vu quelqu'un aller par-là ?

Tyrese semblait ne pas pouvoir s'arrêter de secouer la tête.

— Non. Non. Ça a été une petite journée. Je n'ai vu personne aller au fond.

Roman regarda par la vitrine, espérant voir arriver les renforts de police, mais il n'y avait rien.

Il observa plus attentivement les autres personnes dans la pièce. Compte tenu de leur taille, et de leur poids, aucune d'entre elles ne pouvait être Freihof.

Il brandit son insigne.

— Tout le monde dehors.

Il se tourna ensuite vers l'employé.

— Tyrese, vous pouvez me faire un rapide descriptif des pièces de derrière ? Nous sommes face à une situation qui pourrait être dangereuse.

— Bien sûr.

Il désigna la porte de service.

— Quand vous entrez dans le couloir, il y a des toilettes sur la gauche. La porte suivante, sur la droite, est celle du bureau du patron. Ensuite, il y a un petit placard, où nous gardons les produits d'entretien et autres.

— Il y a une porte qui donne sur l'extérieur ? Toutes les pièces ont des fenêtres ?

— Oui, il y a une porte au bout du couloir, qui donne sur le parking, et une fenêtre dans le bureau du patron.

Roman hocha la tête.

— Bien. Vous allez faire sortir tout le monde par-devant, et attendre l'arrivée de la police.

Roman vérifia d'abord les toilettes et le placard, puis il inspecta la porte qui ouvrait sur le parking. Elle ne semblait pas avoir été forcée.

Il aurait aimé avoir plus d'informations sur les personnes qui tenaient cette boutique. Étaient-ils complices de Freihof ?

Roman n'aimait pas se lancer à l'aveugle et sans renforts, mais il n'avait pas le choix.

Il se posta devant la porte du bureau, et donna un grand coup de pied dedans, avant de se baisser, au cas où quelqu'un tirerait.

La seule personne dans la pièce était une femme âgée, qui se tenait devant un casier métallique.

En voyant Roman et son arme, elle recula immédiatement contre le mur, les bras levés.

— Nous n'avons pas d'argent ici. Toutes les espèces sont dans la caisse, devant, ou vont directement à la banque.

Roman attrapa son insigne et le lui montra.

— Je suis agent fédéral. Y avait-il quelqu'un avec vous dans le bureau, il y a quelques minutes ?

La femme ne baissa pas les mains, car Roman n'avait pas baissé son arme.

— Uniquement mon mari. Il est parti à la banque.

Mince ! Roman devait avoir raté Freihof. Il était arrivé trop tard.

Son téléphone vibra dans sa poche.

Roman rengaina son arme, et prit son portable. C'était Steve.

— Steve, je l'ai manqué. Si Freihof était là, il n'y est plus maintenant.

— Où ça ? Au salon ? Vous l'avez vu ?

— Non. À la boutique de prêteur sur gages. À l'adresse que vous m'avez envoyée par texto.

— Quelle boutique de prêteur sur gages ? Quel texto ?

Roman retourna dans le couloir.

— Vous ne m'avez pas envoyé un texto, avec la localisation de Freihof ? Vous disiez ne pas vouloir utiliser les canaux d'Omega à cause de la taupe.

— Ce n'était pas moi. Je vous appelais pour vous dire que Liam est réveillé.

Oh ! non !

Roman traversa le magasin à toute allure.

— C'était un piège. J'ai laissé Keira seule.

— J'envoie immédiatement des agents au salon de coiffure, et aussi une équipe à la boutique de prêteur sur gages.

— J'y retourne. Je vous rappelle quand j'arrive.

Roman ouvrit la portière de son 4x4.

— Hé ! m'sieur.

Tyrese l'avait rattrapé.

— Vous avez trouvé la personne que vous cherchiez ?

— Non. Je pense qu'il n'était même pas là.

— Ah bon ? Désolé. Écoutez, il y a un vieux type, pas celui qui voulait acheter une arme, mais un autre, qui m'a donné un mot, en me disant : c'est pour le flic. Je suppose que c'est vous.

Roman déplia le papier et lut les mots tracés en lettres capitales.

« MERCI D'ÊTRE VENU JOUER, AGENT WEBER. J'AI D'AUTRES AMIS QUI ONT ENVIE DE JOUER AUSSI. MAIS PAS AVEC VOUS. »

Roman se tourna vers Tyrese.

— Des policiers vont venir prendre votre déposition. Il faudra décrire ce type du mieux possible.

— Bien sûr, m'sieur. Mais je ne crois pas que ce sera la peine. Le type savait où était notre caméra. Il s'est dirigé dessus, a souri et a fait un signe de la main.

Roman ne resta pas pour en entendre davantage.

Freihof jouait à nouveau avec eux. Le seul point positif dans tout cela, c'était que, s'il était à la boutique de prêteur sur gages, il n'était pas au salon de coiffure.

Roman trouva Annabel en pleurs devant l'immeuble. Heather se tenait à côté d'elle, un bras passé autour de ses épaules.

Il se précipita vers les deux femmes.

— Que se passe-t-il ? Est-ce que Keira va bien ?

— Il l'a enlevée. Juste après votre départ. Il avait une arme.

— Ce type vous déteste, dit Heather. Et il n'est pas bien dans sa tête. Il a dit qu'il allait enfin la ramener là où était sa place.

Là où était sa place ?

Freihof aimait bien se montrer sibyllin, et enrober son désir de vengeance d'une certaine poésie, mais il n'y avait rien de personnel entre lui et ses victimes.

Et ça, ça avait l'air personnel.

Roman sortit son téléphone et montra aux deux femmes une photo de Freihof.

— C'est lui qui a enlevé Keira ?

Elles regardèrent la photo et secouèrent la tête.

— Non, dit Annabel. Il était plus jeune. Plus grand. Avec un air de fils à papa.

— J'ai entendu Keira l'appeler Jonathan, dit Heather. Mais je ne sais pas qui il est.

Roman comprit très vite.

Freihof l'avait fait venir à la boutique de prêteur sur gages pour que Jonathan Cunningham puisse enlever Keira.

Il fallait qu'il la retrouve immédiatement. Sinon, Cunningham allait la massacrer.

Il s'écarta pour appeler Steve.

— Roman, ça va ?

— Freihof était réellement à la boutique de prêteur sur gages. Il m'a fait sortir pour que Keira soit seule, et il a envoyé son ex-mari, un homme très violent, pour l'enlever. Il faut que vous réactiviez son traceur.

— On a un problème ici. Vous savez, ce texto que je vous ai prétendument envoyé ?

— Oui.

— Tous les agents ont reçu le même message, avec une localisation proche de l'endroit où ils se trouvaient, basée sur le signal de leur GPS.

Roman jura entre ses dents. La taupe, qui qu'elle soit, était un génie de l'informatique.

— Dans ces conditions, reprit Steve, il est fort probable que les outils de communication et les ordinateurs d'Omega aient été piratés. Je ne peux même pas entrer en contact avec la plupart de ceux qui ont été dispersés un peu partout à cause des faux textos. Du coup, je ne suis pas certain que le traceur fonctionne encore. Mais si j'ai une information de ce côté-là, je vous préviens tout de suite.

Roman entendit Steve dire quelque chose à une de ses assistantes, avant de revenir en ligne.

— Je dois y aller. S'il y a du changement, vous serez averti. Mais pour le moment, même s'il m'en coûte de vous le dire, vous êtes livré à vous-même.

Sa conversation avec Steve terminée, Roman se tourna vers Heather et Annabel.

— Keira a-t-elle déjà parlé de son ex-mari ?

Annabel secoua la tête.

— Pas vraiment. Elle a juste dit qu'il était violent.

Roman se passa la main sur le visage.

Où Jonathan Cunningham avait-il emmené Keira ?

La seule chose qui lui vint à l'esprit fut d'appeler Bridgette.

Il savait qu'elle n'avait pas beaucoup de contacts avec son fils, mais elle savait peut-être quelque chose.

Il sortait son téléphone pour demander le numéro au service de renseignements, quand une voiture entra sur le parking dans un crissement de pneus, et vint s'arrêter à côté de lui.

Roman écarquilla les yeux quand il vit qui conduisait.

— Mère ?

— Bridgette Cunningham vient de m'appeler pour me dire qu'elle avait eu des nouvelles de Jonathan pour la première fois depuis un an, dit Maureen, en descendant de voiture, l'air bouleversée. Il lui a dit que Keira et lui se remettaient ensemble. Qu'ils allaient à nouveau être heureux.

Roman n'avait pas le temps d'écouter la dernière invention de sa mère pour essayer de l'éloigner de Keira.

— Bon sang, je vous ai montré ce qu'il lui a fait. Vous pensez vraiment qu'elle serait assez stupide pour retourner avec lui ?

— Bien sûr que non, voyons.

— Alors, pourquoi me racontez-vous ça ? Oui, Keira est avec Jonathan, mais contre son gré. Il l'a enlevée.

— Je sais.

— Comment ça ?

— Je ne faisais pas confiance à Keira, je pensais qu'elle se servait de toi.

— Oui, mère, je sais cela. Venez-en aux faits.

— Je l'ai fait suivre. Je voulais réunir des preuves contre elle. Quand j'ai découvert la semaine dernière ce que Keira représentait pour toi, j'ai voulu arrêter la filature. Mais, comme j'avais payé jusqu'à la fin du mois, le type est toujours sur ses traces.

Roman écarquilla les yeux.

— Vous voulez dire...

Maureen hocha la tête.

— Je sais où Jonathan a emmené Keira.

23

Les mains et les pieds liés, Keira luttait pour ne pas perdre la raison sous l'effet de la panique.

Au volant, Jonathan sifflotait au son de la radio.

Quand elle était mariée avec lui, il était violent. À présent, il était violent et fou.

Ce qu'avait dit Bridgette était vrai. La santé mentale de Jonathan s'était complètement détériorée au fil des années.

Keira ne pouvait s'empêcher de penser que ses chances de s'en sortir auraient été meilleures avec Damien Freihof.

Elle s'était recroquevillée contre la portière, pour éviter tout contact avec lui, et veilla à ce que son ton soit le plus neutre possible.

— Où allons-nous, Jonathan ?

Il cessa de chantonner et la regarda.

Son sourire ne la rassura pas le moins du monde.

— Chez nous, ma chérie.

Avait-il conservé la maison, après toutes ces années ?

— Nous allons jusqu'à Denver ?

— Oh ! non ! Mes parents m'ont fait vendre la maison. Mais ne t'inquiète pas. J'en ai fait construire une exactement pareille.

Qu'il ait recréé une réplique de leur maison ne fit qu'aggraver l'inquiétude de Keira.

— Nous ne sommes plus très loin. Je savais que nous nous retrouverions un jour, et je voulais un endroit privé.

Il avait laissé Colorado Springs derrière eux depuis quelques kilomètres, et roulait maintenant sur une route de campagne isolée.

Plus ils s'éloignaient, plus Keira savait que ses chances d'être sauvée s'amenuisaient.

Pour commencer, Jonathan avait jeté son téléphone, et Roman ne pourrait pas suivre sa trace. À supposer qu'il n'ait pas lui-même été attiré dans un piège.

— Est-ce que tu travailles avec Damien Freihof ?

Elle ne savait jamais quelle question provoquerait la colère de Jonathan, mais elle avait besoin d'avoir des nouvelles de Roman.

Jonathan lui sourit à nouveau.

— Damien est mon ami. Il m'a aidé à te retrouver. Il m'a convaincu que tu avais envie de vivre à nouveau avec moi.

Keira fit un effort pour ne pas se crisper.

Comment Jonathan pouvait-il croire qu'elle voudrait reprendre la vie commune avec lui ?

— Parce que je voulais te tuer tout de suite, continua-t-il. Mais Damien m'a convaincu du contraire. On peut vivre ensemble un moment, et je te tuerai après.

Keira tempéra son angoisse. Elle ne voulait pas que Jonathan trouve une raison de la battre. Elle voulait rester en vie.

Si elle avait une chance de se sortir de cette situation, il fallait qu'elle fasse preuve de finesse. Jonathan avait toujours aimé qu'elle ait peur, et elle devait jouer le jeu.

Ça allait contre les principes de la femme qu'elle était devenue de se soumettre, plutôt que de lutter, mais elle le ferait.

Elle paraîtrait abattue et soumise.

Parce qu'elle ne voulait pas imaginer ce qu'il adviendrait du bébé si Jonathan la battait comme il le faisait autrefois.

— J'espère que nous pourrons vivre ensemble longtemps, dit-elle calmement, en essayant de ne pas bafouiller.

Jonathan se contenta de sourire.

Ils s'enfoncèrent de plus en plus loin sur cette route, qui ne semblait mener nulle part.

Elle était inquiète pour Roman. Était-il tombé dans un piège ? Allait-il bien, ou Freihof l'avait-il capturé comme Jonathan l'avait fait avec elle ?

Elle devait croire qu'il allait bien. C'était sa seule façon de continuer.

Au détour d'un virage, en plein milieu de nulle part, apparut l'exacte réplique de la maison où Jonathan et elle avaient vécu quand ils étaient mariés.

Il parut tout excité.

— Tu vois ? Je l'ai fait construire. Ça m'a coûté beaucoup d'argent.

Une expression morose assombrit ses traits.

Keira savait d'expérience que ce n'était pas bon signe.

— Elle est magnifique, s'empressa-t-elle de dire. Je suis tellement heureuse que tu m'aies conduite ici pour me la montrer.

Jonathan gara la voiture devant la maison, puis il fit le tour pour ouvrir la portière de Keira.

Tandis qu'il la soulevait dans ses bras, elle lutta pour ne pas laisser transparaître son dégoût.

Elle ne voulait pas qu'il la touche, et encore moins qu'il la porte pour lui faire franchir le seuil, comme un jeune marié.

Il ouvrit la porte, qui n'était pas verrouillée, et entra.

Keira fut encore plus stupéfaite quand elle vit que l'intérieur était meublé de façon identique à celle de leur ancienne maison.

— C'est absolument parfait, murmura-t-elle, en espérant paraître éblouie. On dirait que nous sommes chez nous.

— Tu n'aurais jamais dû me quitter, Keira.

Il secoua la tête tristement.

— Je vais devoir te punir pour ça. Te faire comprendre que la place d'une femme est avec son mari.

La terreur envahit Keira. Elle savait ce que ce calme signifiait.

Il la déposa gentiment sur le canapé.

Puis il la gifla si violemment qu'elle bascula sur les coussins.

Elle sentit le goût du sang dans sa bouche, tandis qu'elle essayait de reprendre ses esprits.

— Pourquoi m'as-tu quitté, Keira ?

Elle prit appui sur ses mains liées dans le dos pour se redresser. Elle savait d'expérience que le fait d'être couchée déchaînait la violence de Jonathan.

Mais, une fois qu'elle fut assise, elle comprit qu'il avait un pistolet, et qu'il le pointait sur sa tête.

— Je t'aimais tellement, Keira, et tu m'as quitté. Nous ne devons pas vivre l'un sans l'autre. Ne le sais-tu pas ?

Keira devait réfléchir vite.

Ce type n'était pas le Jonathan qu'elle avait connu. Celui qui avait été son mari alternait le charme et la violence. Celui qu'elle avait devant elle avait des velléités meurtrières, en plus d'être violent.

— Bien sûr, je sais que nous devons toujours rester ensemble. Je suis tellement contente que tu m'aies retrouvée, Jonathan. Je ne voulais pas te quitter.

Il écarta son arme.

— Tu ne voulais pas ? Mais ça fait des semaines que tu es partie.

Oh Seigneur ! il pensait qu'elle n'était partie que depuis quelques semaines. Sa santé mentale s'était à l'évidence beaucoup détériorée.

Mais elle pouvait peut-être en jouer...

— Et ce furent les plus longues semaines de ma vie. Mais je devais réfléchir. Tu peux le comprendre, n'est-ce pas ?

Jonathan hocha la tête solennellement, ses yeux bruns embrumés indiquant qu'il avait quitté la réalité.

— Oui, je comprends. Et ce qui est important, c'est que nous soyons ensemble maintenant. Cette maison sera notre dernière résidence pour l'éternité.

Keira comprit qu'il était complètement fou, et déterminé à ce qu'ils meurent tous les deux.

Elle le vit lever à nouveau son pistolet.

Vite, elle devait trouver quelque chose à dire pour le faire changer d'avis.

— Jonathan, la raison pour laquelle je suis partie, c'est parce que je suis enceinte. Nous allons avoir un bébé.

— On va avoir un bébé ?

Il semblait émerveillé.

Elle sourit.

— Oui, je suis enceinte.

Cela changeait apparemment les choses pour Jonathan.

Elle le regarda faire les cent pas en marmonnant.

Elle ne voulait pas l'interrompre. Il ne fallait surtout pas attirer à nouveau l'attention sur elle.

Elle en profita pour étudier discrètement son environnement.

Il lui fallait trouver un moyen de sortir d'ici.

Parce qu'elle était livrée à elle-même. Elle ne devait compter sur aucune aide.

Jonathan commença à la regarder avec scepticisme.

Elle lui sourit.

— Tu veux bien détacher mes pieds ? Mes chevilles sont un peu enflées.

Son sourire s'élargit.

— Tu sais ce que c'est, avec la grossesse. Notre bébé, Jonathan.

Son expression défiante s'évanouit, et il se baissa pour libérer ses pieds.

— Je ne vais pas te détacher les mains. Ne me le demande pas. Je ne suis pas sûr que tu ne vas pas encore chercher à t'enfuir, même avec le bébé.

Elle hocha la tête.

— Je comprends. J'ai trahi ta confiance. Je ne le referai plus.

Dès qu'il eut détaché la corde, Keira reprit espoir.

Il ne lui restait plus qu'à lui échapper. Maintenant qu'elle avait retrouvé l'usage de ses jambes, elle pouvait au moins courir.

Elle préféra ne pas penser au temps qu'il faisait dehors. La tempête avait cessé, mais on était toujours en plein mois de février, dans le Colorado.

Elle ne tiendrait pas longtemps si elle ne trouvait pas de l'aide.

Mais ce serait toujours plus longtemps que si Jonathan reprenait ses esprits et comprenait qu'elle était partie depuis trop d'années pour que le bébé soit le sien.

Malheureusement, ce moment arriva trop vite.

Ils devaient se trouver dans la maison depuis trente à quarante minutes.

Keira ne comprit pas ce qui servit d'élément déclencheur, mais quand Jonathan se tourna vers elle son regard indiquait qu'il avait repris pied dans la réalité.

— Keira ?

Il la regardait comme s'il la voyait pour la première fois.

— Comment es-tu arrivée ici ?

— C'est toi qui m'as amenée, tu t'en souviens ?

Il plissa les yeux et regarda autour de lui, essayant visiblement de se rappeler.

Finalement, il plongea les yeux dans les siens.

— Tu es enceinte ?

Keira se leva et se mit à courir.

Elle n'allait pas attendre de voir combien de temps ça lui prendrait pour réaliser ce qui se passait.

Il la rattrapa avant qu'elle ait eu le temps d'atteindre la porte, la tirant par les cheveux, et la jetant par terre.

Keira laissa échapper un cri.

— Enceinte ? Ce bébé n'est pas le mien, et tu le sais aussi bien que moi.

Il la tira par les cheveux jusqu'à la chambre, et Keira ne put retenir ses larmes.

Si jamais il la touchait...

Mais il ne la déposa pas sur le lit. À la place, il l'assit sur une chaise en bois, le seul élément qui ne correspondait pas à l'ameublement de leur ancienne maison.

Il prit une corde et l'enroula autour de sa poitrine, l'arrimant fermement à la chaise. Puis il fit de même avec ses jambes.

— Tu penses que j'ai construit cette baraque parce que je voulais me rappeler notre vie commune ?

Il eut un rire de dément.

— Décidément, ma pauvre fille tu as une bien haute opinion de toi-même.

C'était le Jonathan qu'elle connaissait, empli de rage et de condescendance.

— Quand tu es partie, mes parents m'ont coupé les vivres. J'ai dû leur voler de l'argent pour construire la maison. J'avais besoin d'un endroit où je pourrais te tuer sans me faire prendre.

Quand il eut fini de la ligoter, il se posta devant elle et se pencha, le visage à quelques centimètres du sien.

— Je vais faire dans cette maison ce que j'aurais dû faire dans l'autre. Je vais te tuer, petite garce. Tu vas brûler, jusqu'à ce qu'il ne reste plus que des cendres.

— Jonathan...

Il la gifla à nouveau.

— Je t'aurais bien bâillonnée, mais je veux t'entendre hurler quand tu vas crever à petit feu.

Il alla vers le placard, en sortit un bidon d'essence, et commença à répandre le contenu.

— Je ne vais pas en verser sur toi. Je veux que tu souffres le plus longtemps possible.

Son visage devint écarlate quand il dit :

— Tu mérites tout ce qui t'arrive.

Il se tourna et se dirigea vers la porte.

Là, il regarda une dernière fois par-dessus son épaule.

— Tu sais ce qui est bien ? Même si quelqu'un trouve ton cadavre, ce qui est peu probable, tout le monde mettra ça sur le compte de Damien Freihof.

Il éclata d'un rire dément.

— Ce n'est pas tous les jours qu'on trouve quelqu'un qui veut bien endosser vos meurtres. Je vais m'en tirer libre comme l'air.

Il enflamma une allumette, la jeta au sol, et s'en alla en sifflotant.

24

L'enquêteur privé avait été payé uniquement pour noter les allées et venues de Keira. C'est pourquoi il était parti dès qu'il avait su où se trouvait la maison.

Même si Roman aurait cent fois préféré avoir quelqu'un qui soit prêt à se ruer à l'intérieur pour aider Keira, il fut au moins soulagé d'avoir une adresse.

Dès qu'il eut connaissance de la localisation, à une vingtaine de kilomètres à la sortie de la ville, il se mit en route.

Il avait moins d'une heure de retard sur eux, mais la terreur le rongeait à la pensée de ce qui pourrait arriver à Keira entre les mains de Jonathan Cunningham, pendant ce laps de temps.

Roman avait conscience qu'il avait besoin d'un plan, mais il y avait trop d'inconnues pour en établir un. Tout ce qu'il savait, c'est qu'il devait rejoindre Keira le plus vite possible.

Sa mère avait voulu venir avec lui pour l'aider, mais il ne l'avait pas écoutée.

Ce dont il avait besoin, à cet instant, c'était de ses collègues du SWAT, mais aucun de ses appels n'avait abouti.

À n'en pas douter, c'était l'œuvre du traître au sein d'Omega.

Il était livré à lui-même.

Roman trouva facilement la maison, mais se gara à bonne distance, par mesure de prudence. Il ne voulait pas que Cunningham tue Keira dès qu'il le verrait.

S'emparant de son arme, il fit le reste du trajet au pas de course, tout en priant pour qu'il ne soit pas trop tard.

La maison semblait complètement déplacée au milieu des bois, son style s'apparentant aux habitations qu'on trouvait dans les lotissements suburbains.

Soudain, Jonathan Cunningham fut devant lui, hilare.

— Levez les mains, que je puisse les voir, dit-il, tandis qu'il s'en approchait.

Au moins, s'il était là dehors, il n'était pas en train de faire du mal à Keira.

— Tu parles d'un endroit secret, marmonna l'homme entre ses dents.

— Où est Keira ?

— C'est toi, n'est-ce pas ? demanda Cunningham. Le père de son bébé ?

Il rit à nouveau.

— Eh bien, plus pour longtemps.

Ce fut alors que Roman sentit la fumée.

La maison était en feu, et il était évident que Cunningham avait piégé Keira à l'intérieur.

Il appela le 911, mais l'appel n'aboutit pas, à cause du sabotage de la taupe.

Roman se précipita vers la porte.

Peu lui importait que la maison ait déjà commencé à brûler. Il n'était pas question qu'il abandonne Keira là-dedans.

Mais avant qu'il ait eu le temps de l'atteindre, Cunningham se rua sur lui, et ils tombèrent tous les deux à terre.

Roman laissa échapper son arme, qui alla atterrir derrière eux.

— Non ! Elle va brûler là-dedans comme elle aurait dû brûler depuis longtemps.

Roman sentit le poing de Cunningham s'abattre sur sa

joue, avec une telle force que sa tête bascula sur le côté. Mais il refusa de se laisser accabler par le coup. Renversant son adversaire de tout son poids, de façon à se retrouver au-dessus, il le frappa de toutes ses forces.

Il n'essaya même pas de refouler la joie mauvaise qu'il éprouva lorsqu'il sentit le nez de Cunningham se briser sous ses articulations.

L'homme se mit à hurler.

Roman le saisit par le col, se rappelant comment Cunningham avait cassé le nez de Keira.

— Ce n'est pas très agréable, n'est-ce pas ?

Il repoussa violemment l'homme en arrière, et se précipita vers la maison, d'où s'échappait une forte fumée.

— Keira !

À nouveau, le poids de Cunningham s'abattit sur lui.

Roman n'avait pas le temps de se battre. Chaque seconde qu'il passait à l'extérieur était une seconde durant laquelle Keira restait coincée dans la maison en feu.

Roman rejeta son coude en arrière pour atteindre le visage de son assaillant, mais Cunningham tint bon.

Ils savaient l'un comme l'autre que Cunningham n'aurait pas le dessus. Mais l'homme n'avait pas besoin de gagner. Il lui fallait juste retarder le plus possible Roman, jusqu'à ce qu'il soit trop tard pour sauver Keira.

Cunningham serra les bras autour de Roman, tel un grizzli enserrant sa proie.

— Elle va mourir. Tu vas peut-être me tuer, mais je vais m'assurer qu'elle ne s'en sort pas.

Roman se libéra, pivota sur ses talons, et assena un uppercut à la mâchoire de son adversaire.

Cunningham tomba à terre, inconscient.

De la fumée commençait à s'échapper par les fenêtres.

Roman se précipita vers la porte et la défonça d'un coup de pied. Mais il fut propulsé en arrière par la force des flammes qui rugirent alors qu'elles engrangeaient une plus grande quantité d'oxygène.

Il était impossible de traverser le salon. Roman allait devoir faire le tour par-derrière, en espérant que le feu ne s'y soit pas encore propagé.

Il refusait d'accepter que Keira soit morte.

Alors que Roman se précipitait vers l'arrière, Cunningham lui barra la route.

Et il le menaçait d'une arme.

Le pistolet de Roman était resté par terre, là où il lui avait échappé des mains.

— C'est trop tard. Elle est déjà morte.

Roman lança un regard désespéré vers la maison.

De la fumée sortait à présent par toutes les fenêtres. Il était totalement impossible que quelqu'un ait pu survivre là-dedans.

Un âpre sentiment de désolation l'envahit.

— Mais ne t'inquiète pas, dit Cunningham. Tu vas bientôt la rejoindre. Et, honnêtement, je serais surpris qu'on retrouve vos corps.

Une rage folle s'empara de Roman.

Si ce salaud avait tué Keira, il n'allait pas rester les bras ballants à attendre que Cunningham tire sur lui.

S'il devait mourir, il le ferait en se battant.

Il plongea sur Cunningham, et entendit deux détonations. Se préparant à la douleur, il fit tomber l'homme à terre, et atterrit au-dessus de lui.

La douleur ne vint pas.

Il fallut quelques secondes à Roman pour comprendre que Cunningham ne bougeait pas. Il ne se battait pas du tout.

Roman se remit debout.

Sa seule pensée était d'aller chercher Keira. On ne sait jamais, au cas où un miracle se serait produit...

Et il découvrit le miracle à cinq mètres de lui.

Soutenue par Maureen, Keira tenait à la main le pistolet de Roman.

Cunningham ne se battait pas parce que Keira avait tiré sur lui.

En croyant à peine ses yeux, Roman tituba vers les deux femmes.

— Comment ? demanda-t-il, en enveloppant Keira de ses bras.

— Je t'ai suivi, expliqua Maureen. Pendant que tu te battais, j'ai contourné la maison, et j'ai fait sortir Keira.

— Merci, Maureen, dit Keira, la voix enrouée par l'inhalation de la fumée.

Maureen se contenta de hausser les épaules.

— Je me suis tellement trompée sur vous, Keira. Et il se peut que j'aie provoqué le retour de Jonathan dans votre vie en prenant contact avec Bridgette. Je suis contente d'avoir au moins pu faire quelque chose de juste.

Rajustant son chemisier, elle eut un rire de gorge.

— Mais je n'ai pas la moindre envie d'être à nouveau confrontée à ce genre de péripéties. Je ne ferais assurément pas une bonne recrue pour le SWAT, Roman.

— Mère...

Roman ne savait même pas comment exprimer ce qu'il ressentait.

Sa mère avait risqué sa propre vie et sauvé son avenir à lui. Jamais il n'aurait pu entrer à temps dans la maison pour sauver Keira et le bébé.

— Je...

Maureen lui toucha l'épaule en hochant la tête.

— Je sais, mon fils.

Elle leur sourit à tous les deux.

— En outre, je ne voulais pas qu'il arrive quelque chose à mon futur petit-fils.

Roman et Keira rirent de soulagement, et tendirent chacun un bras pour attirer Maureen dans une accolade avec eux.

Freihof et la taupe couraient encore, représentant toujours un danger pour Omega Sector. Il fallait les arrêter, et ce serait fait.

Mais, pour le moment, Roman voulait savourer la joie de savoir que Keira et le bébé étaient sains et saufs.

25

Deux mois plus tard.

Keira était assise sur le canapé, et observait l'endroit où se trouvait auparavant le mur du logement accolé au sien. Aujourd'hui, c'était un seul appartement, comportant trois chambres.

Dès que Roman et Maureen avaient eu l'accord de Keira, ils avaient fait venir quelqu'un pour exécuter très rapidement le travail.

Maureen venait chaque jour au salon de coiffure, pour discuter échantillons de peinture, revêtements de sol, et carrelage de salle de bains.

De toute évidence, les efforts qu'elle avait autrefois déployés pour tenir Keira à l'écart de la vie de son fils étaient à présent consacrés à la décoration de leur nouveau foyer.

— Tu as peur ? demanda Roman.

Déposant une tasse de thé vert sur la table basse, il prit place à côté de Keira.

Elle lui glissa un regard en coin.

— Ta mère est un peu effrayante.

Il rit.

— Oui, quand elle décide de consacrer son énergie à quelque chose, elle y va à fond. De plus, je pense qu'elle essaye toujours de se faire pardonner son erreur de jugement du début.

— Elle essayait de te protéger. J'en ai fait les frais, mais je peux comprendre ses motivations.

— Si tu trouves qu'elle s'immisce trop dans notre vie, je peux lui demander de lever le pied. Je suis habitué à ses façons de faire, mais j'ai conscience que ça peut être assez envahissant.

Il passa un bras autour des épaules de Keira, et elle se déplaça sur le coussin du canapé pour se rapprocher de lui.

C'était de cette façon qu'ils avaient passé la plupart de leurs soirées depuis que Jonathan l'avait enlevée.

Le lendemain, Roman avait débarqué chez elle avec une grande partie de ses vêtements et de ses affaires de toilette, et n'en était pas reparti.

Et Keira trouvait que c'était très bien ainsi.

— Non, je crois qu'Annabel et Heather apprécient sa présence. Et je ne pense pas que ta mère accepterait de renoncer au temps qu'elle passe avec la petite Rachel, même si je lui demandais de ne plus s'occuper de la décoration.

Maureen avait créé un lien spécial avec Heather et sa fille, et elle venait souvent s'occuper du bébé pendant que Heather travaillait.

— Ça lui permet de s'entraîner en attendant l'arrivée de notre bébé.

Keira se tourna afin de pouvoir s'adresser de face à Roman.

— Tu es sûr de vouloir vivre ici ? Même en ayant réuni les deux appartements, ça ne va pas nous faire beaucoup de place. Rien à voir avec une grande maison.

— Pourquoi voudrais-je d'une grande maison ? Tout ce que je veux est ici.

Il posa la main sur le ventre de Keira, qui commençait à s'arrondir.

— Mais, comment feras-tu quand tu décideras de te lancer en politique ? Un appartement au-dessus d'un salon de coiffure... Tu ne crois pas que ça va désarçonner tes électeurs ?

— Qui a dit que je voulais me lancer en politique ?

Keira leva les yeux au ciel.

— Eh bien, laisse-moi réfléchir... Ta mère. Tous ceux qui connaissaient ton père. Tous ceux qui te connaissent.

— Papa voulait être utile aux autres. C'est pour ça qu'il est devenu sénateur. Et il faisait un travail formidable.

— Toi aussi, tu pourrais faire un travail formidable.

— Il est vrai que je veux aider mes concitoyens. Mais je ne suis pas obligé pour ça de faire de la politique. Je pourrais consacrer mon temps et mes ressources financières à mettre en place des foyers comme Fresh Starts à travers tout le pays.

— Tu es sûr ? Je ne veux pas t'empêcher de réaliser quelque chose d'important pour toi.

— Servir les autres est important. Mais ce qui l'est plus encore, c'est toi et le bébé.

Posant la main sur la joue de Keira, il attira son visage à lui et déposa un tendre baiser sur ses lèvres.

Lorsqu'il s'écarta, elle était à bout de souffle.

— D'accord ? dit-il.

Elle hocha la tête, puis se détendit tandis qu'il enroulait les bras autour d'elle.

— Je voudrais que tu deviennes ma femme, dit-il après un long moment.

Keira ne put contrôler une légère crispation, et s'en voulut. Elle savait que Roman n'était pas comme Jonathan, que les Weber n'avaient rien à voir avec les Cunningham.

— Roman...

Elle ne voulait pas risquer de dire quelque chose qui pourrait mettre en danger leur relation. Mais elle ne savait pas si elle serait un jour capable de dire oui à une demande en mariage.

Elle essaya de se lever du canapé, mais il l'en empêcha.

— Keira, regarde-moi.

Elle n'en avait pas envie, mais s'y força.

— Est-ce que tu m'aimes ?

Oui. Bien sûr qu'elle l'aimait. Cela ne faisait aucun doute dans son esprit.

Mais l'aimer était une chose. Convaincre son esprit qu'elle ne courait aucun danger en se remariant en était une autre.

— Oui, murmura-t-elle, en redoutant que tout s'effondre. Je t'aime, Roman. J'espère que tu me crois.

Il sourit.

— Je te crois. Et je t'aime aussi. Je pense que je suis tombé amoureux de toi au mariage de Brandon et Andrea.

Comment allait-elle pouvoir lui expliquer qu'elle ressentait la même chose, mais que l'idée du mariage la terrifiait ? Que sa peur d'être liée à lui sur le plan légal n'avait rien à voir avec une absence de sentiments ?

Comment lui faire comprendre ça ?

Roman se tourna vers la console accolée à l'accoudoir du canapé, et y prit une enveloppe et un écrin de joaillier.

Oh ! Seigneur, il avait prévu de lui offrir une bague.

Elle redoutait de se mettre à sangloter d'une seconde à l'autre.

— Roman…

— C'est pour quand tu seras prête, dit-il. Je sais que tu ne l'es pas encore, et ce n'est pas un problème pour moi.

— Qu'y a-t-il dans l'enveloppe ?

— Un contrat prénuptial. Différent de ce qui se fait d'habitude. C'est l'avocat de notre famille qui s'en est occupé.

Keira prit l'enveloppe, puisque Roman avait l'air de tenir à ce qu'elle le fasse.

— En fait, c'était une idée de ma mère, précisa-t-il.

Ça lui fit un peu mal, après la façon dont ses relations avec Maureen avaient changé, mais elle ne fut pas vraiment surprise.

— Maureen veut protéger sa famille, dit-elle, magnanime. Tu ne peux pas lui en vouloir pour ça. En tout cas, moi, je ne l'en blâme pas.

Roman sourit.

— C'est vrai qu'elle veut protéger sa famille, et celle-ci inclut désormais le bébé et toi.

Le front plissé par la perplexité, Keira ouvrit l'enveloppe.

Elle n'était pas juriste, mais elle comprit tout de suite ce que Roman avait voulu dire, en précisant que ce n'était pas un contrat prénuptial comme les autres.

Elle tourna les yeux vers Roman, un peu perdue.

— Je ne suis pas sûre de bien comprendre ce que cela signifie.

— Eh bien, ça dit en gros que tout ce que je possède te reviendra une fois que nous serons mariés.

— Quoi ? Mais pourquoi ?

— Je ne veux pas que tu te retrouves à nouveau dans une position de faiblesse et d'impuissance au sein du mariage. Et donc, tout ce que j'ai est à toi.

Il lui caressa la joue du bout des doigts.

— C'est vrai même sans un bout de papier, mais ma mère a pensé que ça te rassurerait, après ce que tu as vécu dans ton précédent mariage.

Keira ne savait pas quoi dire.

Qu'ils puissent comprendre, qu'ils prennent de telles mesures pour qu'elle se sente en sécurité...

Bouleversée, elle se blottit simplement contre le torse de Roman.

— Je suis un peu gêné de l'avouer, continua-t-il, en lui massant le dos en cercles, mais la bague est une idée de ma mère. Elle était à elle quand elle était mariée avec mon père, et elle tient à ce qu'elle te revienne. Et, moi aussi, je voudrais que tu la portes.

Keira leva vers lui un visage baigné de larmes.

— Quand tu seras prête, Keira.

Du bout des doigts, il arrêta une larme qui roulait le long de sa joue.

— Et si tu n'es jamais prête, ce n'est pas grave. Parce que, d'une façon ou d'une autre, j'ai l'intention de passer le reste de ma vie avec toi, avec notre bébé, et avec tous nos enfants à venir.

Elle hocha la tête.

— Je vais t'épouser, Roman. Dès que je m'en sentirai capable. Mais je dois te dire que j'ignore quand ce sera.

Elle sentit qu'il glissait la bague à son doigt.

— Nous le découvrirons ensemble. Et ça vaudra la peine d'attendre.